Monika Feth
Der Mädchenmaler

D0924610

cbt

Autorenfoto: © privat

DIE AUTORIN

Monika Feth wurde 1951 in Hagen geboren. Nach ihrem literaturwissenschaftlichen Studium arbeitete sie zunächst als Journalistin und begann dann, Bücher zu verfassen. Heute lebt sie in einem Ort in der Nähe von Köln, wo sie vielfach ausgezeichnete Bücher für Kinder, Jugendliche und Erwachsene schreibt.

Durch den sensationellen Erfolg der Bestseller »Der Erdbeerpflücker«, »Der Mädchenmaler« und »Der Scherbensammler«, den Krimis um Jette, wurde sie über die Grenzen des Jugendbuchs hinaus bekannt. Ihre Bücher wurden in 15 Sprachen übersetzt.

Weitere lieferbare Titel bei cbt:
Der Erdbeerpflücker (30258)
Der Scherbensammler (30339)
Der Schattengänger (30393)
Das blaue Mädchen (30207)
Fee – Schwestern bleiben wir immer (30010)
Nele oder Das zweite Gesicht (30045)
Teufelsengel (16045)

Die Presse über die »Erdbeerpflücker-Thriller«:

»Einfach gut geschrieben und zum sofortigen Verschlingen geeignet.«
Saarbrücker Zeitung

»Außergewöhnliche Charaktere und ein Spannungsbogen, der auch dann noch fesselt, als die Leser längst begriffen haben, wer der Mörder ist.«
Süddeutsche Zeitung

Monika Feth

Der Mädchenmaler

cbt

cbt – C. Bertelsmann Taschenbuch
Der Taschenbuchverlag für Jugendliche
Verlagsgruppe Random House

FSC
Mix
Produktgruppe aus vorbildlich
bewirtschafteten Wäldern und
anderen kontrollierten Herkünften

Zert.-Nr. SGS-COC-1940
www.fsc.org
© 1996 Forest Stewardship Council

Verlagsgruppe Random House FSC-DEU-0100
Das für dieses Buch verwendete
FSC-zertifizierte Papier *München Super Extra*
liefert Arctic Paper Mochenwangen GmbH.

10. Auflage
Originalausgabe September 2005
Gesetzt nach den Regeln der Rechtschreibreform
© 2005 cbt/cbj Verlag, München
in der Verlagsgruppe Random House GmbH
Alle Rechte vorbehalten
Lektorat: Marion Schweizer, Textpraxis Hamburg
Umschlagfoto: Getty Images / init
Umschlagkonzeption: init.büro für gestaltung,
Bielefeld
st · Herstellung: CZ/SZ
Satz: Uhl+Massopust, Aalen
Druck und Einband: GGP Media GmbH, Pößneck
ISBN 978-3-570-30193-7
Printed in Germany

www.cbt-jugendbuch.de

Ich danke

…Inge Meyer-Dietrich für schottische Mücken, silberne Vögel und winterliche Raubzüge in der Schweiz, für 1738465 Gespräche am Telefon, vor allem aber dafür, dass sie immer da ist, und wenn noch so viele Kilometer zwischen uns liegen,
…Hannelore Dierks für intensive Recherchen in Dormagen und Langenfeld, Lavendelseife, chinesische Nudeln und dafür, dass sie vor Jahren den Entschluss gefasst hat, ein Fest zu besuchen, das sie eigentlich gar nicht besuchen wollte,
…Marliese Arold für den denkwürdigen Spaziergang in Ludwigshafen, wo wir auf einer Lesereise zuerst einander und dann dem weißen Pferd begegnet sind,
…den Malern und Malerinnen, deren Bilder mein Leben begleiten, für die Stunden in ihren Ateliers,
…meinem Vater für lange Gespräche über die Kunst und das Leben,
…meiner Mutter für eine Kindheit voller Geschichten,
…meinem Mann und unserem Sohn für alles andere.

Monika Feth

1

Lautlos und ohne Licht glitt der graue Mercedes heran und blieb stehen. Es war kurz nach acht. Feiner Nebel zog seine Schleier um die Laternen. Die geparkten Wagen waren vereist. Reif lag auf den Dächern und auf den Ästen der Bäume, kaum zu erkennen, eher zu erahnen.

Die Fenster der Häuser sahen aus wie gelbe Augen. Der Blick dieser Augen war kühl und unbeteiligt.

Ein Hund bellte. Eine Radiostimme drang aus einem trotz der Kälte halb offen stehenden Garagentor. Eine Tür knallte zu. Entfernt war das Signal eines Notarztwagens, der Polizei oder der Feuerwehr zu hören. Der Rauch aus den Schornsteinen wurde zu Boden gedrückt. Es würde ein schwerer, verhangener Tag werden.

Der graue Mercedes wurde von niemandem bemerkt. Keinem fiel auf, dass ein Mann darin saß, der aufmerksam eines der Häuser beobachtete. Er saß da, dunkel und still hinter den getönten Scheiben, reglos, wie aus Stein. Und weil ihn niemand bemerkte, war es, als wäre er überhaupt nicht da.

*

Ilka fühlte sich frisch und ausgeruht. Die Zwillinge hatten trotz ihrer heftigen Erkältung durchgeschlafen und sie nicht, wie in den Nächten davor, abwechselnd durch Hustenattacken wach gehalten. Nach einem flüchtigen Blick aus dem Fenster hatte sie sich für den dicken Rollkragenpulli entschieden. Er war das letzte Geschenk ihrer Mutter, und sie genoss jeden einzelnen Tag, an dem sie ihn trug. Manchmal meinte sie, noch einen Hauch von dem Parfüm in ihm wahrzunehmen, das ihre Mutter immer benutzt hatte. Doch dann sagte sie sich, dass das unmöglich war. Vielleicht hatte Tante Marei ja Recht, wenn sie behauptete, sie habe eine blühende Phantasie.

Der Pullover war rostrot und passte wunderbar zu Ilkas dunkelroten Haaren. *Herbstmädchen* hatte die Mutter sie immer genannt. Ilka hatte das Wort schön gefunden. Und sich selbst. Wenigstens dann und wann. Inzwischen war alles anders geworden. Das Herbstmädchen war Erinnerung. Erinnerungen aber ließ Ilka längst nicht mehr zu.

Bevor sie das Licht ausmachte, sah sie sich prüfend um. Alles in Ordnung. Das Tagebuch war versteckt. Es lag nichts herum, was niemand finden durfte.

Ilka lief die Treppe hinunter. Tante Marei saß vor den Frühstücksresten und las Zeitung. Die Zwillinge waren in die Schule gegangen. Zwei Tage Schonzeit mussten bei einer Erkältung ausreichen, da war Tante Marei eisern. Solange man den Kopf nicht unterm Arm trug, hatte man seine Pflicht zu erfüllen. Basta.

»Ich bin dann weg.«

Ilka schlüpfte in die Lammfelljacke. Sie hatte sie in einem Secondhandladen günstig erstanden und liebte sie heiß und innig.

»Willst du denn nicht frühstücken?«

Manchmal hatte Tante Mareis Stimme diesen klagenden Unterton. Als wäre alles, was man tat oder nicht tat, gegen

sie gerichtet. Dabei war sie eigentlich eine starke, zupacken-
de Frau. Wehleidigkeit passte gar nicht zu ihr.

»Bin spät dran. Ich nehm mir was mit.«

Ilka inspizierte die Obstschale, entschied sich für zwei Ba-
nanen, verstaute sie in ihrem Rucksack und gab Tante Marei
einen Kuss auf die Wange.

»Kind! Du bist so dünn geworden!«

Tante Marei hatte Ilka den Arm um die Hüften gelegt und
sah besorgt zu ihr auf. In ihrem Blick steckten viele Fragen.

»Heute Abend hau ich rein«, sagte Ilka. »Ehrenwort.«

Tante Marei sah ihr mit einem kleinen Lächeln nach. Es
gab Ilka einen Stich. Fast war es, als säße ihre Mutter da am
Tisch.

Blühende Phantasie, dachte sie und wickelte sich den Schal
um den Hals. Es stimmt schon. Ich sollte besser mit beiden
Beinen auf dem Boden bleiben und nicht überall Gespenster
sehen.

Sie ging durch den unaufgeräumten Flur und spürte wieder, wie sehr sie dieses Haus liebte. Es war weder besonders
schön noch irgendwie außergewöhnlich, nicht modern und
nicht so alt, dass es voller Geschichten gesteckt hätte – es war
ein Haus wie viele in der Siedlung. Aber sie war darin will-
kommen. Das machte es zu etwas Einzigartigem. Es war ihr
Zuhause, immer bereit, sie aufzunehmen und zu beschützen.
War es nicht das, was ein Haus tun sollte? War es nicht das,
wonach sie sich gesehnt hatte? Ruhe, Schutz und Geborgenheit. All das bekam sie durch das Haus. Hier fühlte sie sich in
Sicherheit. Zum ersten Mal seit langem.

Ilka schloss die Haustür, spürte die Kälte auf dem Gesicht
und sog tief die Luft ein. Das Bellen eines Hundes von irgend-
woher klang wie ein Versprechen. Das Leben war schön. Fast
war sie bereit, daran zu glauben.

Die Scheiben waren beschlagen. Das war gut so. Es hielt neugierige Blicke ab. Vorsichtig wischte Ruben mit den Fingern über die Windschutzscheibe. Und da sah er sie. Atemlos beugte er sich vor.

Sie war wunderschön. Selbst auf diese Entfernung konnte man das erkennen. Ihr Gesicht schimmerte hell im Licht der Laterne, das Haar hatte sie (achtlos, das wusste er) unter eine Wollmütze gestopft. Er mochte es lieber, wenn sie es auf die Schultern fallen ließ. Sie hatte prächtiges Haar, das es nicht vertrug, gebändigt zu werden.

Ruben verstand nicht, warum sie ein solches Leben gewählt hatte. Ein kleines, nichts sagendes Spießerhaus, umgeben von anderen Spießerhäusern. Wie wertlose Glasperlen an einer Schnur zogen sie sich an der Straße entlang, eingebettet in schmale Vorgärten, in denen zurechtgestutzte Sträucher vom kühlen Licht chromfarbener Solarlampen beleuchtet wurden. Was hatte sie verloren in einer Nachbarschaft mit gerafften Tüllgardinen vor den Fenstern? Mit pedantisch aufgereihten Mülltonnen, eine schwarz, eine gelb und eine blau? Wo nichts und niemand aus der Reihe tanzte, nicht mal die gefleckte Katze da, die vor einer der Türen höflich, aber vergeblich um Einlass bat, statt sich woanders ein verständnisvolleres Zuhause zu suchen?

Sein Handy klingelte. Er sah auf das Display. Die Architektin. Das hatte Zeit. Er wollte jetzt nicht gestört werden. Von niemandem. Er schaltete das Handy aus. Alles, jedes Geräusch war eine Störung, wenn er in dieser Stimmung war, an gestern dachte, an heute und an morgen.

Ilka holte ihr Rad aus der Garage. Klein und verloren sah sie aus im ersten grauen Licht, das über die Dächer kroch und

10

sich in den kahlen Ästen der Bäume verfing. Als sie an ihm vorbeiradelte, wandte er den Kopf ab. Sein Herz klopfte zum Zerspringen.

Er schloss die Augen. Allmählich beruhigte er sich wieder. Er würde ihr nicht nachfahren. Das tat er nie. Er hatte es sich abgewöhnt, seinen Gefühlen nachzugeben. Kühl und beherrscht musste er bleiben, dann würde alles gut werden.

Eine Weile starrte er weiter das Haus an, in dem sie wohnte. Nummer siebzehn. Ilkas Lieblingszahl. Doch das war natürlich Zufall gewesen. Obwohl sie es vermutlich für eine Fügung des Schicksals gehalten hatte. Sie vertraute gern auf das Schicksal, die Sterne oder höhere Mächte.

Hinter dem Küchenfenster bewegte sich ein Schatten. Ruben presste die Zähne zusammen. Seine Hände verkrampften sich um das Lenkrad. Nein. Er durfte sich nicht gehen lassen. Es war wichtig, dass er einen klaren Kopf behielt. Seine Gefühle hatten ihm schon so oft einen Streich gespielt. Das durfte nicht noch einmal passieren.

Ilka. Er würde nur an sie denken. An nichts anderes.

Ein Lächeln huschte über sein hageres Gesicht. Er schob die Brille zurück, die er zum Autofahren brauchte. Ilka. Er liebte ihren Namen. Und er war froh, dass wenigstens er ihm geblieben war. Alles andere hatte sie ihm genommen, damals, als sie über Nacht verschwunden war und sich in diesem spießigen Albtraum verschanzt hatte.

Was für ein Leben führte sie hier? Falsch war es und verlogen. Ein Leben, das nicht zählte, weil es nicht ihr wirkliches Leben war. Sie konnte unmöglich glücklich sein. Das spielte sie den anderen doch nur vor.

Merkte jemand, dass sie eine Betrügerin war? Spürte man es, wenn man vor ihr stand und ihr in die Augen blickte? Oder glaubten ihr die Menschen, die sie kannten?

Alle hatten Ilka stets geglaubt. Immer. Auch er selbst. Nur zum Schluss, da waren die Zweifel übermächtig geworden. Aber er hatte zu spät reagiert und nichts mehr ändern können.

Er nahm den Schwamm aus dem Ablagefach in der Tür und wischte damit über die Windschutzscheibe. Dann startete er den Motor. Langsam fuhr er los. Bis zur nächsten Ecke ohne Licht. Er würde seinen Fehler korrigieren. Und darauf achten, keinen zweiten zu machen.

*

Ich stopfte die Bücher in den Rucksack und sah mich noch einmal in der Küche um. Alle Geräte ausgeschaltet, Fenster zu, warum also war ich nicht längst draußen?

Irgendwie war ich in diesem Winter wie gelähmt. Es kam mir vor, als wären all meine Bewegungen verlangsamt. Nicht eben wie in Zeitlupe, aber auch nicht weit davon entfernt. Alles strengte mich an. Ich musste aufpassen, dass ich beim Gehen die Füße hob und nicht schlurfte.

Ich hatte verschlafen. Nach dem Aufstehen war mir speiübel gewesen. Und schwindlig. Ich hatte mich beim Duschen an der Wand abgestützt, um nicht hinzufallen.

Wahrscheinlich hatte ich niedrigen Blutdruck. Vielleicht kamen meine Beschwerden aber auch nur daher, dass ich unglücklich war. Ich hatte eine Liebe gefunden und verloren und fühlte mich so abgrundtief allein wie niemals zuvor.

Nein. Nein! Ich wollte nicht daran denken. Ich durfte es auch nicht. Wochenlang war ich krank gewesen und hatte mich nur mühsam, Schritt für Schritt, wieder erholt. Ich durfte nicht zurückfallen, nicht wieder zu diesem willenlosen Etwas werden, das nur dank der maßlosen Geduld und Zuwendung von Familie und Freunden überlebt hatte.

Meine Mutter und Merle waren für mich da gewesen. Sie hatten mich abgeschirmt und beschützt. Auch meine Großmutter hatte mir sehr geholfen. Sie hatte mir Bücher und CDs mitgebracht, mir vorgelesen und mit mir zusammen Musik gehört. Und manchmal hatte sie einfach nur bei mir gesessen und mit mir geschwiegen.

Tilo, der Freund meiner Mutter, war mir vertrauter geworden in dieser Zeit.

»Weil du dich irgendwie verändert hast«, hatte ich zu ihm gesagt.

Er hatte den Kopf geschüttelt und mich angelächelt mit diesem ganz speziellen Tilo-Lächeln, die Augen ein bisschen zusammengekniffen, die Lippen beinah spöttisch verzogen. Das typische Psychologenlächeln, wie meine Mutter es nannte.

»Nein«, hatte er gesagt. »Du bist diejenige, die sich verändert hat.«

Wahrscheinlich waren wir alle anders geworden. Durch die schrecklichen Erfahrungen, die wir gemacht hatten, jeder für sich.

Meine Freundin Caro war ermordet worden und ich hatte mich in ihren Mörder verliebt. Merle mit ihrer Hartnäckigkeit hatte mir das Leben gerettet.

Es hatte in sämtlichen Zeitungen gestanden. Jeder hatte sich das Maul darüber zerrissen. Es war nicht mehr Caros, Merles und meine Geschichte gewesen. Plötzlich hatte sie jedem gehört. Sogar auf der Straße hatten die Leute darüber gesprochen. Sie taten es immer noch.

Aufhören! Nicht weiterdenken.

Manche Tage überlebte ich nur dadurch, dass ich jede Erinnerung an damals verdrängte. Dadurch, dass ich meinen Kopf leer machte und keinen Gedanken zuließ, der mich beunruhigen konnte.

Ich sollte nicht alles so schwer nehmen. Es gab einfach diese Tage, an denen alles schief ging, an denen schon der Morgen falsch begann. Das hier war so ein Tag.

Draußen schlug mir die Kälte ins Gesicht. Ich beschloss, den Wagen zu nehmen. Obwohl er aussah wie aus der Gefriertruhe gezogen. Das bedeutete mindestens fünf Minuten Kratzen und war nicht gerade dazu angetan, mein Wohlbefinden zu steigern.

Die Pulswärmer, die meine Großmutter mir zu Weihnachten geschenkt hatte, waren schon nass, und die Windschutzscheibe war immer noch zur Hälfte vereist. Ich merkte, dass ich kaum Kraft in den Fingern hatte, und wäre am liebsten umgekehrt.

Weichei, sagte die lästige, vorwurfsvolle Stimme in mir, die sich immer dann meldete, wenn mir nach Jammern zumute war. Hast du dich nicht lang genug im Bett verkrochen?

Wochenlang, ja. Ganz allmählich erst steckte ich die Nase wieder in die Luft.

Vielleicht war meine Schwäche aber auch gar kein Zeichen für einen Rückfall. Vielleicht brütete ich bloß eine Erkältung aus und war deshalb so wacklig auf den Beinen. Oder das Frühstück fehlte mir. Ich bin nicht der Typ, der auf nüchternen Magen eine Tasse Kaffee runterschüttet, aus dem Haus stürmt und fit ist für den Alltag mit seinen Tücken. Ich brauche mein finnisches Knäckebrot, meinen Käse und meinen Tee, um den Menschen und mir gewachsen zu sein. Vor allem mir.

Im Auto war es genauso kalt wie draußen, jedenfalls kam es mir so vor. Weiß strömte der Atem aus meinem Mund. Das Lenkrad fühlte sich an, als wäre es aus Eis.

»Bitte! Spring an!«, flehte ich und versuchte, den Motor zu starten. Beim fünften Mal gelang es mir. Ich schnallte mich an und fuhr los.

Ich machte das Radio an und drehte die Heizung auf die

höchste Stufe. Meine Schultern waren so verkrampft, dass ich kaum schalten konnte. Ein stechender Schmerz kroch mir in den Nacken und von da aus in den Kopf.

Es dämmerte. Die kahlen Bäume standen schwarz vor dem unmerklich hell werdenden Himmel. Ihre Äste und Zweige waren wie Scherenschnitte, die man gegen das Licht hält. Schön. Wunderschön.

Wie schnell war man tot, wenn man mit hundert gegen einen Baum prallte? Spürte man noch Schmerzen oder war es sofort aus? Würde es auch für mich eine Lichtgestalt geben, die mich abholte?

Caro.

Ich durfte nicht so denken. Ich musste mich ablenken. Ich hatte schon viel zu viel Zeit mit dem Tod verbracht.

Caro. Wo war sie jetzt? Ging es ihr gut?

Beim Kreisel kehrte ich um. Meine Kraft reichte nicht aus für einen langen Vormittag in der Schule. Ich brauchte Ruhe. Und Schlaf. Damit ich aufhören konnte mit diesen Gedanken, die mich seit damals quälten.

Damals. Als alles aufgehört hatte.

*

Ruben hatte sich mit der Architektin verabredet und war auf dem Weg zu ihr. Sie traf keine wichtige Entscheidung, ohne sich vorher mit ihm zu beraten. Es war nicht leicht gewesen, sie zu erziehen. Anfangs hatte sie ganz die erfolgreiche Geschäftsfrau raushängen lassen, die ihre Schritte nicht zur Diskussion stellte. Aber er hatte ihr klar gemacht, dass er es war, der sie bezahlte. Irgendwann hatte sie es begriffen. Geld war letztlich immer ein unschlagbares Argument. Was würde er nur tun, wenn er keins hätte? Ihn fröstelte und er stellte die

Heizung höher. Er besäße nicht diesen Wagen, nicht das Haus, in dem er lebte, er hätte das ganze Projekt nicht starten können. Manchmal war ihm danach, auf die Knie zu fallen und den Göttern zu danken. Für sein Talent. Und für das Glück, das ihm den Weg nach oben geebnet hatte.

Vor allem aber war er für die reichen Pinkel dankbar, die so auf seine Bilder abfuhren, dass sie die neuen schon kauften, bevor die alten richtig getrocknet waren. Ruben Helmbach war Kult. Und die gesamte Szene balgte sich dankbar um die Brocken, die er ihnen hinwarf.

Dass er sich selten zeigte, nahm man ihm nicht übel. Im Gegenteil. Es machte ihn erst recht interessant. Ein gewisses Maß an Menschenscheu war gut für die Legende, die sich um ihn zu ranken begann.

Sein Erfolg nahm groteske Formen an. Neulich hatte ihm die Frau eines Fabrikanten sogar Geld für seine farbverschmierte Palette geboten. Demnächst würden sie ihm noch die ausgedienten Pinsel aus der Hand reißen und sie als Skulpturen in ihre Wohnzimmer stellen.

Ruben dachte an die Kollegen, die fast alle einen festen Job hatten, der ihnen die Malerei finanzierte. Die sich Blasen liefen, um eine Galerie zu finden, die ihre Bilder ausstellte. Die jahrelang an Kunsthochschulen studiert hatten.

Anders als sie war Ruben Autodidakt. Zwar hatte er bei Emil Grossack gelernt und bei Elisabeth Schwanau, aber die hatten ihn privat unterrichtet. Ruben konnte keine Urkunde, kein Zeugnis, kein Examen vorweisen. Er hatte nur seine Begabung.

Darüber hatte er sich jedoch noch nie den Kopf zerbrochen. Es war einfach so gekommen. Er war schon ein gefragter Maler gewesen, bevor sich die Frage nach einem Studium überhaupt gestellt hatte.

Die Malerei war alles für ihn. Oder doch beinahe alles. Was ihm fehlte, um wirklich glücklich zu sein, war Ilka, das Mädchen, das er liebte. *Sein* Mädchen.

*

Mike sah, wie sie das Fahrrad abstellte, und sein Herzschlag spielte verrückt. Er war in Ilka verliebt, seit er ihr zum ersten Mal begegnet war. Damals war sie aus dem Zimmer der Schulleiterin gekommen und hatte sich bei ihm nach dem Weg in den Musiksaal erkundigt.

Ihre Stimme. Sie war wie ein Blitz in seinen Kopf gefahren und hatte sich dort eingenistet. Er war sie nicht mehr losgeworden. Er hatte es auch gar nicht gewollt.

Aber er liebte nicht nur ihre Stimme. Er liebte auch ihr Lächeln, das immer noch schüchtern war und so, dass er wer weiß was getan hätte, um es zu beschützen. Er liebte alles an ihr. Die Grübchen, die neben den Mundwinkeln sichtbar wurden, wenn sie lachte. Ihre Augen, die braun waren, mit bernsteinfarbenen Sprenkeln. Ihre schmalen Hände. Und natürlich ihr Haar. Noch nie hatte er so schönes Haar gesehen.

»Hi.« Ilka stellte sich auf die Zehenspitzen und gab ihm einen Kuss auf die Wange.

Mike hätte sie zu gern an sich gezogen, ihr die Mütze abgestreift und das Gesicht in ihrem Haar vergraben. Es war so weich. Und es duftete so gut. Stattdessen stupste er mit dem Zeigefinger ihre Nase an. »Hi.«

»Wie ist es gelaufen?« Sie zog die Mütze ab und schüttelte ihr Haar aus.

»Ich hab heute Nachmittag einen Besichtigungstermin.«

»Prima!« Sie strahlte ihn an und drückte seinen Arm.

»Das heißt noch gar nichts.« Er baute nicht gern auf etwas

so Wackliges wie Hoffnung. »Ich bin garantiert nicht der Einzige, den sie eingeladen haben. Und dann frag ich mich schon die ganze Zeit, warum zwei Mädchen einen Kerl in ihre Wohngemeinschaft aufnehmen wollen. Findest du das nicht seltsam?«

»Warum?« Ilka hatte sich bei ihm eingehakt. »Sie wollen ja keinen Orden gründen, sondern nur ein Zimmer vermieten.«

Mike fühlte sich von allen Seiten beobachtet. Er wusste, dass die Jungen ihn beneideten. Jeder von ihnen wäre gern an seiner Stelle gewesen. Er begriff ja selbst nicht, was Ilka an ihm fand. Er war in jeder Hinsicht Durchschnitt. Nie hätte er zu hoffen gewagt, dass dieses Mädchen auch nur einen zweiten Blick an ihn verschwenden würde.

»Nimmst du mich mit zur Besichtigung?«

Warum nicht? Ilka hatte eine unglaublich intensive Ausstrahlung. Vielleicht würde ein bisschen davon auf ihn abfärben.

»Ich mische mich auch nicht ins Gespräch ein.«

Mike lachte und drückte sie an sich. »Klar kannst du mitkommen. Und misch dich ruhig ein. Vielleicht bringst du mir Glück. Vielleicht geben sie das Zimmer lieber einem Typen mit Freundin.«

»Vielleicht aber auch nicht.«

»Das riskiere ich.«

Sie waren am Klassenraum angekommen. Zweite Stunde. Mathe. Ilka hängte ihre Lebhaftigkeit mit Jacke und Mütze draußen am Kleiderhaken ab. Ein Ausdruck tiefer Konzentration legte sich auf ihr Gesicht. Sie nahm die Schule sehr ernst. Mike spürte, dass es einen Grund dafür geben musste, aber er hatte keine Ahnung, welchen.

Er wusste überhaupt sehr wenig von Ilka. Vor drei Jahren

erst war sie in diese Schule gekommen. Wie aus dem Nichts. Ihre Eltern hatten einen Verkehrsunfall gehabt. Seitdem lebte Ilka bei ihrer Tante. Und das war schon fast alles, was er über sie erfahren hatte.

Sie sprach nicht über ihre Vergangenheit. Nur selten konnte Mike ihr eine Bemerkung entlocken. Es war, als gäbe es da einen Vorhang, den Ilka jedes Mal herunterließ, wenn er einen Schritt in die verbotene Richtung machte.

Mike packte nervös sein Mathebuch aus. Er fieberte der Besichtigung am Nachmittag entgegen. Gleichzeitig hatte er Angst davor. Wohngemeinschaften von Schülern waren in Bröhl nicht gerade dicht gesät. Hoffentlich gefiel ihm die Wohnung. Hoffentlich kam er mit den Mädchen zurecht. Und hoffentlich hatten sie kein Problem mit ihm.

Die Anzeige hatte distanziert geklungen. Nichts sagend eigentlich. *Mitbewohner für unsere WG gesucht.* Mehr nicht. Am Telefon hatte er sich mit einer Merle unterhalten. Sie war nicht sehr gesprächig gewesen. Er hatte lediglich erfahren, dass die Wohngemeinschaft zurzeit aus zwei Mädchen bestand, beide Schülerinnen am Erich-Kästner-Gymnasium, und dass sie definitiv einen männlichen Mitbewohner wollten.

Das hatte ihn irritiert. Andererseits konnte er sich Skepsis nicht leisten. Er hatte schon so lange nach einem bezahlbaren Zimmer gesucht, dass er diese Chance nicht verschenken durfte. Sie würden ihm den Grund schon verraten.

Er beugte sich zu Ilka hinüber, um die Uhrzeit mit ihr auszumachen. Doch dann bemerkte er, dass sie vor sich hinstarrte. Mit diesem Blick, den er so fürchtete. In solchen Momenten war sie unerreichbar. Auch für ihn.

Behutsam berührte er ihren Arm. Es war, als würde sie wach. Als kämen ihre Gedanken von weiter zurück. Sie sah ihn an, schien sich langsam an ihn zu erinnern. Lächelte.

Mike bemühte sich, ebenfalls zu lächeln. In Wirklichkeit war ihm zum Heulen zumute. Er wollte nicht eifersüchtig sein. Wollte sich nicht den Kopf zerbrechen über ihre Gedanken. Aber das, was in ihm wühlte und grub, war dumpfe, hässliche Eifersucht, und er konnte nichts dagegen tun.

2

Imke Thalheim faltete einen Pulli zusammen und legte ihn in den Koffer. Sie hasste Packen. Sie hasste Abschiednehmen. Sie hasste es wegzufahren. Vor allem hasste sie es, woanders zu sein als zu Hause. Diesmal fiel es ihr besonders schwer. Jette war noch nicht so weit. Sie würde allein nicht zurechtkommen.

»Unsinn«, hatte Tilo gesagt, als sie mit ihm darüber gesprochen hatte. »Du solltest mehr Vertrauen zu deiner Tochter haben. Sie ist ein starkes Mädchen. Das hat sie dir und der ganzen Welt bewiesen.«

»Sie wäre beinahe ermordet worden, Tilo!«

Er hatte sie an den Schultern gefasst und sie eindringlich angesehen. »Es sind so viele Menschen da, die auf sie aufpassen. Niemand wird ihr etwas tun.«

»Es ist die erste Lesereise seit… seit…« Sie hatte Tilo die Arme um den Hals geschlungen.

»Ich weiß. Und ich verspreche dir, mich um Jette zu kümmern. Du kannst beruhigt fahren. Es wird nichts passieren, hörst du? Absolut nichts.«

Er hatte ihr den Rücken gestreichelt, und sie hatte gewusst, dass sie auch seinetwegen nicht wegfahren wollte. Auf einer Lesereise war sie der einsamste Mensch weit und breit.

Sie zählte die Slips ab, die Strümpfe, nahm ein paar Wollschals aus dem Schrank. Es war sehr kalt geworden. Sie würde hauptsächlich warme Sachen einpacken.

Edgar und Molly hatten sich verkrochen. Sie verbanden Kofferpacken mit Autofahren und Autofahren mit Tierarzt oder anderen Orten, die sie nicht mochten. Dabei hatte Imke sie schon lange nicht mehr in einer Katzenpension untergebracht. Genau genommen seit dem Tag, an dem sich herausgestellt hatte, dass Frau Bergerhausen nicht nur eine begnadete Putzhilfe, sondern auch eine leidenschaftliche Tierfreundin war.

Imke war mehr als dankbar dafür, dass eine glückliche Fügung ihr vor ein paar Jahren diese Frau über den Weg geschickt hatte. Die alte Mühle, umgebaut zu einem kleinen Paradies, lag zu einsam, um für längere Zeit unbewohnt zu bleiben. Wenn Imke unterwegs war, kam Frau Bergerhausen zweimal täglich ins Haus, ließ die Rollläden rauf und runter, fütterte die Katzen und gab den Pflanzen Wasser. Sie sortierte die Post und nahm auch das eine oder andere Telefongespräch an. Frau Bergerhausen war das, was Imkes Mutter eine *Perle* nannte.

Auch Jette und Tilo, die beide einen Schlüssel für die Mühle besaßen, hatten versprochen, hin und wieder vorbeizuschauen. Es gab wirklich keinen Grund, sich Sorgen zu machen. Höchstens um den neuen Roman, mit dem Imke vor ein paar Tagen begonnen hatte und den sie nur ungern unterbrach. Warum also fühlte sie dieses starke, quälende Unbehagen?

Sie hatte längst akzeptiert, dass sie die Signale ihres Körpers nicht unbeachtet lassen durfte. Seit vielen Jahren lebte sie mit den Stimmen, die sie vor Katastrophen warnten. Es waren natürlich keine richtigen Stimmen, auch keine Stimmen, die sie in ihrem Kopf hörte. Es waren Zeichen wie Angstgefühle, Kopfschmerzen, eine dumpfe Unruhe. Oft konnte sie die Zeichen nicht deuten und erkannte sie erst im Nachhinein. Aber wenn es um Jette ging, irrte sie sich selten.

Ihr Kind war unglücklich. Zogen unglückliche Menschen das Unheil nicht magisch an? Wie konnte sie Jette in ihrer schlechten seelischen Verfassung nur allein lassen?

Sie faltete eine Jeans zusammen, unterbrach dann das Packen und griff nach dem Telefon. Insgeheim betete sie, dass sich niemand melden würde. Dann wäre alles in Ordnung. Um diese Zeit sollten die Mädchen nämlich in der Schule sein. Sie steckten mitten in den Vorbereitungen fürs Abitur.

»Jette Weingärtner.«

Imke hatte ihre Bücher von Anfang an unter ihrem Mädchennamen veröffentlicht, den sie nach der Scheidung von ihrem Mann auch offiziell wieder angenommen hatte. Dass Jette weiterhin den Namen ihres Vaters trug, störte sie nicht. Nur manchmal empfand sie eine gewisse Fremdheit, wenn sie ihn hörte.

»Du bist zu Hause?«

Das hatte sie eigentlich nicht sagen wollen. Es klang wie ein Vorwurf.

»Mir war nicht gut.«

Jette war nicht der Typ, der schnell jammert. Sie hielt eine ganze Menge aus. Wenn sie nicht in die Schule ging, dann hatte sie dafür ihre Gründe.

»Und jetzt? Geht es dir wieder besser?«

»Ich hab mich in meinem Bett zusammengerollt und ein bisschen geschlafen.«

»Das tut mir Leid. Ich wollte dich nicht wecken.«

»Hast du nicht. Ich bin gerade wach geworden. Außerdem will ich ja auch nicht den ganzen Tag im Bett verbringen.« Sie machte eine kurze Pause. »Warum rufst du an? Wolltest du nicht heute losfahren?«

»Eigentlich schon, aber ich überlege, ob ich nicht lieber zu Hause bleiben soll. Für alle Fälle.«

»Mit anderen Worten – meinetwegen?«

»Jette, du bist noch nicht stabil genug. Du brauchst…«

»Mama! Hör auf, mich in Watte zu packen!«

»Aber Kind! Ich pack dich doch nicht in…«

»Ich komme klar, Mama. Ich hab nur manchmal zwischendurch einen kleinen Absturz. Nicht der Rede wert. Ich möchte nicht, dass du ständig Rücksicht auf mich nimmst.«

»Rücksicht? Ich nehme keine…«

»Doch, Mama! Und ich finde das auch ganz lieb von dir. Aber du hast getan, was du konntest. Jetzt muss ich allein weitergehen.«

Weitergehen? Wohin? Imke schluckte.

»Hast du dir das gut überlegt, Jette?«

»Ich habe deine Handynummer, eine ellenlange Liste mit den Anschriften und Telefonnummern der Hotels und sämtlicher Veranstalter in zeitlicher Reihenfolge, was soll mir denn da passieren?«

»Und du rufst wirklich an, wenn du mich brauchst?«

»Jaaaaa, Mama. Versprochen. Hochheiliges Ehrenwort und dreimal draufgespuckt.«

Jettes Kinderschwur. Imke musste unwillkürlich lächeln.

»Gut. Dann packe ich jetzt weiter. Ich ruf dich von unterwegs noch mal an.«

»Tu das.« Jette seufzte erleichtert auf. »Ich wünsch dir eine schöne Reise.«

Nachdenklich legte Imke das Telefon aufs Bett. Sie nahm ein Jackett aus dem Schrank, trat damit ans Fenster und sah hinaus. Der Winter hatte das Land fest im Griff. Auf einem der Zaunpfosten hockte verfroren der Bussard. Er hatte sich irgendwann auf Imkes Grund und Boden niedergelassen und sie empfand seine Anwesenheit als tröstlich.

Er war ihr Wächter. Solange es ihn gab, würde ihr und

denen, die sie liebte, nichts zustoßen. Sie würde weiter fest daran glauben.

Der Bussard drehte den Kopf in ihre Richtung. Als hätte er ihre Gedanken gehört.

»Pass auf meine Tochter auf«, bat sie ihn leise und wandte sich wieder ihrem Koffer zu.

*

An einem Rasthof hielt Ruben an. Er hatte noch nicht gefrühstückt und allmählich tat ihm vor Hunger der Magen weh. Es war kein besonders schöner Rasthof, aber welcher Rasthof war das schon? Alles auf modern gestylt, hohe, große Fenster, das immerhin, viel Holz und Glas, aber keinerlei Flair.

Die Küchengerüche hatten sich im Raum gesammelt, vermischten sich mit dem Zigarettenrauch, der grau über den Tischen lag, und nahmen Ruben für einen Moment den Atem. Er entschied sich für ein Käsebrötchen, ließ sich einen Kaffee einlaufen und ging mit dem Tablett zur Kasse. Die junge Frau, die dort saß, schäkerte mit einem Gast. Als sie lachte, bemerkte Ruben, dass ihr ein Schneidezahn fehlte. Trotzdem fand er sie hübsch, vor allem ihr Lachen.

Er suchte sich einen Tisch am Fenster, fing an zu essen. Das Brötchen war erstaunlich frisch. Es krachte beim Hineinbeißen und die Krümel spritzten in alle Richtungen. Ruben nahm den ersten Schluck Kaffee und spürte, dass er auf eine geradezu blödsinnige Weise glücklich war. Er hätte die ganze Welt umarmen mögen, angefangen bei der immer noch schäkernden Kassiererin bis hin zu den Businesstypen am Nebentisch, die aussahen wie geklont und deren Stimmen plötzlich etwas geradezu Unwiderstehliches hatten.

»Das machst du«, flüsterte er. Und lächelte.

Nach langer, mühsamer Suche war er fündig geworden. Mit fünf Maklern hatte er in Kontakt gestanden. Jeder hatte sich bei ihrem ersten Treffen das Foto angeschaut und dann den Kopf gehoben. »Wie ähnlich muss das gesuchte Objekt diesem hier denn sein?«

»So ähnlich wie möglich«, hatte Ruben geantwortet.

Sie hatten ihm wenig Hoffnung gemacht, dass ein solches Haus zu finden wäre. Einige hatten ihm geraten, es original-getreu nachbauen zu lassen. Das sei einfacher und wahrscheinlich auch preiswerter.

Doch ein neu gebautes Haus hätte einen eklatanten Makel gehabt – es wäre ein neues Haus gewesen. Es musste aber ein altes Haus sein. Ein Haus, in dem Menschen gelebt hatten. Das Spuren davongetragen hatte, genau wie das Gesicht eines alten Menschen. Ruben wollte keine Kulisse. Er wollte etwas Echtes.

»Nein«, hatte er mit einem leisen Unterton von Verachtung gesagt. »Ich bin nicht der Typ fürs Häuslebauen.«

»Und warum erwerben Sie nicht einfach das Original?«, hatte einer der Makler gefragt und auf das Foto gezeigt.

»Es existiert nicht mehr.« Ruben hatte das ganz beiläufig geäußert. Er durfte nicht zu viel verraten. Jedes falsche Wort konnte eine Fährte legen, die später zu ihm führen würde. »Um aufrichtig zu sein«, hatte er hinzugefügt, weil der Makler wie ein Mann gewirkt hatte, dem Aufrichtigkeit über alles ging, »um aufrichtig zu sein – es handelt sich um reine Sentimentalität. Ich möchte etwas wiederfinden, was ich verloren habe, verstehen Sie?«

Ruben hatte nicht nach dem exakten Ebenbild seines Elternhauses gesucht. Das Haus sollte ihm nur möglichst ähnlich sein. Es sollte denselben Geist haben, dieselbe Ausstrahlung. Allerdings ohne die Gespenster der Vergangenheit.

Und dann hatte er es gesehen. Fast alles hatte mit dem Bild in seiner Erinnerung übereingestimmt. Es war so überwältigend gewesen, dass er nach Luft gerungen hatte.

Er war angekommen. Endlich.

Ruben tauchte aus seinen Gedanken auf und betrachtete die Leute an den anderen Tischen. Sie alle waren unterwegs. Die meisten von ihnen hatten ein Ziel. Wie Ameisen bewegten sie sich von einem Ort zum nächsten, schleppten ihre Lasten und bauten ihre Nester. Rastlos und unermüdlich.

Er ging hinaus, ohne sein Tablett wegzuräumen. Er fuhr noch ein Stück und verließ dann die Autobahn.

Die Ausfallstraßen waren verstopft. Wie Nebel lagen die Abgase über dem Boden. Ruben machte das Radio an. Er hörte in ein paar Sendungen hinein und schaltete wieder aus. Es gab Tage, da liebte er es, mit Musik zu fahren, da ertrug er es locker, an jeder Ampel halten zu müssen und nur schleppend voranzukommen. Es gab aber auch Tage, da war Autofahren und alles, was damit zusammenhing, die Hölle.

Heute war so ein Tag. Der Stau zerrte an Rubens Nerven. Seine Handflächen fingen an zu schwitzen. Bei der erstbesten Gelegenheit bog er ab und wich auf Nebenstraßen aus. Nach einigen Kilometern fühlte er sich wie von einer Last befreit.

Ruben dachte beim Autofahren gern nach. Es war eine angenehme Art des Denkens, leicht und spielerisch und ohne Konsequenzen. Man musste keinen Einfall zensieren, keine Scham empfinden und keine Skrupel. Gedanken waren frei.

Auf den Weg brauchte er kaum zu achten. Sein Wagen war mit einem Navigationssystem ausgerüstet. Die Strecke wurde ihm optisch über ein Display angezeigt und akustisch von einer angenehm modulierten Frauenstimme angesagt. Die

Stimme war ein wenig unterkühlt für seinen Geschmack, aber sie sollte ja auch nicht seine Gefühle berühren, sondern ihn nur sicher und bequem ans Ziel bringen.

An einem Feldweg hielt Ruben an. Er stieg aus und bewegte sich ein bisschen. Schaute sich in der Einsamkeit um. Schneegeruch lag in der Luft. Für einen Augenblick schien es, als wollte die Sonne durchkommen, doch dann wurden die Wolken noch eine Spur dunkler.

Es war eine Landschaft nach Rubens Geschmack, hügelig und dennoch weit. Nicht diese engen, beklemmenden Täler, in denen man nicht atmen konnte und in denen er immer an *Via Mala* denken musste. Er hatte das Buch als Junge im Bücherschrank seiner Eltern gefunden und es heimlich gelesen.

Sämtliche Bücher der Eltern waren für die Kinder tabu gewesen, doch Ruben hatte sie alle verschlungen, ohne Ausnahme. Bei diesem hatte er den Eindruck gehabt, etwas ganz Unerhörtes zu lesen. Er war in einen Strudel widerstreitender Gefühle geraten, die er nicht kontrollieren konnte, die ihm fremd waren, ihm Angst machten und ihn gleichzeitig erregten.

Heute noch konnte er sich daran erinnern, dass er das Buch im Winter gelesen hatte. Die Tage waren lang und düster gewesen. Es hatte von morgens bis abends genieselt und der harte Schnee war auf den Wegen geschmolzen. Jener Winter war vollständig in das Buch eingegangen.

Es war nur eines von vielen verbotenen Büchern gewesen, aber es hatte Ruben als Einziges nachhaltig geprägt. Er hatte angefangen, sich mit verbotenen Gefühlen auseinander zu setzen. In sich hineinzuhorchen. Sich Fragen zu stellen. Irgendwann war *Via Mala* für ihn zu einem Bild seines eigenen Lebens geworden. Eng. Finster. Kalt.

Wahrscheinlich konnte er deshalb heute nur noch Landschaften ertragen, die weit waren und frei. So wie diese. Ein

Lächeln legte sich auf sein Gesicht. Er hatte allen Grund, nach vorn zu sehen. Und sich zu freuen. Endlich erblickte er Licht am Horizont.

*

Nach dem Gespräch mit meiner Mutter war ich sofort wieder eingeschlafen. Manchmal staunte ich darüber, wie viel Schlaf ich brauchte. Allerdings wusste ich auch, dass mein Bett ein Zufluchtsort für mich geworden war. Nur hier fühlte ich mich geschützt. Nur in meinem Bett war es mir möglich, für Stunden zu vergessen.

Es sei denn, die Albträume holten mich ein. Dann wachte ich schweißgebadet auf, mit hämmerndem Herzen, meinen eigenen Schrei noch im Ohr. Ich fürchtete mich vor diesen Träumen, die ich nicht loswurde, die mich seit damals verfolgten, nicht bloß in der Nacht.

Sie lauerten überall und überfielen mich, wenn ich nicht darauf gefasst war. Es konnte sein, dass sie in den Schatten eines Zimmers verborgen waren, hinter einer Häuserecke oder am Ende einer Gasse. Sie versteckten sich in einem Buch, einem Lachen oder einem Wort. Für Sekunden nahm ich die Wirklichkeit nicht mehr wahr. Bis ein Geräusch oder eine Berührung mich zusammenfahren ließ.

Am schlimmsten jedoch war die Leere, die ich in mir spürte. Ich bemühte mich wirklich, mich nicht hängen zu lassen. Ich gab Merle nach, die immerzu versuchte, mich abzulenken, ging mit ihr zu den Versammlungen der Tierschützer, begleitete sie ins Kino, lief sogar ab und zu mit ihr über die Felder. Doch dadurch fühlte ich mich nicht weniger leer. Wo Liebe gewesen war, Zärtlichkeit und Verlangen, konnte ich jetzt gar nichts mehr fühlen.

Ich schlüpfte in meinen Jogginganzug und ging in die Küche. Vielleicht würde mir ein Kaffee gut tun. Die Katzen strichen mir maunzend um die Beine. Sie hatten ständig Hunger. Seit sie von Merles Gruppe aus einem Versuchslabor befreit worden waren, hatten sie sich von zitternden, mageren, unansehnlichen Geschöpfen in prächtige, selbstbewusste Persönlichkeiten verwandelt. Ihr Fell glänzte und ihre Augen waren klar und blank.

Wir hatten uns so an ihre Gesellschaft gewöhnt, dass ich mir ein Leben ohne sie nicht mehr vorstellen konnte. Ich machte eine Dose Katzenfutter auf und füllte einen Napf für Donna und einen für Julchen. Sie waren zwar durchaus bereit, sich ihr Futter schwesterlich zu teilen, aber Donna fraß so schnell, dass für Julchen nie genug übrig blieb.

Die Espressomaschine veranstaltete einen Höllenlärm, doch selbst das ertrugen die Katzen mittlerweile. Sie zuckten nicht einmal, wenn das Getöse losging, sondern fraßen seelenruhig weiter.

Der Kaffeeduft stieg mir in die Nase und machte mich endgültig wach. Ich zog mir einen der Küchenstühle ans Fenster und sah auf die Straße hinunter, während ich langsam und genüsslich trank.

Die Menschen hasteten über die Straße, als wollten sie vor der Kälte davonlaufen. Dabei spürte ich noch die Hitze des Sommers in mir. Ich hatte kein Gefühl für die Zeit, die vergangen war. Es kam mir so vor, als wäre ich monatelang durch einen langen dunklen Flur gekrochen, zu beiden Seiten lauter verschlossene Türen.

Vielleicht sollte ich mich anziehen und ein bisschen aufräumen. Wir bekamen am Nachmittag Besuch von diesem Mike Soundso, der sich die Wohnung angucken wollte. Es widerstrebte mir, ihm unser tägliches Chaos vorzuführen.

Wir hatten nicht vorgehabt, irgendwas an Caros Zimmer zu verändern. Aber dann waren Caros Eltern gekommen und hatten es leer geräumt. Sie hatten keine Beziehung zu ihrer Tochter gehabt, als sie noch lebte. Caros Tod hatte daran nichts geändert. Am Ende zerstörten sie auch noch das, was von ihr übrig geblieben war.

Das leere Zimmer erinnerte uns jeden Tag daran, dass Caro nicht mehr da war. Wir hielten die Tür geschlossen, doch das machte es nur schlimmer. Zu wissen, hinter dieser Tür war nichts... Fast war es, als hätte Caro nie gelebt.

Dann, eines Tages, hatte meine Mutter gesagt: »Ich glaube, Caro hätte gewollt, dass wieder jemand in ihrem Zimmer wohnt. Sie hätte gewollt, dass ihr mit Freude an sie denkt, nicht mit Trauer.«

Merle und ich sahen uns an und wussten, sie hatte Recht. Aber wir konnten uns nicht dazu überwinden, nach einer neuen Mitbewohnerin zu suchen.

»Weil ihr jedes Mädchen mit Caro vergleicht«, sagte meine Mutter.

Auch das stimmte. Und so war die Idee entstanden, das Zimmer nicht an ein Mädchen, sondern an einen Typen zu vergeben. Einen, der besonders war. Der zu uns passte. Obwohl wir keine Ahnung hatten, wie dieser Jemand sein sollte.

»Lasst euch überraschen«, sagte meine Mutter. »Und hört auf euer Gefühl. Dann wird alles gut.«

Und sie lebten glücklich bis ans Ende ihrer Tage. Und wenn sie nicht gestorben sind, dann leben sie noch heute.

Jedenfalls hatten wir eine Anzeige aufgegeben, das Telefon war heiß gelaufen und wir hatten mit drei Jungen Termine vereinbart. Dieser Mike war der Erste und er würde um vier Uhr kommen. Das war gerade noch genug Zeit, um ein wenig Ordnung zu schaffen.

»Also los jetzt«, sagte ich zu mir selbst und scheuchte mit meiner Stimme die Katzen auf, die sich in der Stille eingerichtet hatten und sich gemütlich putzten. »Schluss mit dem Lotterleben.«

Ganz weit hinten in meinem Kopf flackerte ein vages Interesse auf, und ich versuchte, mir diesen Mike vorzustellen. Vielleicht war es ja wirklich gar nicht so übel, ein bisschen frischen Wind in unser Leben zu bringen. Obwohl – war es nicht zu viel, was ich da von einem Wildfremden erwartete?

3

Nachdem die Architektin die Rollläden hochgefahren hatte, war staubiges Sonnenlicht durch die Fenster gefallen. Hier und da lag noch der eine oder andere Gegenstand auf dem Boden, stand noch das eine oder andere Möbelstück vergessen an der Wand, als hätten die früheren Besitzer das Haus fluchtartig verlassen.

Die Wohnräume hatten Holzböden, glanzlos, zerkratzt und verwohnt, an einigen Stellen brüchig. Ruben hoffte, man würde sie retten können, denn die alten Dielen machten einen großen Teil der Stimmung in diesem Haus aus. Die Fenster waren original Jugendstil, was sein Herz bei jedem Besuch schneller schlagen ließ. Manche Scheiben waren leider blind, aber es hatte sich schon ein Glaser gefunden, der sie aufarbeiten wollte. Einige waren durch einfaches Glas ersetzt worden. Ruben hatte bereits Kontakte geknüpft, um an alte Originale heranzukommen. Geld war kein Problem. Das vereinfachte die Sache.

»Die Rollläden müssen wir erneuern«, sagte die Architektin mit ihrer verrauchten Stimme irgendwo hinter ihm. »Ein völlig veraltetes System.«

Ruben mochte diesen Typ Frau nicht besonders. Hosenanzug, Stilettos, das Haar straff zurückgebunden, die Lippen braunviolett, das Gesicht zu einer bleichen Maske geschminkt, die Brauen gezupft, eine verknautschte Handtasche über der Schulter, das Handy griffbereit in einem Außenfach. Aber sie war gut. Und diskret. Er hatte Erkundigungen über sie eingezogen.

Er betrat die Küche. Das schwarz-weiße Schachbrettmuster der Bodenfliesen. Die Tür, die in den Garten führte. Die grauen Kacheln an der Wand. Es traf ihn jedes Mal mit voller Wucht. Er lehnte sich an die Wand und schloss die Augen. Doch die Erinnerung ließ sich nicht vertreiben.

Es ist Sommer. Sie sitzen beim Abendessen. Draußen im Garten glüht noch die Sonne. Die Tür steht weit offen. Vogelgezwitscher dringt herein. Ilka trägt das blaue Kleid, das er so mag. Es schmiegt sich an ihren Körper. Die silberne Kette, die er ihr zum Geburtstag geschenkt hat, schimmert auf ihrer gebräunten Haut. Ilka ist gerade vierzehn geworden. Sie ist so schön, dass Ruben sie am liebsten immer und immerzu malen will.

Der Vater liest Zeitung. Eine Fliege summt träge am Fenster entlang. Die Mutter erzählt irgendwas. Niemand hört ihr zu, doch das scheint sie nicht zu stören.

Ilka pustet sich eine Haarsträhne aus der Stirn. Ihr Gesicht ist von der Hitze leicht gerötet. Ruben verspürt eine unbändige Lust, sie zu küssen. Er nimmt sein Glas und hebt es an die Lippen. In diesem Moment sieht Ilka ihn an.

Ihr Blick ist gleichgültig. So gleichgültig, dass es wehtut. Ruben setzt das Glas ab, ohne zu trinken. Er greift nach dem scharfen Messer, das auf dem Teller mit den Tomaten liegt, und drückt sich die Schneide tief in den linken Handballen.

Ilkas Augen weiten sich vor Entsetzen. Die Mutter redet weiter. Sie hat nichts bemerkt. Ruben umschließt die Schnittstelle mit den Lippen und leckt das Blut ab, ohne Ilka aus den Augen zu lassen.

Sie starrt ihn an. Die entsetzliche Gleichgültigkeit ist aus ihrem Blick verschwunden. Ruben bemerkt, dass ihre Hände zittern. Sie versteckt sie unterm Tisch.

»Ist Ihnen nicht gut?«

Ruben sah den besorgten Blick der Architektin, fühlte ihre Hand auf seinem Arm. Das Lächeln fiel ihm schwer, aber es gelang ihm schließlich doch.

»Alles in Ordnung. Ich stehe zurzeit nur ziemlich unter Stress.«

Sie nahm die Hand von seinem Arm, als hätte sie sich verbrannt. Vielleicht war sein Ton zu barsch gewesen. Er hasste es, wenn Menschen ihm zu nahe kamen. Verabscheute Mädchen, die ihn auf der Straße anhimmelten. Frauen, die ihm auf Vernissagen mit ihren Blicken zu verstehen gaben, dass er sie interessierte. Er wollte nichts von ihnen. Warum kapierten sie das nicht?

»Dieser Raum muss bleiben, wie er ist«, sagte er und drehte sich mitten in der Küche einmal langsam um sich selbst.

»Ja. Das denke ich auch.«

Sie bewegten sich wieder auf sicherem Boden, konnten scherzen, lachen und sachlich sein. Sie war ein Profi. Nichts anderes erwartete er von ihr.

Er inspizierte die übrigen Räume. Das tat er jedes Mal und jedes Mal steigerte sich seine Erregung von Zimmer zu Zimmer. Dies hier war das Haus, nach dem er so lange gesucht hatte. Es war dem Haus in seiner Erinnerung verblüffend ähnlich. Er stieg die Treppe hinauf. Zu dem Raum unterm Dach. Sein Herz klopfte schmerzhaft. Fast konnte er es hören.

*

Imke Thalheim geriet in den dritten Stau und fluchte vor sich hin. Nach zwei Kilometern Stop-and-go beschloss sie, sich nicht weiter zu ärgern. Man konnte so einiges tun in einem Stau. Die Leute beobachten. Automarken und -kennzeichen studieren. Radio hören. Oder einfach denken.

Sie hatte schon ganze Romane entworfen, während sie Meter um Meter auf einer Autobahn vorankroch. Im Zug funktionierte das nicht so gut. Da drangen von überall her Stimmen und Geräusche an ihr Ohr, die sie störten. Im Auto hatte sie ihre Ruhe. Da klingelten keine Handys, piepten keine Laptops, spielte niemand sich auf, indem er seinen Fensterplatz zum Büro umfunktionierte.

Eigentlich hatte sie es ja auch gar nicht eilig. Es war der Tag der Anreise. Sie würde ihr Hotelzimmer beziehen, zu Abend essen, kurz noch einmal mit dem örtlichen Veranstalter telefonieren und sich dann mit einem Buch ins Bett verkriechen. Das war das beste Mittel gegen Heimweh.

Vielleicht würde sie noch Jette anrufen. Oder doch lieber nicht. Womöglich hatte Jette Recht und sie benahm sich tatsächlich wie eine Glucke. Wann würde sie endlich das schlechte Gewissen einer berufstätigen Mutter los? Wenn ihre Tochter fünfzig wurde? Sie befand sich nicht auf einer Weltreise. Sie war jederzeit erreichbar. Von überall käme sie rasch zurück. Was machte sie so unruhig? Ihr Verstand sagte ihr, dass sie sich kindisch aufführte. Ihr Gefühl behauptete das Gegenteil.

»Wenn du nicht wegfahren willst, dann bleib zu Hause«, hatte ihre Mutter gesagt. Sie war einfach und direkt und dachte nicht um zwölf Ecken herum. »Du hast Geld genug, es zwingt dich also niemand zu dieser Lesereise.«

Warum hatte sie dennoch nicht darauf verzichten wollen?

Weil Lesereisen zwei Seiten hatten. Da waren einerseits die enormen Anstrengungen, die Einsamkeit in der Öde der Hotelzimmer, die tausend kleinen Orte, die sie sah und gleich darauf wieder vergaß, die Austauschbarkeit von Menschen und Situationen. Da waren andrerseits die Lesungen selbst, die Auftritte, die sie genoss, Gespräche, die ihre Phantasie anregten, Menschen, denen sie für Stunden näher kam.

Am schlimmsten war die Einsamkeit. Und doch war sie auch faszinierend. Imke fürchtete und brauchte sie. Sie war etwas anderes als die Abgeschiedenheit in der Mühle. Die Einsamkeit auf Lesereisen war vollkommen. Sie wurde von nichts und niemandem wirklich unterbrochen. Gespräche waren nur Einsprengsel, Episoden. Danach schlug die Stille der Einsamkeit wieder über einem zusammen.

In dieser Einsamkeit drang Imke zu etwas in sich vor, an das sie nicht gern rührte. An das sie auch jetzt nicht rühren wollte. Rasch machte sie das Radio an, suchte einen Sender, der Musik brachte, und schnippte im Takt dazu mit den Fingern. Alles war in Ordnung. Es gab keinen Grund, sich Sorgen zu machen.

*

Mike hatte den Arm um sie gelegt. Fast konnte Ilka durch die dicken Winterjacken hindurch die Wärme seines Körpers spüren. Sie mochte diese Wärme, mochte seinen Körper. Sie liebte den Geruch seiner Haut. Mike war der einzige Mensch, dem sie die eine oder andere Tür zu ihrem Innern geöffnet hatte. Wenige nur, ganz vorsichtig und bloß auf einen schmalen Spalt, jederzeit bereit, sie bei der geringsten Irritation wieder zuzuschlagen. Sie kannte Mike nun seit drei Jahren, aber sie bewegte sich noch immer wie auf Eis.

Es war nicht so, dass sie ihm nicht vertraute. Im Gegenteil. Keinem vertraute sie mehr als ihm. Sie war nur nicht daran gewöhnt, so zu empfinden, wie sie es für ihn tat. Die Panik saß ihr bei jeder Berührung, jedem Wort im Nacken.

Mike respektierte ihre Zurückhaltung und ihre Scheu, von sich zu erzählen, und wenn er ihr Verhalten manchmal sonderbar fand, so sagte er es nicht. Er war immer für sie da, wenn sie ihn brauchte, und er bot ihr Schutz. Niemand würde ihr zu nahe kommen, solange sie und Mike ein Paar waren.

Ein Paar. Sie sagte es sich manchmal vor. Voller Sehnsucht. Vielleicht würde es ja irgendwann so sein, dass sie wirklich ein Paar wären. Mit allem, was dazugehörte. Vielleicht. Es fiel ihr schwer, daran zu glauben.

Ihr war auf einmal kalt. Ein Schauer lief ihr über die Haut. Mike gab ihr seinen Schal. Sie sah ihn an. Wollte lächeln. Doch dann bemerkte sie die Sehnsucht in seinem Blick. Das Lächeln misslang. Sie senkte den Kopf. Was, wenn sie ihn nur unglücklich machte?

*

Natürlich waren es andere Zimmer gewesen, die hier zu einem großen Raum verschmolzen waren, und andere Menschen hatten sie bewohnt, aber wenn Ruben nicht auf die Details achtete, konnte er sich einreden, er habe hier seine Kindheit und Jugend verbracht. Es schien ihm, als klebten die Gefühle von damals noch an den Wänden: Unsicherheit, Trostlosigkeit, Glück, Liebe, Ekel, Hass.

Und Angst. Fast konnte er das Toben seines Vaters noch hören und das Weinen seiner Mutter. Fast die Schläge noch spüren, die ihn gefügig machen sollten. Auch das Gerede der Nachbarn hatte seinen Weg in diese Zimmer gefunden, in seins und in das nebenan. Unmöglich, es nicht zu hören. Man konnte sich die Ohren zuhalten und hörte es doch.

Die Zimmer seiner Kindheit hatten eine Verbindungstür gehabt, von beiden Seiten tapeziert. Sie hatte Ruben nie gefallen. Eine ehrliche Tür war für ihn eine, die für jeden als solche erkennbar war. Die Tapetentür war die Art von Tür gewesen, wie sie in Romanen des achtzehnten Jahrhunderts vorkam. Sie hätte in das Zimmer adliger Damen gepasst, die heimlich ihre Liebhaber empfingen. Sie hatte etwas Schlüpfriges, Gemeines gehabt. Dabei waren seine Gefühle weder schlüpfrig gewesen noch gemein. Sie waren …

Aus den Augenwinkeln sah Ruben, dass die Architektin ihn beobachtete. Er fuhr sich mit der Hand übers Gesicht, wie um jede Regung abzuwischen, und wandte sich zur Treppe.

»Ich möchte gern noch mal kurz durch den Garten gehen«, sagte er.

Dreitausend Quadratmeter. Und weit und breit kein Nachbarhaus. Das war wesentlich, darauf vor allem kam es an. Es gab einen großen, alten Teich, hohe Bäume, verwilderte Sträucher und eine Bank vor einem runden Tisch aus Stein. Moos und Grünspan hatten sich in die Ritzen gesetzt. Abgestorbene Blätter hatten sich darauf zusammengerollt.

»Es ist wie im Märchen.« Die Architektin blickte sich um. »Das Einzige, was diesem verwunschenen Garten noch fehlt, ist eine Fee. Oder ein Zauberer«, setzte sie rasch hinzu, als sie bemerkte, was sie da gesagt hatte.

Ruben lächelte. Er sah, wie sie errötete.

»Stimmt.« Er zupfte einen Holzspan von ihrer Schulter. »Dann wäre all das hier perfekt.«

Sie reagierte mit einem nervösen kleinen Lachen auf seine Berührung. Langsam schlenderten sie zum Haus zurück.

Er folgte ihr die Treppe hinunter in die Kellerräume und war mit dem, was ihn erwartete, sehr zufrieden. Alles war so weit fertig, sogar die Wände und Decken waren bereits verputzt. Als Nächstes war der Fliesenleger an der Reihe. Die Wandkacheln lagen im Flur gestapelt, weiße fürs Bad, lichtgraue für die Küche. Zur Auflockerung der Flächen hatte Ruben bunte Mosaike vorgesehen.

Gleich zu Anfang hatte die Architektin die heikle Frage gestellt, warum der Keller schallisoliert werden sollte.

»Ich spiele Schlagzeug«, hatte Ruben geantwortet. Er hatte sich das vorher zurechtgelegt und sie hatte die Erklärung geschluckt.

Danach war das Thema nicht mehr angerührt worden. Die Notwendigkeit, hier unten ein Bad und eine Küche einzurichten, hatte Ruben damit begründet, ab und zu auch für längere Zeit Gäste unterbringen zu müssen. »Und dann«, hatte er gesagt, »möchten wir uns nicht gegenseitig auf die Füße treten.«

Glücklicherweise war sie eine Frau, die wenig Fragen stellte. Wäre das anders gewesen, hätte er ihr den Auftrag schon in den ersten Wochen entzogen. Aber sie arbeitete professionell, wusste, worauf es ankam, hatte die Handwerker im Griff und überprüfte deren Leistung gewissenhaft.

Oben waren die Arbeiten ebenfalls vorangeschritten. Die Strom- und Wasserleitungen waren ausgetauscht, einige Wände eingerissen, andere versetzt worden. Man hatte die alten, mehrfach überstrichenen Türen durch neue ausgetauscht. Das Bad, das in einem desolaten Zustand gewesen war, hatte sich in ein Kunstwerk aus Licht und Farbe verwandelt. Nun mussten nur noch Fenster und Böden aufgearbeitet werden.

Am Äußeren des Hauses war nichts verändert worden, bis auf das Dach, das neu hatte gedeckt werden müssen, und den Wintergarten, der vorher nicht da gewesen war. Er schloss sich an das Esszimmer an und war nach Rubens Vorstellungen aus Holz und Glas gebaut worden.

»Nicht schlecht.« Ruben nickte anerkennend und bemerkte, dass die Architektin ihre Freude kaum verbergen konnte.

Sie war drei, vier Jahre älter als er und aus Überzeugung ungebunden, wie sie ihm erzählt hatte. Ihr Beruf war ihr Leben, so hatte sie es ausgedrückt. Sie hatte nie etwas anderes tun wollen. Ruben hatte inzwischen einen Teil ihrer Geschichte erfahren. Er konnte ein guter Zuhörer sein, wenn er wollte. Er war schon immer ein Geschichtensammler gewesen. Und ein Sammler von Gesichtern. Denn hinter jedem Gesicht steckte eine Geschichte. Jede Falte und jede noch so feine Linie in der Haut erzählte von Gefühlen.

Schon als Kind hatte Ruben das Bedürfnis gehabt, Menschen zu zeichnen. Ihre Geschichten hatte er schon damals erspürt. In den Fällen, in denen das nicht so gewesen war, hatte er sie sich ausgedacht.

Er sah die Architektin an. Seltsam, dass er keine Lust hatte, sie zu malen. Sie sprach nichts in ihm an. Vielleicht hätte er sie malen können, wie Picasso Dora Maar gemalt hatte, abstrakt und kalt, aber auch das reizte ihn nicht.

Ihre Augen verrieten ihm, dass er ihr gefiel. Es ärgerte ihn, denn es erschwerte ihren Umgang miteinander. Sie hatten einen Vertrag geschlossen und jeder hatte seinen Part zu erfüllen. Da war kein Raum für Begierde.

Egal. Bald würden sie hier fertig sein. Dann würde sich das Problem von ganz allein lösen. Demonstrativ schaute er auf die Uhr. Hob die Schultern. Murmelte etwas von einem Termin. Und stieg erleichtert in seinen Wagen. Komplikationen konnte er jetzt wirklich nicht brauchen.

*

Mike sah Ilka hinterher, wie sie davonradelte. Er hob den Arm und winkte ihr nach, obwohl sie sich nicht mehr nach ihm umdrehte. Wenn er bloß dieses Zimmer bekam! Einen ungestörten Platz, für Ilka und ihn. Vielleicht würde das alles ändern.

Er hatte dem Tag entgegengefiebert, an dem er volljährig geworden war. Endlich würde er selbst über sein Leben bestimmen können. Kein Stress mehr zu Hause, keine Auseinandersetzungen, keine Lügen und keine Heimlichkeiten.

Seine Eltern waren schon lange geschieden. Mike war bei seiner Mutter geblieben, weil sie ihm Leid getan hatte, eine betrogene und verlassene Frau, die niemanden hatte außer ihrem Sohn. Er hatte versucht, die Leere zu füllen, die sie empfand, aber es war ihm nicht geglückt. Sie wollte mehr und mehr von ihm, saugte ihn förmlich aus.

Nicht dass sie keine Männer kennen gelernt hätte. Sie brachte sie alle mit, und Mike saß beim Frühstück nicht selten einem unrasierten Mann gegenüber, dem er nie zuvor begegnet war. Doch nie wurde etwas Ernstes daraus.

Der eine war ihr zu ungebildet, der andere zu unattraktiv. Etwas fehlte ihr immer. Und wenn sie keinen Makel entdeckte, dann suchte sie so lange, bis sie einen fand. Sie wollte nicht glücklich sein, sich nicht verlieben. Vielleicht hatte sie Angst davor, noch einmal enttäuscht zu werden.

»Das Einzige, was einem bleibt, sind die Kinder«, sagte sie zu ihren Freundinnen, mit denen sie sich regelmäßig zum Kaffeeklatsch traf, reihum mal bei dieser, mal bei jener. Es war ihr gleichgültig, wenn Mike in der Nähe war und es hörte.

»Dein Mike ist wirklich ein Schatz«, sagten die Freundinnen.

»Um den kann man dich nur beneiden«, sagten sie.

Und Mike sah, wie seine Mutter nickte. Vielleicht rollte ihr auch eine Träne über die Wange. Das hing davon ab, wie viele Liköre sie schon getrunken hatte. Ihre Zuneigung zu Mike stieg mit ihrem Alkoholpegel, ebenso wie ihr Selbstmitleid.

Kaum hatten ihre Freundinnen das Haus verlassen, bekam sie das heulende Elend, und Mike verwandelte sich pflichtschuldig in ihren Seelentröster.

Doch damit war jetzt Schluss. Er würde sich das Zimmer ansehen, und wenn die Mädchen ihn wollten, würde er es nehmen, egal in welchem Zustand es wäre. Es war ihm gleichgültig, ob die Tapeten sich von den Wänden lösten oder das Linoleum sich auf dem Boden wellte. Es könnte feucht sein und klamm und voller Schimmelpilze. Hauptsache, es hätte eine verschließbare Tür und niemand würde seine Mutter hereinlassen, ohne ihn um Erlaubnis zu bitten.

Mike beschleunigte seine Schritte. Er konnte es kaum erwarten.

4

Ilka stellte das Fahrrad ab, sicherte es an einem Laternen-pfahl und drückte zögernd das niedrige Tor auf. Noch konnte sie es sich anders überlegen. Noch konnte sie sich ihr Fahrrad schnappen und einfach davonfahren. Noch war nichts ge-schehen, was sich nicht rückgängig machen ließe.

Sie hatte sich für Lara Engler entschieden, weil ihr das Haus gefiel. Die kleine gelbe Bauernkate hinter dem niedri-gen, weiß gestrichenen Holzzaun hätte ebenso gut in Süd-frankreich stehen können. Im Augenblick konnte man ihren Zauber nur erahnen, aber bald würde der schmale Weg ge-säumt sein von Narzissen, Traubenhyazinthen und Vergiss-meinnicht und die Forsythie würde in voller Blüte stehen. Dann würden die Rosen blühen, die Glockenblumen, der Sommerflieder und die Malven. Ilka war oft hier stehen ge-blieben und hatte den Schmetterlingen zugesehen, die wie trunken von Blüte zu Blüte taumelten. Sie hatte den Duft der Pflanzen eingeatmet und sich gewünscht, später auch einmal so ein Haus zu besitzen.

Während sie sich an die Hitze des Sommers erinnerte, an den Gesang der Vögel und das lebhafte Summen im Gras, spürte sie die beißende Kälte auf den Wangen. Hör auf, dich wieder wegzuträumen, rief sie sich zur Ordnung, nahm allen Mut zusammen und drückte auf den Klingelknopf.

Lara Engler kam selbst an die Tür. Ihr Lächeln wurde vom Auftauchen zahlloser Fältchen an ihren Augenwinkeln begleitet. Sie hängte Ilkas Jacke in einen bunt bemalten Bauernschrank und ging voran in einen Raum, in den durch zwei hohe, schmale Fenster spärliches Januarlicht fiel.

Ilka sah sich um. Ein helles, voll gestopftes Bücherregal, das bis unter die Decke reichte. Ein schöner, alter Weichholzschrank. Zwischen den beiden Fenstern ein Schreibtisch mit einem blauen Ledersessel davor und einem dahinter. Ein sonnenblumengelber Teppich auf den Holzdielen. Abstrakte Bilder an den Wänden. Und über allem lag der Duft von Lavendel, einem ätherischen Öl, das auch Ilka manchmal benutzte.

»Bitte setzen Sie sich doch.« Lara Engler zeigte auf den einen der Ledersessel. Sie selbst nahm auf dem anderen Platz.

Ilka setzte sich und umklammerte den Rucksack auf ihrem Schoß. Dass der Schreibtisch zwischen ihnen stand, erleichterte sie. Er gewährte ihr den Abstand, den sie brauchte. Körperliche Nähe machte ihr Angst, erst recht wenn es sich um Fremde handelte.

»Was kann ich für Sie tun?«, fragte Lara Engler.

Ilka wunderte sich wieder über den Namen. Das wunderschöne *Lara* in Verbindung mit diesem Nachnamen, bei dessen Klang allein ihr schon die Kehle eng wurde. Sie wunderte sich auch darüber, dass eine Person so wenig zu ihrem Namen passen konnte. Lara Engler war groß und schwer. Ihr volles schwarzes Haar wurde durch einen exakten, asymmetrischen Kurzhaarschnitt in Form gehalten.

Sie trug mehrere dünne Holzreifen am rechten Arm, die bei jeder Bewegung klackerten. Ihre langen Fingernägel waren perlmuttfarben lackiert. Ein auffallend großer silberner Ring schmückte ihren linken Mittelfinger und um ihren Hals hing eine Kette aus lachsfarbenen Schaumkorallen.

Ilka kannte Lara Engler nur vom Sehen. Auch aus der Nähe betrachtet, hatte sie so gar nichts von der strahlenden, sanften Julie Christie in *Doktor Schiwago*.

»Ich bin nicht freiwillig hier«, antwortete Ilka auf die Frage.

Lara Engler runzelte die Stirn und zupfte ihr Dekolletee zurecht. Das schwarze Kleid schmiegte sich eng an ihren fülligen Körper. Man sah ein Viertel von ihren Brüsten, die sehr weiß waren, als würden sie immer vor Sonne, Licht und Luft versteckt.

Durfte sie bei ihrem Beruf überhaupt solche Kleider tragen? So überaus körperbetont auftreten? Sollte sie nicht neutral wirken und nach den ersten Worten bei ihren Patienten mehr oder weniger in Vergessenheit geraten, wie die Möbelstücke im Zimmer?

»Meine Tante besteht darauf, dass ich eine Therapie machen soll«, erklärte Ilka. Es fiel ihr schwer, nicht ständig auf diesen Busen zu starren. Er sah so weich aus, so tröstlich und zuverlässig.

»Das ist keine gute Grundlage für eine Therapie.« Lara Engler schlang sich einen breiten mohnfarbenen Schal um die Schultern. »Ich kann Ihnen nicht helfen, wenn Sie sich nicht helfen lassen wollen.«

Ilka bezweifelte, dass eine Therapie ihr überhaupt helfen konnte. Sie bezweifelte noch mehr, dass eine Frau wie Lara Engler dazu imstande wäre. Interessierten sich Frauen, die offenbar so großen Wert auf ihr Äußeres legten, nicht in erster Linie für sich selbst?

Der Schal leuchtete wie eine verfrühte Riesenblüte und schien diesen trüben Tag ein wenig zu erwärmen. Ilka empfand das als wohltuend und schämte sich ihrer Vorurteile. Bei allen Zweifeln hatte sie das Gefühl, Lara Engler jetzt etwas schuldig zu sein. Außerdem ging es ihr gegen den Strich, unverrichteter Dinge wieder abzuziehen.

»Wir könnten es versuchen«, sagte sie.

»Gut. Versuchen wir es.« Lara Englers Finger spielten mit einer Glaskugel von der Größe einer Pampelmuse, die anscheinend nur zu Dekorationszwecken vorhanden war, nicht zum Wahrsagen. »Dann schlage ich vor, dass wir uns mit Vornamen anreden. Ich mag dieses amerikanische Prinzip und habe festgestellt, dass es die spontane Verständigung enorm erleichtert. Wäre Ihnen das recht?«

Ilka wusste nicht, was das sein sollte, eine spontane Verständigung, sie empfand sogar ein instinktives Misstrauen gegen diese Wortverbindung, aber sie nickte.

»Mein Name ist Lara.«

Ilka lächelte Lara an. Sie hatte Tante Marei versprochen, einen ernsthaften Versuch mit dieser Therapie zu machen, und sie hatte vor, ihr Versprechen zu halten. »Ilka«, sagte sie.

»Wunderbar, Ilka.« Lara lächelte ebenfalls. »Fangen wir also an.«

*

Wahrscheinlich hatte Ilka das Handy wieder irgendwo liegen lassen und hörte es nicht. Sie ging ziemlich sorglos um mit solchen Dingen. Auch das war für Mike ein Grund gewesen, sich in sie zu verlieben. Dass sie im Augenblick lebte, nicht in die Vergangenheit dachte und nicht in die Zukunft. Es hatte ihm imponiert, wie sie den Moment in den Mittelpunkt stellte und sich um nichts anderes scherte. Wenn sie lachte, dann lachte sie, wenn sie aß, dann aß sie, wenn sie Sehnsucht hatte, dann hatte sie Sehnsucht. Was sie tat, das tat sie mit voller Konzentration. Unbeirrt ging sie ihren Weg und strahlte dabei eine Sicherheit aus, die ihn selbst sicherer machte.

Und genau das brauchte er. Durch seine Liebe zu Ilka hatte er nämlich seine eigene Sicherheit verloren. Tausend Fragen hatten sich vor ihm aufgetürmt und auf keine fand er eine Antwort. Er wusste erbärmlich wenig von dem Mädchen, das seine Freundin war. Sie verlor so gut wie nie ein Wort über ihre Vergangenheit, tat so, als hätte es eine Kindheit nicht gegeben.

Die Eifersucht, die ihn quälte, war vor allem Eifersucht auf ein Leben, das ihn ausschloss, zu dem er niemals gehört hatte und vielleicht nie gehören würde. Er wusste ja nicht mal über ihr gegenwärtiges Leben Bescheid. Wo war sie in diesem Augenblick? In ihrem Zimmer? Unterwegs? Allein? Bei einem anderen? Sollte er als ihr Freund das nicht wissen?

Später hatte sie immer eine harmlose Geschichte parat. Sie war einkaufen gewesen. Hatte mit ihrer Tante in der Küche gesessen, gequatscht und darüber die Zeit vergessen. Hatte ihre Freundin Charlie besucht. Hatte Bücher in die Stadtbücherei zurückgebracht. War mit den Zwillingen im Schwimmbad gewesen.

Das Handy vergaß sie jedes Mal. Wenn sie den Vorwurf in seinen Augen sah, gab sie ihm einen Kuss. »Ich möchte gar nicht immer und überall erreichbar sein. Kannst du das denn nicht verstehn?«

Nein!, hätte er am liebsten geschrien und sie geschüttelt. *Nein! Weil ich dich immer und überall erreichen will! Du bist das Mädchen, das ich gesucht habe, ich liebe dich, und manchmal habe ich das Gefühl, dass meine Liebe nicht ausreicht, dass sie zu wenig ist für dich!* Aber er sprach diese Worte nicht aus, weil ihn das Pathos darin peinlich berührte. Vielleicht auch weil er tief im Innern Angst davor hatte, eine

Katastrophe herbeizureden. Angst davor, dass ein einziges falsches Wort Ilka aus seinem Leben vertreiben könnte.

Erst jetzt fragte er sich, warum er überhaupt versucht hatte, sie anzurufen. Sie hatten abgemacht, dass er sie um halb vier zu Hause abholen würde. Da war nichts mehr zu besprechen. Wollte er sie kontrollieren?

Noch einmal wählte er ihre Nummer und gab dann frustriert auf. Aber er war nicht nur frustriert. Er war auch besorgt. Seit er Ilka kannte, hatte er Angst um sie, obwohl es keinen vernünftigen Grund dafür gab.

*

Sie läuft durch den Wald, der an den Garten grenzt. Jeden Morgen eine Stunde. Sie ist süchtig danach. Der Wald ist voller Geräusche. Überall knackt und raschelt es. Vögel schlagen mit den Flügeln. Unsichtbare Tiere huschen durchs Unterholz.

Und manchmal ist es vollkommen still.

Ilka hört ihren Atem, fühlt den Schweiß auf der Haut. Nach einer halben Stunde spürt sie keine Anstrengung mehr, läuft leichtfüßig und schnell. Sie ist so glücklich, dass sie weinen möchte.

Sie nimmt immer denselben Weg. Es ist beruhigend, wenn die Dinge sich nicht verändern. Der Hund, der sie jedes Mal begleitet, bleibt bis zu einer bestimmten Stelle an ihrer Seite, dann stupst er sie mit seiner kalten Schnauze an und kehrt in langen Sätzen zum Haus zurück.

Ilka läuft allein weiter. Auf der kleinen Lichtung sucht sie sich einen geschützten Platz, legt sich ins warme Gras und schließt die Augen.

Ein Schatten fällt auf ihr Gesicht. Ohne hinzusehen, weiß sie, dass Ruben über ihr steht. Sie lässt die Augen geschlossen und streckt die Arme nach ihm aus.

»Ilka?«

Mühsam fand Ilka sich wieder in der Gegenwart zurecht. Sie murmelte eine Entschuldigung, doch Lara winkte lächelnd ab. Sie schien daran gewöhnt, dass ihre Patienten manchmal abtauchten. Sie wirkte nicht beunruhigt, nicht einmal überrascht.

»Möchten Sie darüber reden?«

Ilka schüttelte den Kopf. Nie, niemals würde sie darüber sprechen können. Keiner wusste davon und keiner sollte es je erfahren. Aber wie lange würde es ihr gelingen, in diesem Zimmer darum herumzureden? Dem aufmerksamen Blick dieser Augen standzuhalten, ohne etwas preiszugeben, das sie für sich behalten wollte?

»Ja.« Lara erhob sich und begleitete sie in die kleine Diele. »Dann war's das schon für heute. Sehen wir uns Freitag wieder?«

Ilka nickte. Sie hatte die Stunde überlebt, ohne sich in ein zitterndes, heulendes Bündel zu verwandeln. Die Erleichterung schwappte wie eine große Welle über ihr zusammen.

Lara reichte ihr die Jacke und verabschiedete sich. Ihre Hand fühlte sich warm und trocken an. Ilkas Hände waren verschwitzt und klamm. Rasch schlüpfte sie aus dem Haus.

Draußen legte sich kalt die Luft auf ihr Gesicht. Ilka blieb eine Weile stehen, um die Abkühlung zu genießen, dann entsicherte sie ihr Fahrrad und schwang sich auf den Sattel. Sie hatte es wirklich und wahrhaftig überstanden. Tante Marei würde zufrieden sein.

Aber es war erst der Anfang gewesen. Es würde weitergehen, Woche für Woche für Woche. Sie schob den Gedanken von sich. Heute war heute und Freitag war noch weit. Sie würde einfach nicht mehr daran denken. Leise fing sie an zu pfeifen.

*

Merle tigerte in der Küche auf und ab. Zwischendurch knipste sie ein welkes Blatt von der Zimmerlinde, wischte mit einem feuchten Tuch über die Fensterbank, machte die Katzenschälchen sauber.

»Setz dich hin! Du machst mich nervös, Merle.«

»Ich kann nicht.«

»Klar kannst du. Komm schon.« Ich rückte ihr einen Stuhl zurecht.

Merle setzte sich hin und stand gleich wieder auf. »Geht nicht. Ich werde noch verrückt. Was denkt der Typ sich eigentlich, uns so lange schmoren zu lassen?«

»Es sind noch zehn Minuten, Merle. Er lässt uns nicht schmoren.«

»Echt?« Sie ließ sich auf den Stuhl sinken und sah mich an. »Ich bring das nicht, Jette. Das Zimmer gehört Caro, immer noch, ganz egal …« Tränen stiegen ihr in die Augen.

Ich stand auf, ging neben ihrem Stuhl in die Hocke und zog sie an mich. Ihr Kopf sank auf meine Schulter und ich streichelte ihr Haar. Es tat mir gut, sie zu halten. Sie war so oft für mich da gewesen, das konnte ich ihr in hundert Jahren nicht zurückgeben.

Ihre Tränen machten meinen Hals und meinen Pulli nass. Wir würden einen tollen Eindruck bei diesem Mike hinterlassen, Merle mit verheulten Augen und verquollenem Gesicht, ich mit Trauermiene und durchnässter Schulter.

»Sie hätte nicht gewollt, dass wir mit ihrem Gespenst leben«, sagte ich. »Sie hätte gewollt, dass sie in unseren Gedanken lebendig bleibt und dass wir alles tun, um glücklich zu sein, weil sie dadurch irgendwie auch glücklich ist, verstehst du?«

Merle nickte, schluchzte noch einmal auf, hob den Kopf

und angelte nach einem Taschentuch. Lautstark putzte sie sich die Nase und grinste mich schief an.

»Das hast du schön gesagt, Jette. Auch wenn ich's nicht ganz kapiert hab. Ich brauch jetzt einen Kaffee, du auch?«

Erleichtert machte ich mich an der Espressomaschine zu schaffen. Meine Mutter hätte uns damals zum Einzug kein besseres Geschenk machen können. Man konnte damit Espresso und Cappuccino aufbrühen und einen Kaffee mit einer Cremeschicht, wie es sie in keinem Eiscafé besser gab.

»Vielleicht ist er ja nett«, sagte Merle. »Seine Stimme klang jedenfalls so.«

»Caro wird uns den Richtigen schicken.« Ich reichte ihr die erste Tasse.

»Bestimmt.« Merle nahm einen Schluck. »Verdammt! Ist der heiß!«

Wir glaubten beide nicht an den Himmel (oder die Hölle), aber wir spürten, dass Caro manchmal in unserer Nähe war. Merle, die sich viel mit dem Thema *Tod* auseinander gesetzt und stapelweise Literatur dazu verschlungen hatte, war überzeugt, dass Verstorbene verschiedene Stufen der Vergeistigung durchliefen, bis sie irgendwann zu reinem Geist wurden. Die erste dieser Stufen verband sie noch intensiv mit der Erde und den Menschen, die sie in ihrem Leben begleitet hatten.

Ich setzte mich mit meinem Kaffee zu Merle an den Tisch. Wir schwiegen. Jede war in ihre eigenen Gedanken versunken. Als es läutete, verschüttete ich meinen Kaffee, und Merle verschluckte sich.

»Was soll's«, sagte Merle. »Wenn er uns nicht nimmt, wie wir sind, dann soll er sich zum Teufel scheren. Es gibt schließlich noch andere, die auf das Zimmer scharf sind.« Und sie stand auf, um die Tür zu öffnen.

*

Das Mädchen, das ihm aufmachte, hatte grellrot gefärbtes Haar, das sie offensichtlich selbst geschnitten hatte, denn es stand ihr in unregelmäßigen Büscheln vom Kopf ab. Ihr Lächeln wirkte angestrengt und überdeckte nicht die Aufmerksamkeit, mit der sie ihn betrachtete.

»Komm rein«, sagte sie. »Ich bin Merle.«

Mike kam sich hölzern vor und viel zu lang geraten. Hätte er einen Hut getragen, er hätte ihn wie ein Verdächtiger in einem der alten amerikanischen Schwarz-Weiß-Schinken abgenommen und vor Nervosität mit beiden Händen zerknautscht. So aber konnte er nur ein bisschen in sich versinken und hoffen, die Situation heil zu überstehen.

»Hallo«, sagte er und streckte Merle die Hand hin.

Ihr Händedruck war fest. Er hatte es nicht anders erwartet. Schon ihre Stimme am Telefon hatte klargestellt, dass sie wusste, was sie wollte.

»Und das ist meine Freundin Jette.«

Das Mädchen, das hinter Merle aufgetaucht war, lächelte ihn ebenfalls an, zurückhaltend, vorsichtig. Es war wie bei Hunden, die einander beschnüffeln und in gebührendem Abstand umkreisen, bis sie wissen, was sie voneinander zu halten haben.

Mike fühlte sich spontan zu Jette hingezogen. Ihr schmales Gesicht war blass und ernst. Ihre Augen wirkten viel zu groß. Ihr Körper war schlank und zerbrechlich. Dabei sah sie nicht krank aus. Vielleicht war sie einfach erschöpft. Oder krank gewesen.

»Ich bin Mike«, sagte er, um überhaupt etwas zu sagen.

Als er die Jacke an die Garderobe hängte, entdeckte er zwei Katzen, die aus einer der offenen Türen lugten.

»Das sind Donna und Julchen«, erklärte Merle. »Ich hoffe, du hast keine Katzenallergie?«

Mike schüttelte den Kopf.

»Wir haben nämlich ständig irgendwelche Tiere in Pflege«, sagte Merle. »Für einen Allergiker wär das Leben hier die Hölle.«

»Tierschutz?«, fragte Mike.

Merle nickte. Offenbar wollte sie im Augenblick nicht zu viel verraten.

Sie führten ihn in eine gemütliche, etwas chaotische Küche mit Pflanzen auf den Fensterbänken, Bildern, Ansichtskarten und Gedichten an den Wänden und einem Gewirr von Geschirr, Gewürzgläsern und Teedosen auf einem Regal, das die gesamte Wand über der Arbeitsfläche einnahm.

Mike fühlte sich sofort wohl. Es war alles so anders als in der hochglanzpolierten Küche seiner Mutter, in der niemals etwas herumstehen durfte, in der jede Schranktür und jeder Schubladengriff täglich abgewischt wurden, in der man nicht einen Moment länger als nötig sitzen blieb.

Beim zweiten Gang durch den Flur fielen ihm jetzt Fotocollagen auf. Er erkannte Jette und Merle, aber da war noch ein Mädchen, eines mit kurzem schwarzem Haar, klein und zierlich, wie ein Kind. Sie hatte ein Lachen, das einen förmlich ansprang, offen, fröhlich, voller Leben.

»Das ist Caro«, sagte Jette hinter ihm. »Sie ist… sie ist…« Sie räusperte sich.

»Tot«, sagte Merle.

Mike drehte sich zu ihnen um. Merle hatte Jette den Arm um die Schultern gelegt. In Jettes Augen standen Tränen. Merles Mund war ein gerader, blasser Strich.

»Du musst das wissen«, sagte sie. »Denn es ist Caros Zimmer, das…«

Jetzt war sie es, die ihren Satz nicht beenden konnte. Wo war er da hineingeraten? Mike wünschte sich, Ilka wäre hier. Er hätte ein bisschen Unterstützung gebraucht in dieser Situation. Aber Ilka war nicht zu Hause gewesen, als er sie abholen wollte. Er war sich vorgekommen wie ein Trottel – versetzt und vergessen.

»Das Bad.« Merle hatte sich von Jette losgemacht und die Tür am Ende des Flurs geöffnet.

Mikes Blick fiel auf ein Sammelsurium an Tiegeln, Töpfchen und Tuben. Er sah Badeöle und Parfüms in schlanken und bauchigen Flaschen. Auf einer kleinen Schale lagen angestaubte Lippenstifte, Eyeliner und Wimperntusche. Die Fensterbank war voller Kerzen. Auf einem Hocker stand ein kleines Radio.

An der Innentür klebten Zettel mit Botschaften, Zitaten, Fragen. *Seit wann ist Gott stumm?*, las Mike. *Märchen sind pervers.* Und: *Du sollst Vater und Mutter ehren, und wenn sie dich schlagen, sollst du dich wehren.*

»Du könntest natürlich auch was dazuschreiben«, sagte Merle. »Und wir würden dir hier«, sie machte eine Bewegung mit den Händen, die den ganzen Raum umfasste, »so viel Platz freiräumen, wie du brauchst. Ist ja klar.«

Mike sah sich mit Ilka in der Wanne liegen, knisternden Schaum auf dem Wasser und alle Kerzen angezündet. Licht und Schatten würden an den Wänden tanzen und Ilkas nasses Haar würde sich wie Tang anfühlen auf seiner Haut.

»Und jetzt das Zimmer, um das es geht.«

Merles Worte rissen ihn aus seinem Traum. Dabei war es gar nicht nötig, sich das Zimmer anzuschauen. Er wusste bereits, dass er hier leben wollte. Es war ein einfacher Raum, klein, schmal, leer… Das Fenster ging auf einen Hinterhof mit Blick auf die Rückseite anderer Häuser. Die Wände waren mit Raufaser tapeziert und weiß gestrichen, der Boden war mit arg strapaziertem Parkett belegt. Mike war nicht gerade ein begnadeter Handwerker. Trotzdem juckte es ihn in den Fingern, das Holz abzuschleifen und zu ölen und dann, wenn alles fertig war, mit bloßen Füßen darüber zu laufen. Er drehte sich zu den Mädchen um.

»Ich würde gern hier einziehen«, sagte er.

Es war, als fiele eine Last von ihren Schultern. Ihre Körper entspannten sich, auf ihren Gesichtern zeigte sich ein zögerndes Lächeln. Sie sahen sich an.

»Dann komm in die Küche«, sagte Jette. »Wir haben viel zu besprechen.«

5

Ilka hatte keine Ahnung, wo sie sich befand. Sie kannte Bröhl und die nähere Umgebung inzwischen recht gut, doch sobald sie sich darüber hinauswagte, war ihr alles fremd. Sie hatte sich auf den Sattel geschwungen und war losgefahren, immer der Nase nach, ohne auf die Richtung zu achten.

Sie hatte die Gedanken treiben lassen, keinen festgehalten, aber auch keinen verscheucht. Irgendwie musste sie mit dem Aufruhr in ihrem Innern fertig werden, bevor sie Tante Marei und den Zwillingen gegenübertrat.

Ihr war eine Szene eingefallen, die sie einmal bei einem Spaziergang am Weiher beobachtet hatte. Zwei kleine Mädchen hatten Steine aufgelesen und sie in einem Sandeimer verstaut. Sie hatten jeden Stein gründlich untersucht, sich gegenseitig seine Maserungen gezeigt und dabei gestaunt und gelacht. Plappernd waren sie weitergezogen, sich immer wieder nach neuen Steinen bückend.

Damals hatte Ilka gelächelt und die Dinge vor sich gesehen, die sie selbst als Kind gesammelt hatte. Taubenfedern. Tonscherben. Schneckenhäuser. Weiter war sie nicht gegangen in ihrer Erinnerung. Erinnern konnte gefährlich sein. Und schmerzhaft.

Ich bin nicht mehr bereit, mir Schmerzen zufügen zu lassen, hatte sie gedacht. Die Zeit der Schmerzen ist vorbei. Sie liegt weit hinter mir. Es gibt keinen Grund, den Schleier weg-zuziehen. Keinen.

Ihr Leben fand jetzt statt, in jedem einzelnen Augenblick. So war es gut gewesen. Nichts anderes hatte sie gewollt. Wie-so hatte sie Tante Mareis Drängen nachgegeben? Wie konnte sie so unvorsichtig sein, ihren halb wiedergefundenen Frieden aufs Spiel zu setzen? Zu einer Psychotherapeutin zu gehen! Und zu glauben, sie könnte dieser Frau etwas vormachen, eine kleine Show abziehen und anschließend unbeschadet wieder daraus auftauchen!

Sie hatte Lara Engler unterschätzt. Hatte sich von ihrem plumpen Körper, ihrer freundlichen Stimme und dem harm-losen Klackern der Armreifen einlullen lassen. Sie hatte sich von der Schönheit des Zimmers und seinen Farben ablenken lassen und für kurze Zeit vergessen, wie groß (und zerstöre-risch) die Kraft der Worte sein kann.

Es war ein Irrtum gewesen zu glauben, sie könnte dorthin gehen, alles wie von außen betrachten und die Situation kont-rollieren. Laras perlmutterne Fingernägel, ihr akkurater Kurzhaarschnitt, ihr Schmuck und ihr mohnroter Schal waren nur Ablenkungsmanöver gewesen. Der Fisch sieht den Wurm, aber nicht den tödlichen Haken.

Und wenn sie einfach nicht mehr hinginge? Niemand konnte sie dazu zwingen, nicht mal Tante Marei, die immer so gern für alles verantwortlich war und die Menschen wie Schachfiguren hin und her schob. Zu ihrem Besten, wie sie meinte, aber sollten die Menschen nicht selbst wissen, was gut für sie war?

Ilka hörte ein Keuchen und war überrascht, als sie be-merkte, dass es ihr eigenes Keuchen war. Sie fühlte den Schweiß auf dem Rücken und im Nacken. Ihre Finger waren rot von der Kälte. Es ging ihr nicht gut. Ihr war übel und ihr

Hals war trocken. Sie sehnte sich nach einem Glas Wasser und einem geheizten Zimmer. Und nach Mike. Sie würde sich an ihn lehnen und …

Mike! Sie hatte die Verabredung vergessen!

Ilka stieg vom Rad und sah sich um. Sie erkannte kein Haus, keine Straße, gar nichts. In welche Richtung musste sie fahren, wenn sie nach Hause wollte? Ihre Hände flatterten. Ihr Atem ging in kurzen, hektischen Stößen. Sie merkte, dass ihr Zuckerspiegel gesunken war. Die Knie wurden ihr weich. Und dann kamen die Tränen.

Schniefend durchwühlte sie ihren Rucksack nach einem Taschentuch. Ihre Lippen bebten. Nicht durchdrehen! Bloß nicht die Nerven verlieren!

Wer die Nerven verlor, war andern ausgeliefert. Mit dem machten sie, was sie wollten. Der durfte nicht mehr über sich selbst bestimmen. Der schluckte ihre Tabletten, erduldete ihre Spritzen und verdöste den Rest seiner Tage. Dem liefen Speichelfäden aus den Mundwinkeln und er wischte sie nicht weg. Weil er sich gar nicht mehr wahrnahm.

Ilka fand ein Taschentuch. Es war schon mehrfach gebraucht, das Papier trocken und hart. Sie drückte es gegen die Augen, holte tief Luft und zwang sich, langsam zu atmen. Eins. Zwei. Drei. Eins. Zwei. Drei. Dann putzte sie sich die Nase, so gut das mit diesem zerklumpten Etwas von einem Taschentuch überhaupt noch möglich war.

Übertreib nicht, dachte sie. Mach nicht aus einer Mücke einen Elefanten. Was ist denn schon passiert? Du hast eine Verabredung vergessen. Das passiert jeden Tag tausend Leuten. Das ist doch kein Weltuntergang.

Aber sie hatte nicht irgendeine Verabredung vergessen, sondern eine Verabredung mit Mike. Das war ein Unterschied. Und es war nicht eine beliebige Verabredung, die man nachholen konnte. Er hatte sie zu dem Besichtigungstermin mitnehmen wollen. Es war ihm so wichtig gewesen.

Warum hatte sie das verdammte Handy wieder nicht dabei? Erneut stieg Panik in ihr auf. Sie blickte sich um. Entdeckte einen alten Mann, der den Gehweg vor seinem Haus kehrte. Erleichtert ging sie auf ihn zu. Vielleicht kannte er ja den Weg zurück nach Bröhl.

*

Sie besaßen eine rasante Espressomaschine. Man stellte einfach eine Tasse unter die Auslaufdüsen, drückte einen Knopf und die Maschine mahlte mit einem Wahnsinnsgetöse die Kaffeebohnen und presste mit hohem Druck heißes Wasser hervor. Heraus kam ein Kaffee vom Feinsten, bedeckt von einer sahnigen Creme.

»Ein Geschenk meiner Mutter«, sagte Jette und stellte ihm die zweite Tasse hin. »Wir hätten uns so was nie leisten können.«

In diesem Augenblick erkannte Mike die Zusammenhänge. Es hatte einen Riesenwirbel gegeben. Die Zeitungen hatten sich förmlich überschlagen. Im Rundfunk und sogar im Fernsehen hatten sie darüber berichtet. Ein Mädchen aus Bröhl war ermordet worden und ihre Freundinnen hatten dem Mörder öffentlich den Kampf angesagt.

Eines dieser Mädchen war die Tochter der Krimiautorin Imke Thalheim gewesen. Das ermordete Mädchen hatte Caro geheißen!

»Wir wollten sowieso mit dir darüber sprechen«, sagte Merle und sah ihm in die Augen.

Verwirrt erwiderte Mike ihren Blick. Konnte sie Gedanken lesen?

»Es war nur eine Frage der Zeit, bis du eins und eins zusammengezählt hättest«, sagte sie. »Allerdings ging es schneller, als ich erwartet hatte.«

Und dann erzählten sie ihm alles. Abwechselnd. Und immer wenn der einen die Stimme versagte, machte die andere weiter. Mike hörte zu. Je länger die Mädchen redeten, desto sympathischer wurden sie ihm. Das, was sie verband, war eine Freundschaft, die sich bewährt hatte. Man spürte die tiefen Gefühle zwischen ihnen beinahe körperlich.

Die Zeit verging. Draußen wurde es dunkel. Das Wichtigste war gesagt. Nun mussten nur noch die organisatorischen Dinge geregelt werden. Und…

»Ich habe eine Freundin«, sagte Mike. Er machte eine kurze Pause. »Dagegen habt ihr doch nichts?«

»Sieht das hier aus wie ein Kloster?« Merle lachte. »Was meinst du, wie viele Typen hier schon ein und aus gegangen sind?«

»Und deine Freundin?«, fragte Jette. »Macht es ihr nichts aus, dass du zu zwei Mädchen ziehst?«

Mike schüttelte den Kopf. »Sie ist kein bisschen eifersüchtig. Leider.«

»Sag das nicht.« Merle war abrupt ernst geworden. »Eifersucht macht alles kaputt.«

»Ich hab einen Bärenhunger«, sagte Jette. »Ihr auch?«

Erst jetzt merkte Mike, dass ihm der Magen knurrte. Er nickte.

»Wir würden dich gern zum Essen einladen«, sagte Jette. »Zur Feier des Tages. Wie wär's mit Pizza?«

Wenig später saßen sie bei *Claudio*, einem Pizzaservice mit ein paar aufgestellten Tischen, und Claudio bediente sie, als wären sie seine erlauchten Lieblingsgäste und die Pizzabude ein Gourmettempel.

Jette beugte sich zu Mike hinüber. »Er hat was gutzuma-
chen bei Merle«, flüsterte sie. »Er kann ziemlich charmant
sein, aber auch höllisch eifersüchtig. Mal trägt er Merle auf
Händen, dann wieder trampelt er auf ihr herum.«

»Glaubt bloß nicht, ich hätte das nicht gehört.« Merle sah
Claudio nach, der sich mit aufreizender Lässigkeit zwischen
den Tischen hin und her bewegte. Sie verzog die Lippen in leiser Verachtung, doch ihre Augen glänzten. »Jette hat Recht.
Ich wollte, ich käm von ihm los.«

*

Ruben liebte es, durch die Dunkelheit zu fahren. Die Welt
war wie ausgelöscht, wenn er über die Landstraßen glitt, vor
sich das einsame Licht der Scheinwerfer, das immer nur einen
Ausschnitt aus dem Schwarz der Umgebung löste. In den Ortschaften veränderte sich das Bild, da gab es Laternen und
Häuser und erleuchtete Fenster. Aber keine Leute. Als hätten
sich alle verkrochen.

Die Städte waren taghell. Hier gab es Farben, die auf-
sprangen und wieder erloschen, noch bevor man sie richtig
wahrgenommen hatte. Paare schlenderten umher und blieben
vor den Schaufenstern stehen. Manche waren unterwegs,
irgendwohin, und stemmten sich beim Laufen gegen den kalten Wind.

Ruben war das Land so lieb wie die Stadt. Er hatte schon
immer das Bedürfnis gehabt, alles kennen zu lernen, nichts
auszuschließen, für jeden Eindruck offen zu sein. So kamen
ihm die Bilder in den Kopf, die er malte.

Er war süchtig nach Menschen, nach Dingen und nach den
Gefühlen, die sie in ihm auslösten. Eine alte Steintreppe mit
ausgetretenen Stufen konnte ihn begeistern, der Anblick von

wildem Wein an einer Mauer ihm eine Gänsehaut über die Arme rieseln lassen. Er musste sich oft zusammenreißen, um nicht einen alten Mann auf der Straße anzuhalten und zu zeichnen, oder ein Mädchen mit dem Gesicht einer Madonna.

Stunden verbrachte er in Kneipen und Cafés, belauschte Gespräche, studierte Gesichter, hing seinen Gedanken nach. Er dachte sich zu den Gesichtern, den Stimmen und den Gesprächsfetzen, die er mitbekam, Geschichten aus und bedauerte es, kein Talent zum Schreiben zu haben. Konnten Worte eine Geschichte nicht besser erzählen als Farben?

Ein Bild konzentrierte sich auf den Moment. Und trotzdem musste die ganze Geschichte in diesem einen Moment enthalten sein. Das war die Kunst.

Ruben kannte seine Grenzen. Das machte es nicht gerade leichter. Manchmal stand er in einem Museum vor einem perfekten Bild und ihm wurde abwechselnd heiß und kalt. Ob er jemals so etwas schaffen würde? Ein Kunstwerk ohne Fehl und Tadel?

Er gab Gas. Plötzlich hatte er es eilig, nach Hause zu kommen. Er musste malen. Unbedingt. Sofort. Den ganzen Tag, das ganze wundervolle Licht hatte er vergeudet, ohne einen einzigen Pinselstrich getan zu haben.

»Aber ich habe Ilka gesehen«, murmelte er. »Und das Haus.«

Der Hals wurde ihm eng. Er konnte die Unruhe kaum noch unterdrücken. Gleich würden seine Hände anfangen zu zittern und der Schweiß würde ihm ausbrechen. Nur wenn er malte, war er im Einklang mit sich und der Welt.

»Den Kopf etwas mehr zur Seite. Ja. So ist's gut.«

Das Licht fällt durch die Fenster mit dem Muster aus buntem Glas und legt sich auf Ilkas Körper. Es lässt ihre Haut farbig schimmern und ihr Haar glänzen. Als befände sie sich unter Wasser. Eine Meerjungfrau.

»Nicht bewegen. Bleib ruhig.«

Doch das kann sie nicht. Immerzu muss sie den Kopf drehen. Um ihn anzuschauen. In den Himmel zu gucken. Den Hund zu beobachten, der auf der Türschwelle liegt. Es ist zum Verrücktwerden mit ihr.

Sie haben das Haus für sich allein. Die Eltern sind auf einer Feier und werden nicht vor Mitternacht zurückkommen. Das ganze Haus mit den großen, schönen Zimmern und diesem Meer an Licht.

Und sofort musste er Ilka malen.

»Ich hab Hunger, Rub.«

Sie ist die Einzige, die seinen Namen so abkürzt. Die Einzige, der er es erlaubt.

»Gleich. Noch einen Moment.«

Sie hat keine Geduld. Dabei sind bestimmt nicht mal zwei Stunden vergangen.

»Es gibt so viele Mädchen, die dir liebend gern Modell stehen würden. Oder sitzen. Oder liegen.« Sie kichert. »Warum nimmst du nicht eine von denen, die dich anhimmeln?«

»Die sind nicht wie du.«

Ilka gähnt. Sie verändert ihre Haltung schon wieder.

»Eben. Sie würden genau in der Stellung bleiben, in der du sie haben möchtest. Stundenlang.«

»Den Arm ein bisschen höher. Komm, sei lieb!«

Ilka räkelt sich. Der dunkelrote Flor des Sofas lässt ihre Haut leuchten wie Marmor. Der Frühling hat eben erst begonnen. Ilkas Körper ist noch unberührt von der Sonne.

»Ilka! Bitte!«

Sie steht auf, kommt auf ihn zu, verdeckt für einen Augenblick das Licht. Sie nimmt Ruben den Block aus der Hand und die Kreide. Dann beugt sie sich zu ihm hinunter und küsst ihn.

»Lass uns erst was essen, Rub.«

Er schiebt den Stuhl zurück und folgt ihr in die Küche. Sie hat sich ihren Bademantel übergestreift und Socken angezogen. Erst jetzt merkt Ruben, wie kühl es ist.

»Hast du gefroren?«

Sie setzt Wasser auf und holt ein Päckchen Nudeln aus der Vorratskammer. Im Vorbeigehen gibt sie ihm einen Kuss auf die Nasenspitze.

»Hellseher!«

»Tut mir Leid. Ich bin ein Idiot.« Mit drei Schritten ist er bei ihr, nimmt ihre Hände. Sie sind eiskalt. »Ein Volltrottel, ein gefühlloses Monster, ein...«

»Du bist du.« Sie zieht den Bademantel enger zusammen. »Und jetzt hilf mir gefälligst beim Kochen.«

Er hatte sie immer wieder gemalt. Er konnte sich nicht satt sehen an ihr. Etwas an Ilka war jedes Mal anders gewesen. Immer hatte ihn etwas überrascht. Eine Linie, die er vorher nicht entdeckt, eine Haltung, die sie nie zuvor eingenommen hatte. Wie Licht und Schatten auf ihrer Haut spielten. Wie sie ihr Haar trug. Welches Parfüm sie benutzte. All das änderte sich immerzu. Ilka war eine Verwandlungskünstlerin. Es kam aus ihrem Innern. Da war nichts Oberflächliches, nichts Künstliches an ihr.

Ilka war der natürlichste Mensch, den Ruben kannte. Ihr fehlte jegliche Fähigkeit zur Verstellung. Als Kind war sie oft bestraft worden, weil sie nicht lügen konnte. Man sah ihr jede Regung an. Ihre helle Haut war verräterisch. Wenn Ilka sich freute oder ärgerte, wenn sie empört war, aufgeregt oder verlegen, überzog sofort eine feine Röte ihr Gesicht. Ruben hatte oft Angst gehabt, die Eltern würden auf diese Weise erkennen, was zwischen den Geschwistern war, aber merkwürdigerweise waren die Eltern in dieser Hinsicht blind gewesen.

Die Bilder und Zeichnungen, die Ruben von Ilka gemacht hatte, verwahrte er von Anfang an in einem sicheren Versteck. Er hatte auf dem nicht ausgebauten Teil des Speichers, den niemand je betrat, an einer Stelle die Wandverkleidung gelöst und einen kleinen Stauraum ausgenutzt, von dem außer ihm keiner zu wissen schien.

Die Eltern hatten das Haus nicht bauen lassen, sie hatten es gekauft. Exakte Baupläne existierten nicht. Der Speicher war von Staub und Spinnweben bedeckt, ein wunderbar geheimer Ort, an den Ruben und Ilka sich zurückzogen, wenn sie nicht gefunden werden wollten. Er hatte das Licht einer verlassenen Kirche. Die Sonnenstrahlen drangen in langen Streifen durch die kleinen, blinden Luken und tasteten sich über den Boden zur gegenüberliegenden Wand vor. Dort malten sie ihr Muster, das sich von Stunde zu Stunde veränderte.

Die Luft war trocken, im Sommer voller Staub und glühend heiß, im Winter frostig und beinah klar. Ab und zu wischte Ilka mit einem feuchten Tuch den Boden auf, aber nur ganz hinten, an der Stelle, wo sie sich versteckten. Sie durften keine Spuren hinterlassen.

Manchmal saßen sie an die Wand gelehnt und summten leise vor sich hin. Manchmal schwiegen sie miteinander. Und manchmal schmiedeten sie grandiose Pläne.

Hier auf dem Speicher, an ihrem geheimen Zauberort, hatte Ruben die verbotenen Gefühle in sich entdeckt. Hier hatte er gespürt, dass Ilka diese Gefühle ebenfalls kannte. Und hier hatte er sich ihr offenbart.

An manchen Tagen konnte er die Sehnsucht nach diesem Platz kaum noch ertragen. Und jetzt hatte er ihn wiedergefunden. Oder doch beinahe. Er wurde schneller. Die Schatten flogen an ihm vorbei. Aber er fuhr nicht nach Hause. Er wandte sich wieder Richtung Autobahn.

*

Der alte Mann hatte Ilka tatsächlich erklären können, wie sie fahren musste. Er hatte sich alle Mühe gegeben, sie zu beruhigen, auch wenn er nicht begriff, was sie so in Panik versetzte.

»Das kann doch jedem passieren«, sagte er in seiner langsamen, ruhigen Art und tätschelte sachte ihren Arm. Seine Hand war breit und kräftig. Sie schien an harte Arbeit gewöhnt. Ilka wunderte sich darüber, dass eine solche Hand zu so zarten Berührungen fähig war. »Jedem«, wiederholte der Mann. »Da dürfen Sie sich keinen Kopp drüber machen.«

Diesen Ausdruck hatte Ilka schon lange nicht mehr gehört. Vielleicht starb er allmählich aus. Vielleicht wurde er nur noch von ein paar alten Leuten benutzt. Der Gedanke machte sie traurig, dabei strengte der alte Mann sich wirklich an, sie aufzuheitern, indem er ihr eine Geschichte nach der andern erzählte. In jeder ging es darum, dass jemand sich verirrt hatte.

Sie bedankte sich bei ihm und fuhr nach Hause. Tante Marei machte ihr auf, bevor sie den Schlüssel ins Schloss stecken konnte.

»Kind! Ich habe mir solche Sorgen um dich gemacht! Wo bist du gewesen? Mike hat nach dir gefragt, der Arme. Er war ganz verstört. Und wie du aussiehst! Wie Buttermilch mit Spucke. Was ist denn los?«

Sie war ein lieber Mensch, der immer nur wollte, dass es allen gut ging, aber sie brachte es fertig, einen mit Worten zu erschlagen.

»Ich hab mich bloß verfahren«, sagte Ilka, zog die Jacke aus und hängte sie an die Garderobe. »Kein Grund zur Panik.«

»Verfahren?« Tante Marei nahm Ilkas blau gefrorene Hände und rieb sie vorsichtig. »In dieser kleinen Stadt?«

»So klein ist sie gar nicht, wenn du in der falschen Ecke landest.« Ilka zog die Hände weg und ging in die Küche, um sich eine Tasse Tee zu machen. »Ich war in Gedanken und bin einfach drauflos. Irgendwann hab ich mich umgeguckt und nichts mehr erkannt.«

Damit gab Tante Marei sich zufrieden. Sie ließ sich noch von der Stunde bei Lara Engler berichten, dann kamen die Zwillinge hereingestürmt und füllten die Küche mit ihren Geschichten und ihrem Lachen. Sie wurden im Sommer zwölf und überlegten schon jetzt, wie sie feiern sollten.

Zwölf war ein magisches Alter. Ein großer Schritt aus der Kindheit hinaus, ohne zu wissen, wo man landen und ob es einem dort gefallen würde.

»Wenn ich groß bin«, sagte Leo, der sich nicht gern lange bei einem Thema aufhielt, »kauf ich mir einen Mercedes.«

»Dazu brauchst du viel Geld.« Tante Marei seufzte wie jemand, der seine Träume längst begraben hat.

»Ich schaff mir lieber ein Motorrad an.« Rhena warf ihrem Bruder einen herausfordernden Blick zu. »Nicht so eine Spießerkarre.«

»Heute Morgen hab ich einen gesehen...« Leo ging nicht auf Rhenas Einwand ein. Sein Blick wurde schwärmerisch. »...der war der Hammer!«

»Habt ihr was dagegen, wenn ich mich verkrümele?« Ilka hatte ihren Tee getrunken, zwei Brötchen gegessen und war plötzlich hundemüde. Sie räumte ihr Geschirr in die Spülmaschine. »Ich möchte noch mit Mike telefonieren und dann nichts als schlafen.«

»Geh nur«, sagte Tante Marei. »Und liebe Grüße an Mike.«

»Herzallerliebste«, zwitscherte Rhena und rollte mit den Augen. Dabei war sie heimlich in Mike verliebt. Sie konnte es gut verbergen, aber Ilka wusste es schon lange.

Auf der Treppe hatte Ilka wieder dieses sonderbare Gefühl, das sie sich nicht erklären konnte. Es hatte sie schon auf der Heimfahrt überfallen. Ein Gefühl, wie sie es gehabt hatte, als sie einmal versehentlich im Physikraum eingeschlossen worden war. Als würde jemand unsichtbar hinter ihr stehen.

»Unsinn«, murmelte sie. »Ich fang mal wieder an, Gespenster zu sehen.«

Sie hatte das Telefon mit in ihr Zimmer genommen, legte sich aufs Bett und wählte Mikes Nummer. Doch sie erreichte nur seine Mutter, die sich eine geschlagene Viertelstunde lang darüber beklagte, dass ihr Sohn immerzu unterwegs sei und so gut wie nie zu Hause.

Danach wählte Ilka Mikes Handynummer, aber er hatte sein Handy ausgeschaltet. Das konnte ein gutes oder ein schlechtes Zeichen sein. Vielleicht hatte er das Zimmer bekommen und saß mit den Mädchen zusammen, um Einzelheiten zu besprechen. Oder sie hatten ihn abgelehnt und er war in einer Kneipe versackt.

Ilka hoffte, dass alles geklappt hatte. Mike hatte ein bisschen Glück verdient. Außerdem vertrug er keinen Alkohol. Ein einziges Bier konnte ihn umwerfen und am Morgen darauf war er dem Weltuntergang nah.

Nachdem Ilka das Telefon wieder nach unten gebracht hatte, hörte sie noch eine Weile Musik. Um abzuschalten. Es funktionierte nicht. Ganz tief in ihr nagte eine feine, leise Stimme, die sie warnte. Sie knipste die Nachttischlampe aus und ging zum Fenster, zog den Vorhang auf, setzte sich auf die Fensterbank und sah hinunter auf die Straße.

Ihr abendliches Ritual. Es hatte etwas zutiefst Beruhigendes, auf diese stille, nur schwach beleuchtete Straße zu schauen, die vertrauten Häuser zu betrachten und sich vorzustellen, womit die Menschen darin gerade beschäftigt waren. Sie sahen fern, lasen, kochten, telefonierten, liebten sich. Sie hatten Streit, schrieben Briefe, brachten die Kinder zu Bett.

Eine Katze huschte über die Straße und verschwand in einem der schwarzen Gärten. Ein Fenster wurde geschlossen. Ein Licht erlosch. Es hatte wieder angefangen zu schneien, dicke, schwere Flocken, die nicht gleich zerschmolzen, sondern liegen blieben. Die am Straßenrand geparkten Wagen hatten schon weiße Hauben. Wenn es weiter so schneite, würden sie am Morgen aussehen wie lauter kleine Hügel.

Ilka öffnete das Fenster und beugte sich hinaus. Die Luft war frisch und klar. Es war ungewöhnlich still. Als hätte der Schnee jedes Geräusch erstickt.

Sie mochte diese Stimmung. Am liebsten hätte sie sich ihre Jacke geschnappt, um noch einen Spaziergang zu machen. Sie liebte es, den Schnee unter den Stiefeln knirschen zu hören. Als wäre sie allein auf der Welt.

Aber das war sie nicht. Und das war gut so.

»Gute Nacht, Mama«, flüsterte sie in die Kälte hinaus. »Schlaf schön.«

Ein fremder Wagen fiel ihr auf, der einzige, der nicht von Schnee bedeckt war. Das bedeutete, dass er eben erst angekommen sein musste.

Dunkel und groß stand er da.

Ilka spürte ein Frösteln. Es war verdammt kalt. Rasch schloss sie das Fenster, zog sich aus, schlüpfte ins Bett und mummelte sich in die Bettdecke ein. Nur ein paar Minuten ausruhen, dann würde sie ins Bad gehen und sich die Zähne putzen. Nur ein paar Minuten.

Irgendwo in ihrem Hinterkopf meldete sich wieder die leise, warnende Stimme, aber Ilka hörte nicht darauf. Sie war so müde, dass sie augenblicklich einschlief.

*

Ruben starrte zu ihrem Fenster hinauf, bis ihm die Augen brannten. Für einen Moment beugte sie sich hinaus. Für einen Moment sah er ihr Gesicht, undeutlich, wie in seinen Träumen. Dann hörte er, wie sie das Fenster schloss.

Er wartete noch einen Augenblick, bevor er losfuhr, dunkel, lautlos und unbemerkt.

6

Imke Thalheim saß in ihrem Hotelzimmer und versuchte zu lesen. Die Geräuschkulisse lenkte sie immer wieder ab. Irgendwo links über ihr stritten ein Mann und eine Frau. Man konnte nicht verstehen, was sie sich gegenseitig an den Kopf warfen, aber es klang ziemlich heftig. Auf dem kleinen Marktplatz draußen testete eine Gruppe junger Männer mit ohrenbetäubendem Lärm ihre Motorräder. Und dann klingelte auch noch das Telefon.

Es war der Veranstalter einer der nächsten Lesungen, der sich erkundigte, ob Imke spezielle Wünsche bezüglich des Ablaufs habe. Imke bat um den üblichen Stuhl, den üblichen Tisch, das übliche Glas Wasser und das übliche Mikrofon. Es ärgerte sie, dass der Mann sie störte. Er hätte das alles bereits im Vorfeld regeln können.

Nachdem sie den Hörer aufgelegt hatte, fragte sie sich, was der Grund für ihre Gereiztheit war. Sie sah sich im Zimmer um, betrachtete die Rosentapete, das Eichenbett, den Spiegelschrank. Vorm Fenster hing eine geraffte Gardine. Auch die Vorhänge hatten ein Blumenmuster.

Imke kannte Menschen, denen dieses Zimmer gefallen hätte. Es war nicht schön, aber auch nicht abstoßend, es strahlte sogar eine gewisse Behaglichkeit aus. Imke fühlte sich an die guten Stuben und Wohnküchen ihrer Großtanten erinnert und an lange Geburtstagsnachmittage bei Kaffee, Torte und Likör. Nein, das Zimmer war nicht der Grund für ihre Reizbarkeit.

Natürlich war sie erschöpft von den vielen Terminen, der ständigen Konzentration, dem ewigen Reden und Händeschütteln. Und vom Lächeln. Wahrscheinlich lächelten die meisten Menschen in ihrem ganzen Leben nicht so häufig wie Imke auf einer einzigen Lesereise. Ihre Gesichtszüge waren so darauf getrimmt, dass sie sich kaum noch entspannen konnten.

»Vielleicht ist es das Heimweh.« Sie fand den Klang ihrer Stimme in diesem Zimmer sonderbar. Als wäre die Stimme etwas Eigenständiges, das unabhängig von ihrem Körper existierte. »Oder ich werde allmählich verrückt. Und demnächst fange ich an, mich mit Bäumen zu unterhalten und verschiedenfarbige Schuhe anzuziehen.«

Sie hatte ein großes Verlangen danach, mit Jette zu sprechen. Aber sie hatte sich vorgenommen, sich zurückzuhalten. Sie musste sich abnabeln.

Imke stutzte. Sollte es nicht eigentlich umgekehrt sein? Sollten sich nicht die Töchter von den Müttern abnabeln? Sie griff nach ihrem Handy und wählte Tilos Nummer.

Er meldete sich nach dem ersten Klingeln. »Na, du?« Seine Stimme war ein Stück Zuhause, und Imke drückte den Hörer ans Ohr, um nur ja kein Wort zu verpassen.

»Nie kann ich dich überraschen«, beklagte sie sich. »Was waren das doch für herrliche Zeiten, als es noch keine Displays gab.«

Sie hörte ihn leise lachen. Allein für diese Art, am Telefon zu lachen, verdiente er es, geliebt zu werden. Es war ein Lachen, das alles wieder zurechtrückte, was schief war im Leben.

»Wer muss sich eigentlich von wem abnabeln«, fragte sie

ihn unvermittelt, »die Tochter von der Mutter oder umgekehrt?«

»Was möchtest du hören, Ike?«

Sie liebte es, wenn er sie so nannte.

»Deine Psychologenwahrheit natürlich.«

Er war nicht empfindlich, wenn sie der Psychologie einen Hieb versetzte. Er hatte sich daran gewöhnt. »Es ist wohl so, dass beide diesen Prozess durchmachen müssen«, sagte er vorsichtig. »Jede auf ihre Weise.«

»Wie hilfreich!« Imke streckte sich auf dem Bett aus und sah an die vergilbte Decke. Nach den vielen Rosen ringsherum war das die reine Wohltat. »Ihr Seelenvoyeure legt euch nicht gerne fest, wie?«

»Das Leben besteht nicht aus Schwarz und Weiß.« Tilo ignorierte auch den zweiten Hieb. »Das muss ich dir doch nicht erklären.«

»Stimmt. Musst du nicht.«

»Irgendein Problem mit Jette?«, fragte er nach einer kleinen Pause.

»Ein Problem mit der Welt«, antwortete sie. »Ich hab den Eindruck, als befände ich mich ständig am falschen Ort.«

»Der Lesungskoller, Ike. Das kennst du doch. Du hast ihn jedes Mal.«

Er hatte Recht. Auf jeder Lesereise fiel ihr irgendwann die Decke auf den Kopf. Sie versuchte, dagegen anzugehen, doch das gelang ihr nur selten. Nicht einmal auf ein spannendes Buch konnte sie sich dann konzentrieren.

»Ich vermisse dich«, sagte sie leise.

»Das hoffe ich doch.« Er lachte wieder, zärtlich und frech.

»Verbringst du ab und zu einen Abend in der Mühle?« Es gefiel ihr, ihn sich in ihren Räumen vorzustellen.

»Das kann ich deiner Frau Bergerhausen doch nicht antun.

Stell dir vor, sie kommt morgens herein, um die Rollläden hochzuziehen, und findet mich in deinem Bett. Der Schlag würde sie treffen.«

»Solange du allein drin liegst, wohl kaum.« Imke wagte einen Blick auf die Rosentapete. Vielleicht waren die Wirtsleute ja verliebt gewesen, als sie das Hotel eingerichtet hatten.

»Und? Wie ist es so in der Provinz?«, fragte Tilo.

»Einsam. Lass mich nach Hause kommen, ja?«

»Erst wenn du deine letzte Lesung hinter dir hast«, sagte Tilo. »Keinen Tag früher.«

Sie hatten das so ausgemacht. Wenn Imke aufgeben wollte, sollte er das verhindern. Blödes Spiel.

»Und jetzt muss ich wieder an die Arbeit.« Er schmatzte einen Kuss ins Telefon.

Langsam benehmen wir uns wie ein altes Ehepaar, dachte Imke, als sie das Handy weggelegt hatte. Dabei lächelte sie in sich hinein. Es gab Schlimmeres, als mit Tilo alt zu werden.

*

Mike hatte einen Kleinbus gemietet, um seinen Umzug zu bewerkstelligen. Ilka hatte ihm beim Beladen geholfen, Merle und ich waren in unserer Wohnung geblieben, hatten sein Zimmer noch einmal gründlich sauber gemacht und fassten beim Hochtragen mit an.

Wir hatten längst Freundschaft mit unserem neuen Mitbewohner geschlossen. Und mit Ilka. Gemeinsam hatten wir den Parkettboden auf Vordermann gebracht, die Wände gestrichen und die Türen und Fensterrahmen geölt. Nicht nur in Caros Zimmer, das jetzt Mike gehörte, sondern in der gesamten Wohnung.

Die körperliche Arbeit hatte mir gut getan. Sie hatte mich

aus meiner Lethargie gezogen und mich von meiner Trauer abgelenkt. Ich hatte wieder Appetit bekommen und ertappte mich dabei, wie ich Melodien trällerte. Das war schon ewig nicht mehr vorgekommen.

Wir hatten schnell gemerkt, dass Mike ein begnadeter Koch war. Und nicht nur das – es machte ihm sogar Spaß, für uns zu kochen. Und so endete jeder Arbeitstag in unserer Küche, wo wir so lange zusammensaßen und redeten, bis wir uns vor Müdigkeit kaum noch aufrecht halten konnten.

Am letzten Tag der Renovierungsarbeiten hatte Ilka ein riesiges Bild an die Wand gemalt, an der Mikes Bett stehen sollte, ein Bauernhaus mit roten Fensterläden in einem Feld voller Sonnenblumen. Am Himmel stand die Sonne und jede Sonnenblume hatte ihr den Kopf zugewandt. Das ganze Zimmer leuchtete.

»Wahnsinn!« Merle hatte den Blick nicht von dem Bild lösen können. »Sag mal, hast du vor, Kunst zu studieren?«

»Nie im Leben!« Ilka hatte abwehrend die Hände gehoben. »Alles, wirklich alles, bloß nicht Kunst!«

Eine merkwürdige Reaktion. Mir war, als hätte ich in Ilkas Augen Angst gesehen, Panik beinahe, doch dann hatte sich wieder ein Lächeln auf ihr Gesicht gelegt, und sie hatte das Thema gewechselt.

Sie hatte zweifellos Talent. Das Bild erinnerte mich an van Gogh. Natürlich war es nicht wirklich vergleichbar, aber es gab klare Ähnlichkeiten. Das strahlende Gelb der Blüten, das intensive Licht, das Gleißen der Sonne und dann der kräftige, eilige Strich – als wogten die Sonnenblumen im Wind.

Spätestens in dem Augenblick, als ich vor dem Wandgemälde gestanden hatte, Ilka erwartungsvoll neben mir, ihre Hände und Jeans farbverschmiert, auf ihrer Wange ein grüner Fleck, spätestens in diesem Moment hatte ich sie endgültig ins Herz geschlossen. Ich war froh, dass Mike mit ihr zusammen war.

»Malst du mir auch ein Bild an die Wand?«, fragte ich sie, nachdem wir die Kommode in Mikes Zimmer abgesetzt hatten. »Irgendwann mal, wenn du Lust dazu hast?«

Ilka stemmte die Arme in die Hüften. Sie pustete sich eine Strähne aus dem erhitzten Gesicht. »Gern«, sagte sie und sah mich prüfend an. »Sobald ich weiß, wovon du träumst.«

Mike hatte sich lange nach einem eigenen Zuhause gesehnt. Deshalb hatte sie es ihm gemalt. Darauf hätte ich auch von allein kommen können. Ich machte mich an der Kommode zu schaffen, verschob sie ein wenig und setzte die Schubladen ein. Wie sollte ich Ilka von meinen Träumen erzählen, wo ich doch nur noch Albträume kannte?

Die Möbel waren schnell verteilt, es waren ja bloß ein Bett, ein Schrank, die Kommode, ein Schreibtisch und ein Stuhl. Wir halfen Mike noch, das Regal zusammenzubauen, dann zogen Merle und ich uns zurück. Wir setzten uns in die Küche und tranken einen Cappuccino.

»Schön, dass wieder was los ist bei uns«, sagte ich.

Merle nickte.

»Und dass wir die beiden mögen.«

Merle nickte wieder.

»Das ist nicht selbstverständlich.«

Merle hörte gar nicht mehr auf zu nicken.

»Caro wäre damit einverstanden. Bestimmt.«

Merle hob den Kopf. Sie runzelte die Stirn, wie sie das immer tat, wenn sie über etwas nachdachte. Allmählich wurde ich unruhig.

»Was ist an einem Kunststudium so fürchterlich?« Sie sah mich fragend an. »Ich meine, für mich wäre so was der absolute Horror, aber für Ilka? Die hat eine irre Begabung. Ich kapier das nicht.«

»Vielleicht hasst sie ihre Kunstlehrerin? Oder sie hat als kleines Kind aus Versehen einen Becher Wasserfarbe getrunken. Kann aber auch sein, dass…«

»Jette! Du bist doch nicht blind. Wenn du so ein Talent hast, dann ziehst du ein Kunststudium doch wenigstens in Erwägung.«

»Ilka eben nicht.« Ich hatte keine Lust auf Ungereimtheiten. Ich wollte einfach hier sitzen und meinen Cappuccino genießen. »Was ist daran so verwunderlich?«

»Die Heftigkeit, mit der sie geantwortet hat«, sagte Merle. »Das kam wie aus der Pistole geschossen.«

Und es war Angst in Ilkas Augen gewesen. Inzwischen war ich mir ganz sicher. Doch das gab ich nicht zu. Mit unserem Leben ging es allmählich wieder bergauf. Ich hatte nicht vor, das auch nur mit einem einzigen Gedanken zu gefährden und das Unheil herbeizureden.

»Irgendein Erlebnis aus ihrer Kindheit vielleicht.« Ich legte die Hand auf Merles Arm. »Hör auf, dir was einzureden. Mike ist ein netter, sympathischer, völlig normaler Kerl und Ilka ist ein nettes, sympathisches, völlig normales Mädchen. Und wir werden nett, sympathisch und völlig normal miteinander leben.«

»Amen«, sagte Merle und stand auf, um sich noch einen Cappuccino zu machen.

*

Mike war froh darüber, dass Ilka sich mit den Mädchen verstand. Und dass die Mädchen Ilka mochten. Er hätte ausrasten können vor Freude über sein neues Zuhause und die Freiheit, die es ihm schenkte. Oft stand er mitten in seinem Zimmer, sah sich um und begeisterte sich an jeder Einzelheit.

Noch wirkte alles ein bisschen provisorisch, viel zu aufgeräumt, fast kahl. Es roch nach Farbe und es gab noch so gut wie keine Lebensspuren. Die würden erst allmählich kommen, unmerklich, eindeutige Anzeichen dafür, dass dieser Raum bewohnt wurde.

Endlich lebte er sein eigenes Leben und konnte selbst entscheiden, mit wem er es teilte. Als Gegenleistung für die finanzielle Unterstützung verlangte sein Vater, dass Mike sich einen Nebenjob suchte. Das würde er in den nächsten Tagen in Angriff nehmen.

Zeit genug hatte er ja dazu. Ilka war längst nicht so oft bei ihm, wie er sich das wünschte. Er fragte nicht, wie sie die Nachmittage verbrachte, obwohl er nichts lieber getan hätte. Die Unsicherheit machte ihn fertig.

Aber sie musste ihm aus eigenem Antrieb davon erzählen. Es würde ihm nicht gelingen, sich in ihr Leben zu drängen, wenn sie ihn da nicht haben wollte. Wenn er sich an sie klammerte, würde er sie bloß verlieren. Und davor hatte er Angst. So große Angst, dass er nachts davon träumte. In diesen Träumen durchstreifte er Wälder, kämpfte sich durch Menschenmengen oder lief keuchend über endlose Flure, immer auf der Suche nach Ilka, die eben noch bei ihm gewesen und dann plötzlich verschwunden war.

»Lass die Finger von den Frauen«, hatte Claudio ihm neulich zugeflüstert. »Die machen dich nur kaputt.« Und er hatte Merle angeschaut mit einem Blick, der Mike durch Mark und Bein gegangen war. In diesem Blick hatte alles gelegen, Liebe, Sehnsucht, Zärtlichkeit, Verlangen, aber auch Trauer, Wut und sogar Hass.

Es war an Claudios Geburtstag gewesen. Die Gäste hatten

in seinem Pizzaservice gesessen, dicht gedrängt an den wenigen, zusammengestellten Tischen, und alle hatten durcheinander geredet und gelacht. Italienische und deutsche Wortfetzen waren hin und her geflogen, und auch das Gelächter, so war es Mike vorgekommen, hatte halb italienisch und halb deutsch geklungen.

Merle, am anderen Ende der Tafel, hatte Claudios Blick bemerkt und ihn mit einer Kusshand beantwortet. Sie hatte ein bisschen zu viel getrunken und war beschwipst und hübsch und so fröhlich, wie Mike sie noch nicht erlebt hatte.

»Schau sie dir an«, hatte Claudio leise gesagt. »Sie hat mein Leben auf den Kopf gestellt. Ich bin nichts ohne sie.«

Mike wusste inzwischen, dass der Wein Claudio wehleidig machte. Und zu einem Freund großer Worte. Im nächsten Augenblick konnte derselbe Claudio Merle wütend von sich stoßen, sie beleidigen und wüst beschimpfen. War das seine spezielle Art der Leidenschaft? Oder wurde jede Liebe irgendwann so?

Sie hat mein Leben auf den Kopf gestellt. Ich bin nichts ohne sie.

Mike saß in seinem Zimmer und sehnte sich danach, Ilka zu berühren. Er sah hinaus in die Dunkelheit, Mitternacht war längst vorbei, und sehnte sich danach, ihre Stimme zu hören. Es hätte ihn schon glücklich gemacht, sie nur anschauen zu dürfen.

Er stand auf und ging in die Küche, um etwas zu trinken. Die Katzen begrüßten ihn mit leisen, zärtlichen Lauten. Er gab ihnen etwas Milch und setzte sich mit einem Glas Saft an den Tisch.

Donna war wie immer zuerst fertig. Sie sprang auf einen der Stühle und putzte sich. Ab und zu hielt sie in der Bewegung inne und starrte ihn aus schmalen Augen an.

»Ihr mögt sie doch auch«, sagte Mike. »Habt ihr nicht einen Rat für mich?«

»Katzen denken in erster Linie an sich selbst. Und sie verbergen das auch nicht. Sie sind ehrlich und aufrichtig. Im Gegensatz zu den meisten Menschen.«

Mike fuhr herum. In der Tür stand Merle, das Haar wirr vom Schlaf. »Ich hab ganz blöd geträumt«, sagte sie. Und sie setzte sich zu ihm und Donna an den Tisch und erzählte von ihrem Traum.

*

Freitag. Welche Angst sie neuerdings vor diesem Wochentag hatte. Den ganzen Morgen schon ballte sich das Unbehagen in ihrem Magen zusammen und steigerte sich zum Nachmittag hin ins Unerträgliche.

Mike wusste, dass sie eine Therapie machte, er hatte allerdings keine Ahnung, warum. Ilka war ihm dankbar dafür, dass er nicht fragte. Sie wollte die Gefühle zwischen ihnen nicht mit einer Lüge belasten.

Lara Engler war ihr nicht mehr ganz so fremd, aber auch längst noch nicht vertraut. Vielleicht würde es eine richtige Vertrautheit zwischen ihnen ja niemals geben, denn dazu gehörte, dass jeder etwas über den andern erfuhr. Die Rollen zwischen ihnen jedoch waren einseitig verteilt. Ilka redete und Lara hörte zu. So funktionierte Therapie. Ilka kehrte ihr Innerstes nach außen. Sie stülpte ihre Gedanken um und legte sie vor Lara auf den Tisch. Und Lara hörte zu, wollte mehr und mehr, forderte immer neue Geheimnisse. Durch ihr Schweigen. Ihr Zuhören.

Bis die Stunde zu Ende war. Lara überzog nie. Nicht mal um zwei, drei lächerliche Minuten. Ilka grübelte oft darüber nach. Wie konnte Lara wirklich verstehen, wenn sie nicht bereit war, die Zeit zu vergessen? War das, was in ihren Augen zu lesen war, echtes Interesse und menschliche Anteilnahme? Oder war ihre Aufmerksamkeit reine Routine, pure professionelle Sachlichkeit, bei der sie gleichzeitig die Uhr und die Gebührentabelle im Kopf behalten konnte?

Ilka stellte ihr Rad ab und ging langsam auf das gelbe Haus zu. Sie fühlte sich an das Bild erinnert, das sie für Mike gemalt hatte, und eine tiefe Zärtlichkeit breitete sich in ihr aus. Das hier tat sie nicht mehr für Tante Marei und nicht nur für sich selbst. Sie tat es auch für Mike. Damit sie ihn richtig lieben konnte. Damit nichts mehr zwischen ihnen stand.

Sie wollte endlich normal sein. So fühlen wie andere Mädchen in ihrem Alter. Vor allem aber wollte sie keine Angst mehr haben.

Lara machte ihr auf. Diesmal trug sie einen sandfarbenen Rock aus grobem Leinen mit einer langen weißen Bluse darüber. Die Silberkette an ihrem Hals funkelte im Licht der Lampe und zauberte Erinnerungen an den vergangenen Sommer hervor, an Sonne, Wasser und gebräunte Haut.

»Ich mache mir gerade Tee«, sagte Lara. »Möchten Sie auch einen?«

Ilka nahm das Angebot gern an. Frost hatte sich über die Stadt gelegt. Auf dem Fahrrad war der Wind so eisig gewesen, dass ihr das Atmen wehgetan hatte.

Sie folgte Lara in die Küche und war überrascht, wie sehr sie sie in diesem Raum wiederfand. Helles Holz, Glas und Chrom. Orangefarbene Vorhangschals, die aus sich heraus zu leuchten schienen. Eine einzige Pflanze auf der Fensterbank, eine Palmenart. Daneben eine abstrakte, runde Bronzeskulptur.

In dieser gepflegten Ordnung eine Pinnwand, die von Zetteln und Zeitungsausschnitten überquoll. Auf dem Tisch benutztes Geschirr für zwei Personen und einige zerlesene, fast schon zerfledderte Gartenjournale. Auf einem Sideboard ein Stapel Bücher und obendrauf eine knallrote Lesebrille.

So ähnlich musste Lara sein. Hinter einer perfekt gestylten Fassade lag der eigentliche Kern, der niemandem zugänglich war, nur den Menschen, denen sie Nähe erlaubte. Und dieser Kern war lebendig und widersprüchlich und voller Energie.

Ilkas Wangen glühten von der plötzlichen Wärme. Sie versuchte, sie mit den Handrücken zu kühlen, aber das half nicht viel. Es machte sie unsicher, und sie brauchte eine Weile, bis sie sich entspannen konnte.

»Sie haben bisher sehr wenig über Ihre Familie erzählt«, sagte Lara.

Mehr nicht. Mit einem einzigen Satz gab sie den Anstoß zu Erinnerungen, die Ilka am liebsten dort gelassen hätte, wo sie waren, gut verstaut tief in ihrem Innern.

Ilka begann, von Tante Marei, Onkel Knut und den Zwillingen zu erzählen. Lara hörte zu, ohne sie zu unterbrechen. Sonnenlicht fiel durch die Fenster, breitete sich auf dem Holzboden und dem Teppich aus und ließ die Farben explodieren. Der Himmel war hoch und blau, mit ein paar Wolken, die sich langsam bewegten.

Als Kind hatte Ilka oft geträumt, fliegen zu können. Hoch hinauf und mit den Vögeln davon. Es hatte ein überwältigendes Glücksgefühl in ihr ausgelöst, das sie noch empfunden hatte, nachdem sie aufgewacht war. Ganz allmählich hatte es sich verflüchtigt und einer tiefen Trauer Platz gemacht.

»Woran denken Sie, Ilka?«

Laras Stimme war plötzlich weit weg. Ihr Lächeln verschwamm. Die Wolken draußen am Himmel hatten sich verzogen.

»Wenn ich will, kann ich fliegen. Wenn ich will, bis ans Ende der Welt.«

Rubens Augen glänzen. Sein schmales Gesicht sieht glücklich aus. Er liegt auf dem Boden. Um ihn herum tanzt der Staub im Sonnenlicht.

Es ist Spätsommer. Die Tage sind heiß, die Nächte kühl. Die ersten Blätter fallen von den Bäumen. Die Jungen der wilden grauen Katze haben den Schuppen verlassen. Doch noch hat sich der Sommer nicht entschlossen, dem Herbst Platz zu machen.

»Aber du fliegst doch nicht weg, Ruben? Nicht ohne mich?«

Ilka sieht ihren Bruder ängstlich an. Er ist so stark. Und so klug. Er kann alles. Nicht nur malen. Und rechnen und schreiben. Auch fliegen. Eigentlich hätte sie es sich denken können.

Und wenn er sie allein lässt? Wenn er ihr keine Geschichten mehr erzählt, keine Geheimnisse anvertraut und sie nicht mehr lieb hat? Sie mag gar nicht daran denken.

Manchmal guckt er ganz traurig. Und wenn er merkt, dass sie es gesehen hat, zaubert er schnell ein Lächeln auf sein Gesicht. Abrakadabra. Aber etwas an seinem Lächeln ist dann falsch. Es ist nicht sein richtiges Lächeln.

Ob auch die Tauben falsch sind, die ein Zauberer aus dem Zylinder holt? Ob es vielleicht bloß Hühner sind, die aussehen wie weiße Tauben? Ilka ist mal mit Mama, Papa und Ruben im Zirkus gewesen, da hat ein Zauberer seine Kunststücke vorgeführt. Mucksmäuschenstill ist es im Zelt gewesen. Und dann haben die Leute geklatscht. Auch Ilka hat geklatscht. So lange, bis die Hände ihr wehgetan haben.

Jetzt guckt Ruben wieder so traurig. Obwohl er eben noch froh gewesen ist. Diesmal lächelt er nicht. Vielleicht hat er schon unsichtbar die Flügel ausgebreitet.

»Ruben?«

Ilka flüstert seinen Namen bloß. Sie traut sich nicht, ihn laut auszusprechen. Ruben antwortet nicht. Er sitzt da und starrt zum Fenster. Aber er sieht nichts. Er guckt durch alles hindurch.

Langsam steht sie auf und geht leise zur Tür. Ruben bemerkt es nicht. Sie steigt die Treppe hinunter und verlässt das Haus. Der Garten ist voller Geheimnisse. Er kann sie immer trösten. Sie hat hier viele Nester angelegt, von denen keiner außer Ruben weiß. Darin hat sie Steine vergraben, Vogelfedern und Tannenzapfen. Sie buddelt ein paar Steine aus und nimmt sie mit zum Teich.

Die meisten Steine sind grau. Wie Regenhimmel. Wenn man sie nass macht, kommen die Farben hervor. Rot und Grün, Blau und Weiß, Schwarz und Braun und manchmal Gelb. Jeder Stein ist anders. Ilka würde sie nie verwechseln.

Vielleicht mag sie Steine wegen Ruben so sehr. Weil sie sind, wie sie sind, nicht lustig, nicht traurig, nur schön.

»Er ist nicht weggeflogen ohne mich«, sagte Ilka. »Er hätte mich nie allein gelassen.«

»Von wem sprechen Sie?«

Sie hatte Lara vergessen. War wieder abgetaucht. Wie viel hatte sie verraten?

Wenig offenbar, denn Lara sah sie verständnislos an.

»Von meinem Bruder«, sagte Ilka. Sie konnte ihn auf Dauer nicht verschweigen, also war es besser, ihn vorsichtig ins Gespräch zu bringen. Wenn sie die Kontrolle behielt, würde ihr nichts passieren.

7

Ruben arbeitete in seinem Atelier. Es war ein trüber Tag mit diffusem Licht, doch das machte ihm nichts aus. Einige seiner besten Bilder hatte er in der Nacht gemalt. Bei künstlichem Licht wirkten die Farben oft plastischer. Künstliches Licht zeigte ihm außerdem brutal und schonungslos die Fehler, um die er sich tagsüber gern herummogelte.

Das Atelier war in einem Anbau untergebracht. Ruben hatte den Wohnbereich bewusst vom Arbeitsbereich getrennt, obwohl es für einen Maler ein Privatleben eigentlich gar nicht gab. Aber er konnte es nicht ausstehen, wenn die Leute immer wieder versuchten, einen Blick auf die Bilder zu erhaschen, an denen er gerade malte.

Im Haus war Judith damit beschäftigt, Ordnung und Sauberkeit in sein Chaos zu bringen. Sie arbeitete seit zwei Jahren bei ihm, putzte, bügelte, kochte, brachte den Garten in Schuss, erledigte seine Büroarbeit. Sie studierte Germanistik und Kunstgeschichte und entwarf nebenher auch noch Accessoires für eine kleine Boutique in der Altstadt. Wie sie das alles auf die Reihe brachte, war Ruben ein Rätsel.

Judith war ein Ausbund an Energie, immer gut gelaunt, obwohl ihr Privatleben einer Berg- und Talbahn glich. Sie zog die falschen Männer an, blieb ein paar Wochen mit ihnen zusammen und suchte dann wieder nach einem neuen.

»Irgendwann find ich den Richtigen«, sagte sie, wenn Ruben sie darauf ansprach. Davon schien sie fest überzeugt. Er sah es in ihren Augen, die voller Zuversicht waren.

»Der Richtige, das ist doch nur ein Mythos«, hatte Ruben ihr einmal gesagt, »dem wir aufsitzen, bis wir anfangen, darüber nachzudenken.«

»Warte nur ab, bis du der Richtigen begegnest«, hatte sie ihm lächelnd geantwortet und war wieder an ihre Arbeit gegangen.

Ruben hatte beschämt das Zimmer verlassen. Er wusste doch genau, dass die Richtige alles andere als ein Mythos war. Was zwang ihn zu diesem ständigen Sarkasmus?

»Selbstschutz«, murmelte er jetzt, während er auf der Palette das Ocker mischte, das er für die Mauer brauchte. Sein ganzes Leben war ein Versteckspiel gewesen. Nie hatte er seine Gefühle zeigen dürfen. Immer aufpassen müssen, dass er nicht zu vertrauensselig wurde oder zu viel trank, denn Alkohol löste die Zunge, und das war gefährlich.

Nur in seinen Bildern erzählte er seine Geschichte, zu gut verborgen, als dass irgendjemand sie hätte entdecken können. Es hatten sich schon so viele mit seinem Werk auseinander gesetzt, Professoren, Journalisten, Studenten. Sie vermuteten zwar, dass es eine Muse gab, aber sie fanden keinen konkreten Anhaltspunkt. Sie meinten zwar, in dem Mädchen, das er wieder und wieder malte, ein und dasselbe Modell zu erkennen, konnten es jedoch nicht ausfindig machen. Es machte ihm Spaß, sie an der Nase herumzuführen, ihnen immer wieder ein Puzzleteilchen hinzuwerfen und zu sehen, dass sie nichts damit anfangen konnten. Es war ein Spiel mit dem Feuer, aber er war ein guter Spieler. Sie würden ihm nie auf die Schliche kommen.

Judith erschien in der Tür und reichte ihm die Post. Sie

stellte ihm auch einen Kaffee hin, denn sie wusste, dass er beim Malen das Essen und Trinken vergaß. Es kam vor, dass er zwei Tage durcharbeitete, ohne einen Bissen zu sich zu nehmen. Danach sah er aus wie von den Toten auferstanden, blass und hohlwangig und ein bisschen irr.

Nachdem Judith wieder gegangen war, trank er den Kaffee und warf einen Blick auf die Post. Die Zeitschrift *Handwerk und Kunst* brachte einen Artikel über ihn. Eine allseits bekannte und gefürchtete Journalistin, die seit über zwanzig Jahren in der Kunstkritik den Ton angab, und ein schweigsamer, Kaugummi kauender Fotograf hatten ihm dafür einen ganzen Tag gestohlen.

Der Titel sprang ihm förmlich entgegen. *Der Mädchenmaler.*

Ruben merkte, wie sein Adrenalinspiegel von Satz zu Satz stieg. Diese Journalistin war ihm gefährlich nah gekommen. Sie hatte einen Blick hinter seine Fassade getan. Nie wieder würde er ihr ein Interview geben.

In all seinen Bildern sah sie nur den verzweifelten Versuch, sich von der Frau zu befreien, die er dann doch wieder und wieder malte. Sie versuchte, diese Frau zu beschreiben, und wenn man nicht blind war, konnte man Ilka darin erkennen.

Eine sehr junge Frau, fast noch ein Mädchen. Auch wenn er sie immer anders malt, spätestens auf den zweiten Blick erkennt man sie. Mag er die Farbe ihrer Haare und Augen verändern, Körper und Gesicht verzerren oder unter Schleiern und Stoffen verstecken, er kann den Betrachter nicht täuschen. Hinter all den Kunstgriffen schaut uns ein und dasselbe Mädchen an und er ist besessen von ihr.

Wieso hatte er sich am Tag des Interviews so sicher gefühlt und ihren scharfen Blick nicht bemerkt? Wieso die Richtung ihrer Fragen nicht erkannt? Wie hatte sie so weit eindringen können in das, was er vor der Welt versteckte?

Er schmetterte das Mistblatt gegen die Wand und schleuderte den Kaffeebecher hinterher. Riss das Bild, an dem er malte, von der Staffelei, fegte Farben, Skizzen, Pinsel, Spachtel und Stifte vom Tisch. Lief zu der Zeitschrift und trampelte darauf herum. Hob sie auf und zerfetzte sie, bis er erschöpft war und genug hatte.

Schwer atmend stand er in dem Durcheinander und hatte immer noch Lust, dieser Frau den Hals umzudrehen. Er nahm eine Bewegung im Garten wahr und wandte den Kopf. Am Fenster sah er Judiths Gesicht. Erschrocken starrte sie ihn an.

*

»Ich hab gedacht, wir würden den Tag zusammen verbringen«, sagte Mike.

»Geht leider nicht. Eine Familiensache, die ich nicht absagen kann.«

Ilka stapfte in ihren dicken Stiefeln gegen die Kälte an, die Arme um den Oberkörper geschlungen. Ihre Wangen waren gerötet, ihre Nase sah aus wie erfroren.

Mike fühlte die Zärtlichkeit für sie wie einen Schmerz. Er beugte sich zu ihr hinunter und zog sie an sich, um sie zu wärmen. Vorsichtig küsste er ihr Ohr. Es war wie aus Eis. Als könnte es im nächsten Augenblick zerspringen.

»Dann komm wenigstens noch ein bisschen mit zu mir«, flüsterte er.

Sie hatten zusammen eingekauft, nicht viel, denn es war ihnen zu voll gewesen in den Geschäften, zu hektisch und zu laut. Alle Lebensmittel hatten bequem in Mikes Rucksack Platz gefunden.

Ilka nickte. Weiß strömte der Atem aus ihrem Mund. Mike legte ihr den Arm um die Schultern und hätte sie am liebsten nie wieder losgelassen, sie immer so gespürt, ganz nah. Niemand würde ihr jemals wehtun, wenn er es verhindern konnte.

Sie hatten die Wohnung für sich allein. Merle war an diesem Samstag in Sachen Tierschutz unterwegs, und Jette war zur Mühle gefahren, um sich zu vergewissern, dass alles in Ordnung war.

Donna und Julchen kamen ihnen mit klagendem Maunzen entgegen. Mike machte eine Dose Katzenfutter auf und tauschte das Wasser gegen frisches aus. Sie verschlangen das Fleisch, als hätten sie tagelang gehungert.

»Wenn Merle und ihre Gruppe sie nicht aus dem Versuchslabor befreit hätten«, sagte Mike, »dann wären sie heute vielleicht gar nicht mehr am Leben.«

Er schaltete die Espressomaschine an und stellte Tassen auf den Tisch. Aus dem Schrank für Süßigkeiten förderte er eine Packung Zimtsterne zutage, Ilkas Lieblingsgebäck. Nach Weihnachten wurden sie zum halben Preis angeboten und er hatte einen ganzen Stapel gekauft. Lächelnd sah er zu, wie Ilka den ersten Zimtstern in den Mund steckte und genießerisch die Augen schloss.

»Komm her«, sagte sie und streckte die Arme nach ihm aus.

Ihr Kuss schmeckte nach Zimt. Ihre Wangen glühten. Ihre Hände schoben sich unter seinen Pulli und glitten über seine Haut. Mike küsste ihre Stirn, ihre Augenlider, ihre Lippen. Er vergrub die Hände in ihrem Haar. Murmelte törichte Worte und merkte, wie ihm schwindlig wurde vor Sehnsucht. Behutsam führte er sie in sein Zimmer, küsste sie wieder.

Gegenseitig zogen sie sich aus, langsam, ohne Hast. Legten

sich aufs Bett. Deckten sich mit der Wolldecke zu. Mike hielt den Atem an. Zu oft war es passiert, dass Ilka plötzlich aufgesprungen und weggelaufen war. Er wollte es nicht wieder verderben.

Sie war so schön.

»Mach die Augen zu«, flüsterte sie. »Bitte. Mach sie zu.« Jedes Mal. Jedes Mal.

Doch er konnte sie auch mit den Händen sehen. Und das tat er. Langsam, vorsichtig. Er zitterte vor Erregung, bekam kaum noch Luft. Versuchte, es vor ihr zu verbergen, sie nicht zu erschrecken mit seinem Verlangen. Er flüsterte ihren Namen.

»Nein! Bitte! Nicht!«

Sie schob ihn weg, weinte, vergrub das Gesicht an seinem Hals. Jetzt war sie es, die zitterte, jedoch nicht vor Erregung. Sie schlotterte am ganzen Körper. Ihre Zähne klapperten aufeinander.

Mike zog die Decke höher. Er nahm Ilka in die Arme, redete leise auf sie ein, bis sie sich beruhigte. Dabei sah er zum Fenster. Der Tag da draußen war grau und kalt. Genauso war es in seinem Innern.

*

Frau Bergerhausen hatte anscheinend alles im Griff. Die Pflanzen strotzten vor Gesundheit, die Katzen waren wohlgenährt und es blitzte vor Sauberkeit. Die Post lag auf der Kommode in der Diele, die Briefe säuberlich nach der Größe sortiert. Ich brauchte mich nicht darum zu kümmern.

»Wenn ich unterwegs bin«, hatte meine Mutter gesagt, »dann bin ich unterwegs. Den Stress, jederzeit und überall erreichbar zu sein, tu ich mir nicht an. Verschone mich also mit den Briefen und den E-Mails. Ich möchte gar nicht damit behelligt werden.«

Trotzdem warf ich einen Blick auf die Absender. Man konnte nie wissen. Vielleicht war doch etwas Wichtiges dabei.

Edgar und Molly folgten mir auf Schritt und Tritt. Die Abwesenheit meiner Mutter schürte offenbar die Verlustängste, unter denen sie von Anfang an gelitten hatten, keiner wusste, warum. Möglicherweise hatten wir sie zu früh von der Mutter getrennt, sie waren damals erst sechs Wochen alt gewesen.

Ich sah mich im Erdgeschoss um, das mir seltsam fremd vorkam, so still und aufgeräumt. Durch die großen Glasflächen des Wintergartens schaute ich hinaus auf das weite, kahle Land. Es war noch nicht lange her, da waren auf den Feldern Erdbeeren gewachsen. Und ich hatte mich verliebt. Himmelhoch.

Molly maunzte. Ich hob sie auf und rieb die Wange an ihrem weichen Fell. Die Welt war in Schutt und Asche gefallen, und ich hatte keine Ahnung, wann ich stark genug sein würde, wieder Farben zu erkennen.

»Du hast es gut«, sagte ich leise zu Molly. »Sei froh, dass du eine Katze bist.«

Sie gab keine Vorwarnung, hörte nicht mal auf zu schnurren, schlug mir einfach die Krallen in den Hals. Ich ließ sie los und sie sprang mir vom Arm, das Fell gesträubt, der Schwanz doppelt so dick wie sonst.

Ich griff mir an den Hals. Es brannte wie Feuer. So etwas hatte Molly noch nie getan. Sie war die sanfteste Katze, die man sich nur vorstellen konnte. Wenn sie nicht regelmäßig tote Mäuse und Ratten nach Hause gebracht hätte, wäre man nicht auf die Idee gekommen, dass ihre Pfoten überhaupt mit Krallen ausgestattet waren.

An meinen Fingern war Blut. Ich ging ins Gästebad und betrachtete mich im Spiegel. Die Kratzer waren nicht allzu tief. Molly hatte nur halbherzig zugeschlagen. Aber wieso hatte sie es überhaupt getan? Ich tupfte das Blut mit nassem Klopapier ab. Keine große Sache. Ich würde nicht mal ein Pflaster brauchen.

Edgar und Molly hefteten sich wieder an meine Fersen. Sie strichen mir gurrend um die Beine, wichen aber meiner Hand aus, sobald ich sie berühren wollte. Ihre Futternäpfe waren voll, Hunger konnten sie nicht haben. Was war mit ihnen los?

»Ganz schön albern«, sagte ich. »So ein Tamtam zu veranstalten, bloß weil ihr mal eine Weile allein seid.« Ich beschloss, mich nicht weiter um sie zu kümmern, und ging auf die Terrasse hinaus.

Die entlaubten Bäume waren von Raureif überzogen und sahen aus wie die Kulisse zu einem Märchenfilm. Auf einem Zaunpfahl saß ein Bussard und beobachtete mich. Der Rauch aus dem Schornstein (das Haus wurde auf Sparflamme weitergeheizt) füllte die Luft mit seinem beißenden Geruch.

Der Frost knirschte unter meinen Schritten. Die Grashalme waren zerbrechlich wie Glas. Aus dem Dorf wehte der dünne Ton der Sterbeglocke herüber. Es würde wieder eine Beerdigung geben. Doch es würde niemand sein, den ich kannte. Diesmal nicht.

Die Kälte ließ mich frösteln. Ich ging ins Haus zurück und schloss die Tür. Erst jetzt fiel mir auf, dass Edgar und Molly mir nicht nach draußen gefolgt waren. Das wunderte mich, denn es war ungewöhnlich, vor allem nachdem sie den gesamten Vormittag im Haus verbracht hatten. Normalerweise schossen sie hinaus, sobald die Tür sich öffnete.

Sie empfingen mich mit vorwurfsvollem Maunzen und Klagen. Vielleicht war Vollmond. Oder sie kamen in die Jahre und wurden sonderbar. Auf dem Weg zur Treppe liefen sie mir dermaßen hektisch vor den Füßen herum, dass sie mich beinah zu Fall brachten. Edgar schlug nach Molly und sie sprang ihn wütend an.

Das war noch nie passiert. Wenn sie miteinander kämpften, dann spielerisch. Sie taten sich dabei nicht weh. Jetzt hatten sie sich ineinander verbissen, ein knurrendes Fellbündel, das vor der Treppe hin und her rollte. Ich hütete mich dazwischenzugehen. Kopfschüttelnd stieg ich über sie hinweg.

Der Schreibtisch meiner Mutter sah aus, wie er immer aussieht, wenn sie unter Zeitdruck schreibt. Als wäre sie nur kurz aufgestanden, um sich einen Kaffee zu holen. Überall lagen Blätter, aufgeschlagene Bücher, Briefe. Aber meine Mutter war nicht in der Küche. Sie war unterwegs und sie hatte den Schreibtisch vor ihrer Abreise gründlich aufgeräumt.

Die Härchen in meinem Nacken richteten sich auf, als ich das Arbeitszimmer betrat. Ich blieb stehen. Jemand hatte das Regal durchwühlt. Die meisten Bücher waren herausgefallen und türmten sich zu einem wüsten Haufen auf dem Boden.

Langsam bewegte ich mich rückwärts zur Tür und horchte. Absolute Stille. Ich zog die Schuhe aus und schlich über den Flur zum Schlafzimmer, wo meine Mutter ihren Schmuck aufbewahrt. Die Schranktüren standen offen. Handtücher und Wäsche lagen achtlos über den Boden verstreut. Die Schubladen der Kommode waren herausgerissen und umgekippt worden. Der Schmuckkoffer war nicht mehr da.

Die Katzen waren ins Zimmer geschlüpft und umkreisten das Chaos vorsichtig. Nervös schlugen sie mit dem Schwanz. Edgar starrte mit großen Augen in den Flur und wich plötzlich fauchend zurück.

Unten fiel mit lautem Knall die Haustür ins Schloss.

Mein Hals war wie zugeschnürt. Ich bekam kaum Luft.

Die ganze Zeit war jemand im Haus gewesen! Ruhig. Ich durfte jetzt nicht die Nerven verlieren. Wahrscheinlich war der Eindringling (oder waren es mehrere?) aus dem Haus gerannt und ich war allein. Wahrscheinlich.

Oben auf dem Feldweg heulte ein Motor auf. Reifen quietschten. Ich hatte kein Auto bemerkt, als ich angekommen war. Das Telefon. Ich musste zurück ins Arbeitszimmer. War ich wirklich allein?

Ich horchte. Hielt den Atem an. Schlich vorsichtig über den Flur. Hielt weiter den Atem an. Erst im Arbeitszimmer schnappte ich nach Luft. Das Telefon stand auf dem alten Nähtisch, daneben lag das Adressbuch meiner Mutter. Beide Nummern von Bert Melzig, seine private und die von seinem Büro, waren mit Rotstift eingetragen. Ich wusste, warum. Aber meine Mutter hatte sie damals ganz sicher auswendig gewusst.

Er war sofort am Telefon. Anscheinend freute er sich, denn ich konnte in seiner Stimme ein Lächeln hören. »Jette! Das ist aber eine nette Überraschung.«

»Ich kann nicht laut sprechen«, sagte ich. »Bei meiner Mutter ist eingebrochen worden, und ich weiß nicht, ob noch einer von denen im Haus ist.«

»Ist Ihre Mutter bei Ihnen oder sind Sie allein?«

»Ich bin allein.«

»Dann rühren Sie sich nicht von der Stelle. Verhalten Sie sich ganz still. Und haben Sie keine Angst. Ich bin in ein paar Minuten bei Ihnen.«

Ich behielt das Telefon in der Hand und kauerte mich in die Ecke zwischen Sofa und Regal. Mir war hundserbärmlich übel und ich war nass geschwitzt. Die Katzen legten sich neben mich, schnurrten und leckten mir die Hand. Es war vorbei. Ich wusste, dass mir keine Gefahr mehr drohte.

*

Hauptkommissar Bert Melzig fuhr die Landstraße entlang und bog dann auf den Weg ab, der zu der alten Mühle führte. Erinnerungen stürmten auf ihn ein. Erinnerungen an lange Nächte, in denen er keinen Schlaf gefunden hatte, weil ihn die ungelösten Serienmorde beschäftigten. Erinnerungen an das Mädchen Caro. An Jette. Und an ihre Mutter, die ihm viel zu nahe gekommen war, ohne es zu merken.

Wie oft war er in dieser Gegend gewesen. In welche Strudel von Gefühlen war er dabei geraten. Es kam alles wieder in ihm hoch.

Wochenlang hatten die Zeitungen mit höchst emotionalen Artikeln über den *Halskettenmörder* die ohnehin schon negative Stimmung in der Bevölkerung angeheizt. Der Chef war unter Druck geraten und hatte ihn ungefiltert an seine Leute weitergegeben. Und dann Jette und Merle. Sie hatten Bert ins Handwerk gepfuscht und seine Arbeit verdoppelt, wenn nicht verdreifacht. Jette wäre zum Schluss fast dabei draufgegangen.

Er hatte sie ins Herz geschlossen damals, absolut unprofessionell, hatte solche Angst um sie ausgestanden, dass er sich nie mehr würde einreden können, er sei erfahren und abgebrüht, ein Polizist aus Fleisch und Blut.

Mit dem Fall hatte er auch den Kontakt zu Imke Thalheim verloren. Er hatte angefangen, ihre Bücher zu lesen, doch das war kein Ersatz für Gespräche, Blicke, Berührungen.

Beschämt über Sehnsüchte, die er nicht wahrhaben wollte, hatte er versucht, sich intensiver um seine Familie zu kümmern. Der Fall hatte ihn verändert. Ihn selbst und seine Sicht auf die Dinge. Nichts würde mehr so sein, wie es vorher gewesen war.

Und nun fuhr er wieder die kiesbedeckte Auffahrt zur Mühle hinauf, sah das wunderschöne alte Gebäude und Jettes klapprigen Renault davor. Er parkte daneben, stieg aus und sah sich aufmerksam um.

Nichts wirkte verdächtig, nirgendwo entdeckte er einen Schatten oder eine Bewegung. Langsam näherte er sich der Eingangstür. Als er bis auf einen Schritt herangekommen war, öffnete sie sich, und Jette stand vor ihm.

»Alles in Ordnung«, sagte sie. »Sie sind weg.«

Sie war noch schmaler geworden, ihr Gesicht wirkte spitz und viel zu ernst. Sie war sehr blass. Kein Wunder bei dem, was ihr gerade zugestoßen war.

»Geht es Ihnen gut?«, fragte er besorgt.

Sie nickte und schenkte ihm ein Lächeln, das ihn tief berührte. Es war so tapfer, so vertrauensvoll, so ganz und gar von innen kommend. »Ja«, sagte sie. »Ich hab mich wieder beruhigt.«

Ihre Antwort war doppeldeutig. Sie konnte sich auf den Einbruch beziehen oder auf die Ereignisse des vergangenen Sommers. Bert hakte nicht nach.

Zusammen gingen sie durchs Erdgeschoss. Offenbar hatten die Einbrecher (vieles sprach dafür, dass es nicht nur eine Person gewesen sein konnte) es ausschließlich auf Bargeld und Schmuck abgesehen, denn von den kostbaren Bildern an den Wänden fehlte keines und auch die wertvollen Möbel und das Silberbesteck waren nicht angerührt worden.

Obwohl die Einbrecher in der Abgeschiedenheit der Mühle ungestört die Terrassentür hätten einschlagen können, hatten sie sich entschieden, durch ein Kellerfenster einzusteigen. Bert erkannte im ersten Moment keinen Grund dafür.

»Die Mühle liegt an einer Wanderroute«, erklärte Jette ihm. »Es hätten jederzeit Wanderer vorbeikommen können.«

Zerbrochenes Glas knirschte unter ihren Schuhen. Bert machte sich Notizen. Er spürte, wie Jette ihn beobachtete.

»Ich wusste nicht, ob ich Sie anrufen durfte«, sagte sie, »oder ob vielleicht jemand anders dafür zustän…«

»Sie dürfen mich jederzeit anrufen«, unterbrach er sie. »Das wissen Sie doch.«

Jette nickte. Sie wartete, bis er fertig war, und führte ihn in den ersten Stock. Sie bewegte sich mit einer solchen Selbstverständlichkeit in diesem Haus, dass man denken konnte, sie gehe hier tagtäglich ein und aus. Das stimmte jedoch nicht, wie Bert wusste. Jette strampelte sich frei. Sie sah ihre Bestimmung nicht darin, die Tochter einer berühmten Mutter zu sein. Und es würde ihr gelingen, den Paris Hiltons dieser Welt ein Beispiel zu geben, da war Bert sich ganz sicher. Irgendwann, wenn sie die Schrecken des Sommers verarbeitet hätte.

»Das Arbeitszimmer.« Sie blieb an der Tür stehen.

Ein schöner Raum. Hier schrieb Imke Thalheim also ihre Bücher. Hier verbrachte sie den größten Teil ihrer Zeit. Es war, als könnte man ihre Gedanken noch spüren.

Bert sah sich um und notierte seine Beobachtungen. Für eine Weile blieb er am Fenster stehen. Der Frost schien in der Luft zu knistern. Weites, weiß behauchtes Land, so weit der Blick reichte. Mitten in der Leere ein Bussard auf einem Zaunpfahl, reglos, wie eine Skulptur aus dunklem Eis.

Es war so ganz anders als im Sommer. In diesem langen, heißen, nicht enden wollenden Sommer. Damals hatten Schafe auf den Wiesen gegrast. Bert hatte ihr Blöken gehört und das Plätschern des Bachs. Es war noch gar nicht so lange her. Seine Träume hatten die Flügel ausgebreitet, sich aufgeschwungen und einen schmerzhaften Absturz erlebt.

Eine Weile hatte er es für möglich gehalten – er und sie. Er hatte sich sogar Worte für Margot und die Kinder zurechtgelegt. Erklärungen. Abschiedsversuche. Hatte alle moralischen Skrupel vorweggenommen und gelitten wie ein Hund.

War er wirklich bereit gewesen, seine Familie zu verlassen?

Er hatte zu viel Phantasie, das war sein Problem. Lächelnd drehte er sich zu Jette um, die am Türpfosten lehnte, die Arme vor der Brust verschränkt, die Schultern nach vorn geschoben, als wäre ihr kalt.

»Das wäre erledigt«, sagte er und war sich der Zweideutigkeit seiner Worte bewusst. »Sehen wir mal weiter.«

Imke Thalheims Schlafzimmer war so, wie er es sich vorgestellt hatte, sparsam möbliert und von kühler Eleganz. Es passte zu ihr, zu ihrer Schönheit und Intelligenz. Auch in diesem Raum gab es Bücher, wie in allen übrigen Zimmern, allerdings waren es hier nur wenige. Bert las ein paar Titel. Es waren keine Krimis darunter.

Nicht einmal das Chaos, das die Einbrecher angerichtet hatten, störte die angenehme Ruhe dieses Zimmers. Bert betrachtete die Handtücher und Wäschestücke auf dem Boden mit einem Gefühl der Scham, so als hätte er kein Recht, sie anzuschauen. Ich bin Polizist, sagte er sich. Das hier gehört zu meiner Arbeit.

Doch auch Jette schien zu spüren, dass die Privatsphäre ihrer Mutter verletzt wurde. Rasch raffte sie ein paar Wäschestücke zusammen und stopfte sie in den Schrank zurück.

»Meine Mutter wird alles waschen«, sagte sie, »das weiß ich. Nicht nur das, was auf dem Boden liegt. Der Gedanke, dass wildfremde Männer in ihren Sachen herumgewühlt haben, ist wirklich ekelhaft.«

Bert wandte nicht ein, dass auch Frauen Einbrüche begingen. Das gewaltsame Eindringen in die Privatsphäre eines anderen Menschen war immer widerwärtig, egal um wen es sich bei dem Eindringling handelte.

»Haben Sie Lust auf einen Kaffee?«, fragte Jette. Sie schien sich gefangen zu haben. Ein Hauch von Farbe hatte sich auf ihre Wangen gelegt, und ein Teil der Lebhaftigkeit, die Bert an ihr kannte, war zurückgekehrt. »Ich könnte uns schnell einen machen.«

»Gern.« Bert steckte das Notizbuch in die Tasche seines Sakkos und folgte Jette in die Küche. Die Katzen lagen träge ausgestreckt in der Diele. Bert beneidete sie. Um die Sorglosigkeit, mit der sie die Tage verschwendeten, und darum, dass sie das Leben einer Frau wie Imke Thalheim teilen durften.

»Oder möchten Sie lieber einen Espresso?«

Jettes Stimme holte Bert aus seinen Gedanken zurück.

»Ein Kaffee wär prima.«

Selbst an einem so dunklen Tag wie diesem wirkte die Mühle nicht düster. Sie hatte etwas Heiteres, das ganz unabhängig vom Sonnenlicht existierte. Es zeigte sich überall, in jedem Raum und jedem Winkel. Die schwarz-weißen Fliesen des Küchenbodens erinnerten Bert an Urlaube in Italien. An laue Abende auf den Terrassen kleiner Pensionen. Geflüsterte Worte. Rotweingefunkel. Den Gesang der Zikaden. Und Nächte, in denen es niemanden zu geben schien als Margot und ihn. Das war lange her.

»Werden Sie Ihre Mutter informieren?«, fragte er.

Jette stellte zwei dampfende Tassen Kaffee auf den Tisch und setzte sich zu ihm.

»Ich glaube nicht.« Sie lächelte. »Sonst bricht sie sofort ihre Lesereise ab und ist morgen wieder hier, um sich um alles zu kümmern. Dabei hatte ich alle Hände voll zu tun, um sie überhaupt aus dem Haus zu lotsen.«

»Das klingt, als wäre sie nicht gern unterwegs.« Wie gut es tat, über Imke Thalheim zu sprechen. Als wäre er ihr wenigstens in den Worten nah.

»Sie bekommt schnell Heimweh. Und sie sorgt sich um mich. Immer schon, aber seit... seit damals lässt sie mich kaum noch aus den Augen. Ich weiß ja, dass sie mich beschützen will, aber ich bin kein Kind mehr. Und das will sie einfach nicht begreifen.«

Oh doch, dachte Bert. Genau das ist es ja. Sie *hat* es begriffen.

»Und Sie und Merle?«, fragte er. »Wie geht es Ihnen?«

»Wir haben Caros Zimmer vermietet. An einen wirklich netten Typen. Mike heißt er. Vielleicht geht das, ein Zusammenleben mit einem, der uns nicht an sie erinnert.«

Bert nickte. Möglicherweise war das die beste Therapie, jemanden in die Wohngemeinschaft zu holen, der unbelastet war, der frischen Wind mitbrachte und positive Energie. Ein Neuanfang.

Er lehnte sich auf seinem Stuhl zurück und hörte Jette zu, die ihm von Merle und Mike erzählte, als sei er ein alter Freund und nicht ein Polizeibeamter. In ihren Augen sah er etwas aufflackern, das Lebensfreude sein konnte. Oder Lebenslust. Vielleicht auch nur Neugier auf das Leben. Egal was es war, es würde ihr helfen, wieder auf die Beine zu kommen, und das wünschte er ihr von Herzen.

*

Ilka fuhr nicht gern mit dem Zug, weil sie Bahnhöfe nicht mochte. In den Hallen war es stickig und laut. Die Leute hasteten hin und her. Auf schmutzigen Decken kauerten Obdachlose mit ihren Hunden. Die Tische der Imbissbuden waren klebrig und abgewetzt.

Auf den Bahnsteigen pfiff einem der Wind um die Ohren und die Ansagen mit ihrem gelangweilten Singsang überlagerten einander. Im Winter verspätete sich so gut wie jeder Zug und man stand im kranken Licht der großen Lampen, entsetzlich einsam, die Füße eiskalt, und wartete.

Ilka hatte ein Buch eingepackt. Das würde sie ablenken und vorm Nachdenken schützen. Die Fahrt nach Domberg dauerte zwei Stunden und zehn Minuten, mehr als genug Zeit zum Grübeln. Da war ein spannender Krimi genau das Richtige.

Sie hatte einen Platz in einem Großraumwagen zweiter Klasse reserviert, einen einzelnen Sitz am Fenster. Da konnte sie für sich bleiben und musste weder unfreiwillig die Unterhaltungen der Nachbarn belauschen, noch wurde sie in unerwünschte Gespräche verwickelt.

In ihrem Magen grummelte es. Das war die Aufregung. Diese Fahrten fielen ihr jedes Mal schwer. Es wäre schön gewesen, wenn Mike sie hätte begleiten können. Doch dann hätte sie ihn einweihen müssen und dazu war es noch zu früh. Sie hatte keine Ahnung, wie er reagieren würde. Ob er Fragen stellen und weiterbohren würde. Und dann? Was würde er tun, wenn er die ganze Wahrheit wüsste?

Ilka hielt das Buch auf den Knien und blickte aus dem Fenster. Sie liebte den Winter. Die Felder lagen in tiefer Ruhe da. Krähen staksten in ihrem eigentümlich aufrechten Gang über die gefrorene Erde, schwarze Totenvögel, die sich vor den Schatten verneigten. Auf den Stromleitungen hatten sich Scharen von Spatzen versammelt und ließen Ilka unwillkürlich an Hitchcock denken.

Sie sah sich die Mitreisenden an. Einige lasen, andere waren in einen flachen, unruhigen Schlaf gesunken, aus dem sie alle paar Minuten erwachten. Ein alter Mann, der Ilka schräg gegenübersaß, schlief mit zurückgelegtem Kopf, den Mund weit offen, und schnarchte leise. Ein Stück weiter vorn unterhielten sich zwei Frauen. Von irgendwo hinten kamen Kinderstimmen, gedämpft, als hätte jemand den Kindern eingeschärft, leise zu sein.

Ilka gähnte. Die Heizungsluft schläferte sie ein. Sie schloss die Augen und überließ sich der Müdigkeit, hörte die Hintergrundgeräusche leiser und leiser werden.

Sie schiebt Volker in die Küche, wo ihre Mutter am Tisch sitzt, vor sich eine Tasse Tee und ein Buch. Ihre Mutter sieht verwundert auf. Ein Lächeln huscht über ihr schmales Gesicht. Ilka bringt nie einen Freund oder eine Freundin mit. Es ist das erste Mal, obwohl sie schon in die dritte Klasse geht.

»Kriegen wir Saft, Mama?«

Die Mutter lacht. »Hast du vergessen, wo der Kühlschrank ist?« Sie steht auf und gibt Volker die Hand. »Und wer bist du?«

»Ilkas Freund«, sagt Volker.

Es stimmt. Er ist ihr Freund. Sie sitzen in der Klasse nebeneinander, und Volker hat sie schon mehrmals beschützt, erst neulich noch, als dieser Hund auf dem Heimweg aus einem der Gärten geschossen kam. Da hat Volker sich einfach zwischen Ilka und den Hund gestellt und ihn verjagt.

»Schön, dass du hier bist«, sagt die Mutter. »Habt ihr Lust auf ein Stück Kuchen?«

»Was denn für einen?«, fragt Volker.

»Kirschkuchen«, sagt Ilka. »Schmeckt prima, obwohl er aus Vollkorn ist.«

So was hat Volker noch nie gegessen. Er hat auch keinen Hund. Seine Familie wohnt in einem Haus mit siebzehn Stockwerken. Da sind Haustiere verboten. Und Reden und Lachen im Treppenhaus auch. Und auf dem Rasen ums Haus herum darf man nicht spielen. Dazu gibt es extra einen Spielplatz, ein Stück weiter weg.

Ilka war ab und zu mit Volker da. Es war ganz schön. Man musste nur aufpassen, dass man nicht in die Hundekacke trat. Und keinen Streit mit den anderen Kindern bekam. Die geben einem sofort was auf die Mütze, sagt Volker.

Volker nickt und die Mutter holt den Kuchen aus der Vorratskammer. Eine Vorratskammer haben sie bei Volker zu Hause auch nicht. Das sieht Ilka seinen erstaunten Augen an. Volker hat nicht mal ein eigenes Zimmer. Er teilt es mit seinen beiden Brüdern.

Er stopft den Kuchen nur so in sich rein. Und schaut sich dabei in der großen Küche um. Ilka auch. Wahrscheinlich sind ihre Eltern reich. Sie hat das nie bemerkt.

Ob Volker ihr dieses Haus verübeln wird? Den riesigen Garten mit dem Pavillon? Wie wird er auf das Wäldchen reagieren, den Teich und die Enten? Wird er sie um die Katzen beneiden und um den Hund?

Der Hund liegt draußen vor der Küchentür. Er wartet auf Ruben. Erst wenn er die ganze Familie beisammen hat, ist die Welt für ihn in Ordnung.

Ruben. Ilka wünscht, er würde sich verspäten. Das tut er ja oft. Hoffentlich auch heute. Sie möchte Volker noch ein bisschen für sich allein haben, ihm alles zeigen. Aber so, dass er nicht neidisch wird. Noch nie hat sie einen Freund gehabt oder eine Freundin. Sie weiß eigentlich nicht, warum. Es hat sich einfach nicht ergeben.

Der Hund begleitet sie durch den Garten und dann durch den Wald. Sein Fell leuchtet rot in der Sonne. Immer wieder dreht er sich um und schaut sie an mit seinen honigfarbenen Augen.

»Vielleicht ist er mit einem Fuchs verwandt«, sagt Volker.

Ilka hat ihm noch nicht verraten, dass der Hund tatsächlich *Fuchs* heißt. Jetzt tut sie es. Volker nickt, als hätte er es nicht anders erwartet.

Ohne zu zögern, nimmt sie ihn mit auf die kleine Lichtung, ihren Lieblingsplatz (außer dem Speicher, doch der muss ihr Geheimnis bleiben). Volker guckt sich staunend um. Sie merkt, wie sehr es ihm hier gefällt.

Sie sammeln Tannenzapfen und bringen sie lachend vor Fuchs in Sicherheit, der es liebt, sie zu zerbeißen. Das Sonnenlicht lässt Volkers Haar schimmern und legt sich Ilka warm aufs Gesicht. Eine Weile bleiben sie hier, dann streifen sie wieder durch das grüne Licht des Waldes. Ihre Rufe und ihr Lachen schwingen sich hoch hinauf in die Kronen der Bäume. Dort bleiben sie und bauen ihre Nester in der Stille.

Bis Fuchs plötzlich bellend losrennt und im Unterholz verschwindet. Da weiß Ilka, dass Ruben nach Hause gekommen ist. Sie zieht die Jacke vor der Brust zusammen. Es scheint vom einen Moment zum andern kühler geworden zu sein.

Nach einer Weile kommt Fuchs zurück, springt freudig an ihnen hoch. Und dann steht Ruben vor ihnen und starrt Volker an. Ilka sieht Volker schrumpfen. Er hält Rubens Blick nicht stand. Ruben ist so viel älter als er, geht längst aufs Gymnasium.

»Dein kleiner Freund?«, fragt Ruben.

Dieser eine Satz reicht aus, um Volker zusammenzucken zu lassen. Ilka nimmt seine Hand. Finster erwidert sie den Blick ihres Bruders. Und lässt ihn stehen.

»Manchmal«, sagt sie zu Volker, »ist er richtig blöd.«

Volker lächelt sie an. Aber etwas zwischen ihnen, das weiß sie, ist zerstört und wird nicht wieder ganz.

Ilka schreckte auf. Die Szene hatte sich nicht verändert, niemand war ausgestiegen, kein Fahrgast neu hinzugekommen. Sie schaute auf die Uhr. Erst eine Viertelstunde vergangen. Sie schüttelte die Traumreste ab und beugte sich über ihr Buch. Nach nicht mal zwei Minuten hatte sie sich in die Handlung des Romans vertieft. Sie klappte das Buch erst wieder zu, als Domberg angesagt wurde.

Am Bahnhofsplatz nahm sie den Bus Nummer acht. Er fuhr durch die Stadtmitte und dann stadtauswärts und durch das Industriegebiet. Vororthäuser glitten vorbei, Neubausiedlungen und das Einkaufszentrum. Ilka nagte an der Unterlippe. Sobald sie im Bus saß, steigerte sich ihre Nervosität.

Die Scheiben waren schmutzig und von den Ausdünstungen der Fahrgäste beschlagen. Das machte die Welt da draußen zu etwas, das beinah unwirklich war. Ein kleiner Aufschub, dachte Ilka, bis sie mich wieder einholt. Sie lehnte sich zurück, um die Fahrt zu genießen und sich zu sammeln.

An der vorletzten Station stieg sie aus, hängte sich den Rucksack um und zog den Schal über die Nase. Es war so kalt, dass die Blätter der immergrünen Sträucher sich eingerollt hatten. Ilka erinnerte sich daran, dass im vergangenen Jahr ein Eisregen die Bäume mit einer feinen gläsernen Schicht überzogen hatte. Sie hatte einen Zweig abgeknickt und er war mit einem leisen Klingen zerbrochen. Sie hatte es noch immer im Ohr.

Sie beschleunigte ihre Schritte. Es hatte keinen Sinn zu trödeln. Das schob alles nur hinaus, die Unruhe, die Angst und das Unbehagen. Ihr wurde warm und sie begann zu schwitzen. Der Schal wurde von ihrem Atem feucht und nahm den strengen Geruch nasser Wolle an. Ilka lockerte ihn und hob den Kopf.

Der Anblick des Hauses war ihr vertraut. Trotzdem erschrak sie jedes Mal. Sie betrachtete den roten Klinker, die weißen Fensterrahmen und die Skelette der hohen Laubbäume, die das Haus umstanden, als wollten sie es beschützen. Für zwei, drei Sekunden schloss sie die Augen.

Jeder Mensch hat sein Schicksal, dachte sie. Und das hier ist meins. Sie holte tief Luft und ging hinein.

8

Natürlich hatte Imke gespürt, dass etwas nicht in Ordnung war. Wenn ihre Tochter versuchte, die Wahrheit vor ihr zu verbergen, dann wählte sie ihre Worte zu bedächtig, und auch ihr Tonfall veränderte sich. Schon als Kind hatte sie nicht lügen können.

»Was ist los, Jette?«, hatte Imke gefragt.

»Los? Wieso? Was soll denn los sein?«

»Du schleichst wie die Katze um den heißen Brei. Meinst du denn, ich merke das nicht?«

Und da hatte Jette ihr von dem Einbruch erzählt. Es war Imke kalt den Rücken heruntergelaufen. Die ganze Zeit hatte sie sich um ihre Tochter gesorgt. Die ganze Zeit hatte sie sich selbst beschwichtigt. Jette konnte doch unmöglich innerhalb weniger Monate mehrmals in Gefahr geraten. Und nun war genau das geschehen.

»Ist dir wirklich nichts passiert?«

»Nein, Mama, wirklich nicht. Komm bloß nicht auf die Idee, deine Reise abzubrechen. Hier ist alles im grünen Bereich.«

»Gott sei Dank!«

»Frau Bergerhausen war schon hier und hat mir geholfen aufzuräumen. Für morgen ist der Glaser bestellt, und Tilo hat beschlossen, ins Haus zu ziehen, damit nicht noch mal eingebrochen wird.«

»Er soll vorsichtig sein.«

»Ist er bestimmt. Du siehst also – kein Grund zur Panik.«

Imke beruhigte sich allmählich. Jette war nichts zugestoßen. Sie hatte sich tapfer geschlagen und um alles gekümmert. Anscheinend kam sie wieder zu Kräften. Vielleicht war die schwere Zeit endlich vorbei.

Das Bargeld, das die Einbrecher hatten mitgehen lassen, konnte Imke leicht verschmerzen. Der Schmuck war nicht unersetzlich und außerdem versichert. Es hätte alles schlimmer kommen können.

»Und du glaubst wirklich, dass die Katzen dich gewarnt haben?«

»Sie haben sich alle Mühe gegeben. Ich war absolut unsensibel, sonst hätte ich verstanden, was sie mir sagen wollten.«

Oh nein, dachte Imke. Du bist alles andere als das. Eine Tochter wie dich zu haben, ist das größte Wunder, das mir in meinem Leben widerfahren ist.

Sie sprachen noch eine Weile miteinander, dann nahm Imke ihren Mantel, hängte sich die Tasche um und verließ das Hotel. Sie brauchte Bewegung, sonst würde sie die Lesung am Abend vermasseln. Die Zuhörer mussten Eintritt bezahlen. Dafür durften sie eine Schriftstellerin erwarten, die nicht mit ihren Gedanken woanders war.

Feiner Schneeregen fiel vom Himmel und verwandelte Gehsteige und Straßen im Handumdrehen in blankes Eis. Es war so dunkel, dass man meinen konnte, es sei schon Abend, dabei war Nachmittag. Die Laternen leuchteten blassgelb vor dem düsteren Himmel. Das Scheinwerferlicht der Autos zerschnitt die Schneeregenschleier. Der Verkehr hatte sich verlangsamt. Selbst auf dieser vierspurigen Straße war es beinah leise geworden.

Imke hielt ihren Schirm und fragte sich zum hundertsten Mal, was sie hier eigentlich tat. In einer Stadt, deren Namen sie schon übermorgen wieder vergessen haben würde. Sie las wildfremden Leuten aus ihren Büchern vor, während ihre Tochter sich zu Hause in Lebensgefahr befand.

Übertreib nicht so schamlos, sagte eine innere Stimme, die sich verdächtig nach Tilo anhörte. Jette ist eine junge Frau. Es ist nicht mehr deine Aufgabe, sie zu beschützen. Sei da, wenn sie dich ruft. Das ist genug.

War es das? Genug? Imke trug schwer an ihrem schlechten Gewissen. Wäre sie nicht ständig unterwegs gewesen, hätte sie mehr Zeit für ihre Tochter gehabt. Sie hätte sie besser auf das Leben vorbereiten müssen.

Hätte. Wäre. Könnte. Müsste. Es war unsinnig, darüber nachzugrübeln, das sagte Tilo ihr wieder und wieder. Er fand Jette rundum gelungen, ein Prachtexemplar von einer Tochter. Und damit hatte er Recht. Manchmal traute Imke sich sogar an den Gedanken heran, dass ihre Tochter dem Leben wesentlich besser gewachsen war als sie selbst.

Eine überaus deprimierende Gegend, in die sie da geraten war. Keine zwanzig Meter vom Hotel entfernt, und es war, als hätten sich die Türen zu einer anderen Welt geöffnet. Der Verputz blätterte von den Hauswänden ab. Nässeflecken hatten sich auf den Mauern ausgebreitet. Auf den Balkonen stapelte sich Sperrmüll. Manche Fenster der unteren Etagen waren kaputt, manche mit Brettern vernagelt.

Der Name des Hotels hatte einen guten Klang, aber es war heruntergewirtschaftet. Man erkannte es auf den ersten Blick, da nützte auch das in grüner Leuchtschrift auf die Fassade geschriebene *Excelsior* nichts. Es hatte nicht mal ein Restaurant. Sogar für eine simple Tasse Tee musste man das Haus verlassen.

Imke kam an einem Secondhandshop vorbei, der geschlossen hatte. Sie sah einen Schlüsseldienst und eine Änderungsschneiderei, in deren Schaufenster auf einer Schneiderpuppe eine senffarbene Lederjacke hing. Kein Café weit und breit. Das hätte sie sich denken können. Wahrscheinlich hätte sie die entgegengesetzte Richtung einschlagen müssen.

Sie hatte schon beschlossen, wieder umzukehren, als sie ein Schild mit der Aufschrift *Antikmöbel* sah. Alte Möbelstücke faszinierten sie, und sie beschloss, die paar Meter noch weiter zu laufen.

Der Schock traf sie völlig unerwartet. Mitten im Schaufenster lag ein ausgestopftes weißes Pferd. Es lag auf dem Rücken, die Beine seltsam verdreht von sich gestreckt, die schwarzen Augen weit offen. Auf seinem Bauch hatte man ein Mokkageschirr drapiert, die Kanne und zwei der sechs Tassen umgekippt, völlig abstrus, pervers, ohne irgendeinen erkennbaren Grund.

Imke merkte, wie ihr Magen sich zusammenzog. Sie wandte sich ab und lief los, so schnell es die Glätte auf dem Gehsteig erlaubte. Es war wie ein böses Omen. Sie wollte nicht daran glauben, doch etwas in ihr war sicher, dass dieses arme, würdelos zur Schau gestellte Pferd eine Bedeutung hatte. Eine Bedeutung speziell für sie.

*

»Schauen Sie, Frau Helmbach. Es ist lieber Besuch für Sie gekommen.«

Ilka hasste es, so angekündigt zu werden. Sie mogelte sich lieber an der Pforte vorbei und am Büro, trat ihrer Mutter gern ruhig und selbstverständlich entgegen. Als Tochter, nicht als Besucherin.

Anne Helmbach stand auf dem kleinen Schild links neben der Tür. Jedes Mal wenn Ilka den vertrauten Namen las, begann ihr Herz, stärker zu klopfen, und sie hatte das Bedürfnis, auf der Stelle umzukehren, in den Bus zu steigen und weit, weit wegzufahren.

Ihre Mutter lächelte ihr entgegen. Es war ein vages, ungefähres Lächeln, das jedem galt und keinem, bereit, jederzeit wieder zu verschwinden. In ihren Augen war keine Spur eines Erkennens. Das war der schrecklichste Moment für Ilka, in die Augen der Mutter zu sehen und darin nichts als Leere zu finden.

»Kommen Sie«, sagte Frau Hubschmidt. »Ich nehme Ihnen die Jacke ab.«

Sie war eine derbe Frau Mitte vierzig, mit schwarz gefärbtem Haar, wild toupiert und von neongrünen Strähnen durchzogen. Ihr Gesicht war stark geschminkt, die Lippen und die Fingernägel silbrig blau, wie erfroren. Sie trug einen engen schwarzen Minirock und einen kiwifarbenen Pulli, der den Bauch frei ließ, was keine kluge Entscheidung war, denn Bauch und Hüften waren in reichlich Speck eingebettet. An ihren Fingern steckten silberne Ringe und um ihren Hals wand sich eine dicke silberne Schlangenkette.

Ihre Stimme war laut und heiser. Sie roch nach Zigarettenrauch, darunter lag der Duft eines herben Parfüms. Ilka hatte sich zunächst ein wenig vor dieser Frau gefürchtet, aber inzwischen war sie ihr beinah ans Herz gewachsen. Frau Hubschmidt arbeitete seit einer halben Ewigkeit in diesem Heim und sie gab nicht auf. Zusammen mit den Angehörigen und notfalls auch ohne deren Hilfe kämpfte sie von früh bis spät. Um den Hauch einer Erinnerung, das leiseste Anzeichen einer Wahrnehmung.

Um Anne Helmbach bemühte sie sich besonders intensiv.

Dass die Ärzte in diesem Fall am Ende ihres Lateins waren, kümmerte sie nicht. Sie war keine Ärztin, aber sie hatte Erfahrung im Umgang mit ihren Patienten und stellte ihre eigenen Diagnosen.

»Die Strickjacke ist neu«, sagte sie. »Ihre Mutter trägt sie heute zum ersten Mal. Steht sie ihr nicht gut?« Sie lächelte Ilka zu und verließ das Zimmer, ohne eine Antwort abzuwarten.

»Hallo, Mama.« Ilka setzte sich zu ihrer Mutter an den Tisch.

Anne Helmbach lächelte immer noch. Ihre Hände lagen auf dem Tisch, hellhäutig, feingliedrig, reglos, Hände, die keine körperliche Arbeit mehr kannten. Die Nägel waren rigoros kurz geschnitten, dabei hatte Anne Helmbach sie immer lang getragen, sie gehegt und gepflegt, gefeilt und lackiert. Sie waren ihr ganzer Stolz gewesen.

»Die Jacke steht dir wirklich gut«, sagte Ilka und betrachtete das Gesicht der Mutter, in das sich lauter feine Runzeln eingenistet hatten. Anne Helmbach alterte in einem erschreckenden Tempo. Ihre Haut war trocken geworden und stumpf, ihre Lippen wirkten rissig, obwohl ein Fettstift auf ihrem Nachttisch lag. Wahrscheinlich vergaß sie, ihn zu benutzen.

Ilka strich zart mit dem Zeigefinger über die Hand ihrer Mutter. Anne Helmbach legte den Kopf ein wenig zur Seite. Doch das bedeutete nur, dass sie die Berührung wahrnahm und genoss.

»Mike ist in eine Wohngemeinschaft gezogen«, erzählte Ilka, obwohl die Ärzte ihr oft genug erklärt hatten, dass der Inhalt ihrer Worte ihre Mutter nicht erreichte. »Er wohnt da jetzt mit zwei sehr netten Mädchen zusammen. Die eine heißt Merle, die andere Jette. Sie haben zwei Katzen, Donna und Julchen, die sind aus einem Versuchslabor befreit worden. Merle ist nämlich Tierschützerin, weißt du?«

Anne Helmbach sah an Ilka vorbei irgendwohin. Ihr Lächeln war verblasst. Es hatte sich von ihrem Gesicht entfernt und nur einen leisen Schatten zurückgelassen. Lauschte sie bloß dem Klang von Ilkas Stimme oder hörte sie zu?

»Ich hätte Mike gern mitgebracht, aber ich dachte, es ist noch zu früh. Vielleicht lernst du ihn später mal kennen.« Ilka spürte Tränen in der Kehle. Sie schluckte. »Du wirst ihn mögen, das weiß ich. Und er dich auch.«

Sie legte die Hand auf den Arm der Mutter, fühlte die weiche Wolle der Strickjacke wie einen Trost. Und darunter die Knochen. Ihre Mutter war mager geworden. Obwohl sie sich so wenig bewegte. Ihre Handgelenke waren wie die eines Kindes. Die Hände waren immer noch schön. Sie waren wie Rubens Hände, lang und schmal, die Finger ganz gerade.

Anne Helmbach schloss die Augen und legte den Kopf in den Nacken. Sie runzelte die Stirn. So hatte sie früher ausgesehen, wenn sie Musik gehört hatte. Als hätte etwas an der Musik ihr Schmerzen bereitet.

Vielleicht hörte sie ja jetzt auch Musik. In ihrem Kopf. Wer wusste schon, was im Kopf eines Menschen alles eingeschlossen war. Musik und Bilder und Worte und Gefühle. Freude. Angst. Auch Hoffnung? Sehnsucht? Hatte die Mutter noch eine Erwartung an irgendwas?

Ilka beugte sich zu ihrem Rucksack hinunter und hob ihn auf den Schoß. Sie zog eine Tafel Schokolade daraus hervor. Zartbitter, die mochte ihre Mutter am liebsten. Sie stellte den Rucksack wieder unter den Tisch, löste das Papier an der Klebestelle und knickte einen Riegel ab. Anne Helmbach erkannte das Geräusch. Sie öffnete die Augen und schaute die Schokolade an, dann Ilka. Sie nahm den abgebrochenen Riegel und biss davon ab.

Sie hatte die Wirklichkeit aus ihrem Leben ausgeschlossen.

Damals, als der Unfall passiert war. Von einem Tag auf den andern war sie verstummt. Kein einziges Wort hatte sie seitdem gesprochen. Ärzte und Psychotherapeuten hatten sich ihrer angenommen. Sie hatten sie immer wieder untersucht, ständig neue Tests mit ihr gemacht. Anne Helmbach hatte auf all das nicht reagiert.

Nach einer Weile war sie in diesem Heim untergebracht worden, wo man sich um sie kümmerte, sie pflegte und weiterhin versuchte, sie in das wirkliche Leben zurückzuholen. Aber was hieß das schon? Wirklich. Unwirklich. Gab es nicht Zwischenbereiche? Hielt ihre Mutter sich in einem von ihnen auf?

»Hättest du nicht mal Lust auf eine andere Sorte?«, fragte Ilka. »Haselnuss, Mandelsplitter oder Trüffel? Es gibt sogar Weihnachtsschokolade, die schmeckt nach Zimt und Anis.«

Es gab Menschen, die aus einer solchen Erstarrung wieder aufgewacht waren. Ilka hoffte darauf, dass es mit ihrer Mutter genauso sein würde. Irgendwann. Und wenn es erst in zehn Jahren passierte. Sie vermisste sie. Ihre Stimme, ihr Lachen, ihren Trost.

Was man sehen konnte, war nur die Hülle. Keiner wusste, was sich darunter verbarg. Manchmal fragte Ilka sich, ob die Hülle nicht vielleicht leer war. Ob das, was die Mutter ausgemacht hatte, sich nicht längst aufgezehrt hatte und verschwunden war.

Anne Helmbach aß die Schokolade langsam und bedächtig. Dann faltete sie die Hände im Schoß und schaute zum Fenster. Sie bewohnte ein Zimmer im Erdgeschoss, mit Blick auf einen parkähnlichen Garten. Im Frühjahr entfalteten die Rhododendren ihre Farbenpracht, danach blühten bis in den Winter hinein die Rosen und Dahlien. Es gab auch einen großen Seerosenteich, in dem Goldfische schwammen.

Ein Platz in einem solchen Heim war kostspielig. Tante Marei und Onkel Knut hatten ihn beschafft. Ilkas Eltern waren wohlhabend gewesen. Der Vater hatte die Mutter gut versorgt zurückgelassen. Vielleicht gab auch Ruben einen Teil dazu.

Über ihn wurde nicht geredet. Nicht mal sein Name wurde erwähnt. Es war ein unausgesprochenes Gesetz, an das sich alle hielten. Die Zwillinge schienen sich gar nicht mehr an ihn zu erinnern, so endgültig war er aus ihrem Leben verschwunden.

Und trotzdem war Ruben noch da. Was Ilka auch tat, unausgesprochen hing sein Name im Raum, immerzu. Nachts brachten Träume Ruben zurück. Obwohl Ilka sich von ihm gelöst hatte, lebte sie weiterhin mit ihm zusammen.

Ihr Blick begegnete dem ihrer Mutter. Anne Helmbachs Augen waren blass und farblos geworden. Ilka konnte sich nicht daran erinnern, wie sie früher gewesen waren.

Das war furchtbar! Sie musste sich doch an die Augenfarbe ihrer Mutter erinnern können! Schließlich hatte sie auch die Augenfarbe ihres Vaters nicht vergessen. Braun waren seine Augen gewesen, ganz dunkel, fast schwarz. Wie seine Haare und sein Bart.

An andere Dinge hatte sie sehr präzise Erinnerungen. Zum Beispiel daran, dass ihre Mutter die Haare immer kurz getragen hatte. Jetzt waren sie schulterlang. Meistens trug sie sie im Nacken gebunden. Es war kein Glanz in den Haaren. Als wäre er mit der Freude am Leben erloschen.

»Tante Marei, Onkel Knut und die Zwillinge lassen dich grüßen. Tante Marei sagt, sie kommt dich bald wieder besuchen.«

Anne Helmbach rieb sich übers Gesicht. Ein Zeichen dafür, dass sie erschöpft war. Sie wurde sehr schnell müde. Dick traten die Adern auf ihren Handrücken hervor. Ilka wäre gern noch ein bisschen mit ihr durch den Garten gegangen. Aber ihre Mutter hatte gerade eine heftige Erkältung hinter sich. Sie musste sich noch schonen.

»Nächstes Mal machen wir einen Spaziergang, ja? Vielleicht gucken dann ja die Schneeglöckchen schon aus der Erde.«

Ob die Mutter sich noch nach dem Vater sehnte? Erging es ihr wie Ilka, die immer wieder träumte, sein Tod sei ein schrecklicher Irrtum gewesen und er sei noch lebendig und warte irgendwo auf sie? Vermisste sie Ruben, den sie seit Jahren nicht gesehen hatte?

Ilka zog ihre Jacke an und wickelte sich den Schal um den Hals. Ihre Mutter sah ihr dabei zu. Sie lächelte wieder. Vielleicht fühlte sie sich in diesem Lächeln aufgehoben, wer wusste das schon.

»Pass auf dich auf, Mama.«

Ilka beugte sich zu ihrer Mutter hinunter und nahm sie in die Arme. Anne Helmbach zeigte keine Reaktion. Ebenso gut hätte Ilka eine Puppe umarmen können.

»Ich hab dich lieb«, flüsterte sie.

Dann verließ sie schnell das Zimmer, ohne sich noch einmal umzudrehen. Sie kam unbemerkt am Büro und an der Pforte vorbei. Das war gut so, denn niemand sollte ihre Tränen sehen.

*

Ruben ging langsam durch die Räume und schaute sich um. Die Architektin hatte hervorragende Arbeit geleistet. Sie hatte sogar einen Reinigungstrupp engagiert und die Zimmer bezugsfertig herrichten lassen. Er atmete den frischen Geruch ein. Alles war sauber und neu. Obwohl es ein altes Haus war. Ein Haus, das voller Geschichten steckte. Das bereit war für eine neue Geschichte. Die Geschichte einer großen, niemals endenden Liebe.

Für einen Moment kam die Sonne zwischen den Wolken hervor. Ihr Licht brach sich in den bunten Ornamenten der Jugendstilfenster und zeichnete ein farbiges Muster auf den Holzfußboden des Wohnzimmers. Die Küche lag um diese Zeit im Schatten. Bestimmt war sie im Sommer wunderbar kühl. Ruben hatte den Lauf der Sonne hier verfolgt. Morgens wärmte sie die Küche, wanderte gegen Mittag ums Haus und blieb bis zum Abend auf der Wohnzimmerseite.

Im ersten Stock befanden sich zwei Schlafzimmer und ein Zimmer, das Ruben vorerst als Arbeitszimmer nutzen wollte. Diese Räume sollte Ilka umgestalten und so einrichten, wie es ihrem Geschmack entsprach. Später, wenn sie bereit dazu wäre.

Das Dachgeschoss hatte Ruben zuerst unverändert lassen wollen, doch dann hatte er sich gesagt, dass zu viel Zeit vergangen war, um in Sentimentalität zu schwelgen. Sie waren erwachsen geworden, Ilka und er, und würden einen anderen Weg zueinander finden. Also hatte er es ausbauen lassen zu einem Atelier.

Er stellte sich in die Mitte des Raums und ließ die Stimmung auf sich wirken. Durch die lange Fensterfront sah er Himmel und Tannengrün, nichts sonst weit und breit. Hier würde er malen können, nichts würde ihn ablenken, nichts stören.

Außer Ilka. Sie dürfte zu ihm kommen, wann immer ihr danach war. Sie würde sowieso oft genug in diesem Raum sein. Er würde sie malen, malen und malen. Er hatte Jahre nachzuholen.

Er fuhr mit den Fingern über das glatte weiße Holz der Einbauschränke, die ausreichend Platz für seine Bilder boten, warf einen letzten Blick aus dem Fenster und ging dann zur Tür. Es juckte ihn in den Fingern, hier endlich mit der Arbeit anzufangen. Aber ein wenig musste er sich noch gedulden.

Die Kellerräume kamen ihm kühl und abweisend vor. Er würde das mit einer freundlichen Möblierung ausgleichen müssen. Die Gitter vor den Fenstern stießen ihn ab, obwohl es geschmackvolle schmiedeeiserne Gitter waren, von einem Künstler hergestellt. Sie zeigten Jugendstilmotive, hauptsächlich Blumen, Sonne und Mond, aber Ruben konnte sich mit ihnen nicht anfreunden. Lieber hätte er auf sie verzichtet.

Kein Geräusch drang von außen herein und keins hinaus. Er hatte es ausprobiert. Der Keller war sicher. Aber ob sie sich hier wohl fühlen würde? Ein Mensch wie sie, der die Sonne liebte und das Licht? Der es nicht ertrug, eingesperrt zu sein?

»Ruben! Ich krieg keine Luft!«

Sie sind zu Besuch bei Onkel Tom. Der Bruder des Vaters bewirtschaftet einen Gutshof hoch oben im Norden. *Onkel Toms Hütte* hat Ruben ihn getauft. Tatsächlich führt Onkel Tom ein strenges Regiment. Er behandelt seine Leute schlecht und zahlt Hungerlöhne. Das jedenfalls behaupten die Leute im Dorf.

Es gibt zwei Vettern und eine Cousine. Ruben kann sie nicht ausstehn. Ellie ist dumm, Heiner und Til sind Sadisten. Sie quälen Tiere und brüsten sich noch damit. Ihr eigener Hund kneift den Schwanz ein, wenn er sie nur von weitem sieht.

Die Familie besitzt ein riesiges Stück Land mit zahlreichen Gebäuden und Stallungen. Wunderbare Orte zum Spielen gibt es hier. Sie lassen Ruben beinah vergessen, dass er Til und Heiner hasst.

Diesmal hat Ilka das Versteck gefunden, einen kleinen dunklen Verschlag im Pferdestall. Ein bisschen Streu liegt auf dem Boden, ein Eimer steht in einer Ecke, daneben lehnt eine verdreckte Kehrschaufel an der Wand.

Ilka schließt leise die Tür und kauert sich hin. Sie hält sich die Hand vor den Mund, damit ihr Atmen sie nicht verrät. Ruben lässt sich neben ihr nieder. Er fühlt Ilkas Körper dicht an seinem. Ihr Haar streift seine Wange.

Draußen hören sie die Stimmen von Ellie, Heiner und Til. Sie nähern sich und entfernen sich wieder. Sie flüstern und rufen. Leise, laut, leise. Ilka kichert. Es ist ein wehrloses, nervöses Kichern, das schnell umschlagen kann in echte Angst.

Es dauert lange. Sie haben ein gutes Versteck gefunden. Doch dann kommen die Stimmen wieder näher. Sie werden zu einem Flüstern, kreisen Ruben und Ilka ein. Ruben hört, wie Ilka der Atem stockt. Er erwartet, dass jeden Moment die Tür aufgerissen wird, begleitet von dem triumphierenden Ruf: »Gefunden!«

Stattdessen wird der Schlüssel, der außen im Schloss steckt, herumgedreht. Ein hämisches Lachen und dann das Geräusch von Schritten, die sich schnell entfernen.

Es ist stockfinster. Den dünnen Lichtstreifen, der durch den Türspalt gefallen ist, gibt es nicht mehr. Man kann die Hand vor Augen nicht erkennen.

Ruben springt auf und rüttelt an der Klinke. Er ruft. Stößt Drohungen aus. Schreit Verwünschungen hinterher. Dann tastet er sich zu Ilka zurück.

»Ruben! Ich krieg keine Luft!«

Er hört sie röcheln. Nimmt sie in die Arme. Streichelt ihren Rücken. Flüstert ihr beruhigende Worte zu. Küsst ihre Schläfen, die Wangen, das Kinn. Bis sie sich entspannt. Aufhört zu weinen. Wieder atmen kann.

So bleiben sie, bis den andern die Lust an diesem Spiel vergangen ist. Die Tür aufgeht und Licht hereinlässt. Ruben hilft Ilka hoch. Er klopft sich den Staub von der Hose. Und starrt die Vettern an mit einem Blick, der sie das Weite suchen lässt.

Für den Augenblick ist ihm das egal, denn er weiß, er wird sie finden.

Aber war es ihm nicht gelungen, sie zu beruhigen? Seine Nähe, seine Stimme, seine Berührungen, mehr hatte es nicht gebraucht, ihr die Panik zu nehmen. Das würde er auch hier für sie tun, wenn es notwendig wäre. Er würde auf sie aufpassen und sie beschützen. Niemand würde ihr etwas zuleide tun.

Natürlich wäre es ihm lieber, sie würde freiwillig zu ihm kommen. Doch die Menschen da draußen hatten ganze Arbeit geleistet. Sie hatten Ilka eine Gehirnwäsche verpasst. Sie gegen ihn eingenommen.

Was hatten sie ihr erzählt? Dass ihre Liebe verboten sei? Krankhaft? Gegen die Natur? Sie hatten ja keine Ahnung von wirklicher Leidenschaft. Hatten ihre kleinen, miesen Verhältnisse, ihre armseligen Liebschaften, steckten in ihren miefigen Ehen fest, regelten ihre Gefühle mit einem Vertrag.

Jede dritte Ehe wurde geschieden. Und darauf waren sie stolz? Darauf vertrauten sie weiterhin blind? Auf ein verrottetes System, das ihre Gefühle in Gift verwandelte?

Sie hatten auch ein Wort gefunden für das, was Ruben mit Ilka verband. *Inzest*. Es war ihm manchmal, als hätten sie ihm das Wort auf die Stirn gebrannt. Wie ein Kainsmal. *Inzest*. Und jeder konnte ihn anspucken und mit Steinen bewerfen.

Ruben stieg die Treppe hinauf. Mit jeder Stufe wuchs seine Wut. Er schlug die Tür zum Keller zu, dass es schepperte. Dann ging er in den Garten hinaus, um sich wieder in den Griff zu bekommen.

Am Zaun stand eine alte Schubkarre, halb zerfressen vom Rost. Er hob sie hoch und schleuderte sie weg, so weit er konnte. Nicht die Fassung verlieren. Nie wieder. Das hatte er sich vorgenommen. Denn wenn er die Fassung verlor, konnte er alles verlieren.

*

Sie stand vor ihm, klein, blass und zitternd vor Kälte. Mike machte die Tür weit auf. Ilka kam herein, legte ihm die Arme um die Taille und ließ den Kopf an seine Schulter sinken. Er hielt sie fest und küsste ihr Haar. Es roch nach Winter und Kälte und rauchiger Luft. Als wäre sie an einem Laubfeuer vorbeigegangen.

Wieder wusste er nicht, wo sie gewesen war und was sie so runtergezogen hatte. Er wusste nur, dass sie zu ihm zurückgekehrt war, von wo auch immer, und er hätte heulen können vor Dankbarkeit.

»Wollt ihr zwei hier Wurzeln schlagen?«

Merle hielt einladend einen dampfenden Becher hoch. Der Duft nach Pfefferminztee füllte den Flur.

»Außerdem zieht's hier wie Hechtsuppe, und die Nachbarn freuen sich bestimmt, dass sie mal wieder was geboten kriegen. Nun macht schon endlich die Tür zu.«

Ihre Stimme hatte den Bann gebrochen. Ilka erwachte langsam aus ihrer Erstarrung. Ein kleines Lächeln wagte sich auf ihr Gesicht. Sie gab Mike ihre Jacke und ließ sich von Merle in die Küche ziehen, die völlig überheizt war, weil sie gerade damit beschäftigt waren zu kochen.

»Hi, Ilka.« Jette drückte ihr einen Löffel in die Hand. »Probier mal. Irgendwie krieg ich die Soße nicht hin.«

Mike hatte die Jacke aufgehängt und holte Geschirr aus

dem Schrank. Er deckte den Tisch, ohne Ilka aus den Augen zu lassen. Sie bewegte sich wie eine Schlafwandlerin. Was, zum Teufel, hatten sie mit ihr gemacht? Und wer?

Er stellte sich diese Fragen, seit er Ilka kannte. Manchmal war er kurz davor, auf den Tisch zu hauen und ganz direkt die Wahrheit zu verlangen. Natürlich wusste er, dass Ilka dann vollends verstummen würde. Also tat er es nicht. Blieb geduldig. Und wartete.

»Schön, dass du es noch geschafft hast«, sagte Jette, als sie beim Essen saßen. »Hattest du einen stressigen Tag?«

Ilka wickelte mit Inbrunst Spagetti um ihre Gabel.

»Hauptsache, du bist da«, lenkte Merle ab. Dann und wann hatte sie ein phänomenales Gespür für Zwischentöne. »Habt ihr nachher noch Lust auf eine Runde Doppelkopf?«

Das war ihre neue Leidenschaft. Sie spielten oft die halbe Nacht lang. Und hingen natürlich am nächsten Tag in der Schule durch.

»Au ja.« Mike ballte die Faust. »Ich mach euch fertig!«

»Angeber!« Jette knuffte ihn in die Seite. »Ilka?«

Ilka nickte. Eine Ewigkeit schon drehte sie ihre Gabel auf dem Teller. Jetzt sah sie auf. »Danke. Ihr seid so lieb zu mir.«

Eine halbe Stunde später verteilte Mike die Karten. Man hörte nur das Brummen des Kühlschranks und das leise Geräusch, mit dem die Karten auf den Tisch fielen. In die Stille hinein sagte Ilka: »Ich bin bei meiner Mutter gewesen.«

Sie hatte noch nie von ihrer Mutter gesprochen. Jeder war davon ausgegangen, dass ihre Eltern beide bei einem Verkehrsunfall ums Leben gekommen waren. Deshalb wusste nun keiner, wie er reagieren sollte.

Merle starrte auf die Karten in ihrer Hand. Mike starrte Ilka an. Jette war die Erste, die sich wieder fing. »Bei deiner Mutter? Du musst uns irgendwann von ihr erzählen.«

Sie spielten weiter. Ilka taute auf. Ihre Wangen bekamen Farbe und ihre Augen glänzten. Sie lächelte Mike zu. Er lächelte zurück.

Doch seine Gedanken waren woanders. Ihre Mutter lebte. Warum hatte Ilka dann den Eindruck erweckt, sie sei tot?

9

Bert saß in seinem Büro und versuchte, sich zu konzentrieren. Seit er in der alten Mühle gewesen war und mit Jette gesprochen hatte, war alles in ihm wieder aufgewühlt, was er so mühsam geglättet hatte. Es hatte ihn damals mehr erwischt, als er sich eingestehen wollte.

Imke Thalheim. Er hatte ihre Gegenwart in jedem Zimmer gespürt. Jetzt fragte er sich, ob vielleicht eine tiefere Bedeutung darin lag, dass das Schicksal sie erneut zusammenführte?

Er gab sich einen Ruck und wandte sich wieder seiner Arbeit zu. Der Einbruch bei Imke Thalheim war der zwölfte einer Serie von Einbrüchen im Umkreis. Bert und die Kollegen waren sich noch nicht klar darüber, ob all diese Diebstahldelikte zusammenhingen. Es schien keine Handschrift zu geben, die allen Fällen gemeinsam war.

Der Chef hatte angeordnet, dass die Saisonarbeiter, die im vergangenen Jahr in der Gegend gearbeitet hatten, unter die Lupe genommen werden sollten. Es wäre doch denkbar, hatte er bei einer der letzten Frühbesprechungen gemeint, dass sie während ihres Aufenthalts die Häuser der umliegenden Ortschaften ausgekundschaftet hatten, um später dann zuzuschlagen oder andere zuschlagen zu lassen. Er hatte mit Zahlen jongliert und die Statistik bemüht und viele hatten zustimmend genickt.

Bert hatte etwas gegen den einfachen Weg. Immer lag es auf der Hand, sich zuerst mit den Minderheiten zu befassen. Es ärgerte ihn maßlos, dass der letzte Mordfall, in dem er ermittelt hatte, die allgemeinen Vorurteile noch bestätigte.

Gebt den satten Bürgern ihr Feindbild, und sie werden glücklich und zufrieden sein, dachte er. War es nicht immer so? Sobald feststand, dass der Störenfried nicht in den eigenen Reihen zu finden war, machte sich Erleichterung breit.

Er sah auf die Uhr. Halb eins, Zeit für das Mittagessen und eine kleine Verschnaufpause, für die er dankbar war. Aber er hatte keine Lust, sie mit seinen Kollegen zu verbringen. Außerdem ging ihm das Kantinenessen allmählich auf die Nerven. Es war der ewig gleiche Trott, der ihm zu schaffen machte. Und ganz sicher schlug sich die Macht der Gewohnheit auch auf die Denkstrukturen nieder.

»Sie meinen also allen Ernstes«, hatte der Chef gestern noch gefragt, »derjenige, der täglich seinen Teller Eintopf isst, blockiert sich selbst bei der Suche nach dem Täter?«

Bert hasste es, wenn seine Gedanken dermaßen platt vereinfacht wurden. Der Chef neigte dazu. Er war ein Meister darin, unbequeme Einwände mit einer schroffen Handbewegung vom Tisch zu fegen. Bert konnte ihn sich gut als Sheriff in einem verräucherten Saloon vorstellen.

Aber hier war nicht der Wilde Westen, und deshalb sagte Bert: »Im Grunde genommen, ja.« Es hatte keinen Sinn, noch einmal zu argumentieren. Es gab einen Punkt, an dem stellte der Chef sich taub.

»Dann sollten wir eine Sonderkommission gründen, die den Speiseplan der Kantine revolutioniert.« Der Chef hatte breit gegrinst, um seinen Ärger zu verdecken. Mitarbeiter, die ihre Situation reflektierten, waren ihm ein Dorn im Auge.

Bert ließ sich davon nicht beeindrucken. Bei der letzten Auseinandersetzung hatte der Chef ihm den Zeigefinger in den Bauch gestochen und ihn angebrüllt: »Wenn ich mit Denkern arbeiten will, dann wende ich mich an die philosophische Fakultät!«

So war er. Bert hatte sich längst an seine aufbrausende Art gewöhnt. Die Tobsuchtsanfälle nahm er hin wie Gewitter. Er wusste, dass man mit ihm reden konnte, sofern man nicht am Grundsätzlichen rüttelte. Das war bei vielen Kollegen so. In diesem Job brauchte man festen Boden, auf den man die Füße setzen konnte. Idealisten wurden ganz schnell von den Wolken heruntergepflückt.

Bert zog seinen Mantel an, fuhr mit dem Fahrstuhl ins Erdgeschoss, grüßte auf dem Weg zur Tür nach hierhin und dorthin, verließ das Haus, schlug den Mantelkragen hoch und schlenderte durch die Fußgängerzone. Umgeben von lauter Menschen, die er nicht kannte, fühlte er sich im Augenblick am wohlsten. Da konnte er seinen Gedanken nachhängen, ohne ständig Erklärungen abgeben oder sich rechtfertigen zu müssen.

Er brauchte ein bisschen frische Luft, bevor er sich wieder an den Schreibtisch setzte. Und Abstand. Die Einbruchserie wurde nicht von ihm bearbeitet, sondern von einem Kollegen. Warum also sollte er sich damit beschäftigen? Natürlich war ihm klar, warum er es dennoch tat, und er beschleunigte seine Schritte, als könnte er vor der Wahrheit davonlaufen.

*

Sie hatte bei Mike übernachtet und war nun auf dem Weg nach Hause. Es war noch früh, kaum Leben auf den Straßen.

Dann und wann fuhr ein Auto vorbei, hier und da leuchtete eines der Fenster in der Dunkelheit, noch nicht mal die Vögel waren aufgewacht.

Ilka liebte diese Stimmung zwischen Nacht und Tag, die einen mit kalten Fingern berührte. Obwohl sie davon manchmal so traurig wurde, dass sie nur mit Mühe die Tränen zurückhalten konnte. Es gab in ihrem Leben viele solcher Widersprüche, die sie sich nicht erklären konnte.

Der Blumenladen war anscheinend der erste, der morgens mit Ware beliefert wurde. *Blütenträume – Gartenpracht* stand auf dem Lkw, der mit Blinklicht und ausgefahrener Laderampe in der Fußgängerzone stand. Ein junger, sehr dünner Mann belud einen Gabelstapler mit Paletten voller gesunder, kräftiger Pflanzen. Er hielt eine halb heruntergebrannte Zigarette zwischen den Lippen und kniff die Augen zusammen, um den beißenden Rauch abzuwehren.

Ilka grüßte ihn leise und er grüßte verwundert zurück. Sie hätte sich gern ein bisschen mit ihm unterhalten und sich die Pflanzen angeschaut. Sie hätte auch gern einen Farn gekauft oder einen Hibiskus mit orangefarbenen Blüten. Aber bis sie überlegt hatte, was sie sagen sollte, war die Gelegenheit schon vorbei.

Vor der Tür des Hotels *Zur Sonne* lagen vier prall gefüllte Brötchentüten. Ilka stieg vom Rad und sah sich um. Niemand in der Nähe, außer einer weißen Katze, die lang gestreckt in einen Hofeingang huschte. Sie stellte ihr Fahrrad ab, fischte ein Fünfzigcentstück aus ihrer Jackentasche, legte es auf die Treppenstufe, nahm ein Brötchen aus der Tüte und biss hinein.

Es war so frisch, dass es unter ihren Zähnen krachte. Ilka seufzte vor Wohlbehagen. Langsam fuhr sie weiter und verspeiste das Brötchen mit einem Genuss, der nur durch ihr schlechtes Gewissen geschmälert wurde.

Als sie den letzten Bissen runtergeschluckt hatte, rieb sie sich die Krümel vom Kinn und zog sich den Schal wieder über die Nase. Es war wahnsinnig kalt. Der Wind schnitt ihr ins Gesicht und ließ ihre Augen tränen.

Hinter sich hörte sie einen Wagen. Das Licht seiner Scheinwerfer warf ihren Schatten lang auf die Straße. Ilka fuhr weiter nach rechts, doch der Wagen überholte sie nicht. Langsam fuhr er hinter ihr her, die ganze Hauptstraße entlang.

Ihr wurde unbehaglich zumute. Es war ein Gefühl, wie sie es vom Schlangestehen im Supermarkt kannte, wenn der Hintermann so dicht aufrückte, dass sie seinen Atem im Nacken spüren konnte. Sie bremste, stieg ab und zwang den Fahrer so, an ihr vorbeizufahren.

Während er das tat, versuchte sie, einen Blick ins Innere des Wagens zu werfen, aber die Scheiben waren getönt und sie sah nur ihr Spiegelbild.

»Idiot«, murmelte sie und stieg wieder auf.

Der Mercedes fuhr langsam weiter. Offenbar hatte der Fahrer es nicht eilig. Oder er hatte Mühe, sich zu orientieren. Ein Blick auf die Autonummer zeigte Ilka, dass er nicht von hier war. Vielleicht ein Vertreter, zu seinem ersten Termin für heute unterwegs. Die Rücklichter wurden kleiner und verschwanden schließlich in der Dunkelheit.

Ilka lächelte voller Zärtlichkeit, als sie daran dachte, wie sie eben Mike verlassen hatte. Sein Haar war strubbelig gewesen vom Schlaf, sein Gesicht weich und entspannt. Er hatte auf dem Rücken gelegen, den Kopf zur Seite geneigt, die Hände rechts und links daneben, zu Fäusten geballt. Babys schliefen so, vollkommen weltvergessen.

Sie bog um die Ecke. Wieder zu Hause. Vielleicht gelang es ihr, sich in ihr Zimmer zu stehlen, bevor Tante Marei aufwachte. Es war unmöglich, ihr zu erklären, warum sie mitten in der Nacht aufstehen und Mikes Bett verlassen musste. Warum sie sich nicht einfach umdrehen und weiterschlafen konnte. Sie verstand es ja selbst nicht.

Die Häuser lagen ruhig und friedlich da. Die Nacht hatte ihren schwarzen Schleier über die Dächer gespannt, um den Menschen ein wenig Ruhe zu bringen. Alles war zum Stillstand gekommen. In einer langen, unbewegten Reihe standen die Autos am Straßenrand geparkt.

Auf einmal begann Ilkas Herz ganz unvernünftig schnell zu schlagen. Sie warf das Fahrrad auf den Kiesstreifen vorm Haus, kramte mit bebenden Fingern nach dem Schlüsselbund und machte sich hektisch am Türschloss zu schaffen. Erst beim dritten Anlauf gelang es ihr aufzuschließen.

Sie schlüpfte ins Haus, warf die Tür zu und lehnte sich mit dem Rücken dagegen. Schweiß stand ihr auf der Stirn und sie bekam kaum Luft. Langsam, dachte sie. Du brauchst keine Angst zu haben. Da draußen ist nichts. Niemand bedroht dich. Doch ein Rest der Panik blieb in ihr, zusammengeschrumpft zu einem kleinen, harten Kern.

*

Wie groß ihre Angst sein musste! Sie hatte ihr Fahrrad achtlos hingeworfen und war Hals über Kopf ins Haus gestürzt. Er hatte ihre Panik förmlich spüren können. Aber wovor fürchtete sie sich? Oder vor wem?

Unmöglich, dass sie ihn entdeckt hatte. Dazu war er zu vorsichtig gewesen. Bis auf die kleine Panne, als sie versucht hatte, ins Innere des Wagens zu schauen. Natürlich hatte sie nichts erkennen können. Die Fensterscheiben waren abgedunkelt. Bei anderen Lichtverhältnissen jedoch hätte die

Situation eskalieren können. Dieser Gedanke hatte Ruben einen Schock versetzt.

Er ertrug es nicht, Ilka so zu sehen. Rasch drückte er auf den Schalter, der die Türen verriegelte, und umklammerte das Lenkrad mit beiden Händen. Er durfte auf keinen Fall aussteigen. Damit er nicht in das verhasste Haus da drüben stürmte und sie rausholte.

Wie sie ihn anstarren würden. Tante Marei im Nachthemd, Onkel Knut im Schlafanzug, die blöden Zwillinge aneinander geklammert, die Augen vor Entsetzen geweitet. Wie er das genießen würde.

Er würde Onkel Knut einen Schlag versetzen. Einen einzigen nur. Der würde ausreichen für diesen hühnerbrüstigen Schwächling. Tante Marei würde er lediglich zur Seite stoßen. Sie hatte eine große Klappe, aber den Mut einer Maus. Die Zwillinge würde er kurz anfauchen und schon wären sie folgsam in ihrem Zimmer verschwunden. Keiner in dieser Familie hatte Mumm.

Und dann würde er Ilka aus dem Haus tragen. So hatte er es sich oft vorgestellt. Sie zu retten wie der Schwarze Ritter. Hoch zu Ross. In glänzender Rüstung. Doch der Alltag erlaubte keine Träume. Er stutzte sie auf ein klägliches Maß zurück.

Ruben sah das Licht in ihrem Zimmer angehen und dann ihren Schatten am Fenster. Sie schaute hinaus. War ihr etwas aufgefallen? Nein. Sie konnte ihn nicht bemerkt haben. Er hatte ganz hinten geparkt, am Ende der Straße.

Wahrscheinlich war es ihr Instinkt gewesen, der sie gewarnt hatte. Ilka war keine dieser überzivilisierten, unnatürlichen Zicken, die in Massen durch die Straßen liefen. Sie war ihm oft vorgekommen wie ein Wesen von einem anderen Stern. Sie konnte Stimmungen erspüren wie niemand sonst, den er kannte. Oft hatte sie gewusst, was er dachte, bevor er es ausgesprochen hatte. Sie waren sich so nah gewesen.

Und jetzt war er dazu verdammt, im Auto zu sitzen und sehnsüchtig ihren Schatten zu beobachten, der sich im Zimmer hin und her bewegte. Er wartete, bis ihr Fenster dunkel wurde. Dann startete er den Motor und rollte rückwärts, fast lautlos und ohne Licht.

Er würde sich beeilen. Jeder Tag ohne Ilka war ein verlorener Tag. Er hatte sich das Versprechen gegeben, keinen unnötig zu verschwenden.

*

Ich brauchte dringend Lesefutter und war in die Buchhandlung gegangen, um mal wieder ausgiebig in den Ramschkisten zu wühlen. Zwar darf ich jederzeit die Bibliothek meiner Mutter nutzen, aber ich habe ein ziemlich gewöhnungsbedürftiges Leseverhalten. Ein Buch, mit dem ich fertig bin, hat Kaffee-, Honig- und Puddingflecken, geknickte Ecken und eingerissene Seiten. Das kann ich meiner Mutter unmöglich zumuten.

Sie geht mit Büchern um wie mit heiligen Gegenständen. Nie habe ich sie in der Badewanne schmökern sehen, nie in einen Sessel gelümmelt oder über einen Tisch gebeugt, ungeschminkt, die Hände in den Haaren vergraben. Meine Mutter liest, wie sie schreibt – diszipliniert und ordentlich.

Ich war schon immer eine Querbeetleserin und interessiere mich für alles, was mir in die Hände fällt. Im äußersten Notfall tut's auch der Pfarrbrief oder die *Bäckerblume*. Jetzt war mir nach Lebensgeschichten. Ich hielt gerade die von John Lennon in der Hand, als mir jemand auf die Schulter tippte.

»Wie wär's mit einem Stück Kuchen? Ich lade dich ein.«

Mike strahlte mich an wie einen verloren geglaubten Menschen, den er seit einem halben Leben nicht gesehen hatte, dabei hatten wir noch am Morgen zusammen gefrühstückt.

»Wenn du einen Moment auf mich wartest.« Ich hatte meine Besitzverhältnisse im Kopf überschlagen und beschlossen, die Lennon-Biografie zu kaufen, obwohl sie nicht reduziert war und ein kleines Vermögen kostete.

Mike warf einen Blick auf den Umschlag. »Über Lennon hab ich verschiedene Sachen zu Hause. Kannst du dir gerne ausleihen.« Er bemerkte mein Zögern und grinste. »Meine Bücher sind Kummer gewöhnt. Auf ein paar Macken mehr kommt's da nicht an.«

Wenig später saßen wir zusammen im *Antik*, einem Café, das ausschließlich mit alten Möbeln eingerichtet ist, die man vom Fleck weg kaufen kann, ebenso wie das Geschirr und die Bilder an den Wänden. Mike trank einen Milchkaffee, ich einen Kakao. Dazu genehmigten wir uns ein Stück Apfelkuchen, von der Wirtin selbst gebacken.

Ich stellte fest, dass Mike Schatten unter den Augen hatte. Möglicherweise lag es an der schummrigen Beleuchtung, denn vorher waren sie mir nicht aufgefallen. Dabei war er nicht der Typ, der über die Stränge schlägt. Er führte ein ziemlich ruhiges Leben.

»Wie geht's dir?«, fragte ich ihn.

»Wieso?« Er fuhr sich mit den Fingern durchs Haar und setzte sich gerade hin. Als wäre er dem Gespräch so besser gewachsen.

»Du hast Schatten unter den Augen«, sagte ich und hätte mich ohrfeigen können für meine blöde Angewohnheit, allen Leuten ständig die Wahrheit zu sagen.

Erleichtert sackte er wieder in sich zusammen. »Ich hab

schlecht geschlafen«, erklärte er. »Wahrscheinlich ist Vollmond.«

»Leiden Männer denn auch darunter?«

»Na hör mal! Schlafstörungen sind doch kein Vorrecht der Frauen.« Er lächelte, und ich dachte, was für ein Glück es doch gewesen war, ihn zu finden. Ihn und Ilka. Sie taten Merle und mir und unserem Leben richtig gut. Unsere Wohnung wirkte heller, die Katzen waren ausgeglichener, ich hatte sogar das Gefühl, die Pflanzen auf den Fensterbänken wären robuster geworden.

»Hat Ilka auch schlecht geschlafen?«, fragte ich.

»Keine Ahnung.« Mike hackte mit der Gabel in den Kuchen, als wollte er ihn ermorden. »Sie hat die Angewohnheit, mitten in der Nacht ihre Sachen zu packen und zu verschwinden.«

Merle und ich hatten uns schon oft darüber gewundert, dass Ilka nie bis zum Frühstück blieb. Aber wir hatten das für uns behalten.

»Sie kommt und geht, wie es ihr passt. Ich weiß ja, dass ich nicht der spontanste aller Menschen bin, aber ist es denn zu viel verlangt, wenn ich beim Einschlafen erwarte, meine Freundin auch beim Aufwachen noch neben mir zu finden?«

»Hast du mal mit ihr darüber geredet?«, fragte ich.

»Einmal?« Er schnaubte durch die Nase. »Hundertmal. Tausendmal. Nur bringt es nichts. Sie entschuldigt sich bei mir, fängt an zu weinen und dann nehme ich sie in die Arme, und alles bleibt, wie es ist.«

»Und sie verrät dir nicht, warum sie geht?«

»Sie sagt, sie weiß es selber nicht.«

Mike zog ein Päckchen Zigaretten aus der Hosentasche. Das erstaunte mich. Ich hatte ihn noch nie rauchen sehen. Sein Daumen strich ein paarmal über die Aufschrift *Raucher sterben früher*, dann nahm er eine Zigarette heraus und zündete sie an. Er hustete und kniff die Augen zusammen.

»Ilka hat Probleme. Ab und zu macht sie Andeutungen. Irgendwas ist in ihrer Kindheit passiert. Irgendwas hat sie aus der Bahn geworfen. Und daran knabbert sie heute noch.«

Er sog an der Zigarette und blies den Rauch zur Seite. Die Frau am Nebentisch, die den ganzen Schwall abbekam, durchbohrte ihn mit ihren Blicken. Mike merkte es nicht. Sein Kopf war von Rauch umwölkt wie von einem schmuddeligen, reichlich derangierten Heiligenschein.

»Ihre Mutter, von der ich angenommen hab, sie wär tot, ist offenbar putzmunter. Frag mich nicht, wo und wie sie lebt und warum Ilka nicht bei ihr ist. Das gehört zu den Geheimnissen, die sie um sich aufgebaut hat.«

Es sprudelte nur so aus ihm heraus. Er hatte lange genug geschwiegen.

»Sie macht eine Therapie, aber ich weiß nicht, warum. Jeden Freitag hat sie einen Termin. Sie erzählt nichts darüber, lässt nicht zu, dass ich ihr helfe. Ich meine, ich weiß ja gar nicht, ob ich ihr helfen kann. Ich würde es nur gern versuchen, verstehst du? Ich hab sie doch lieb, verfluchte Scheiße noch mal!«

Die Frau am Tisch neben uns schüttelte missbilligend den Kopf. Mike war laut geworden, und sie war ganz sicher eine Person, die alles im Leben streng kontrollierte, ihr Aussehen, ihre Gefühle und jedes einzelne Wort. Altrosa Twinset, sorgfältig blondierte Föhnfrisur, dezent geschminktes Gesicht. Sie war von einer dermaßen unterkühlten Aura umgeben, dass man bei ihrem Anblick anfing zu frieren.

Mike drückte die Zigarette so heftig aus, dass sie zerbröselte.

»Und jetzt«, sagte er bedrückt, »komme ich mir auch noch vor wie ein Verräter.«

»Quatsch.« Ich nahm seine Hand. »Dazu sind Freunde doch da, dass man ihnen seine Sorgen anvertraut.«

Er probierte ein Lächeln, das ihm beinah gelang.

»Es gibt Dinge, die kannst du nicht ewig mit dir rumschleppen. Davon wirst du krank.«

»Ich kann es nicht erklären«, sagte er so leise, dass ich Mühe hatte, ihn zu verstehen, »aber ich spüre, dass Ilka in Gefahr ist.«

»Was?«

Er hatte mich nicht gehört, starrte in den Aschenbecher, als könnte er in der Asche und den Tabakkrümeln die Zukunft erkennen.

»Irgendwas stimmt nicht. Ich weiß bloß nicht, was es ist.«

»Mike, machst du dir nicht zu viele Gedanken?«

Er hob den Kopf und schaute mich an. Setzte ein breites Grinsen auf, als würde ihm das alles leichter machen.

»Und das ist noch nicht alles«, sagte er bitter. »Ilka und ich, wir haben noch nie miteinander geschlafen.«

Er winkte der Kellnerin und zog ein paar knautschige Geldscheine aus der Hosentasche. Ich saß da wie vor den Kopf gestoßen und versuchte zu verdauen, was er gerade gesagt hatte. Wahrscheinlich bemerkte er meine Fassungslosigkeit. Er legte mir den Arm um die Schultern und zog mich an sich.

»Tust du mir einen Gefallen, Jette?«

»Jeden.«

»Vergiss, was ich dir erzählt habe. Radier es einfach aus deinem Gedächtnis aus.«

Die Kellnerin kam. Er zahlte und verwandelte sich übergangslos wieder in den fröhlichen Mike von vorhin. Ich nahm mir vor, ihm seinen Wunsch zu erfüllen, aber die Gefahr, von der er gesprochen hatte, beunruhigte mich mehr, als ich mir eingestehen wollte.

10

Imke verließ die Autobahn. Am liebsten wäre sie sofort nach Bröhl durchgefahren, aber ihre Tochter liebte solche Überraschungen nicht. Bestimmt würde sie sich nur wieder überwacht fühlen.

Dass der Umgang mit dem eigenen Kind so kompliziert sein konnte. War es nicht erst gestern gewesen, dass Jette ihr freudestrahlend entgegengelaufen kam, auch wenn sie höchstens eine Stunde lang weg gewesen war? Sie sah die Szene vor sich und merkte, dass sie den Tränen nahe war. Die saßen reichlich locker in letzter Zeit.

Vielleicht machte sich allmählich das Alter bemerkbar. Ihr Vater hatte in seinen letzten Lebensjahren bei jeder Gelegenheit geweint. Und er hatte sich nicht dafür geschämt. Still waren ihm die Tränen über die Wangen gelaufen und manchmal hatte er sie nicht mal weggewischt. Sie hatte ihn dafür nur noch mehr geliebt.

Als das Dorf in Sichtweite kam, fuhr Imke das Fenster herunter, um die frische, kalte Luft auf dem Gesicht zu spüren. Zu Hause. Keine zehn Minuten mehr, und sie würde sich mit einem Kaffee in den Wintergarten setzen und hinaussehen. Und wissen, dass sie endlich wieder da war, wo sie hingehörte.

Sie hatte genug von den vielen fremden Orten. Genug von

den Hotelzimmern, den Klimaanlagen und Teppichböden. Die Frühstücksbüfetts konnten ihr gestohlen bleiben. Ebenso die einsamen Mahlzeiten in den Restaurants und Landgasthöfen.

Selbst im grauen Januarlicht schien von der Mühle ein Leuchten auszugehen. Nichts erinnerte mehr an das verfallene, verrottete Gemäuer, in das Imke sich damals auf den ersten Blick verliebt hatte. Sie hatte es als ihre Aufgabe betrachtet, diesem verwundeten Haus seine Würde zurückzugeben, und genau das hatte sie getan.

Edgar und Molly kamen ihr entgegen, als sie aus dem Wagen stieg. Imke ging in die Hocke, um sie zu streicheln. Sie wollte gern daran glauben, dass die Katzen sie vermisst hatten, aber man merkte ihnen nichts an. Manchmal ließen sie Imke nach einer Reise eine Weile links liegen, als wären sie von ihr enttäuscht, doch das dauerte nie lange.

Sie hob die Reisetasche aus dem Kofferraum und wandte sich zum Haus um. Und da sah sie ihn. Tilo. Er stand in der Tür und grinste sie an. Sie spürte seine Freude und hätte am liebsten die Tasche fallen lassen, um auf ihn zuzurennen.

Doch sie beherrschte sich. Ständig war ihr die verdammte Erziehung im Weg. *Zeig einem Mann nie, wie sehr du ihn begehrst.* Hatte ihre Mutter ihr das beigebracht? Oder war es die Zeit gewesen, in der sie aufgewachsen war? *Mach dich rar, dann wirst du umso mehr geschätzt.* Was für ein Unsinn. Langsam ging Imke auf Tilo zu. Sie freute sich so, dass es wehtat.

Er stieß sich vom Türrahmen ab und breitete die Arme aus. Da ließ Imke die Tasche fallen, lief auf ihn zu und warf ihm die Arme um den Hals. Tilo drückte sie an sich. Er küsste ihr Haar, ihre Schläfen, fand ihren Mund. Ein Hauch von Aftershave haftete noch an seiner Haut. Sie selbst hatte es für ihn ausgesucht. Nicht ganz uneigennützig, denn sie war verrückt nach diesem Duft.

Sie betrachtete Tilos Gesicht. Müde sah er aus. Wahrscheinlich hatte er wieder zu viel gearbeitet. Er opferte sich für seine Patienten auf. Imke kannte und respektierte den hohen Stellenwert, den die Arbeit für ihn besaß. Denn wenn es wirklich darauf ankam, war Tilo für sie da. Und für Jette. Er hatte es mehr als einmal bewiesen.

Er hatte ein Essen vorbereitet. Das rührte sie, denn er konnte nicht besonders gut kochen. Diesmal hatte er sich an einer Reispfanne versucht. Beim Essen erzählte Imke und Tilo hörte ihr zu. Sie genoss seine Aufmerksamkeit und sein Interesse, ließ sich von ihm bedauern und merkte, wie gut ihr das tat. Dieser Mann war ein Geschenk des Himmels. Fast kamen ihr schon wieder die Tränen.

*

Ruben stand an seiner Staffelei und malte. Das Telefon hatte mehrmals geklingelt, aber er hatte die Gespräche nicht angenommen. Wenn er mitten in der Arbeit war, interessierte ihn nichts anderes, dann schloss er die Welt aus seinen Gedanken aus, konzentrierte sich ganz auf das Bild, war nur noch Bewegung, Farbe und Form.

Viele große Maler hatten auf diese Weise gearbeitet, unter einem fast rauschhaften Zwang, der sie Hunger und Durst vergessen ließ, gehetzt und gequält und manchmal, ganz selten, in einem Zustand von Glück. Es gab sie auch heute, die Chagalls, Picassos, Münters und Gauguins. Man traf sie nicht in den Kneipen und Künstlercafés, die wirklichen Kahlos, Modersohn-Beckers, van Goghs und Dalís. Man musste sie suchen. Jeder von ihnen hatte seine eigene Form von Besessenheit. Jeder von ihnen blieb für sich. Wie Ruben.

Wieder malte er Ilka. Mit jedem Bild versuchte er, sie zurückzuholen in sein Bewusstsein, sein Haus, sein Leben. Und mit jedem Bild wurde ihm klarer, dass ihm das nicht gelang. Manchmal malte er ihr Haar und wusste auf einmal nicht mehr, wie es schimmerte. Es kam vor, dass er den Ton ihrer Haut vergaß.

Er hatte vor Enttäuschung und Wut schon die Einrichtung seines Ateliers demoliert. War danach zu einem Häufchen Elend zusammengesunken und nicht fähig gewesen, wieder aufzustehen. Jedes Mal hatte Judith ihn so gefunden. Behutsam hatte sie ihn ins Haus und zum Sofa geführt und ihn mit einer Wolldecke zugedeckt. Sie hatte sich einen Sessel herangezogen und sich zu ihm gesetzt.

Eine Weile hatte sie ihn ruhig angesehen, dann hatte sie sich ein Buch aus dem Regal genommen. Ruben hatte dem Geräusch des Umblätterns gelauscht. Die Augen waren ihm schwer geworden und er war eingeschlafen.

Judith hatte seinen Schlaf bewacht. Sie hatte ihn vor dem Leben draußen abgeschirmt, solange es nötig war, hatte für ihn eingekauft und gekocht und die Mahlzeiten mit ihm eingenommen. Wahrscheinlich hielt sie ihn für den einsamsten Menschen der Welt. Und das war er ja auch. Einsam. Allein.

Es gelang ihm wieder nicht. Er warf Palette und Pinsel auf den Tisch und rieb sich übers Gesicht. Er war in keiner guten Verfassung. Judith hatte ein ausgedehntes Wochenende bei ihrer Familie verbracht. Er war zu lange allein gewesen.

Das Alleinsein konnte einen ganz schön quälen. Wahrscheinlich konnte es einen sogar umbringen, wenn es lange genug dauerte. Vielleicht würde man vorher wie Anne Helmbach, tauschte die Einsamkeit zu Hause gegen die Einsamkeit in einem Heim und dann würde man Schritt für Schritt die Kontrolle verlieren. Bis die Einsamkeit einen völlig unter sich begraben hätte.

Er musste etwas essen, auch wenn er keinen Hunger hatte. Langsam ging er durch den Garten ins Haus. Judith würde erst am späten Nachmittag kommen, nach ihren Vorlesungen. Vielleicht hatte sie Lust, etwas zu kochen und mit ihm zu essen. Manchmal tat es ihm gut, sie erzählen zu lassen und ihr zuzuhören. Er fühlte sich wohl in ihrer Gesellschaft und betrachtete sie gern.

Jeder Schritt fiel ihm schwer. Er fühlte jeden einzelnen Knochen im Leib. So musste es sein, wenn man alt war. Ruben konnte nicht verstehen, warum die meisten Menschen so versessen darauf waren, ein hohes Alter zu erreichen. Er hatte nicht vor, sich selbst dabei zuzusehen, wie er klapprig und hinfällig würde.

In der Küche schmierte er sich ein Brot und brühte sich einen starken schwarzen Tee auf. Teller und Tasse nahm er mit ins Esszimmer und setzte sich an den langen Tisch. Er bot Platz für zwölf Personen und Ruben fühlte sich daran furchtbar verloren.

Die Blumen in der Vase ließen die Köpfe hängen. Sie mussten ausgetauscht werden. Doch selbst das war ihm zu viel. Es war immer so, wenn er malte. Er verzichtete auf alles, auch auf Schlaf. Die Überreiztheit seiner Nerven schlug sich positiv in den Bildern nieder. Sie wurden auf eine atemberaubende Weise intensiv.

Sein Körper jedoch reagierte empfindlich. Ruben fühlte sich krank und ausgelaugt. Seine Augen brannten, seine Lippen waren trocken. Er sehnte sich nach seinem Bett und wusste doch, er würde nicht schlafen können.

Das Brot schmeckte ihm nicht. Trotzdem aß er es auf. Er

durfte seinen Körper nicht unnötig schwächen. Er musste gesund bleiben, denn er hatte ein großes Ziel. Im Geist ging er noch einmal die nächsten Tage durch. Die Möbel für die unteren Räume würden geliefert werden, zuerst die Küchenmöbel, dann die anderen.

Auch für die oberen Räume hatte Ruben ein paar schöne Stücke gefunden. Einen alten Bücherschrank für das Wohnzimmer, eine bemalte Bauernkommode für das Esszimmer, ein großes, schlichtes Bett. Er hatte schon eine Nacht im Haus verbracht und in dem neuen Bett geschlafen. Eigentlich hatte er vorgehabt, es vor der ersten Nacht mit Ilka nicht anzurühren, doch dann hatte ihn die Vorstellung überwältigt, Ilka auf diese Weise näher zu sein.

Er hatte alles ausprobiert. Partys besucht, sich in der Szene herumgetrieben, Mädchen mit nach Hause gebracht. Hin und wieder hatte er sich sogar auf eine Liebesgeschichte eingelassen. Es war ja nicht so, dass er den Frauen nicht gefallen hätte, ganz im Gegenteil. Sie boten sich ihm sogar an. Aber etwas fehlte jedes Mal. Oder war zu viel. Zu wenig Sinn für Humor. Zu viel Eitelkeit. Ein zu lautes Lachen.

Oft waren einfach die Proportionen verschoben. Eine Frau konnte sehr anziehend sein und das Wesentliche nicht erkennen. Sie konnte intelligent sein und keinerlei Gespür für Bilder haben. Über all das, dachte Ruben, könnte ich hinwegsehen. Wenn es Ilka nicht gäbe.

Er stand auf, ging in die Küche und machte sich noch eine Tasse Tee. Er trank ihn am liebsten stark und süß, vor allem dann, wenn er erschöpft war. Wärme schien durch seine Glieder zu fließen und ihn zu entspannen, während das Koffein die Spannung in seinem Kopf wieder aufbaute und der Zucker ihn kräftigte.

Die Tasse in der Hand, trat er ans Fenster und sah hinaus.

Die Skulpturen, die er hier und da aufgestellt hatte, waren von Grünspan überzogen, verwitterte Figuren, die dem Garten etwas Geheimnisvolles gaben. Er würde sie zurücklassen. Sie gehörten zu dem abgeschlossenen Teil seines Lebens.

Er ging zurück ins Atelier, atmete den unvergleichlichen Geruch der Farben und Lösungsmittel ein. Nicht mehr lange, dachte er und griff nach Palette und Pinsel. Nicht mehr lange, und ich habe sie vor mir, wann immer ich sie malen will. Er lächelte, spürte das Lächeln und freute sich daran.

*

Er war so beschäftigt, dass er sie nicht bemerkte. Judith blieb eine Weile an der Mauer zum Nachbargrundstück stehen und beobachtete ihn. Er stand im hellen Licht der Lampen, und seine raschen Bewegungen zeigten, dass er mitten in einem Schub war. So nannte sie es für sich. Wenn er in einem Schub war, hatte es keinen Sinn, ihn anzusprechen, dann antwortete er mechanisch, ohne den Sinn seiner eigenen Worte zu begreifen.

Seit gut zwei Jahren hatte sie diesen Job bei ihm. Das heißt, ein einfacher Job war es längst nicht mehr. Eigentlich beanspruchte Ruben sie rund um die Uhr. Judith hatte nicht gewusst, worauf sie sich da einließ, als sie sich bewarb. Damals. Es schien ewig her zu sein.

Er hatte ihr auf Anhieb gefallen. Vor allem seine dunkle, weiche Stimme. Die war ihr unter die Haut gegangen. Noch heute hatte sie diese Wirkung auf sie. Dabei war überhaupt nicht wichtig, was Ruben sagte. Er brauchte sich nur zu räuspern oder vor sich hin zu summen, und schon war sie verloren.

Gleich zu Anfang hatten sie beschlossen, einander zu duzen. Ruben war ja nicht viel älter als sie. Es hatte sie zutiefst beeindruckt, dass er in so jungen Jahren bereits ein dermaßen erfolgreicher Maler war. Sein Geld und seine Selbstsicherheit hatten sie zunächst eingeschüchtert. Aber Ruben hatte bloß gelacht.

»Geld!« Er hatte verächtlich den Mund verzogen. »Geld ist nur aus einem Grund wichtig – es schenkt dir Freiheit. Du kannst dir alles erlauben, kannst tun und lassen, was du willst. Und du kannst dir jeden Traum erfüllen.«

Bei den letzten Worten war seine Miene grimmig geworden. Aber dann war wieder dieses Lächeln über sein Gesicht geglitten. Wenn er lächelte, wurde die Welt gleich ein bisschen schöner.

Anfangs hatte Judith nur geputzt. Dann war immer mehr hinzugekommen. Sie hatte sich um Rubens Post gekümmert, seine Einkäufe erledigt, für ihn gekocht, die Telefongespräche angenommen, seine Termine geplant. Ganz allmählich war sie ihm unentbehrlich geworden.

»Das ist Judith, meine rechte und linke Hand«, so stellte er sie manchmal vor.

Und tatsächlich war sie das. Seine rechte Hand. Und seine linke. Er kümmerte sich nämlich bald um gar nichts mehr, nur noch um seine Malerei.

»Halt mir die Leute vom Leib«, sagte er. Und verkroch sich in seinem Atelier. Oft für Stunden, manchmal für Tage.

Judith tat, was sie konnte. Immer in dem Gefühl, es sei nicht genug. Wenn er sehr müde aussah, gab sie sich die Schuld. Sie hätte besser für ihn sorgen müssen, hätte ihn überreden sollen, sich zu entspannen, hätte…

Ob er sie nur deshalb nicht wirklich wahrnahm, weil es ihr nicht gelang, perfekt zu sein? Viele Männer hatten sich schon in sie verliebt. Ihr Haar war lang und blond und hatte, wenn

Licht darauf fiel, einen silbrigen Glanz. Ihre Haut war hell und makellos, ihr Körper schlank und durchtrainiert. Sie investierte viel Zeit im Fitnessstudio, um… ja, um was?

Um Ruben auf sich aufmerksam zu machen. Um ihm zu zeigen, dass sie mehr war als das Mädchen, das sein Leben organisierte. Aber er bemerkte sie nicht. Nicht wirklich. Wenn er sie ansah, war es, als schaue ein Bruder seine Schwester an. Da war Zuneigung, Nähe, Vertrauen, aber es fehlte das, was sie sich am meisten ersehnte: Begehren.

Egal wie sorgfältig sie sich anzog, es ließ ihn kalt. Miniröcke, hautenge Hosen, transparente Blusen, schmeichelnde Stoffe, sie hatte alles ausprobiert. Gegen *das Mädchen* kam sie nicht an.

Wie sie da so im Garten stand und ihn beobachtete, zog sich etwas in ihr zu einem kleinen, schmerzenden Punkt zusammen. Sie schlang die Arme um den Körper. Sieben Grad unter Null. Ihr Atem stand weiß vor ihr in der frostigen Luft.

Nicht mal über ein langes Wochenende konnte sie ihn allein lassen. Sogar von hier aus erkannte sie, dass er abgenommen hatte. Er magerte schnell ab. Ein paar Tage ohne regelmäßige Mahlzeiten, und seine Wangen wirkten wie eingefallen. Sie riss sich zusammen und durchquerte eilig den Garten.

Er sah sie, bevor sie klopfen konnte, und machte ihr die Tür auf.

»Um Himmels willen, Judith, du bist ja ganz durchgefroren!«

Er zog sie an sich, rieb ihr den Rücken. Die plötzliche Nähe machte ihr zu schaffen. Sie roch Farbe und Terpentin und nahm darunter schwach den Duft seiner Haut wahr. Ihre Wange lag an seiner Schulter. Eine Winzigkeit weiter nach rechts, und sie könnte seinen Hals küssen und…

Rasch machte sie sich von ihm los.

Er sah schlecht aus, blass, überarbeitet und dünn. Die Haut unter seinen Augen hatte eine bläulich violette Färbung angenommen, wie immer wenn er zu wenig geschlafen und gegessen hatte. Sein linkes Augenlid zuckte. Er schien unter großem Stress zu stehen.

»Wann hast du zum letzten Mal was gegessen?«, fragte sie.

Er zuckte mit den Schultern.

»Heute? Gestern?«

Er antwortete nicht, wich ihr aus, wie immer. Seufzend sah sie sich um. An den Wänden entlang standen neue Bilder aufgereiht, zum Teil fertig, zum Teil erst angefangen. Er musste pausenlos gearbeitet haben.

»Und wann hast du geschlafen?«, fragte sie.

»Herrgott noch mal! Ist das hier die Inquisition oder was? Ich hab ein Brot gegessen. Und Tee getrunken. Heute.«

Er konnte sie im einen Augenblick anbrüllen und im nächsten zerknirscht um Verzeihung bitten. Sie hatte sich daran gewöhnt. Trotzdem meldete sich manchmal leise die Angst in ihr. Wenn er die Beherrschung verlor, dann war er nicht mehr er selbst. Einmal hatte er einen Stuhl an der Wand zerschlagen und einmal den Küchentisch zertrümmert.

Dann wieder war er ganz sanft. Konnte sie mit seiner freundlichsten Stimme umschmeicheln, sie mit einem Lächeln entwaffnen. Sie war ihm ausgeliefert. Und froh, dass er nichts davon zu wissen schien.

Ruben wusste kaum etwas über sie. Er nahm keinen Anteil an den Menschen, blieb auch in persönlichen Gesprächen seltsam unberührt. Als wäre er ein Wesen von einem fremden Stern, ausgestattet mit einer vollkommenen menschlichen Hülle, innerlich jedoch ganz und gar leer.

»Was hältst du von einem schönen heißen Tee und Rührei mit Schinken und Pilzen?«

Sie wusste, dass er dazu nicht Nein sagen würde. Mit Rührei konnte man ihn immer locken und mit Tee sowieso. Außerdem hatte er ein schlechtes Gewissen, weil er sie angeschnauzt hatte. Er würde ihr jetzt so leicht nichts abschlagen.

»Okay.« Er nickte gleichgültig und wandte sich dem Bild auf der Staffelei wieder zu.

Judith brauchte nicht hinzusehen, um zu wissen, was er malte. Das Mädchen, was sonst? Wunderschön und geheimnisvoll, mal in sich gekehrt, mal ausgelassen, mal kindlich, sehr jung, mal sinnlich und verführerisch. Und dann gab es Bilder, die sie traurig zeigten, mit einem Ausdruck in den Augen, der einen frösteln ließ.

An manchen Tagen hatte Ruben sie verzerrt und entstellt, die Gesichtszüge verschoben, ein Auge auf die Stirn gesetzt, die Lippen auf die Wange, halb Mensch, halb Ungeheuer aus ihr gemacht. Das waren Tage, an denen er krank war vor Unruhe, an denen Judith ihn nicht ansprechen durfte, an denen sie aneinander vorbeiliefen wie Fremde.

Es hatte eine Zeit gegeben, da war Judith eifersüchtig gewesen. Inzwischen hasste sie das Mädchen mit den großen, verträumten Augen. Wie sollte sie gegen eine Rivalin kämpfen, die körperlos war, die nur auf Rubens Bildern Gestalt annahm? Was hatte sie ihr entgegenzusetzen? Nichts.

Sie verließ das Atelier und zog leise die Tür hinter sich zu. Ruben war ausgehungert und sie würde ihm etwas zu essen machen. Für ihn zu sorgen, war ihre Möglichkeit, ihm nah zu sein. Eine bescheidene Nähe, ein winzig kleines Glück, aber mehr würde sie im Augenblick nicht bekommen.

Auf dem Weg durch den Garten schaute sie sich noch einmal um. Ruben stand an der Staffelei, leicht nach vorn gebeugt. Wie vorhin. Es war, als hätte es ihre kurze Begegnung überhaupt nicht gegeben.

*

Endlich wieder allein. Jedes Wort war jetzt wie ein Schlag, jeder Blick zu viel. Er mochte Judith, aber in solchen Momenten war selbst ihre Gegenwart schwer zu ertragen. Er malte in einem atemlosen Tempo. Seine Finger schienen sich unabhängig von seinen Gedanken zu bewegen. Als wüssten sie, welche Linie sie zeichnen sollten. Blindlings fanden sie sich zurecht, tupften Lichtflecken, ließen Schatten entstehen.

Ilka sah ihn an. Ruben betrachtete ihr Haar, das beinah zu üppig war für ihr schmales Gesicht. Er hatte Lust, mit beiden Händen hineinzugreifen. Warf Palette und Pinsel auf den Tisch. Streckte die Hände aus. Und ließ sie hilflos in der Luft.

Er hörte ein Stöhnen und bemerkte, dass es aus seinem eigenen Mund kam. Es klang qualvoll und so verzweifelt, dass er erschrak. Seine Hände verharrten immer noch, wie losgelöst von seinem Körper, in der Luft. Da war kein Haar, das sie berühren konnten. Da war nur nasse Leinwand, sonst nichts.

Auch der Schrei, den Ruben hörte, musste aus seinem Innern kommen, denn außer ihm war ja niemand hier. Er fühlte ihn nicht, registrierte ihn nur. Sein Hals tat weh vor Traurigkeit. Er griff nach der Leinwand, hob sie hoch und schleuderte sie gegen das Fenster. Sie prallte ab, schlug auf dem Tisch auf, warf die Gläser mit dem Farbpulver um und fiel polternd zu Boden.

Dann war Ruhe. Eine Stille, so intensiv, dass sie Ruben in den Ohren rauschte. Am Fenster ein farbiger Streifen, mit voller Wucht von oben nach unten über das schwarze Glas gezogen.

Ruben stand keuchend da. Der Ausbruch hatte nichts an seiner Verzweiflung geändert, hatte ihn bloß Kraft gekostet. Er hörte Judiths Stimme, die ihn zum Essen rief, ließ alles, wie es war, und stolperte in die Dunkelheit hinaus. Die Kälte tat ihm gut und brachte ihn wieder zur Besinnung. Es war Zeit. Er konnte nicht mehr lange warten.

11

Ich konnte das, was Mike mir anvertraut hatte, nicht aus meinem Gedächtnis radieren, ich konnte es nicht mal für mich behalten. Merle und ich hatten nie Geheimnisse voreinander gehabt. Wie gefährlich es sein konnte, gegen diese Regel zu verstoßen, hatten wir schmerzlich erfahren.

Meine Mutter hatte sich von ihrer Lesereise zurückgemeldet und selbst bei uns eingeladen. Merle hatte zur Feier des Tages einen Kuchen gebacken. Sie stellte ihn auf den Küchentisch und betrachtete ihn wohlwollend.

»Hut ab!«, sagte sie. »Ich hätte nie gedacht, dass sie es einen ganzen Tag aushält, ohne ihr Küken in die Arme zu schließen.«

Ihre Ironie war nicht so beißend wie sonst. Merle mochte meine Mutter. Sie fand sie zwar hin und wieder ein bisschen anstrengend, aber auch großherzig und tolerant. Noch lieber war ihr meine Großmutter, was auf Gegenseitigkeit beruhte, doch die beiden bekamen sich nur selten zu Gesicht.

Während wir auf meine Mutter warteten, erzählte ich ihr von dem Gespräch mit Mike. Sie pulte eine Rosine aus dem Kuchen und knabberte daran. Ihre gerunzelte Stirn zeigte mir, dass sie konzentriert zuhörte.

»Kannst du dir vorstellen«, fragte ich sie, als ich fertig war, »dass jemand einen Haufen Probleme mit sich rumschleppt, und die Menschen in seiner Umgebung kriegen nichts davon mit?«

Ich hatte den Satz kaum ausgesprochen, da wurde mir heiß und kalt. War es mit Caro nicht ähnlich gewesen? Hätten wir damals genauer hingeguckt...

»Wenn Ilka so weit ist, wird sie mit Mike reden. Oder mit uns.«

»Und wenn nicht?«

»Dann nicht.« Merle pulte noch eine Rosine aus dem Kuchen und betrachtete sie nachdenklich. »Es ist ihre Entscheidung.«

Es klingelte. Zweimal. Kurz und energisch. Pünktlich auf die Minute. Ich stand auf, ging zur Wohnungstür und drückte nachdenklich auf den Summer. Merle hatte Recht. Wenn wir uns Ilka nicht aufdrängten, würde sie sich uns vielleicht von selbst anvertrauen.

Mit der Leichtfüßigkeit eines Mädchens stieg meine Mutter die Treppen hoch. Sie machte keine Pause und geriet nicht außer Atem. Im Gegenteil. Fröhlich summte sie eine Melodie vor sich hin. Sie war nicht immer so gewesen. Es lag an Tilo. Er hatte aus ihr wieder eine glückliche Frau gemacht.

»Hallo, Süße.« Sie nahm mich in die Arme. Dann hielt sie mich ein Stück von sich ab und erforschte mein Gesicht. »Wie geht es dir?«, fragte sie leise.

»Prächtig.« Ich nahm ihr die Tasche ab, die wieder mal verdächtig schwer war. Insgeheim schien meine Mutter immer noch zu befürchten, Merle und ich könnten verhungern.

»Hab ich von meiner Reise mitgebracht«, sagte sie. »Alles regionale Schmankerln, ein luftgetrockneter Schinken, hausgemachte Marmelade, Griebenschmalz, Holundersaft, Bienenwachskerzen...«

Abrupt blieb sie stehen.

»Gefällt's dir?« Ich merkte, mit welchem Stolz ich ihr die renovierte Wohnung präsentierte. Das hier war ein Teil von mir. Er hatte mit ihr nichts mehr zu tun. Ich bastelte an meinem eigenen Leben.

Diese Gedanken gingen ihr wohl auch durch den Kopf, denn ich sah Tränen in ihren Augen. Sie wandte sich ab, betrachtete die Bilder an den Wänden eine Spur zu intensiv. Dann hatte sie sich wieder gefasst und drehte sich zu mir um.

»Wie hell und freundlich jetzt alles ist.«

Der Kaffee dampfte schon in den Tassen. Merle hatte den Kuchen angeschnitten und jedem ein Stück auf den Teller gelegt. Meine Mutter umarmte sie, vergewisserte sich, dass auch mit ihr alles in Ordnung war, erst dann setzten wir uns an den Tisch.

»Und?«, fragte meine Mutter. »Wie ist er denn so, euer Mike? Ist er nicht da? Ich bin fürchterlich neugierig auf ihn.«

»Er kommt später«, sagte ich. »Vielleicht bringt er Ilka mit. Die beiden werden dir gefallen.«

Meine Mutter nickte. Man sah ihr die Anstrengungen der Lesereise an. Sie war blass und wirkte angespannt. Richtig wohl fühlte sie sich nur zu Hause an ihrem Computer, wo sie sich ihre eigenen Welten erfinden konnte, statt sich mit der abzugeben, die sie um sich herum vorfand.

»Wie versteht ihr euch denn?«, fragte sie.

»Bestens!«, sagte Mike. Er war unbemerkt hereingekommen, und stand nun an den Türpfosten gelehnt, ein paar Schneeflocken im Haar und auf den Schultern. Er lächelte und eroberte das Herz meiner Mutter im Sturm.

Sie stand auf und hielt ihm die Hand hin. »Ich bin Jettes Mutter. Meine Tochter hat mir viel von Ihnen erzählt.«

Das war glatt gelogen. Mike grinste mich an, löste sich

vom Türrahmen und nahm ihre Hand. »Störe ich?«, fragte er.

»Quatsch.« Merle hasste Höflichkeitsfloskeln. »Hol dir einen Kaffee und setz dich.«

»Meine Freundin ist ein Fan von Ihnen«, sagte Mike zu meiner Mutter. »Sie hat jedes Ihrer Bücher verschlungen.«

Das war mir neu. Auch Merle schien nichts davon zu wissen, ich sah es an ihrem erstaunten Blick. Wäre es nicht das Selbstverständlichste von der Welt gewesen, das mal zu erwähnen?

»Ich habe auch zwei gelesen«, fuhr Mike fort. »*Aufrechter Gang* und *Falsche Gefühle*. Eigentlich bin ich kein Liebhaber von Krimis, aber sie haben mir gefallen.«

»Das freut mich«, sagte meine Mutter.

Ich befürchtete, sie würde darauf einsteigen und sich in ein Gespräch über ihre Bücher verwickeln lassen, doch sie war vollauf damit beschäftigt, Mike zu beobachten und sich ein Bild von ihm zu machen.

Er war nicht in Höchstform, nicht so geistreich und mitteilsam wie sonst. Vielleicht hatte er sich mit Ilka gestritten. Merkwürdig, dass sie nicht mitgekommen war.

»Wo ist Ilka?«, fragte Merle da auch schon.

»Besucht ihre Mutter«, sagte Mike knapp. »Natürlich ohne mich. Wissen Sie«, er wandte sich an meine Mutter, »sie ist verdammt eigensinnig. Das macht das Zusammenleben nicht gerade leichter.«

»Aber doch interessanter«, sagte meine Mutter.

»Mag sein.« Mike nickte wie ein weiser alter Mann. »Allerdings ist der Preis dafür ziemlich hoch.«

»Aber Sie zahlen ihn.« Dieser rasche Vorstoß ins Private war für meine Mutter sehr ungewöhnlich. Sie hielt sich sonst eher zurück.

»Bitte duzen Sie mich.« Mike stand auf. »Seid mir nicht böse, aber ich lege mich ein bisschen hin.« Er sah plötzlich erschöpft aus. Sogar seine Schultern und Arme schienen vor Müdigkeit schlaff geworden zu sein. An der Tür drehte er sich noch einmal um. »Ja«, sagte er. »Ich würde jeden Preis zahlen.«

»Eigentlich ist er gar nicht so… so…« Ich wusste nicht, wie ich sein Verhalten beschreiben sollte.

»So verzweifelt?« Meine Mutter trank ihren Kaffee aus. »Oder habt ihr das nur noch nicht bemerkt?«

*

»Ich hatte solche Sehnsucht nach dir.« Ilka beugte sich zu ihrer Mutter hinunter und küsste sie auf die Wange. Fast war ihr, als fühlte sie einen leichten Gegendruck, als antwortete die Mutter auf ihre Zärtlichkeit. Doch das war wahrscheinlich bloß Einbildung.

»Es ist so kalt draußen. Bei dir ist es immer warm.« Sie meinte damit nicht das kleine, überheizte Zimmer oder die langen Flure, in denen sich die stickige Luft staute. Obwohl Anne Helmbach nur still dasaß, ging von ihr etwas aus, das Ilka tröstete.

»Ich hab Mike von dir erzählt. Er würde dich gern kennen lernen.«

Anne Helmbach hielt den Blick auf das Fenster gerichtet. Draußen hüpfte eine Drossel über den gefrorenen Rasen.

»Hättest du auch Lust dazu? Er ist… du brauchst ihm nur in die Augen zu gucken und weißt, was für ein besonderer Mensch er ist.«

Ilka packte die Plätzchen aus, die sie ihrer Mutter mitgebracht hatte. Beim Knistern des Papiers wurde Anne Helmbach kurz unruhig. Doch sie wandte den Blick nicht vom Fenster ab.

»Schau mal. Schokoladentaler. Ich hab sie nach einem von deinen Rezepten gebacken.« Sie waren mit Johannisbeergelee gefüllt und mit Zartbitterschokolade überzogen. Ihr Duft erfüllte augenblicklich den ganzen Raum. »Möchtest du?«

Ilka hielt der Mutter die Tüte hin. Anne Helmbach reagierte nicht. An der leeren Tasse auf dem Tisch und dem Teller mit den Krümeln konnte Ilka erkennen, dass ihre Mutter bereits irgendwas zum Kaffee gegessen haben musste. Sie verschloss die Tüte wieder und stellte sie auf den Tisch.

Anne Helmbach trug eine schwarze Hose und einen schwarzen Pullover, dazu einen blaugrünen Seidenschal. Sie hatte immer Wert auf Kleidung gelegt und ihren guten Geschmack nicht verloren. Meistens zog sie sich allein an. Man musste sie nur dazu auffordern, weil sie es sonst vergaß.

Das schwarze Samtband, das ihr Haar im Nacken zusammenhielt, hatte sich gelockert. Einige Strähnen hatten sich gelöst und hingen ihr nun ins Gesicht.

»Soll ich dir das Haar ein bisschen bürsten?«, fragte Ilka. Sie ging in das kleine Bad nebenan, holte die Bürste und stellte sich hinter den Sessel der Mutter. Vorsichtig zog sie das Band ab. Anne Helmbach seufzte und schloss die Augen.

»Wir sollten mal zum Friseur hier unten im Haus gehen und dir das Haar wieder kurz schneiden lassen. So hast du es doch immer am liebsten getragen. Es ist dann auch viel leichter zu pflegen. Du brauchst es nur zu waschen, und fertig.«

Anne Helmbach legte den Kopf zurück, öffnete die Augen und sah ihre Tochter an. Ilka stockte der Atem. Doch dann merkte sie, dass der Blick der Mutter durch sie hindurchging, als wäre sie überhaupt nicht da.

»Lass dir Zeit, Mama«, sagte sie. »Niemand drängt dich.« Sie beugte sich vor und nahm ihre Mutter in die Arme. Summte ein Kinderlied, das die Mutter ihr früher oft vorgesungen hatte, wiegte sie. Anne Helmbach überließ sich den Bewegungen. Speichel floss ihr aus dem Mund und versickerte in der roten Wolle von Ilkas Ärmel.

*

Alles war fertig, alles bereit. Vor dem dunkelnden Himmel erhob sich das Haus wie eine Festung. Ruben fuhr die Auffahrt entlang und parkte vor der Garage, die wie ein eigenes kleines Haus war, eine Miniaturausgabe des eigentlichen Gebäudes.

Ein idealer Ort. Die nächsten Häuser waren weit genug entfernt. Niemand würde hier hinter einer Gardine lauern und ihn beobachten, niemand sein Kommen und Gehen vermerken, niemand etwas hören.

Die Haustür öffnete sich mit einem leisen Quietschen. Ruben nahm sich vor, sie zu ölen. Alles sollte perfekt sein. Er würde keinen Makel dulden.

Das schwindende Licht gab den Räumen etwas Geheimnisvolles. Nichts wirkte düster oder bedrohlich, eher so, als würde eine andere Welt erschlossen, eine Welt der Schatten, der Ruhe und Geborgenheit.

Ruben hatte die Dämmerung schon immer geliebt. Er hatte sich noch nie im Wald gefürchtet, in Kellerräumen oder auf Speichern. Die Tiere der Dunkelheit faszinierten ihn, Spinnen, Fledermäuse, Katzen. Hätte er an einen Gott geglaubt, wäre es der Gott der Finsternis gewesen. Aber er glaubte nicht. Nur an sich selbst. Denn nur auf sich selbst konnte er sich verlassen, auf niemanden sonst.

Noch einmal wanderte er durch die Räume, um zu prüfen, ob er nichts vergessen hatte. Nein. Alles war an Ort und Stelle, alles hatte er bedacht, jede Vorbereitung getroffen, die nötig war. Er würde jetzt anfangen, ein paar Sachen zu packen und hierher zu schaffen.

Als er über die Landstraße fuhr, war ihm seltsam feierlich zumute. Er lächelte vor sich hin. Wenn sein Vater das noch erlebt hätte …

*

Das Computerspiel zog sich furchtbar in die Länge. Sie saßen in Leos Zimmer. Der Wellensittich krakeelte gegen die Geräusche an, die Zwillinge bombardierten sich mit gemeinen Bemerkungen, und Rhena rückte so nah an Mike heran, dass er nicht weiter ausweichen konnte, ohne vom Stuhl zu fallen.

Endlich erlöste ihn Ilka. Sie hatte ihm erlaubt, sie zur Therapie zu bringen (»bis vor die Tür, und da lieferst du mich ab, ja?«). Das war nicht viel, aber es war ein erster Schritt. Als Nächstes würde sie ihm vielleicht verraten, warum sie die Therapie überhaupt machte.

Sie gingen zu Fuß, Hand in Hand, und die Leute, die ihnen entgegenkamen, lächelten, wie man lächelt, wenn man einem Liebespaar begegnet. Ilka war sehr blass. Sie fürchtete sich vor den Sitzungen, das hatte sie ihm neulich anvertraut. Ihre Hand war eiskalt.

»Ich frage mich, ob alle Therapeuten diesen Röntgenblick haben«, sagte sie. »Du kannst nichts verheimlichen, nicht auf Dauer. Ich hab Angst davor, dass Lara alles hervorzerrt, was ich sorgfältig in mir versteckt habe.«

»Sieh es als Chance«, sagte Mike. »Wenn sie eine gute Therapeutin ist, wird sie dir helfen.«

»Kann sie das nicht, ohne in meinen Geheimnissen herumzustochern?« Ilka nahm die Mütze ab, schüttelte ihr Haar aus und setzte die Mütze wieder auf.

Mike hatte Lust, sie zu küssen. Er tat es nicht.

»Ist das nicht der Sinn einer Psychotherapie?«

Das Haus wirkte freundlich und einladend. In allen Fenstern war Licht. Sie blieben stehen und schauten beide wie gebannt auf die Tür.

»Komm.« Ilka zog Mike weiter. »Wir haben noch ein bisschen Zeit.«

Mike war es recht. Er wäre hundert Jahre mit Ilka durch die Gegend gelaufen. Hauptsache, sie waren zusammen und er musste sich nicht fragen, wo sie war und was sie gerade tun mochte. Seine Eifersucht nahm nicht ab. Sie schien eher noch zu wachsen. So viele Fragen lagen ihm auf der Zunge. So viele Unsicherheiten schleppte er mit sich herum.

»Eigentlich war es Tante Marei, die mich hierher geschickt hat«, sagte Ilka. »Sie macht sich ständig Sorgen um mich.«

Brave Tante Marei, dachte Mike. Pass gut auf sie auf.

»Ist es denn nicht völlig normal, dass ein Mensch sich verändert, wenn er seine Eltern bei einem Unfall verliert?«

»Aber deine Mutter lebt doch.«

Mike biss sich auf die Unterlippe. Er hätte sich ohrfeigen mögen.

»Verloren habe ich sie trotzdem.«

Mike blieb stehen. Er nahm Ilkas Gesicht in die Hände. Ihre Nasenspitze war rot. Er küsste sie. Sie war eiszapfenkalt.

»Erzähl mir von deiner Mutter. Hab doch Vertrauen zu mir.«

»Ich vertrau dir ja, Mike.« Sie wich seinem Blick nicht aus.

Legte ihre Hände über seine und sah ihm in die Augen. »Aber die Wahrheit ist ziemlich schwer auszuhalten.«

»Habe ich dich je mit meinen Fragen in die Enge getrieben?«

»Nein.« Sie lachte leise. »Dann wär ich nicht mehr bei dir.«

»Ich halte die Wahrheit aus«, sagte er. »Was ich nicht ertrage, ist dein Schweigen. Ich will dich doch kennen lernen, auch die schwierigen Seiten an dir.«

Ilka zog seinen Kopf zu sich herunter und küsste ihn. Sie schmeckte nach Pfefferminz und ein bisschen nach Schokolade. »Du weißt nicht, worauf du dich da einlässt«, flüsterte sie. Ihre Augen waren ganz nah. Ihr Atem strich ihm warm übers Gesicht. »Es gibt Dinge, die hab ich noch nie erzählt. Sie sind… unaussprechlich.«

»In guten wie in schlechten Zeiten.« Mike grinste. »Haben wir uns das nicht mal geschworen?«

Sie schüttelte lächelnd den Kopf. »Da musst du mich verwechseln.«

»Dann tun wir das eben jetzt.«

Ilka küsste ihn noch einmal. Lange. »Danke, Mike.«

Er hielt sie fest. Am liebsten hätte er sie nie mehr losgelassen. »Kommst du nach der Sitzung zu mir?« Er zog ihr die Mütze ab und knabberte an ihrem Ohr.

Sie hielt es kaum aus, kicherte, drehte den Kopf zur Seite. »Ja.«

»Und bleibst die ganze Nacht?«

»Ja.«

»Und…«

»Ja.«

Mike hob sie hoch und wirbelte sie herum, bis ihnen beiden schwindlig war. Dann begleitete er sie zu dem kleinen gelben Haus zurück. Er sah ihr nach, wie sie den Gartenweg entlangging. Sah, wie sich die Tür öffnete. Bevor sie in das gelbe Licht des Flurs eintrat, drehte Ilka sich noch einmal um und winkte ihm zu.

*

Es ist mitten in der Nacht, als Ruben sie weckt. Er sitzt bei ihr auf der Bettkante und streichelt ihren Arm. Vom Flur fällt Licht ins Zimmer. Und dann ein Schatten. Jemand steht in der Tür. Ein Polizist. Er hält seine Mütze in den Händen.

Ilka weiß sofort, dass etwas mit den Eltern ist. Sie weiß auch, dass sie diesen Moment nie vergessen wird. Nicht den Lichtstreifen, der quer über ihrem Bett liegt, nicht Ruben, wie er dasitzt und sie anstarrt, nicht den fremden Mann, der mit irgendwem flüstert, und nicht das Gefühl der Leere, das sich in ihr ausbreitet.

Die Eltern hatten einen Unfall mit dem Auto. Der Vater ist an der Unglücksstelle gestorben. Die Mutter hat man ins Krankenhaus gebracht.

Der Hausarzt kommt und gibt Ilka eine Beruhigungsspritze. Bevor sie einschläft, sieht sie Frau Liepoldt, die Nachbarin, die sich leise mit dem Polizisten unterhält.

Am nächsten Morgen ist Frau Liepoldt immer noch da. Sie hat Frühstück gemacht, doch keiner rührt es an. Ruben ist kreideweiß. Er hat sich übergeben. Ilka hat es bis in ihr Zimmer gehört. Sie sitzt reglos am Tisch und registriert alles, was um sie herum geschieht, mit einer erbarmungslosen Deutlichkeit.

Frau Liepoldts Gesicht ist fleckig, ihre Augen sind verquollen. Sie hat sich nicht umgezogen. Ihre Bluse ist zerknautscht und nicht mehr ganz sauber. Ruben kaut an den Fingernägeln. Das Geräusch zerrt an Frau Liepoldts Nerven, denn sie zuckt jedes Mal zusammen, wenn ein Nagel bricht.

Es regnet. Die Fensterscheiben sind übersät mit großen und

kleinen Tropfen. Der Hund liegt an der Terrassentür. Ab und zu hebt er den Kopf und winselt leise. Er spürt, dass etwas nicht stimmt. Die wilde graue Katze, die sonst immer draußen auf ihr Futter wartet, ist nicht da. Vielleicht ist ihr auch etwas passiert.

Ilka will aufstehen, aber die Beine gehorchen ihr nicht. Sie stützt sich auf den Tisch, verliert fast das Gleichgewicht und plötzlich schießen ihr die Tränen in die Augen. Sie weint und weint, kann gar nicht mehr aufhören.

Frau Liepoldt zieht sie an sich. »Alles ist gut, meine Kleine, alles ist gut.«

Aber Ilka weiß, dass nichts gut ist oder je wieder gut werden wird. Und sie fühlt sich erbärmlich, weil sie sich trösten lässt, obwohl sie doch nur um die Katze weint.

»Ilka? Möchten Sie ein Glas Wasser?«

Laras Stimme. Sie holte Ilka zurück in diesen schönen Raum, der in der Dämmerung, erhellt von vielen kleinen, überall verteilten Lichtern, einen ganz anderen Zauber entfaltete als bei Sonnenschein.

Ilka nickte. Ein Glas Wasser würde ihr vielleicht helfen, ihre Gedanken wieder zu sortieren. Sie durfte sich nicht so von der Vergangenheit überfallen lassen. Das machte sie zu einem offenen Buch. Sie hatte keine Ahnung, ob und was sie während solcher Phasen redete.

»Später konnte ich um meine Eltern weinen«, sagte sie, als Lara ihr wieder gegenübersaß.

»Ist Ihre Mutter an den Folgen des Unfalls gestorben?«, fragte Lara.

Wie viel hatte sie verraten?

»Nein. Meine Mutter ist nicht gestorben. Nicht äußerlich.«

»Das heißt?«

»Sie nimmt am Leben nicht mehr teil. Etwas in ihr ist tot und begraben.«

»Lebt sie in einem Heim?«

Das hörte sich so endgültig an. Als wäre damit das Todesurteil unterschrieben. Deshalb hatte sie nie darüber reden wollen.

»Ja! Sie lebt in einem Heim! Und ich besuche sie, sooft ich kann! Aber sie spricht nicht mit mir! Und keiner weiß, ob sich ihr Zustand jemals ändern wird! Ja! In einem Heim! Und ich vermisse sie jeden und jeden Tag! Weil ich keine Ahnung habe, wie ich ohne sie erwachsen werden soll! Weil ich sie brauche! Und lieb hab! Und nicht will, dass sie damals mit meinem Vater gestorben ist! Und das alles wollte ich Ihnen überhaupt nicht erzählen!«

Sie war laut geworden. War aufgesprungen und im Zimmer hin und her gelaufen. Jetzt stand sie am Schreibtisch und sah Lara nur noch durch einen Tränenschleier.

Lara saß da und wartete. Worauf, zum Teufel, wartete sie? Darauf, dass Ilka sich beruhigte? Darauf, dass sie weitersprach? Wollte sie auch all die anderen Geheimnisse aus ihr herauskitzeln?

»Da können Sie lange warten!«

Ilka drehte sich um und ging zur Tür.

Lara kam ihr nach. »Sie sind meine letzte Patientin für heute, Ilka. Was halten Sie von einer Tasse Tee?«

Tee! Als wäre das ein Allheilmittel. Nicht mal der teuerste und beste aller Tees würde ihr helfen. Lara hatte ja keinen Schimmer, wie es in ihr aussah! Ilka schnappte sich ihre Jacke, riss die Tür auf und stürzte hinaus. Im Laufen zog sie die Jacke an. Sie hörte, dass Lara ihren Namen rief. Spürte die wohltuende Kälte.

Sie hatte nur einen Wunsch – durch die Straßen zu laufen, bis sie wieder klar denken könnte. Und dann zu Mike zu gehen. Sie brauchte jetzt keine Worte. Sie brauchte Mike. Seine Wärme, seine Berührungen.

»Mike«, murmelte sie. »Lieber Mike.«

12

»Was ist los?«, fragte Merle ungnädig. Sie kniete auf dem Fußboden und beschriftete ein Plakat für eine Tierschutzdemo. Das war für sie eine heilige Tätigkeit, und sie nahm es sehr übel, wenn man sie dabei störte. Sie war bis *Freiheit* gekommen und hatte schon einen roten Klecks auf der Wange und einen auf der Stirn. »Ich muss mich höllisch konzentrieren, damit ich die Buchstaben nicht verwackle. Das kann ich aber nicht, wenn du ständig durch die Küche latschst und einen Seufzer nach dem andern ausstößt.«

»Ilka ist immer noch nicht da«, sagte Mike und setzte sich an den Tisch.

»Wann wollte sie denn kommen?«, fragte Merle im Tonfall einer Mutter, die sich sehr zusammennehmen muss, um ihren quengelnden Sprössling nicht anzubrüllen.

»Vor einer halben Stunde.« Mike kippelte mit dem Stuhl, dabei war er der roten Farbe gefährlich nah.

Merle schob den Topf ein Stück zur Seite. »Eine halbe Stunde ist gar nichts, Mike. Ilka verspätet sich doch öfter mal.«

»Aber ich hab so ein komisches Gefühl.«

Das konnte Merle schlecht ignorieren, denn eigentlich war sie hier diejenige, die für komische Gefühle zuständig war. Behutsam legte sie den Pinsel auf den Deckel des Farbtopfs, rappelte sich auf und wischte sich die Hände an der Hose ab.

»Kaffee?«

Mike nickte. Die Espressomaschine war für ihn noch immer eine Sensation. Manchmal trank er nur deshalb einen Kaffee, weil es ihm solchen Spaß machte, ihn zuzubereiten. Diesmal reizte es ihn nicht und er blieb sitzen.

»Hat Ilka heute nicht ihre Therapie?«, fragte Merle.

»Ja. Und die ist normalerweise pünktlich zu Ende.«

»Vielleicht hast du sie falsch verstanden und sie hatte noch was anderes vor?«

Merle stellte die Tassen auf den Tisch und setzte sich. Sie zog die Beine an und umschlang sie mit den Armen. Ihre dicken Wollsocken, die sie zu Hause gern trug, wiesen sämtliche Regenbogenfarben auf. Wenn sie nicht gerade Transparente oder Plakate beschriftete, in Claudios Pizzaservice aushalf, in ein Tierversuchslabor einbrach oder einen Einbruch plante, dann strickte sie. Es war ihre Art zu entspannen.

»Garantiert nicht.« Mike dachte an Ilkas Versprechen. Er lächelte. Doch sofort wurde er wieder ernst. Er stand auf, trat haarscharf neben den Topf mit der roten Farbe und schaute nervös auf seine Uhr. »Ich gehe sie suchen.«

»Und dein Kaffee?«

»Ich krieg nichts runter, bevor ich nicht sicher bin, dass mit Ilka alles in Ordnung ist.«

Merle trank einen Schluck, verbrannte sich die Lippen und fluchte leise. Resigniert sah sie zu Mike auf. »Soll ich mitkommen?«

Mike schüttelte den Kopf. »Lieb von dir, Merle, aber das ist meine Sache. Und vielleicht ist es auch gut, wenn einer hier ist, falls Ilka… ich meine, vielleicht ist mein komisches Gefühl ja doch bloß Einbildung, und kaum bin ich weg, steht sie vor der Tür.«

Er zog seine Jacke an, vergaß den Schal, sprang die Treppe hinunter, immer zwei Stufen auf einmal, riss die Haustür auf und trat auf die Straße hinaus.

Die Dunkelheit vermittelte ihm ein Gefühl von Geborgenheit, obwohl er wusste, dass es trügerisch war. Er lief los. Seine Unruhe steigerte sich von Schritt zu Schritt. Als er schließlich das kleine gelbe Haus vor sich sah, war er nicht mehr fähig, normal zu atmen. Sein Brustkorb hob und senkte sich in einem beängstigenden Tempo.

Frag erst bei ihr zu Hause nach, sagte er sich. Mach dich und Ilka nicht lächerlich, indem du dich aufführst wie ein betrogener Ehemann, der seiner Frau hinterherschnüffelt. Er zog das Handy aus der Jackentasche und wählte die Nummer von Ilkas Familie.

»Aber wieso …«

Mike bereute den Anruf sofort.

»Sie wollte nach ihrer Sitzung doch direkt zu dir.«

Hätte er bloß zuerst bei der Therapeutin nachgefragt! Jetzt war es, als hätte er in ein Wespennest gestochen.

»Um Gottes willen! Ihr wird doch nichts zugestoßen sein!«

»Machen Sie sich keine Sorgen«, sagte Mike rasch. »Wahrscheinlich haben wir uns verpasst und Ilka sitzt längst mit Jette und Merle zusammen und wartet auf mich.«

Dankbar griff Tante Marei nach dem Strohhalm, den er ihr hinhielt. Sie wagte sogar ein kleines Lachen. »Sagst du mir Bescheid, wenn du sie siehst?«

»Natürlich. Ich ruf sofort an.«

Mike stopfte das Handy wieder in die Jackentasche und wärmte die Finger mit seinem Atem. Nervös tänzelte er auf der Stelle. Es war lausig kalt. Kein Wetter für Gefühlsausbrüche. Wahrscheinlich würde jede Träne zu Eis erstarren und mit einem hellen, kleinen Laut auf dem Gehsteig zersplittern.

Er sah auf die Uhr. Fast sieben. Ilka hatte ihm erzählt, sie wäre heute die letzte Patientin. Eigentlich hätte das Licht in den Fenstern also längst erloschen sein müssen. Machte diese Lara Engler Überstunden? Oder saß Ilka noch immer da drin? Vielleicht waren sie an einer schwierigen Phase der Therapie gelangt, an der sie nicht unterbrechen konnten. Oder konnte man sich mit einer Therapeutin einfach nur verquatschen?

Mike hasste Ungewissheit. Eine Situation wie diese machte ihn fertig. Sollte er jetzt da reinmarschieren und nach Ilka fragen? Würde er sie damit nicht bloßstellen? Wie aufgedreht lief er auf der gegenüberliegenden Straßenseite auf und ab. Noch eine Viertelstunde würde er warten und dann eine Entscheidung treffen.

In seiner Jackentasche fand er ein zerknittertes Päckchen Zigaretten. Nach ein paar Zügen wurde ihm schlecht. Er warf die Zigarette in den Rinnstein, sah, wie das dünne Rauchfähnchen steil in die Luft stieg, und zerknüllte das Päckchen in seiner Tasche noch ein bisschen mehr.

Es dauerte ewig, bis die Viertelstunde um war. Mike wartete keine Sekunde länger. Er marschierte über die Straße, öffnete das Gartentor, ging den kurzen Weg entlang und drückte auf den Klingelknopf.

Lara Engler war genau so, wie Ilka sie ihm beschrieben hatte. Sie erinnerte ihn an eine überlebensgroße Putte, üppig und drall und äußerst farbenfroh mit dem schwarzen Haar und dem knallroten Kleid. Um die Schultern hatte sie sich eine schwarze Stola geschlungen, dabei erweckte sie nicht den Eindruck, als würde sie jemals frieren.

»Bitte?«

Offenbar hatte er sie gestört. Mike hörte den leicht genervten Unterton in ihrer Stimme. Doch darauf konnte er keine Rücksicht nehmen.

»Entschuldigen Sie«, sagte er. »Ist Ilka noch bei Ihnen?«

»Wer sind Sie?« Sie musterte ihn von Kopf bis Fuß. Wahrscheinlich hatte sie die Nase voll von randalierenden Männern und davon, ihre Patientinnen vor ihnen schützen zu müssen.

»Mike Hendriks. Ich bin ihr Freund. Ilka wollte nach der Stunde bei Ihnen zu mir kommen, aber sie ist nicht aufgetaucht. Zu Hause ist sie auch nicht und allmählich mache ich mir Sorgen.«

»Wollen Sie für einen Moment hereinkommen?«

Mike betrat das Therapiezimmer mit einem sonderbaren Gefühl. Er war enttäuscht, Ilka hier nicht mehr anzutreffen, aber er bildete sich ein, ihre Anwesenheit noch zu spüren. Vielleicht lag es an dem Duft von Lavendelöl, der den ganzen Raum erfüllte. Ilka liebte ihn. Das Duftlämpchen in ihrem Zimmer brannte fast immer. Beide blieben sie am Schreibtisch stehen.

»Ilka hat sich sehr aufgeregt. Es war am Ende der Stunde. Sie hat sich ihre Jacke geschnappt und ist… ja, ich würde sagen, sie ist geflohen.«

»Geflohen? Vor wem?«

»Vor einer Erinnerung.« Lara Engler zog die Stola enger um die Schultern. »Und auch ein wenig vor mir. Weil ich es bin, die sie mit diesen Erinnerungen konfrontiert.« Sie hob die Schultern. »Mehr darf ich Ihnen leider nicht verraten. Ich bin an meine Schweigepflicht gebunden.«

Mehr wollte Mike auch gar nicht hören. Er drehte sich um und ging zur Tür. »Wissen Sie, in welche Richtung sie gelaufen ist?«

»Nach rechts«, rief Lara Engler ihm nach.

Die Straße war wie ausgestorben. Es war kalt und still. Mike atmete zitternd ein. Wo, um alles in der Welt, sollte er anfangen zu suchen?

*

So einfach hatte Ruben es sich nicht vorgestellt. Ein Schauer lief ihm über den Rücken, als ihm klar wurde, wie viel Glück er gehabt hatte. Es hätte auch schief gehen können.

Im Idealfall hätte er Ilka angesprochen und sie hätte ihn angeschaut und sich wieder in ihn verliebt. Im Idealfall wäre kein einziges Wort nötig gewesen. Ruben hatte geahnt, dass der Idealfall nicht eintreten würde. Also hatte er sich darauf vorbereitet, Gewalt anwenden zu müssen.

Es war ihm nicht leicht gefallen, aber er hatte keinen Ausweg gesehen. Ilka hatte inzwischen drei Jahre ohne ihn verbracht. Sie hatte bei Tante Marei und ihrer Familie gelebt, ihren Einflüsterungen hilflos ausgeliefert. So sehr er sich auch gegen den Gedanken an Gewalt gesträubt hatte, er hatte alle Vorbereitungen dafür getroffen.

Zuerst hatte er befürchtet, die ganze Aktion im letzten Moment abblasen zu müssen. Ilka war nicht allein zu ihrer Therapie gegangen. Sie hatte sich von diesem Jungen begleiten lassen. Offenbar hatte sie sich in ihn verliebt. Ruben hatte es von weitem erkannt. Ihre Körpersprache hatte es ihm verraten.

Er hatte gespürt, wie die Wut in ihm hochgekrochen war. Doch das durfte nicht passieren. Er musste die Kontrolle behalten. Also hatte er abgewartet. Kalt und beherrscht und äußerlich unbewegt.

Ilka war in dem gelben Haus verschwunden und der Junge war weggegangen. Ruben war wieder ruhig geworden. Er hatte gewendet und war so nah wie möglich an das Haus herangefahren.

Er beglückwünschte sich dazu, einen nagelneuen, hundertprozentig zuverlässigen Wagen gemietet zu haben, einen dunkelblauen Van mit dunkel getönten Scheiben. Nicht auszudenken, welche Katastrophe der geringste technische Fehler auslösen könnte. Hinter ihm war alles ruhig. Es war ein Problem gewesen, ihr die K.-o.-Tropfen einzuflößen. Aber jetzt wirkten sie und Ilka schlief tief und fest.

Halb war er darauf gefasst gewesen, dass der Junge ihm einen Strich durch die Rechnung machen und Ilka von der Therapie abholen würde. Ein paarmal war bereits etwas dazwischengekommen und Ruben hatte die Aktion in letzter Sekunde abbrechen müssen. Dies war der vierte Versuch gewesen.

Unter einer unglaublichen Anspannung hatte er im Wagen gesessen und die Zahlen auf der Uhr fixiert. Er hatte Radio gehört und versucht, sich damit abzulenken. Es hatte nicht geholfen. Er hatte gebetet, dass der Junge nicht doch noch auftauchen würde.

Und dann plötzlich war Ilka aus dem Haus gestürzt. Sie hatte sich im Laufen die Jacke übergeworfen, wie von Furien gehetzt. Die Therapeutin hatte ihr etwas nachgerufen, aber Ilka war nicht stehen geblieben.

Ruben hatte gewartet, bis die Tür wieder zu war, dann hatte er den Motor gestartet und war in einigem Abstand hinter Ilka hergefahren. Er war froh gewesen über die Dunkelheit. Und über die Kälte. Bei solchen Temperaturen jagte man nicht mal einen Hund auf die Straße.

Ilka war langsamer geworden und schließlich an einer niedrigen Mauer stehen geblieben. Sie hatte sich vorgebeugt und nach Atem gerungen. Auf diesen Moment hatte Ruben hingelebt. All die Jahre.

Sie war so mit sich selbst beschäftigt, dass sie den Wagen nicht hörte. Er hielt an, schaute sich aufmerksam um und stieg aus. Ilka erkannte ihn auf den ersten Blick, noch bevor sein Gesicht vom Licht der Laterne beleuchtet wurde.

Ganz kurz kostete Ruben die Freude darüber aus und den Genuss, Ilka endlich, endlich wieder nah zu sein. Er hob die Arme, eine Geste der Schutzlosigkeit, die ihr ein sicheres Gefühl vermitteln sollte. Doch sie reagierte nicht darauf. Ihre Körperhaltung verriet ihm, dass sie auf dem Sprung war.

Sie vertraute ihm nicht!

Niemand war zu sehen. Kein Auto fuhr vorbei. Nur ein großes, vergessenes Herbstblatt trieb raschelnd über den Boden.

»Ich möchte nur mit dir reden«, sagte Ruben und ließ sie nicht aus den Augen. Gleichzeitig versuchte er, die Situation auf der Straße im Blick zu behalten. Und bevor Ilka Luft holen konnte, hatte er sie gepackt, hielt ihr den Mund zu und trug sie zum Wagen.

Sie drehte und wand sich und trat mit den Füßen. Ihre erstickten Schreie hörten sich an wie das Quieken von Ferkeln. Ruben schob die Tür mit dem Ellbogen auf und ließ sich mit Ilka in den Wagen fallen. Die Ladefläche hatte er mit Decken ausgelegt, damit Ilka sich nicht verletzen konnte. Von innen zog er die Tür wieder zu, lehnte sich gegen die Sitze, Ilka fest an sich gepresst, und griff mit der rechten Hand nach der kleinen Flasche mit den aufgelösten Tabletten.

Ilka nutzte die Lockerung seines Griffs sofort aus. Sie schrie und biss ihn in die Hand. Er fluchte, umklammerte sie fester, bändigte ihre Beine, indem er sie mit seinem linken Bein umschlang. Sie entwickelte ungeheure Kräfte.

»Lass mich!«, schrie sie. »Lass – mich – los!«

Sie rief nicht um Hilfe, das nötigte ihm Respekt ab. Offenbar dachte sie, dies hier sei eine Sache zwischen ihm und ihr. Sie schäumte vor Wut, schien jedoch keine Angst zu haben. Die bekam sie erst, als er versuchte, ihr das Mittel einzuflößen. Ruben erkannte es an ihren weit aufgerissenen Augen. Er sah, wie sich die Wut in Panik verwandelte.

Er redete nicht mit ihr. Worte hatten in dieser Situation keinen Sinn. Es musste rasch gehen, damit niemand aufmerksam wurde und sich später erinnerte. Ein Teil des Betäubungsmittels wurde bei dem Kampf verschüttet, doch das machte nichts. Er hatte das einkalkuliert.

Ruben hielt sie fest, bis ihr Kopf zur Seite sank, ihr Körper schlaff wurde und schwer. Behutsam ließ er sie zu Boden gleiten und beugte sich vor. In ihren Augen spiegelte sich die Erkenntnis, dass sie verloren hatte. Dann schlief sie ein.

Er hatte keine Zeit für Sentimentalität, obwohl er sich nichts sehnlicher wünschte, als sie zu küssen. Er verschloss ihr den Mund mit Klebeband, fesselte ihre Hände und Füße. Nach seinen Berechnungen würde sie zwar einige Stunden schlafen, aber man konnte nie wissen.

Dann bettete er sie so bequem wie möglich, deckte sie zu, widerstand noch einmal der Versuchung, sie zu küssen, stieg aus und setzte sich ans Steuer. Er war hellwach, hochkonzentriert und stark.

Erst auf der Autobahn fühlte er sich halbwegs sicher. Nun musste er bloß noch das Kunststück vollbringen, Ilka ungesehen ins Haus zu schaffen.

Ganz allmählich wurde ihm bewusst, was er getan hatte. Er hatte sich seinen Traum erfüllt. Hatte alle Brücken abgebrochen und ein neues Leben begonnen. Die Fahrbahn verschwamm ihm vor den Augen. Als führe er durch ein Aquarium. Doch das Bild trog. Er war nicht eingesperrt. Er war frei. Frei, das zu tun, was er wollte.

*

»Mike«, sagte ich vorsichtig, »du darfst dich nicht so aufregen. Es gibt dafür überhaupt keinen Grund.«

»Keinen Grund?« Er wanderte zwanghaft zwischen Fenster und Tür hin und her. »Du hast Nerven! Es ist zehn Uhr! Draußen ist es stockfinster und eiskalt! Und da sagst du, es gibt keinen Grund?«

»Sie kann doch bei einer Freundin sein«, kam Merle mir zu Hilfe.

Mike schnaubte verächtlich. Er hatte eine geschlagene Stunde am Telefon verbracht und jeden angerufen, von dem er wusste, dass er irgendwann mal mit Ilka in Berührung gekommen war. Niemand hatte etwas von ihr gehört.

»Okay, bei einer Freundin nicht, aber vielleicht...«

»Bei einem Freund?« Mike ließ sich auf das Sofa fallen. Er hatte seinen Teller nicht angerührt, obwohl wir extra seinetwegen gekocht hatten. »Das glaubst du doch nicht wirklich, oder?«

Merle schüttelte kleinlaut den Kopf. Ilka und Mike, das war eine Einheit. So viele Schwierigkeiten sie auch haben mochten, sie waren ineinander verliebt. Man spürte es, sobald man sich in einem Raum mit ihnen befand. Ein anderer? Niemals. Dafür hätten wir beide die Hand ins Feuer gelegt.

Wir wussten nicht weiter. Die ganze Gegend hatten wir abgesucht und sämtliche Krankenhäuser abgeklappert. Vergebens. Keine Spur von Ilka.

»Aber ein Mensch kann doch nicht einfach von der Bildfläche verschwinden«, sagte Mike. »Das ist unmöglich.«

173

Merle und ich tauschten einen raschen Blick. Wir wussten es besser. Und wenn wir es hundertmal nicht wahrhaben wollten. Mir war furchtbar kalt, dabei lief die Heizung auf vollen Touren. Auch Merle schien zu frieren. Sie umarmte sich selbst und schaukelte auf ihrem Stuhl vor und zurück.

Ilkas Tante war bei der Polizei gewesen, doch die Beamten hatten sie wieder nach Hause geschickt. Ilka sei kein Kind mehr, und bei jungen Leuten sei es nicht ungewöhnlich, dass sie die Nacht ab und zu woanders verbrächten als zu Hause. Sie solle sich beruhigen und bis zum nächsten Morgen warten, dann habe sich das Problem hoffentlich von selbst gelöst.

Also saßen wir hier herum und hofften und warteten. Wir redeten nicht viel, tranken Unmengen von Kaffee und zerbrachen uns den Kopf. Mein Blick begegnete dem von Merle und sie schaute wie ertappt woandershin. Jede von uns dachte an damals, als Caro nicht nach Hause gekommen war. Aber wir sprachen es nicht aus. Bitte nicht, betete ich im Stillen. Bitte, lieber Gott, lass nicht zu, dass wir das ein zweites Mal durchmachen müssen.

Merle stand auf, verließ die Küche und kam kurz darauf mit einem verlegenen Lächeln auf den Lippen zurück. »Ich hab sie damals aufgehoben«, sagte sie und legte eine mir wohl bekannte Visitenkarte auf den Tisch. »Für alle Fälle.«

Warum nicht? Der Kommissar würde unsere Befürchtungen ernster nehmen als irgendein Polizist auf irgendeiner Wache. Ich holte das Telefon. Mike drehte die Karte zwischen den Fingern. Er war mit den Gedanken längst wieder woanders.

*

Zuerst spürte Ilka die Kopfschmerzen, die ihren Schädel umspannten wie ein zu enger Helm. Sie stöhnte und fasste sich an die Schläfen. Erst dann kam dunkel die Erinnerung. Sie öffnete die Augen und fuhr hoch.

Der Schmerz ließ sie leise aufschreien. Sie merkte jetzt auch, dass ihr übel war. Aber vor allem hatte sie Angst. Sie kauerte sich an die Wand. Was genau war geschehen?

Sie war aus Laras Haus gelaufen. Ein Wagen hatte angehalten. Ein Mann war ausgestiegen.

Ruben!

Er hatte sie in den Wagen gezerrt und ihr irgendwas eingeflößt. Es hatte eklig geschmeckt. Sie hatte den bitteren Geschmack noch immer im Mund. Von da an wusste sie nichts mehr. Sie wusste nicht, wie sie hierher gekommen war, und sie wusste nicht, wo sie sich befand.

Langsam ließ sie ihren Blick durch den Raum schweifen. Ein Bett (in dem sie saß), ein Schrank mit milchigen Glasscheiben, ein altmodischer, kleiner Sekretär, wie ihre Mutter ihn früher besessen hatte, ein mit blauem Stoff bezogener Sessel, über dessen Rückenlehne ein weißer Bademantel lag, bereit zum Hineinschlüpfen.

Entsetzt sah Ilka an sich hinunter und stieß erleichtert den Atem aus. Sie trug noch ihre Sachen. Ruben hatte sie offenbar nur aufs Bett gelegt und mit einer Wolldecke zugedeckt. Sie horchte. Es war so still, dass sie ihr Blut in den Ohren rauschen hörte. Sie merkte, wie ihr die Tränen kamen.

»Lieber Gott«, flüsterte sie, »lass das ein Traum sein!«

Bevor die Panik sie überwältigen konnte, nahm sie die Erforschung ihrer Umgebung wieder auf. Zwei kleine Fenster ziemlich weit oben in dem hohen Raum, abgesichert mit Eisengittern in Form von Blumenranken. Helle Rollläden, geschlossen. Auf dem Boden ein flauschiger Teppich in Rostrot und Blau. An den Wänden abstrakte Bilder. Eine moderne Lampe auf dem Sekretär, die das Zimmer in ein freundliches Licht tauchte.

Alles wirkte harmlos und normal, nur war es alles andere als das. Ilkas Gedanken rasten. Was hatte Ruben vor? Wozu hatte er sie hierher gebracht? Wirklich nur, um mit ihr zu reden? Um sie zu zwingen, ihm zuzuhören?

Sie sitzen in ihrem Versteck. Der Herbstwind pfeift ums Haus und heult im Kamin. Regen prasselt auf das Dach. Es ist kalt. Ilka hat ihre dicke Daunenjacke angezogen, obwohl die eigentlich für den Winter ist.

Ruben scheint nicht zu frieren. Er friert nie. Ein bisschen bewundert Ilka ihn dafür. Er rasiert sich schon. Bestimmt würde er sie retten, wenn es ein Unglück gäbe. Und hinterher nicht drüber reden. Wie die Helden im Film.

Er klappt das Taschenmesser auf. Die Klinge glänzt wie Silber. Er fährt mit dem Daumen an der Schneide entlang. »Willst du für alle Ewigkeit mit mir zusammen sein?«

Ilka erschrickt. An ein Leben ohne Ruben darf sie gar nicht denken. Sie reißt die Augen auf. Nicht weinen! Ruben mag es nicht, wenn sie weint. Er sagt, es macht sie hässlich und dumm.

Für alle Ewigkeit. Sie nickt.

»Dann müssen wir Blutsbrüder werden.«

»Wie denn? Wo ich doch deine Schwester bin.« Sie kann kein Blut sehen, ohne dass ihr schlecht wird. Sie hat Angst vor Rubens Entschlossenheit. Wenn diese steile Falte zwischen seinen Augenbrauen steht, muss man vorsichtig sein. Dann kann er beim geringsten Anlass explodieren.

»Das sagt man so. Es geht auch zwischen Bruder und Schwester.«

Bruder und Schwester. Hänsel und Gretel. Eine alte Frau, die im Ofen verbrennt.

»Ein kleiner Schnitt«, sagt Ruben und führt die Klinge spielerisch über seinen linken Handballen, »genau hier. Ein Ritzer nur. Und dann vermischen wir unser Blut und trinken es.«

»Dazu muss man sehr viel bluten.«

»Nicht wirklich trinken.« Ruben wird ungeduldig. Die Adern an seinen Schläfen treten hervor. »Wir lecken es auf.«

Bloß nicht weinen. Dann wird er wütend. Aber wenn sie doch so eine Angst vor dem Messer hat.

»Du brauchst ja nicht hinzugucken. Es geht ganz schnell. Du merkst es fast nicht.«

Jetzt kommen die blöden Tränen doch. Ilka plinkert sie weg.

»Wenn du heulst, dann können wir das Ganze gleich vergessen.«

»Ich heul ja gar nicht.«

»Komm. Lehn dich an mich, dann ist es schnell vorbei.«

Ilka versteckt das Gesicht an seiner Schulter. Sie schließt die Augen. Dann schreit sie auf.

»Pscht! Willst du, dass Mama uns hier findet?«

Ilka hält ihre linke Hand umklammert. Das Blut läuft ihr in den Ärmel, zieht eine hässliche Spur. Ihr wird schwarz vor Augen.

»Atme!« Ruben schüttelt sie. »Du sollst atmen!«

Gehorsam holt sie Luft. Es hilft ein bisschen.

Ruben schneidet sich ins Fleisch, drückt seinen Handballen auf ihren. Dann leckt er das Blut von ihrer Wunde auf. Seine Zunge liebkost ihre Haut, wandert an ihrem Arm entlang, tilgt die rote Spur.

»Und jetzt du.«

Er hält ihr die Hand hin, die Hand mit all dem verschmierten Blut, und Ilka würgt und schließt die Augen, wendet sich ab. Ruben fasst sie im Nacken und hält sie fest, dann drückt er seine Hand gegen ihren Mund.

Sie spürt den metallischen Geschmack auf der Zunge. Zwingt sich zu schlucken.

Rubens Griff lockert sich. Er beugt sich zu ihr herunter und küsst sie.

»Du und ich«, sagt er. »Ich und du. Bis in alle Ewigkeit.« Er küsst sie noch einmal. »Wiederhol es.«

»Du und ich«, sagt Ilka. »Bis in Ewigkeit.«

Sie bleiben so, eng aneinander geschmiegt, und schauen zu den kleinen Dachfenstern, auf die der Regen klopft. Ilkas Übelkeit macht einem Gefühl von Geborgenheit Platz.

Ruben vergräbt das Gesicht in ihrem Haar. Sie spürt seinen Atem auf der Kopfhaut. »Jetzt gehörst du mir«, flüstert er. »Keiner wird uns jemals trennen.«

»Und wenn doch?«, fragt Ilka ängstlich.

»Dann hol ich dich zurück«, sagt Ruben. »Und wenn nötig, bring ich ihn um.«

Sie hatte es nicht vergessen. Sie hatte es nur tief in sich verborgen. Und jetzt war es geschehen. Er hatte sie zurückgeholt.

»Mike«, flüsterte sie hilflos. Doch dann erstarrte sie. Was, wenn Mike sie suchte? Wenn er Ruben in die Quere kam?

Wenn nötig, bring ich ihn um.

»Bleib, wo du bist«, flehte Ilka. »Such nicht nach mir.«

In diesem Augenblick hörte sie etwas. Ein dumpfes Geräusch, dann ein Klimpern, ein Klappern, Schritte, die sich näherten. Rasch legte sie sich hin, mit dem Gesicht zur Wand, und zog die Decke ans Kinn.

Ruben.

Sie spürte seine Gegenwart durch die geschlossene Tür. Er stand da und lauschte.

Ilka lag vollkommen reglos und hielt den Atem an, während ihr Herzschlag verrückt spielte. Wenn Ruben glaubte, dass sie immer noch schlief, würde er vielleicht wieder gehen.

Und dann?

13

Jettes Stimme hörte sich klein und verloren an, aber Bert Melzig ließ sich davon nicht täuschen. Er wusste, dass dieses Mädchen eine erstaunliche Kraft besaß. Aufmerksam hörte er ihr zu und unterbrach sie nicht.

»Und der Beamte hat Ilkas Tante wieder nach Hause geschickt und ihr geraten abzuwarten«, schloss sie.

Zu Recht, dachte Bert. Erfahrungsgemäß tauchte so mancher Vermisste verkatert wieder bei seinen Lieben auf. Es war auch nicht ungewöhnlich, dass junge Leute mal für ein paar Tage verschwanden, um sich den Wind um die Nase wehen zu lassen. Kein Grund, in Panik zu verfallen und sofort den gesamten Polizeiapparat anzukurbeln.

Dennoch war er hellhörig geworden. Irgendwo in seinem Unterbewusstsein hatte ein Warnlämpchen aufgeleuchtet.

Erziehungsberechtigte war eine Tante des Mädchens. Das klang nach Komplikationen. Bert sah sehnsüchtig zu der Flasche Bordeaux hinüber, die er gerade geöffnet hatte. Sie würde warten müssen. Auch Margot, die eben von einer Geburtstagsfeier nach Hause gekommen war und darauf brannte, ihm die Neuigkeiten zu erzählen, würde warten müssen.

»Gut«, sagte er. »Geben Sie mir zwanzig Minuten.«

Margot runzelte die Stirn.

»Tut mir Leid.« Er gab ihr einen flüchtigen Kuss auf die Wange. »Ich muss noch mal weg.«

»Weißt du, wie spät es ist?« Wenn Margot gereizt war, klang ihre Stimme höher als sonst. Dann war es nur ein kleiner Sprung, bis sie anfing zu keifen. Wie ein Marktweib, dachte Bert müde. Wo ist das Mädchen geblieben, in das ich mich damals verliebt habe? Sie zeigte anklagend auf ihre Armbanduhr, als befürchtete sie, ihre Worte allein hätten zu wenig Gewicht.

»Du erinnerst dich doch an Jette Weingärtner«, sagte Bert. Er hatte ihr viel über den Fall erzählt. »Es ist möglicherweise wieder ein Mädchen verschwunden.«

»Wieder? Aus ihrer Wohngemeinschaft?«

Bert hatte keine Lust auf langatmige Erklärungen. Er wollte das Gespräch mit Jette und Merle hinter sich bringen, um wenigstens noch einen Teil des Abends bei einem Glas Wein genießen zu können.

»Nicht direkt«, sagte er. »Allerdings aus ihrem engsten Umfeld.«

»Sehr eigenartig.«

»Es gibt solche Zufälle, selten zwar, aber es gibt sie.«

»Und das hat nicht Zeit bis morgen?«

»Ich habe ihr damals angeboten, dass sie sich jederzeit melden darf, wenn sie meine Hilfe braucht. Ich habe nicht von ihr verlangt, sich an meine Bürostunden zu halten.«

Gekränkt ließ Margot ihn stehen. Bert griff seufzend nach seinem Mantel. Er wusste, dass sie im Augenblick nicht zugänglich war. Vielleicht beruhigte sie sich während seiner Abwesenheit, vielleicht nicht. Nach all den Jahren war er immer noch nicht in der Lage, ihre Reaktionen einzuschätzen.

Die Fahrt dauerte keine zehn Minuten. Es war kaum Verkehr auf den Straßen. Als hätten alle Menschen von der

Kälte des Winters die Nase voll und blieben zu Hause. Er fand einen Parkplatz direkt vor dem Haus der Mädchen, hastete zum Eingang und klingelte.

Das schummrige Licht im Treppenhaus legte sich ihm aufs Gemüt, ebenso wie die Schmierereien an den schäbigen Wänden. Die ausgetretenen Treppenstufen knarrten. Auf den Fensterbänken der Zwischenetagen kränkelten ausgemergelte Zimmerpflanzen vor sich hin.

Bert gab sich Mühe, sie zu ignorieren. Er zwängte sich an achtlos abgestellten Kinderwagen und Tretrollern vorbei und war froh, dass er die Phase solchen Wohnens hinter sich gelassen hatte.

Jette wartete schon an der Tür. Sie führte ihn in die Küche, wo Merle damit beschäftigt war, Kaffee zuzubereiten. Ein schlaksiger junger Mann füllte gerade Gebäck in eine Schale.

»Das ist Mike«, sagte Jette. »Hendriks«, fügte sie hinzu, als ihr klar wurde, wie wenig Bert bisher über ihren neuen Mitbewohner wusste.

Der junge Mann begrüßte ihn mit einem so flehenden Blick, dass Bert nicht anders konnte, als ihn sofort ins Herz zu schließen. Er zog den Mantel aus und Mike nahm ihn und trug ihn hinaus zur Garderobe.

Merle brachte den Kaffee, sie setzten sich an den Tisch und Bert legte Notizbuch und Kugelschreiber zurecht. »Dann fangen Sie mal an«, sagte er.

*

»Ich will wirklich nur mit dir reden«, sagte Ruben und schloss die Tür.

Ilka kauerte auf dem Bett, eingehüllt in die Wolldecke, als wäre ihr kalt, dabei war es angenehm warm im Zimmer.

»Warum bin ich hier?«

Sie streifte die Decke von den Schultern, zog ihren Pulli glatt und setzte sich aufrecht hin. Als wollte sie Ballast abwerfen, um rasch aufspringen zu können, falls es nötig sein sollte. Sie sah elend aus, ihre Haare waren verklebt von dem verschütteten Betäubungsmittel und ihre Haut wirkte stumpf.

»Du bist so argwöhnisch«, sagte Ruben. Er stand immer noch an der Tür, um sie nicht zu erschrecken.

»Ist das ein Wunder?«

Er ging nicht darauf ein. Ihm war nicht nach einer Diskussion zumute. Er wollte die Freude darüber auskosten, dass alles überstanden war.

»Du weißt doch, dass du mir vertrauen kannst«, sagte er. »Ich würde dir niemals wehtun.«

»Und das hier?« Sie hielt ihm die Handgelenke entgegen, an denen das Klebeband rote Druckstellen hinterlassen hatte.

»Das ließ sich nicht vermeiden.«

Ruben machte vorsichtig einen Schritt auf sie zu. Sofort sprang sie auf und drückte sich an die Wand. Es erschütterte ihn, sie so zu sehen, so voller Ablehnung. Er hatte sich das anders vorgestellt.

»Zeig mir deine Handgelenke«, bat er, »damit ich sie versorgen kann.«

Ilka glitt an der Wand hinunter. Die Betäubung wirkte noch immer. Sie konnte kaum die Augen offen halten.

»Nicht«, flüsterte sie. »Bitte… nicht.«

Ihr Kopf sank nach vorn. Ruben ging langsam auf sie zu und hob sie hoch. Keuchend schleppte er sie zum Bett zurück. Sie wimmerte leise. Das Geräusch verursachte einen feinen Schmerz unter seiner Schädeldecke.

Er verrieb ein bisschen Wundcreme auf Ilkas Handgelenken. Breitete sorgfältig die Decke über ihr aus. Sie reagierte nicht, war schon fast wieder eingeschlafen. Er gab ihr einen Kuss auf die Stirn, verließ das Zimmer und schloss hinter sich ab. Das Licht ließ er brennen, damit sie in der Nacht keine Angst bekam.

Auf dem Weg nach oben besserte sich seine gedrückte Stimmung. Er durfte nichts überstürzen, daran musste er immer denken. Es eilte nicht. Sie hatten ein ganzes Leben vor sich.

*

Mondlicht fiel ins Zimmer und gab den Möbeln ein fremdes Gesicht. Ich betrachtete die Schatten auf dem Fußboden und an den Wänden, um nicht den kalten Glanz des Lichts auf den Gegenständen ertragen zu müssen.

Und war hellwach.

Der Kommissar hatte aufmerksam zugehört und sich Notizen gemacht. Ich konnte mich nicht an das kleine schwarze Buch mit den roten Ecken erinnern. Hatte er es damals schon gehabt?

»Warum schreiben Sie das alles auf?«, hatte Merle gefragt und sich keine Mühe gegeben, ihre Besorgnis zu verbergen. »Glauben Sie, dass Ilka ...«

Von ihrem anfänglichen Misstrauen war nichts mehr zu spüren. Für einen Bullen, hatte sie mir mal gesagt, sei der Kommissar ganz in Ordnung. Er hatte sich ihren Respekt erworben. Das konnten nicht viele von sich behaupten, schon gar nicht mit diesem Beruf.

»Reine Gewohnheit.« Der Kommissar lächelte beruhigend. »Was ich aufgeschrieben habe, prägt sich mir besser ein. Das hat nichts zu bedeuten.«

Mike erzählte von Ilka. Er schaffte es, in wenigen Sätzen

184

ein klares Bild von ihr zu zeichnen. Aber es fiel ihm schwer. Ab und zu kippte ihm die Stimme weg.

Ilkas Therapie interessierte den Kommissar besonders.

»Was für Probleme hat Ihre Freundin denn?«

Seine Frage richtete sich an uns alle und keiner von uns wusste die Antwort darauf. Die Augenbrauen des Kommissars hoben sich, aber nur kurz, dann hatte sein Gesicht wieder einen sachlichen Ausdruck angenommen.

»Sie gibt kaum etwas von sich preis«, sagte Mike und berichtete von Ilkas Mutter. »Wir haben eben erst erfahren, dass sie noch lebt. Ilka hat immer den Eindruck erweckt, ihre Eltern seien beide vor drei Jahren tödlich verunglückt.«

»Und Ilkas Tante, diese Frau…« Der Kommissar schaute auf seine Notizen. »…diese Frau Täschner hat das Mädchen dann bei sich aufgenommen?«

Mike nickte.

»Wie kommt Ilka mit ihr zurecht?«

»Ziemlich gut. Ihre Tante lässt ihr eine ganze Menge Freiheit.«

»Zum Beispiel?«

»Sie darf hier übernachten, wann immer sie will, und so viel Zeit mit mir verbringen, wie sie mag.«

Der Kommissar runzelte nachdenklich die Stirn, bevor er die nächste Frage stellte. »Was können Sie mir über Ihre Beziehung sagen?«

Mike wurde rot. Er starrte auf seine Hände.

»Ich möchte Ihnen nicht zu nahe treten«, sagte der Kommissar. »Sie müssen meine Frage nicht beantworten. Dies ist kein Verhör.«

»Da gibt es ein Problem«, sagte Mike, ohne den Blick zu heben. »Wir sind seit drei Jahren zusammen und haben… noch nie miteinander geschlafen.«

Der Kommissar wartete. Er drängte ihn nicht.

»Unsere... Zärtlichkeiten gehen immer nur bis zu einem gewissen Punkt, dann kriegt sie Panik.«

»Panik?«

»Total. Sie bringt es fertig, mitten in der Nacht rauszurennen in die Dunkelheit. In solchen Momenten darf ich sie nicht anfassen. Dann fängt sie an zu zittern und zu schreien.«

»Haben Sie mit ihr darüber gesprochen?«

Erst jetzt sah Mike ihn an. »Was denken Sie denn? Natürlich hab ich's versucht, aber sie blockt jede Frage ab. Wissen Sie, Ilka besteht aus Geheimnissen. Ab und zu lüftet sie den Schleier und zeigt mir einen Teil von sich, aber dahinter kommt gleich wieder ein Schleier, der das nächste Geheimnis verhüllt.« Er verzog den Mund. »Ich bin noch nicht weit genug vorgedrungen. Sonst wüsste ich jetzt vielleicht, wo sie ist.«

Der Kommissar stellte noch ein paar Fragen, doch unsere Antworten waren dünn. Schließlich stand er auf und steckte das Notizbuch wieder ein.

»Ich werde mich darum kümmern«, sagte er. »Und Sie sollten aufhören, Trübsal zu blasen. Lenken Sie sich ab. Vielleicht hat sich morgen schon alles aufgeklärt.«

Mike schüttelte ihm dankbar die Hand. Er hatte wieder ein bisschen Farbe im Gesicht. Die Zuversicht des Kommissars machte ihm Hoffnung.

Warum hatte sie auf mich keine Wirkung gehabt? Wieso lag ich wach und musste mir immer wieder vorstellen, wie Ilka da draußen durch die Kälte irrte? Oder wie ihr... Nein. Daran durfte ich nicht denken. Es hatte keinen Sinn, dass wir uns verrückt machten. Vielleicht gab es eine ganz harmlose Erklärung für Ilkas Verschwinden. Ich kuschelte mich in die Bettdecke und schloss die Augen.

Wo war Ilka in diesem Augenblick? Wie fühlte sie sich? Es war zwecklos. Ich würde nicht schlafen können.

*

Es war Morgen, als Ilka wach wurde. Feststellen konnte sie das jedoch erst, als sie auf ihre Armbanduhr schaute. In diesem Zimmer schien keine Zeit zu existieren. Die Rollläden waren immer noch heruntergelassen und schlossen das Draußen aus. Falls es ein Draußen gab. Die Situation war so unwirklich, dass Ilka jede Sicherheit verloren hatte.

Ob sie es wagen sollte, die Rollläden hochzuziehen? Oder würde das einen solchen Lärm machen, dass Ruben es hörte?

Wie dicht die Stille war. Als gäbe es nur diesen Raum auf der Welt.

Ilka lauschte. Dann erhob sie sich langsam und reckte die Arme. Sie bekam den Gurt zu fassen und zog vorsichtig daran. Es tat sich nichts. Wahrscheinlich verhinderte irgendein Mechanismus, dass Unbefugte die Rollläden bewegen konnten.

Deprimiert ließ sie die Arme sinken. Sie stieg vom Bett und ging im Zimmer umher. Der Sekretär hätte unter anderen Umständen einladend auf sie gewirkt. Vielleicht hätte sie Lust gehabt, sich hinzusetzen und einen Brief zu schreiben. Oder ein Gedicht.

Das tat sie manchmal, Gedichte schreiben. Sie hatte sie noch keinem gezeigt, nicht mal Mike, obwohl er sie vielleicht verstanden hätte. Auch Lara hatte sie nichts von den Gedichten erzählt. Weil es Laras Job gewesen wäre, die Zeilen einzeln zu zerpflücken. Bestimmt hatte sie kluge Seminare zu diesem Thema besucht. *Die Bedeutung des Unterbewusstseins für das Gedicht.* Oder umgekehrt.

Was war eigentlich der Unterschied zwischen *unterbe-
wusst* und *unbewusst*? Das hätte sie Lara jetzt gern gefragt.
Die musste so was doch wissen. Schließlich hatte sie Psychologie studiert.

Lieber Gott, dachte sie. Lass mich aufwachen und das alles
nicht passiert sein. Aber der liebe Gott hatte ihre Gebete nie
erhört. Warum sollte er jetzt ein Einsehen haben?

Sie sehnte sich nach einer Dusche. Sie hatte das Gefühl, am
ganzen Körper schmutzig zu sein. Besudelt. Von Rubens
Händen. Von dem verschütteten Betäubungsmittel. Von der
unruhigen Nacht in ihren verschwitzten Klamotten.

Was hätte sie dafür gegeben, saubere Wäsche anziehen zu
dürfen. Frische Luft einzuatmen. Das Tageslicht zu sehen. Es
war jetzt kurz nach acht. War es draußen schon hell?

Sie spürte, wie die Angst in ihr lauerte. Es war gefährlich,
sich ihr auszuliefern. Ilka setzte sich im Lotussitz auf den Boden und machte die Augen zu. Yoga half immer, wenn sie sich
selbst blockierte. Vielleicht war auch diesmal darauf Verlass.

Ruhig konzentrierte sie sich auf ihre Atmung. Füllte ihren
Kopf und ihren Körper mit Ruhe. Bündelte ihre Gedanken
und verschloss sie tief in sich. Sie musste nicht in diesem
Zimmer bleiben. Sie konnte in sich selbst verschwinden. Da
würde ihr niemand was tun.

*

Er hatte in der Nacht ein paarmal nach ihr geschaut. Sie hatte
tief geschlafen, zusammengerollt wie ein Fötus. Fast war er
eifersüchtig gewesen auf ihren Schlaf. Ihm gab Ilka sich hin,
ohne Bedenken, ohne Angst.

Für Ruben war die Nacht kurz gewesen. Er hatte eine
Weile auf dem Sofa gelegen und gedöst, bereit, sofort aufzu-

springen, falls Ilka nach ihm gerufen hätte. Er brauchte nicht viel Schlaf, vier Stunden waren genug.

Er hatte Brötchen aufgebacken. Ilka liebte es, wenn sie noch warm waren. Sie war verrückt nach frisch gepresstem Orangensaft und einem weich gekochten Ei zum Frühstück. Das alles sollte sie bekommen. Es sollte ihr an nichts fehlen.

Ruben hatte Geschirr mit einem altmodischen Blumenmuster gekauft, ähnlich dem, das sie zu Hause gehabt hatten. Vielleicht würde der vertraute Anblick sie besänftigen. Wusste sie denn nicht, dass ihre Widerborstigkeit ihr nur schaden konnte?

»Sie wird es lernen«, sagte er und stellte den Brotkorb und ein Gedeck auf das Tablett. »Es bleibt ihr gar nichts anderes übrig.«

Er hatte sich angewöhnt, mit sich selbst zu reden. Das häufige Alleinsein war schuld daran. Doch das würde sich jetzt ändern. Er war nicht mehr allein. Nie wieder würde er die Qualen der Einsamkeit aushalten müssen. Nie wieder.

Er drehte den Deckel der Thermoskanne zu und kontrollierte noch einmal, ob er auch an alles gedacht hatte. Brötchen, Butter, Honig, Marmelade, Käse, Orangensaft, Ei, Salzstreuer, Zuckerschale und Milchkännchen. Perfekt. Er hob das Tablett auf, nahm die Schlüssel und ging nach unten.

Sie saß auf dem Bett und sah ihm entgegen.

»Guten Morgen«, sagte Ruben. »Wie geht es dir?«

»Wo bin ich?«, antwortete sie.

»Zu Hause.« Ruben hatte sich vorgenommen, sich nicht provozieren zu lassen. »Ich hab dir Frühstück gemacht.«

»Zu Hause?«

Ruben stellte das Tablett auf den Sekretär und zog ihr den Sessel heran. »Bitte«, sagte er. »Greif zu.«

»Ich muss aufs Klo«, sagte sie.

»Kann ich mich darauf verlassen, dass du vernünftig bist?«

Sie zögerte, dann nickte sie. Ruben führte sie über den Flur zum Badezimmer. Er drückte auf den Lichtschalter, der außen neben der Tür angebracht war.

»Ich möchte dabei allein sein«, sagte sie.

»Klar.« Ruben lehnte sich an die Wand und verschränkte die Arme vor der Brust. »Ich warte hier.«

»Im Schloss steckt kein Schlüssel.«

Er antwortete nicht darauf. Sie konnte nicht ernsthaft erwarten, dass er ihr den Schlüssel aushändigte. Damit würde er sich einen Haufen Probleme einhandeln.

»Okay«, sagte sie leise. »Okay.«

Sie ließ sich Zeit, doch das störte ihn nicht. Er hatte drei Jahre auf sie gewartet, da fielen ein paar Minuten nicht ins Gewicht.

»Du kannst auch duschen«, bot er ihr an, nachdem sie wieder aus dem Bad gekommen war. »Nach dem Frühstück. Und dich umziehen.«

»Umziehen?« Sie sah an sich hinunter. »Wie denn? Du hast mir leider keine Zeit gelassen, einen Koffer zu packen.«

Sie hatte nichts von ihrer Schlagfertigkeit verloren. Ruben lächelte. »Du hast alles, was du brauchst. Ich zeig's dir, wenn du mit dem Frühstück fertig bist.«

Ohne Schwierigkeiten zu machen, kehrte sie mit ihm ins Schlafzimmer zurück, setzte sich an den Sekretär und schenkte sich Kaffee ein. Sie aß ein Brötchen, trank den Orangensaft und verschmähte auch das Ei nicht. Ruben sah ihr zu. Fast war es wie früher, nur dass sie kein Wort von sich gab.

»Rede mit mir«, sagte er.

Sie sah ihn an. Ihr Gesicht war ihm so vertraut. Aber in ihren Augen war ein Ausdruck, den er nicht kannte.

»Ruben«, sagte sie, »warum bin ich hier?«

Mike war zur Schule gegangen, weil ihm sonst die Decke auf den Kopf gefallen wäre. Er war so fertig, dass er sich selbst im Weg stand. Ilkas Tante wollte heute früh eine Vermisstenanzeige aufgeben. Es war ihre Sache, nicht seine.

Natürlich hatte sie es nicht ausgesprochen. Sie hatte es ihn jedoch spüren lassen. Und er nahm es ihr nicht mal übel. Schließlich kannte sie ihn kaum. Ilka hatte ihn irgendwann mitgebracht und ihrer Familie vorgestellt, es hatte ein paar belanglose Unterhaltungen zwischen Tür und Angel gegeben und das war es auch schon gewesen.

Er schlängelte sich durch das Gewühl auf dem Schulhof. Plötzlich war alles zu laut. Das Geschrei tat ihm in den Ohren weh. Er wurde angerempelt und hatte das Bedürfnis zuzuschlagen. Das erschreckte ihn. Er merkte, dass er gar nicht in den Unterricht wollte. Er wollte aber auch nicht nach Hause zurück. Er wollte wieder fünf sein und an Wunder glauben.

Verbrechen kamen nicht nur in den Nachrichten vor, das hatten Jettes und Merles Erfahrungen gezeigt. Die Angst hatte sich seit gestern bei ihnen eingenistet. Sie klebte an den Wänden und überfiel einen, sobald man die Wohnung betrat. Wie ein Geruch haftete sie an den Kleidern. Man wurde sie nicht los, so sehr man sich auch bemühte.

Sie alle bewegten sich wie in einem Traum. Jedes Wort schien eine zweite, versteckte Bedeutung zu haben, jeder Gedanke endete bei Ilka.

»Mike! Warte!«

Charlie löste sich aus einer Gruppe von Mädchen. Sofort blitzte ein Funke Hoffnung in ihm auf.

»Ich wollte bloß fragen, ob's was Neues gibt.«

Der Funke erlosch.

Charlie kaute Kaugummi und beinah hasste Mike sie dafür. Wie konnte sie seelenruhig dastehen und Kaugummi kauen, statt aus Sorge um ihre Freundin durchzudrehen? Er hatte sie gestern am Telefon bereits ausgequetscht und enttäuscht registriert, dass sie Ilka noch weniger kannte als er.

»Nein«, antwortete er gereizt.

»Schlimm, wenn so was in deiner Umgebung passiert«, sagte sie. »Ein Mensch verschwindet. Das liest du sonst nur in der Zeitung.«

Ihm war vorher nicht aufgefallen, wie hohl sie war. Er starrte sie an. Ihr wurde unbehaglich zumute unter seinem Blick. Sie zupfte an ihren langen Haaren herum. Ihr Kaugummi roch nach Pfefferminz.

»Pass auf, dass du an deiner beschissenen Betroffenheit nicht erstickst«, sagte er.

Ihre wässrig blauen Augen nahmen einen erstaunten Ausdruck an. Für einen Moment hörte sie auf zu kauen. »Wie meinst 'n das?«

»Denk mal drüber nach.«

Er drehte sich um und ließ sie stehen. Das hier hatte nichts mehr mit ihm zu tun. Er würde die Schule erst wieder betreten, wenn er wusste, was mit Ilka geschehen war.

14

Imke bemühte sich um Fassung. Sie konnte es nicht glauben. Entsetzt starrte sie das Telefon an. Jettes Stimme war noch in ihrem Ohr, sehr kindlich auf einmal und so nah. Imke wäre am liebsten sofort hingefahren, doch sie hielt sich zurück.

»Lass sie los«, hatte Tilo gesagt. »Sonst verlierst du sie.«

Er hatte ja Recht. Aber wie brachte man das Gefühl dazu, dem Verstand zu folgen?

Ilka ist verschwunden. Ein einziger Satz hatte ihre Befürchtungen wahr werden lassen. Der Albtraum wiederholte sich und ihre Tochter steckte mittendrin.

Sicher: Es musste nichts zu bedeuten haben. Junge Mädchen taten die verrücktesten Dinge. Vielleicht war Ilka nach Paris getrampt oder nach Amsterdam. Vielleicht hatte sie einen Billigflug nach Barcelona ergattert. Oder sie war mit einem Rucksack losgezogen, um zu sehen, wie weit die Füße sie tragen würden. Junge Mädchen vergaßen, zu Hause anzurufen. Es kam ihnen überhaupt nicht in den Sinn, dass man sich um sie sorgen könnte. Das war nicht ungewöhnlich. Das erlebte man doch alle Tage.

Imke wählte die Nummer ihrer Mutter. Sie hatte die seltsame Angewohnheit, alles immer zuerst mit ihr zu besprechen. Im Gegensatz zu Jette wurde sie selbst wohl nie erwachsen.

»Du liebe Güte«, sagte ihre Mutter. »Und wie geht's den Mädchen?«

»Sie schwanken zwischen Hoffen und Bangen.«

»Und du?«

»Bei mir überwiegt das Bangen.«

»Kann ich dir irgendwie helfen, mein Kind?«

Mein Kind. Wann hatte ihre Mutter sie das letzte Mal so genannt?

»Hast du nicht Lust vorbeizukommen?«

»Würde ich gern, aber ich hab gleich meinen Malkurs. Tut mir Leid.«

Imke hatte für einen Moment vergessen, wie voll der Terminkalender ihrer Mutter war. Die Energie dieser Frau war unerschöpflich. Sie nahm Unterricht in Russisch (bei ihrer Putzhilfe, einer jungen russischen Lehrerin), besuchte seit Jahren Kurse für Standardtänze und hatte noch mit siebzig angefangen, Yoga zu lernen. Inzwischen war sie fünfundsiebzig, hatte ihre Leidenschaft für die Malerei entdeckt und bei einer Ausstellung der Kunstschule tatsächlich zwei Bilder verkauft.

»Schon in Ordnung, Mutter. Kein Problem.«

Loslassen, dachte Imke. Nicht nur meine Tochter, sondern auch meine Mutter. Sie setzte sich wieder an den Computer. Arbeit war das beste Heilmittel. Sie half gegen Liebeskummer, Trauer und Angst.

Aufmerksam las sie noch einmal die Seite, die sie vor Jettes Anruf geschrieben hatte. Dann tippte sie zögernd den nächsten Satz. Es dauerte keine zehn Minuten, da war sie wieder in ihren Roman eingetaucht. Ihre Finger tanzten nur so auf den Tasten. Für den Augenblick vergaß sie ihre Umgebung und ihre Sorgen. Für den Augenblick zählte nur das, was vor ihr auf dem Bildschirm erschien.

*

»Warum du hier bist?« Ruben sah sie verwundert an. »Weil du zu mir gehörst.« Er zeigte lächelnd auf die Tasse in ihrer Hand. »Erinnerst du dich an das Muster?«

Ilka betrachtete die Tasse. »Es ist fast so wie ... das damals bei uns zu Hause«, sagte sie. Erst in diesem Moment wurde ihr die Bedeutung ihrer Lage richtig bewusst. Abrupt setzte sie die Tasse ab.

»Alles ist wie damals«, sagte Ruben. »Alles. Du wirst wieder glücklich sein, das verspreche ich dir.«

Ilka stand auf und zog sich langsam von ihm zurück. Sie sank auf die Bettkante und sehnte sich nach dem Tageslicht. »Aber ich *bin* glücklich«, sagte sie leise.

»Hast du deswegen eine Therapie gemacht?« Seine Stimme hatte scharf geklungen. Als wollte er Ilka signalisieren, dass sie eine Grenze erreicht hatte, die sie nicht überschreiten durfte.

»Wie lange willst du mich hier festhalten?«, fragte sie, obwohl etwas in ihr die Antwort schon kannte. Ihre Hände waren kalt und zitterten. Sie schob sie unter die Knie. Ruben sollte keine Schwäche an ihr bemerken.

»Ich will dich nicht festhalten«, sagte er sanft. »Ich wünsche mir, dass du freiwillig bleibst.«

»Wie lange, Ruben?«

»Was für seltsame Fragen.« Wieder sah er sie erstaunt an. »Für immer. Du sollst für immer bei mir bleiben.«

Das Zittern ihrer Hände ergriff Ilkas ganzen Körper. Sie spannte sämtliche Muskeln an, um es zu unterdrücken. Die unbestimmte Angst der vergangenen Monate hatte sie eingeholt. Hatte sie insgeheim nicht immer gewusst, dass Ruben sie nicht in Ruhe lassen würde?

Ruben nahm das Tablett und stellte es auf der Kommode im Flur ab. »Wenn du mir versprichst, keine Zicken zu machen«, sagte er, »dann führe ich dich jetzt durch dein kleines Reich.«

Dein kleines Reich. Er war wahnsinnig.

Ilka nickte. Hauptsache, sie war nicht länger in diesem Zimmer eingesperrt. Ruben ging voran. Erschüttert folgte sie ihm von Raum zu Raum. Eine Küche, ein Wohnzimmer, das Bad, das sie bereits kannte. Alles modern eingerichtet und geschmackvoll dekoriert. Eine perfekte kleine Wohnung. Es fehlte ihr nur eines – Zeichen von Leben. Jeder Raum wirkte vollkommen unbewohnt. Die Möbel standen da wie aus dem Katalog ausgeschnitten. Kein Kratzer, keine Macke. Niemand hatte die Schranktüren geöffnet, die Schubladen auf- und zugezogen. Niemand hatte die Dusche benutzt oder die Badewanne. Das Kissen auf dem Sofa war hingelegt und nicht mehr angerührt worden.

»Sag mir, was du brauchst«, sagte Ruben, »und ich werde es besorgen.«

Ilkas Blick glitt über die Toilettenartikel im Bad. Shampoo. Seife. Kamm und Bürste. Cremes, Parfüm und Lotionen. Sogar an Lippenstift und Wimperntusche hatte er gedacht.

Auf der Fensterbank standen Pflanzen.

»Sind die echt?«, fragte Ilka.

Ruben lächelte. »Traust du mir zu, dir was Künstliches zuzumuten?«

»Aber dann brauchen sie Licht.«

»Stimmt.« Ruben ging in den Flur hinaus und mit einem hellen Surren fuhren die Rollläden hoch.

Die Enttäuschung trieb Ilka die Tränen in die Augen. Es fiel zwar Licht ins Zimmer, aber das Fenster hatte geriffelte, trübe Milchglasscheiben.

196

»Sicherheitsglas«, sagte Ruben, dem ihr Blick nicht entgangen war, fast stolz. »In allen Räumen. Man kann es nicht zerschlagen. Es gibt zurzeit kein besseres zu kaufen.«

Eisengitter und Sicherheitsglas. Ilka fuhr sich mit dem Handrücken über die Augen. Noch nie hatte sie eine solche Ohnmacht empfunden. Wie ein Käfer kam sie sich vor, der auf den Rücken gefallen war und sich nicht wieder aufrichten konnte. Aber sie würde nicht zappeln. Den Triumph würde sie Ruben nicht gönnen.

»Ich bin also deine Gefangene«, sagte sie.

»Nenn es nicht so!« Er lehnte am Rahmen der Badezimmertür, ganz entspannt, als wäre das hier ein normales Gespräch unter normalen Menschen.

»Dann lass mich gehn.«

Unmerklich veränderte sich seine lässige Haltung. Er war auf der Hut.

»Bitte, Ruben! Lass mich gehn!«

»Bestimmt möchtest du jetzt duschen und dich umziehen.« Er stieß sich vom Türrahmen ab und öffnete einen schmalen weißen Badezimmerschrank. »Hier findest du Handtücher und Waschlappen.«

Zu ordentlichen Stapeln aufgeschichtet und nach Farben sortiert. Es war gespenstisch. Ein Puppenhaus.

Ruben führte sie ins Schlafzimmer zurück. »Und in diesem Schrank hier sind Klamotten.« Er betrachtete Ilka mit zusammengekniffenen Augen. »Größe achtunddreißig, stimmt's?«

An alles hatte er gedacht. Alles bis ins Detail geplant. Seine kalte Perfektion versetzte ihr einen Schock. Diese Wohnung war eigens für sie eingerichtet worden. Er selbst schien nicht vorzuhaben, darin zu leben. Nirgends war auch nur das kleinste Anzeichen dafür zu erkennen.

Voller Panik rannte Ilka los. Aus dem Zimmer. Durch den

Flur. Auf die einzige Tür zu, die Ruben nicht geöffnet hatte, die Eingangstür.

Verschlossen.

Ilka rüttelte an der Klinke. Sie hämmerte mit den Fäusten gegen die Tür und schrie.

»Ich will hier raus! Raus! Raus!!«

Ruben tat nichts, um sie daran zu hindern. Ruhig kam er ihr nach, blieb neben ihr stehen und verschränkte die Arme vor der Brust.

Ilkas Schreie versickerten. Sie hatte keine Kraft mehr. Es gelang ihr auch nicht länger, die Tränen zurückzuhalten. Sie lehnte die Stirn an die Tür und weinte.

»Die Tür ist aus Stahl«, sagte Ruben neben ihr, ganz sachlich. »Die Wohnung wurde schalldicht isoliert. Sie befindet sich in einer Villa, die einsam gelegen ist. Keine Nachbarn. Du kannst dich heiser schreien, niemand wird dich hören.«

Ilkas Tränen sammelten sich am Kinn und tropften auf ihren Pulli. Einige liefen ihr über den Hals ins T-Shirt. Sie wischte sie nicht weg. Das Taschentuch, das Ruben ihr hinhielt, rührte sie nicht an.

»Wie du willst.« Ruben steckte das Taschentuch wieder ein. »Du kannst dich hier unten frei bewegen. Wenn du was brauchst, rufst du mich. Hiermit.« Er zeigte auf einen Klingelknopf neben der Tür. Seine Stimme war kühl und beherrscht.

Ilka ließ ihn stehen. Sie ging ins Schlafzimmer zurück, machte die Tür hinter sich zu und warf sich aufs Bett. Sie musste nachdenken. Überlegen, was sie tun konnte. Stattdessen weinte sie, bis sie vor Erschöpfung einschlief.

*

Ruben trug das Tablett nach oben. Er war maßlos enttäuscht. So hatte er sich das Wiedersehen nicht vorgestellt. Er war auf anfängliche Schwierigkeiten gefasst gewesen, aber er hatte nicht damit gerechnet, dass Ilka sich so verändert haben würde. Sie hatte eine andere Stimme. Und einen anderen Blick. Wo war ihr Lachen geblieben? Und ihre Zärtlichkeit?

Wie sie ihm auswich! Als hätte sie panische Angst davor, dass er sie berühren könnte. Dabei hatte sie sich einmal danach gesehnt. Er brauchte nur die Augen zu schließen, um ihre Haut wieder unter den Händen zu spüren. Und ihr Haar.

Wütend räumte er das Geschirr in die Spülmaschine. Was hatten drei Jahre aus Ilka gemacht! Ein Mädchen, das er kaum wiedererkannte.

Er stieg die Treppen zu seinem Atelier hinauf. Seit er in diesem Haus lebte, hatte er noch keinen Pinselstrich getan. Er trauerte dem Malen nach, dem Einssein mit sich und seiner Phantasie, den kurzen Momenten, in denen er beinah glücklich war.

Die letzten Handgriffe vor Ilkas Ankunft hatten seine gesamte Zeit beansprucht. Er hatte gehofft, dass sich nun endlich alles miteinander verbinden würde, die Arbeit, der Alltag und die Liebe. Er hatte davon geträumt, die ganz großen Bilder zu malen.

Doch dazu brauchte er Ilka.

Im Augenblick war er damit beschäftigt, eine Ausstellung in London vorzubereiten. Er hatte bereits eine Vorauswahl getroffen und die Bilder an der Wand des Ateliers entlang aufgereiht. Sobald er sich endgültig entschieden hatte, würde er sie zum Rahmen bringen. Das würde er weiterhin in dem kleinen Geschäft erledigen lassen, das er immer damit beauftragt hatte. In seinem neuen Umfeld wollte er vorerst so wenig in Erscheinung treten wie möglich.

Er betrachtete die Bilder. Sie alle zeigten einen Mann und eine Frau. Die Themen konnten gleichzeitig die Titel sein. *Auf dem Markt. Auf der Straße. In einem Café. Unter Menschen. Allein. Auf der Terrasse. Am Tisch. Auf dem Bett.*

Die Kritiker würden in den höchsten Tönen von diesem neuen, aufregenden Aspekt seiner Arbeit schwärmen, er sah die Headlines schon vor sich. *Der Maler und seine Muse.* Oder, noch besser: *Der Maler und die Liebe.*

Ruben verzog verächtlich den Mund. Was verstanden die schon von der Liebe. Sie hatten keine Ahnung von wirklicher Leidenschaft.

Er dachte an die Interviews, die er im Laufe der Jahre gegeben hatte. Was die Leute vor allem andern interessierte, war sein Liebesleben. Tausend Fährten hatte er gelegt, um sie in die Irre zu führen. Den Paradiesvogel gespielt, um sie abzulenken.

Ihm wurde schlecht, wenn er daran dachte, mit wie vielen Frauen er geflirtet hatte, um das Gerücht aus der Welt zu schaffen, er trauere einer großen Liebe nach. Mit einigen hatte er sogar eine Nacht verbracht. Sie waren in den bekannten Maler verliebt gewesen, nicht in ihn. Manche hatten ihre Männer mit ihm betrogen. Die Gefahr der Entdeckung hatte ihn gereizt, mehr als die Frauen selbst.

Nur Judith hatte er wirkliche Nähe erlaubt. Sie war wie eine Schwester für ihn. Wie die Schwester, die Ilka nie hatte sein können. Er liebte sie auf eine ehrliche, schlichte Weise, die nichts mit Begehren zu tun hatte.

Er hatte ihr erklärt, er brauche mehr Ruhe zum Arbeiten. Deshalb habe er sich ein Refugium geschaffen, in das er sich für eine Weile zurückziehen werde. Sie solle sich weiterhin um das Haus und seine Termine kümmern. Er werde sich regelmäßig bei ihr melden. Und er verlasse sich auf ihre Verschwiegenheit.

Sie war einverstanden gewesen. Das hatte er auch nicht anders erwartet. Für Judiths Loyalität hätte er die Hand ins Feuer gelegt. Er merkte erst jetzt, was sie ihm alles abgenommen hatte. Vielleicht würde er sie irgendwann hierher holen können, wenn sich mit Ilka alles eingespielt hätte.

Eine halbe Stunde später stand er endlich an der Staffelei. Wie hatte er das vermisst, den Geruch der Farben, die grobe Struktur der grundierten Leinwand. Er hatte sich vorgenommen, die schlafende Ilka zu malen, doch plötzlich wusste er nicht mehr, wie ihr Gesicht aussah.

Wie konnte er ihr Gesicht vergessen!

Er fluchte, schloss die Augen, um sich besser konzentrieren zu können. Es half nicht. Ilkas Gesichtszüge waren wie ausgelöscht. Verzweifelt tauchte er den Pinsel ins Rot und zog einen groben Strich. Er sah aus wie verschmiertes Blut.

Ruben stöhnte auf. Nahm einen dickeren Pinsel. Klatschte mehr Rot auf die Leinwand. Dann Schwarz, Blau, Gelb. Zog Linien. Verrieb sie. Kratzte sie mit den Fingernägeln auf. Griff nach einer Schere und stach Löcher ins Schwarz, Löcher wie Augen, blasse, blinde Augen im Nichts. Er keuchte. Fluchte. Die Augen starrten ihn an.

*

Bert fuhr langsam durch die Dreißigerzone und betrachtete die Häuser. Der erste Eindruck war ihm immer besonders wichtig, weil er nicht durch Informationen gefiltert war. Es war später Vormittag. Eine ältere Dame kehrte den Gehsteig vor ihrem Haus, ein Lieferwagen von UPS kam vorbei, ein Jogger überquerte die Straße.

Hier also wohnte Ilka Helmbach. Frei stehende Häuser und großzügige Doppelhaushälften, die meisten in den Siebzigerjahren entstanden. Man erkannte es an der gediegenen Bauweise und den halbherzigen Versuchen, hier und da einen modernen Akzent zu setzen. Viel Schwarz und Weiß, Holz und Glas.

Die Gärten hatten eine respektable Größe, was daran lag, dass Grundstücke damals noch nicht so teuer gewesen waren. Bert fiel eine riesige Zeder auf, die ihre mächtigen Äste über dem Haus ihrer Besitzer ausbreitete. Auch die übrigen Bäume waren bemerkenswert hoch gewachsen, sodass man fast den Eindruck hatte, sich hier in einem Waldgebiet zu befinden.

Es war das, was man eine *bessere Gegend* nannte. Aber Bert wusste, dass es unter der polierten Oberfläche ebenso heftig brodelte wie anderswo. Das Verbrechen war nicht wählerisch. Es bevorzugte nicht die Wohnsilos der Stadtviertel, die als asozial galten. Es hatte keine Vorurteile.

Er fand eine Parklücke und stellte seinen Wagen ab. Als er ausstieg, empfand er die Ruhe, die hier herrschte, als behäbig und satt. Fang bloß nicht an, deine Vorurteile zu pflegen, dachte er, während er auf das Haus mit der silbernen Siebzehn zuging. Es unterschied sich nicht wesentlich von den übrigen Häusern, war Teil des Ganzen, frei stehend, gepflegt, jedoch mit deutlich sichtbaren Gebrauchsspuren.

Über dem Garagentor war ein ramponierter, offenbar heiß geliebter Basketballkorb angebracht. In der Eingangsnische hing neben der Tür ein anscheinend selbst getöpfertes Namensschild. *Ilka, Rhena, Leo, Marei und Knut.* Darunter *Täschner* und *Helmbach*. Über den Namen flogen blaue Wildgänse – oder jedenfalls etwas, das blauen Wildgänsen ähnlich sah.

Die Tür wurde geöffnet, noch bevor Bert auf den Klingelknopf gedrückt hatte. »Herr Kommissar? Ich bin Marei Täschner. Bitte, kommen Sie herein.«

Er rieb die Schuhsohlen auf der dicken braunen Fußmatte sauber und betrat die Diele. Der Garderobenständer war unter all den Mänteln, Jacken, Schals und Mützen kaum noch zu erkennen, trotzdem gelang es Marei Täschner, für seinen Mantel noch einen freien Haken zu finden.

»Kaffee?«

»Gern.« Die Kälte schien in diesem Winter kein Ende nehmen zu wollen. Sie war ihm unter die Haut gekrochen. Die Aussicht auf einen heißen Kaffee war verlockend.

Marei Täschner bot ihm einen Platz in der Küche an. Sie hatte den Kaffee schon vorbereitet und Tassen, Milch, Zucker und eine Schale mit Spritzgebäck auf den Tisch gestellt. Sie zündete die Kerze neben der Vase mit den Barbarazweigen an und schenkte ihm ein.

Bert sah sich um. In dieser Küche wurde gekocht und gelebt. Turnschuhe lagen neben der Tür, umgekippt, die Sohlen erdverkrustet. An der Wand hingen Kinderfotos und eine Tafel, auf die in verschiedenen Handschriften eine Einkaufsliste gekritzelt war. Auf der Arbeitsplatte stand ein Einkaufskorb, bis zum Rand gefüllt mit Lebensmitteln.

»Haben Sie schon etwas gehört?«, fragte Marei Täschner und schaute Bert erwartungsvoll an.

»Leider nicht.«

Wie oft hatte er mit angesehen, wie Hoffnung zerbröckelte und tiefer Enttäuschung Platz machte. Marei Täschner zog ein Taschentuch aus der Hosentasche und putzte sich trompetend die Nase.

Wie ein Kind, das durch den Keller poltert, um die eigene Angst zu erschrecken, dachte Bert. Die Frau, die da vor ihm saß, war ihm sympathisch. Ihr Blick war offen und freundlich, und die Fältchen in ihren Augenwinkeln zeigten, dass sie gern lachte.

»Ich möchte mir ein Bild von Ihrer Nichte machen«, sagte Bert. »Darf ich Ihnen ein paar Fragen stellen?«

Sie nickte und umschloss ihre Tasse mit beiden Händen, wie um Halt zu finden. »Natürlich. Wenn ich Ihnen damit helfen kann.«

»Ist Ilka ein unbeschwertes Mädchen?«, fragte Bert.

Marei Täschner überlegte nicht lange. »Nein. Das ist sie nicht. Vor gut drei Jahren hatten ihre Eltern einen schweren Autounfall. Mein Schwager ist dabei gestorben. Meine Schwester hat das Erlebnis nicht verkraftet und lebt seitdem in einem Heim für psychisch Kranke. Ilka ist sehr tapfer, doch sie kommt nicht darüber hinweg.«

»Wie alt ist Ihre Schwester?«

»Einundfünfzig. Zwei Jahre älter als ich.«

»Können Sie mir mehr über ihre Erkrankung sagen?«

»Seit dem Unfall hat sie kein Wort mehr gesprochen. Sie vegetiert zwischen lauter Demenzkranken dahin.«

»Hat Ihre Nichte Kontakt zu ihr?«

Marei Täschner nickte. »Sie besucht sie regelmäßig. Ilka glaubt fest daran, dass meine Schwester alles wahrnimmt und dass sie sich irgendwann auch wieder äußern wird.«

»Als hätte sie sich bloß eine Zeit lang in ihrem Körper verkrochen.«

Überrascht schaute Marei Täschner ihn an. Bert konnte sich denken, welches Bild sie von Polizeibeamten hatte. Da war sie nicht anders als die meisten Menschen. Ein Gedanke über die Befragungsroutine hinaus verwirrte sie.

»Ja«, sagte sie. »Genau so hat Ilka es einmal ausgedrückt.«

»Gibt es außer Ihnen weitere Verwandtschaft?«, fragte Bert und klappte sein Notizbuch auf.

»Nur noch … Ilkas Bruder. Ruben.«

Ihr Zögern war Bert nicht entgangen. Was hatte es zu bedeuten? Er rief sich das Namensschild ins Gedächtnis zurück. *Ruben* hatte nicht darauf gestanden.

»Er lebt nicht bei Ihnen?«, fragte er.

»Nein.«

Diesmal hatte sie so prompt geantwortet, dass Bert nachhaken musste. »Warum nicht?«

Ihre Finger spielten mit dem Kaffeelöffel, drehten ihn hin und her, während sie überlegte. Schließlich sah sie ihn an. In ihren Augen war etwas, das Bert nicht einordnen konnte.

»Ilka wollte nichts mehr von ihm wissen.«

Bert schwieg, eine bewährte Methode, um das Gegenüber zum Reden zu bringen. Sie funktionierte auch hier. Marei Täschner hielt die Stille nicht aus.

»Sie hat uns nie gesagt, warum. Am Anfang haben wir sie nicht fragen wollen, weil sie genug Kummer hatte. Später haben wir nicht gefragt, weil wir sie nicht an schmerzliche Dinge erinnern wollten. Und schließlich hat sie das Recht, selbst zu bestimmen, wen sie in ihrem Leben haben möchte und wen nicht.«

Ruben. Der Name kam Bert bekannt vor. Ruben Helmbach. Hatte er ihn nicht in der Zeitung gelesen?

Marei Täschner schien seine Gedanken erraten zu haben. »Er ist Maler«, sagte sie.

Natürlich. Jetzt fiel es ihm wieder ein. Margot hatte ihn sogar mal in eine seiner Ausstellungen geschleppt. Bert hatte die Bilder noch dunkel vor Augen. Sie hatten ihn an Gauguin erinnert, und er hatte sich mit Margot gestritten, die diesen Vergleich völlig unangemessen fand. Gauguin sei bis heute unerreicht. Kein Maler der Gegenwart könne ihm das Wasser reichen. Einen Gott hatte sie Gauguin genannt. Das hatte Bert zum Lachen gebracht und sie hatte ihn als überheblichen Idioten beschimpft und mitten in der Ausstellung stehen lassen.

»Ich erinnere mich«, sagte er. »Es ist schon eine Leistung, in dem Alter einen so enormen Erfolg zu haben. Wie ist denn Ihr Verhältnis zu Ihrem berühmten Neffen?«

Marei Täschner schüttelte bedauernd den Kopf. »Seit damals habe ich ihn nicht mehr getroffen. Ich habe, ehrlich gesagt, auch nicht das Bedürfnis danach. Ruben ist ein schwieriger Mensch. Etwas an ihm hat mir immer Angst eingejagt, sogar damals, als er noch ein Junge war.«

»Angst?«

Sie hob die Schultern. »Ich kann das nicht erklären. Er konnte einen angucken... dass einem eine Gänsehaut über den Körper lief.« Sie trank ihren Kaffee aus. »Aber das ist nicht mehr wichtig. Alles Vergangenheit.«

Auch Bert trank seinen Kaffee aus. »Ich würde mir gern Ilkas Zimmer anschauen. Haben Sie etwas dagegen?«

»Selbstverständlich nicht. Wenn es Ihnen hilft, Ilka zu finden.« Sie stand auf. »Kommen Sie.« Von einem Augenblick auf den andern sah sie müde aus. Als hätte das Gespräch sie zutiefst erschöpft.

Bert kannte das. Die meisten Menschen kontrollierten sich sehr, wenn sie mit einem Polizisten redeten. Sie hatten Angst, etwas falsch zu machen und dadurch die Untersuchungen zu behindern. Doch das allein war es nicht. Marei Täschner wirkte wie jemand, der einen langen Kampf geführt hatte und nun begriff, dass er verloren war.

15

Der Tag war vergangen. Ilka hatte ihn durch die trüben Fensterscheiben lediglich erahnen können, aber sie hatte das Licht genossen, das in die Zimmer gefallen war. Jetzt war es kurz nach sechs und schon wieder dunkel draußen.

Ihr Magen rebellierte vor Hunger. In der Küche hatte sie einen Vorrat an verschiedenen Teesorten entdeckt, außerdem Kaffee, Honig, Zucker, Kondensmilch und einen Wasserkocher. Im Kühlschrank standen zwei Flaschen Mineralwasser. Nach etwas Essbarem hatte sie die Schränke vergeblich durchstöbert. Sie fragte sich, wozu es überhaupt eine Küche gab, wenn nichts zum Kochen da war.

Irgendwann hatte sie den Schrank im Schlafzimmer aufgemacht. Er quoll beinah über von Klamotten. Hosen, Kleider, Röcke, T-Shirts, Pullis, Blusen, Schuhe, Stiefel, Unterwäsche, Strümpfe, Schals. Alles war neu. Und sehr, sehr teuer. Gucci. Versace. Dolce & Gabbana. Joop. Das waren nicht gerade die Marken, an die Ilka gewöhnt war. Für die Summe, die ein einziges dieser Teile verschlang, kleidete sie sich im Kaufhaus locker zweimal ein.

Sie konnte sich nicht vorstellen, reich zu sein. Manchmal hatte sie sich ein bisschen mehr Geld gewünscht, das ja, aber der Gedanke an wirklichen Reichtum war ihr immer unheimlich gewesen. Reiche Leute merkten nicht mehr, dass ein

Wohltätigkeitsbankett gegen den Hunger auf der Welt nichts als zynisch war.

Ilka hatte nach Jeans und Pulli gegriffen, geduscht und sich angezogen. Es hatte sie irritiert, dass sie die Badezimmertür nicht abschließen konnte, weil kein Schlüssel steckte. Später hatte sie festgestellt, dass es in der ganzen Wohnung keine Schlüssel gab.

Keine Schlüssel, das bedeutete, dass sie Ruben in jeder Minute und jeder Sekunde ausgeliefert war.

Sie hatte nachgedacht. Sich gegen einen Ansturm ungewollter Erinnerungen gewehrt. Sich nach Mike gesehnt. Rotz und Wasser geheult. Die Bücher im Regal an der Wohnzimmerwand gezählt, die Bodenfliesen im Bad. Sie hatte in der oberen Schublade des Sekretärs Papier und Kugelschreiber gefunden und einen Brief geschrieben.

Lieber Mike.

Sie hatte den Brief in tausend Schnipsel zerrissen und sie im Klo runtergespült. Sich hundeelend gefühlt. Und Angst gehabt. Das vor allem. Eine Angst, so groß, dass sie meinte, sie riechen zu können.

Lieber, lieber Mike.

Sie wusste, zu was Ruben fähig war, wenn man ihn reizte. Sie wusste, wie leicht er wütend wurde. Sogar die Erwachsenen hatten sich früher vor ihm gefürchtet. Nur die Eltern nicht. Und das hatte Ruben rasend gemacht.

Ilka hatte sich auf das Bett gelegt und das Gesicht im Kopfkissen vergraben. Sie musste überlegen, wie sie hier rauskommen konnte. Dazu war es wichtig, so viel wie möglich über ihre Umgebung zu erfahren. Und sie musste Ruben dazu bringen, ihr zu vertrauen. Vielleicht würde er ja unvorsichtig werden, irgendwann.

So war der Tag vergangen. Das Licht hatte sich zurückgezogen und Ilka fühlte sich verlassen. Sie hatte Unmengen von Tee getrunken, um den Hunger zu beschwichtigen. Doch allmählich entwickelte sie Visionen von Hähnchenschenkeln und Sahnetorten.

Ein paarmal schon hatte sie die Hand gehoben, um auf den Klingelknopf neben der Eingangstür zu drücken. Jedes Mal hatte sie sie wieder sinken lassen. Sie war noch nicht bereit, Ruben gegenüberzutreten, denn sie hatte noch immer keine Ahnung, wie sie sich verhalten sollte.

*

Ruben wartete. Wann würde sie endlich klein beigeben? Sie musste doch Hunger haben. Seit dem Frühstück hatte sie nichts mehr zu sich genommen.

Er hatte ein einfaches Essen vorbereitet, eins, das er rasch aufwärmen und nach unten bringen konnte. Hackfleisch mit Schafskäse und Tomaten, dazu Reis. Der Salat lag geputzt und gewaschen im Abtropfsieb, die Vinaigrette stand im Kühlschrank.

Mit Rubens Kochkunst war es nicht weit her. Es gab ein paar Rezepte, die ihm leicht von der Hand gingen, doch er hatte nie gern in der Küche gestanden. Ihm fehlte die Geduld dazu. Judith hatte immer behauptet, sich beim Kochen zu entspannen, und wahrscheinlich stimmte das sogar, denn es hatte ihr einen Riesenspaß gemacht, ihn ständig mit neuen Gerichten zu überraschen. Er konnte das nicht nachvollziehen.

Nach seinem Gefühlsausbruch an der Staffelei hatte er einen langen Spaziergang im Wald gemacht. Er hatte die kalte, würzige Luft eingeatmet, den gefrorenen Boden unter den Füßen gespürt und war allmählich wieder zu sich gekommen. Es entsetzte ihn, dass er so ausrasten konnte. Dass es in manchen Situationen mit ihm durchging wie früher, wenn er wieder mal eine Auseinandersetzung mit seinem Vater gehabt hatte und verzweifelt aus dem Haus gestürzt war. Damals hatte er seine ohnmächtige Wut an allem ausgelassen, was ihm vor die Füße geraten war. Er hatte Pflanzen ausgerupft, Käfer und Schnecken zertreten und Vögel mit seiner Schleuder vom Baum geschossen. Damals. Das war lange her. Er sollte seinem Vater längst vergeben haben.

Doch das sagte sich so leicht. Ruben konnte weder vergeben noch vergessen. Sein Vater war tot, aber selbst das versöhnte ihn nicht.

Die Gedanken waren auf ihn eingestürmt. Ruben war schneller gegangen und schneller, bis er schließlich rannte. Nach einigen Minuten hatte er heftiges Seitenstechen bekommen. Am Rand einer Lichtung war er stehen geblieben und hatte nach Luft gerungen. Sein Keuchen hatte die Stille zwischen den hohen, geraden Bäumen gestört. Es hatte ebenso wenig hierher gepasst wie seine Verzweiflung.

Das Seitenstechen hatte aufgehört. Die Verzweiflung war geblieben. Und der einzige Mensch auf der Welt, der sie ihm hätte nehmen können, saß unten im Keller und rührte sich nicht. Ruben sah auf die Uhr. Er sehnte sich danach, die Klingel zu hören, und hatte gleichzeitig Angst davor.

*

Der Weg zu Ilka, hatte Mike sich überlegt, musste in der Gegend anfangen, in der sie verschwunden war. Er war deshalb noch einmal durch die Straßen dort gegangen und hatte sich aufmerksam umgeschaut. Selbst die Hinterhöfe hatte er unter die Lupe genommen, sehr zum Missfallen der Besitzer, die ihn beschimpften und ihm mit der Polizei drohten.

Polizei, dachte Mike bitter. Das dauert doch ewig, bis die in die Gänge kommen. Er wusste, dass er dem Kommissar Unrecht tat. Immerhin war er sofort bereit gewesen, sich mit ihnen zu unterhalten. Seine Fragen hatten gezeigt, dass er nicht nur intelligent, sondern auch feinfühlig war. Vor allem hatte er auf die bequemen, billigen Floskeln verzichtet, die Mike insgeheim erwartet hatte.

Aber Mike hätte die Suche gern vorangetrieben. Jede Stunde, die verstrich, bedeutete für Ilka möglicherweise eine Stunde zusätzlicher Qual. Diese Bilder! Er kriegte sie nicht aus dem Kopf. Ilka mit Fesseln an Händen und Füßen. In irgendeinem schäbigen, feuchten Kellerloch. Vielleicht war sie verletzt. Vielleicht hatte man sie geschlagen. Oder sogar …

Mike beschleunigte seine Schritte. Er musste aufhören, sich diese Schreckensszenarien auszumalen. Damit half er Ilka nicht. Er brauchte einen klaren Kopf. Und Zuversicht. Zum hundertsten Mal fragte er sich, was wohl passiert sein mochte. Ilka konnte entführt worden sein. (Aber wieso? Ihre Familie war zwar nicht gerade arm, aber doch keineswegs reich genug, um Lösegeld zahlen zu können.) Sie konnte einen Unfall gehabt haben und nun verwirrt umherirren. (Aber was für einen Unfall? Und wieso fiel sie keiner Menschenseele auf?) Jemand konnte sie überfahren und Fahrerflucht begangen haben. (Aber dann hätte man sie doch sicher längst gefunden.).

Und wenn sie gar nicht mehr lebte?

Er zwang sich, logisch weiterzudenken. Selbstmord? Ilka hatte nicht gewirkt wie jemand, der vorhatte, sich das Leben zu nehmen. Im Gegenteil. Sie hatte ihm versprochen, die Nacht mit ihm zu verbringen. »Ja«, hatte sie auf seine Fragen geantwortet. Dreimal. Wie Petrus. Nur dass sie ihn nicht verraten hatte.

Mord?

Mike trat mit voller Wucht gegen einen Stein, der auf dem Gehsteig lag. Er beobachtete, wie er gegen eine Hausmauer prallte und dann über die Straße sprang. Ein Autofahrer hupte und tippte sich an die Stirn. Mike reagierte nicht.

Was brachte das, die Gegend hier abzulaufen? Er sollte gezielt suchen. Mit einem Foto vielleicht. Leute befragen. Irgendwer musste Ilka doch gesehen haben.

Gleich fasste er wieder Mut. Was er brauchte, war ein konkreter Plan. Erst jetzt registrierte er, dass es dunkel geworden war. Die Leute beeilten sich, nach Hause zu kommen. Im bleichen Licht der Straßenlaternen wirkten sie wie Zombies. Mike blieb unschlüssig stehen. Eine Frau, die dicht hinter ihm gewesen war, rempelte ihn unfreiwillig an.

»Entschuldigung.« Ganz kurz hatte er ihr Gesicht gesehen. Es hatte ihn an Lara Engler erinnert. Und plötzlich wusste er, was er als Nächstes tun würde.

*

Bert liebte es, in seinem Büro zu sitzen, wenn die meisten schon nach Hause gegangen waren. Kein Telefonklingeln unterbrach seine Gedanken, kein Kollege platzte mit einer Anfrage herein. Die Geräuschkulisse veränderte sich. Es wurde still.

Die Putzfrauen kamen und brachten andere Geräusche mit, die ihn jedoch nicht störten. Er verließ sein Büro für einen kurzen Augenblick, damit sie rasch ihre Arbeit tun konnten. Je schneller sie fertig waren, desto besser.

Wenn es schließlich überhaupt keine Ablenkung mehr gab, schaltete er die Deckenbeleuchtung aus und knipste die Tischlampe an. Die Konzentration des Lichts auf einen Punkt in der Dunkelheit hatte einen wohltuenden Einfluss auf seine Gedanken.

Noch war es nicht so weit. Bert hörte Schritte auf dem Flur, Stimmen, jemand lachte laut. Aber das war ihm egal. Er hatte sich vorgenommen, seine Notizen im Fall Ilka Helmbach, denn ein Fall war es jetzt geworden, zu überdenken und seine Eindrücke zu ordnen. Damit würde er eine Weile beschäftigt sein.

Er hatte Margot angerufen und ihr gesagt, dass es spät werden würde.

»Okay«, hatte sie nur geantwortet. »Dann brauchen wir mit dem Essen ja nicht auf dich zu warten.«

Ihr kühles Desinteresse hatte Bert verblüfft. Er war daran gewöhnt, dass sie sich beklagte, ihm Vorwürfe machte und ihn beschimpfte. Nach zwölf Jahren Ehe überraschte sie ihn noch immer. Er konnte sich ihrer nie sicher sein. Was würde er empfinden, wenn sie einen Geliebten hätte?

Bert stand auf. Er brauchte einen Kaffee. Seit er nicht mehr rauchte, hatte sein Kaffeekonsum alarmierende Dimensionen angenommen. Im Grunde hatte er die Abhängigkeit vom Nikotin lediglich gegen die Abhängigkeit vom Koffein eingetauscht.

So ist das eben bei Süchtigen, dachte er und zog die Schreibtischschublade auf, in der er einen Vorrat an Fünfzigcentmünzen aufbewahrte. Im Grunde war er glimpflich davongekommen. Ebenso gut hätte er irgendwann in seinem Leben zum Trinker werden können oder zum Fixer.

Dass er das Rauchen aufgegeben hatte, verdankte er seinem Arzt, Tennispartner und besten Freund Nathan. Allerdings auch die Tatsache, dass er jetzt ein paar Kilo Übergewicht mit sich herumschleppte. Was war nun schädlicher?

Nathan hielt nichts von solchen Überlegungen. »Du bereitest doch bloß deinen Rückfall vor«, hatte er neulich gesagt. »Da ist dir jedes Argument recht und sei es noch so fadenscheinig.«

Tatsächlich wurde Bert immer wieder von der Lust auf eine Zigarette gepackt. Diese Attacken dauerten nur wenige Sekunden, aber sie trieben ihm den Schweiß auf die Stirn.

Er ging über den Flur, warf eine Münze in den Kaffeeautomaten und traf seine Wahl. Der Kaffee schmeckte ausgesprochen gut. Sogar Cappuccino und Milchkaffee waren genießbar. Mit einem Klacken fiel ein brauner Plastikbecher heraus, dann lief frisch, heiß und duftend der Kaffee ein.

Es war ruhig geworden. Jeden Moment würden die Putzfrauen kommen. Ihr Kampf gegen den Schmutz unterschied sich nicht wesentlich vom Kampf gegen das Verbrechen. Man fing immer wieder von vorn an und schaffte es nie, zu gewinnen.

Bert trug den Kaffee in sein Büro. Er schlug sein Notizbuch auf und sortierte seine Erinnerungen.

Ilkas Zimmer war überraschend ordentlich gewesen.

»Hat sie gerade aufgeräumt?«, hatte er ihre Tante gefragt.

»Nein.« Sie hatte liebevoll gelächelt. »Hier sieht es immer so aus.«

Bert wusste, dass Menschen manchmal Ordnung schafften, um das Chaos in sich selbst zu verdrängen. Und manchmal behielt das Chaos dennoch die Oberhand und die Menschen gerieten in Panik und taten die merkwürdigsten Dinge. Schlugen die Wohnungseinrichtung kurz und klein. Kündigten ihren Job. Reichten die Scheidung ein.

Ordnungsliebend, hatte er notiert.

Auf der Fensterbank standen zwei Pflanzen, ein Efeu mit weiß gezackten Blättern und ein rot blühender Hibiskus. Im Efeu saß ein kleiner Frosch aus Ton.

»Ilka liebt Frösche«, sagte Marei Täschner, die seinem Blick gefolgt war. »Im Sommer hockt sie stundenlang am Teich, um sie zu beobachten. Sie findet sie faszinierend. Manchmal denke ich, sie hätte ein Händchen für die Biologie.«

Ein Händchen für die Biologie. Seltsam, das so auszudrücken. Und hatte ihre Stimme nicht mit einem Mal einen klagenden Unterton angenommen?

Mag Frösche, notierte Bert. *Naturkundlich interessiert.*

Am Fenster in Ilkas Zimmer hingen unterschiedlich geschliffene Glaskristalle, die sich leise im Strom der aufsteigenden Heizungsluft drehten. Neben den Blumentöpfen lagen Steine, hauptsächlich Flusskiesel, rundgeschliffen, schwarz und weiß. Dazwischen standen bunte Gläser mit Kerzen. Am Fensterrahmen lehnten zwei Ansichtskarten. Die eine zeigte ein einfaches kleines Haus in einem Lavendelfeld. Auf der anderen war ein Meer von Sonnenblumen zu sehen. Bert rührte die Karten nicht an. Vielleicht würde er das später tun. Noch sah er keine Notwendigkeit, zu weit in die Intimsphäre des Mädchens einzudringen.

Kreativ, notierte er. *Schönheitssinn.*

Auf ihrem Schreibtisch dieselbe Ordnung wie im ganzen Zimmer. Ein Laptop. Ein Drucker. Eine Tischleuchte. Ein Becher aus Ton, in dem Ilka ihre Stifte aufbewahrte. Ein Stapel Briefe, beschwert mit einem großen Bergkristall.

Sachlich?, notierte Bert. *Oder bloß beherrscht?*

Eine Kommode, ein Schrank, vor einem roten Sofa ein kleiner Tisch. Damit war das Zimmer voll. Auf der Kommode stand ein dreiteiliger Spiegel mit goldenem Rahmen, der Weite vortäuschte. Davor eine eckige, mit Wasser und Steinen gefüllte Glasvase inmitten ihrer Spiegelbilder. Über den Tisch lagen Bücher verstreut, das einzige Anzeichen von Unordnung, falls man das überhaupt so nennen konnte.

Harmonie, notierte Bert. *Bücher.*

Hauptsächlich Krimis, stellte er bei einem Blick in das Regal fest. Er fand mehrere Romane von Imke Thalheim, was sein Herz schneller schlagen ließ. Aber Ilka interessierte sich auch für Psychologie. Neben einem Standardnachschlagewerk fand Bert einige wissenschaftliche Abhandlungen und mehrere populärwissenschaftliche Arbeiten. In einem der Bücher ging es um Schizophrenie und es war auf einem hohen Niveau geschrieben. Beides irritierte ihn. Wieso interessierte sich ein achtzehnjähriges Mädchen für psychologische Zusammenhänge, und wie weit musste sie ihren Altersgenossen voraus sein, wenn sie sich an so schwierige Fachliteratur herantraute?

Interesse an Psychologie, notierte er. *Intelligent. Bezug zu Schizophrenie?*

Tatsächlich besaß Ilka mehrere Bücher zu diesem Thema. Manche waren mit handschriftlichen Anmerkungen versehen. Hier und da entdeckte Bert ein Ausrufezeichen.

»Woher kommt die Faszination Ihrer Nichte für Psychologie?«, fragte er. »Das ist sehr ungewöhnlich.«

Marei Täschner hob die Schultern. »Von ihren traumatischen Erlebnissen, nehme ich an. Vielleicht sucht sie Antworten in diesen Büchern.«

»Und warum befasst sie sich mit Schizophrenie?«

Marei Täschner sah ihn mit einem Ausdruck an, den er nicht deuten konnte. »Ich denke oft über die Reaktion meiner Schwester auf den Tod ihres Mannes nach. Auch Ilkas Umgang mit dem Unfall und seinen Folgen ist irgendwie… zu extrem.«

»Sie glauben, dass Ihre Familie anfällig sein könnte für… psychische Störungen?« Bert hatte in den vielen Jahren bei der Polizei gelernt, sich vorsichtig auszudrücken. Und behutsam Pausen zu setzen.

Marei Täschner knetete ihre Finger. Bert erkannte, dass sie sich einem Thema genähert hatten, das tiefe Ängste in ihr berührte. Sie nickte. Ihre Augen füllten sich mit Tränen. Sie blinzelte, um nicht zu weinen. Und dann liefen ihr die Tränen doch über die Wangen. Sie wischte sie mit den Fingern weg.

Bert ahnte, was sie durchmachte. Er spürte, dass sie sich mit Vorwürfen quälte. Dass sie sich an all die Gelegenheiten erinnerte, bei denen sie versäumt hatte, Fragen zu stellen, nachzubohren, hartnäckig zu sein.

»Man lässt die Kinder laufen«, sagte sie da auch schon, »und auf einmal sind sie so weit weg, dass man sie nicht mehr erreicht.«

Ihre Worte trafen ihn an einer empfindlichen Stelle. Er hatte oft das Gefühl, als würden ihm seine Kinder unmerklich entgleiten. Manchmal hatte er Angst, eines Abends an ihrem Bett zu stehen und sie nicht mehr zu erkennen.

Er reichte Marei Täschner ein Papiertaschentuch. Er hatte immer eine Packung bei sich. Die wenigsten benutzte er selbst. Diesmal jedoch nahm er eins und schnäuzte sich kräftig.

Eine Stunde später hatte Marei Täschner ihn zur Tür gebracht. Erleichtert hatte er sich von ihr verabschiedet, war in seinen Wagen gestiegen und losgefahren. Ein paar hundert Meter weiter hatte er sich dieses Gefühls geschämt und sich geschworen, alles zu tun, um diesen Fall schnell aufzuklären und Ilka zu finden. Lebend.

Der Becher war leer. Bert kämpfte gegen das Bedürfnis an, sich einen neuen Kaffee zu holen. Die Putzfrauen hatten das Gebäude verlassen. Es war ganz still. Er machte die Deckenbeleuchtung aus und schaltete die Tischleuchte an. Auch der Verkehrslärm draußen, tagsüber ein permanentes Rauschen, immer wieder unterbrochen von wütendem Hupen, ebbte allmählich ab. Mit einem Seufzen vertiefte Bert sich wieder in seine Notizen. Er hatte kein gutes Gefühl bei dieser Geschichte.

*

»Hast du dich beruhigt?«, fragte Ruben. Er balancierte das Tablett in den Flur und drückte die Tür mit der Schulter zu.

Ilka gab ihm keine Antwort. Sie lehnte an der Wand und musste sich anstrengen, nicht auf das Tablett zu starren, von dem ein köstlicher Duft aufstieg.

»Hackfleisch mit Schafskäse«, sagte Ruben. »Das magst du doch gern.«

»Es ist viel Zeit vergangen seit damals«, sagte Ilka vorsichtig.

Er warf ihr einen finsteren Blick zu. »Willst du damit sagen, dass sich dein Geschmack verändert hat?«

Fang keine Diskussion mit ihm an, dachte Ilka. Sei freundlich. Sie legte die Hand auf den vor Hunger schmerzenden Magen und folgte Ruben in die Küche.

»Heute Abend leiste ich dir Gesellschaft«, sagte Ruben und fing an, den Tisch zu decken. »Ich hab für uns beide gekocht.«

Ilka schaute ihm zu. Seine schmalen, dunklen Hände. Seine sehnigen Unterarme. Die Art, wie er sich bewegte. Das alles hatte ihr einmal gefallen. Er trug das Haar inzwischen kürzer, jedoch nicht so kurz, dass seine Locken verschwunden wären.

Was sie nicht an ihm kannte, war die Brille. Das Gestell war aus rötlichem Kunststoff. Sie hatte kleine, sechseckige Gläser mit einer leichten Grautönung.

»Ich brauche sie nicht immer«, erklärte Ruben. »Nur beim

Autofahren und manchmal, wenn meine Augen strapaziert sind.«

Ilka zuckte zusammen. Waren ihre Gedanken immer noch so leicht für ihn zu lesen?

»Sie steht dir«, sagte sie. »Du siehst damit wie ein Professor aus.«

»Hoffentlich nicht.« Er lächelte. »Professoren bestehen nur aus Kopf. Der Rest ihres Körpers scheint sie nicht zu interessieren.« Er rückte Ilka einen Stuhl zurecht. »Komm, setz dich.«

Sie saßen einander gegenüber und Ruben füllte ihr auf. Ilka hatte das Gefühl, noch nie so gut gegessen zu haben. Sie bemühte sich, nicht zu schlingen, sondern jeden Bissen zu genießen. Ruben, der nur wenig aß, beobachtete sie amüsiert.

Ilka hatte sich vorgenommen, ihn nicht zu reizen, ihm keine Fragen zu stellen, sondern einfach abzuwarten. Sie hatte erfahren, was passierte, wenn sie ihn verärgerte. Er zog sich zurück und ließ sie hier unten schmoren. Was, wenn er nicht zurückgekommen wäre?

»Noch ein bisschen?«

Ilka nickte und reichte ihm den Teller. Nein, sie durfte ihn auf keinen Fall wütend machen. Sie musste versuchen, sich kooperativ zu zeigen.

»Freut mich, dass es dir schmeckt«, sagte Ruben. »Ich habe mir auch wirklich Mühe gegeben.«

Das Geplänkel strapazierte Ilkas Nerven. Sie konnten doch nicht hier am Tisch hocken und sich unterhalten wie ein Ehepaar. Wie war dein Tag, Liebling? Anstrengend, Schatz. Eine Konferenz nach der andern. Und deiner?

Sie warf ihre Vorsätze über den Haufen. »Ruben«, sagte sie behutsam, »wenn du mich sehen willst, dann können wir uns doch hin und wieder treffen. Dazu musst du mich nicht hier festhalten.«

»Sehen? Hin und wieder?« Er verzog abfällig den Mund. »Und du glaubst, das wär genug?«

Ilka trank einen Schluck Wasser. Um Zeit zu gewinnen. Sie bewegte sich auf schwankendem Boden, der jederzeit unter ihr nachgeben konnte.

Ruben beugte sich vor. »Ich will dich bei mir haben. Mit dir leben. Ich will dich beim Einschlafen in den Armen halten und morgens neben dir aufwachen. Ich will mit dir frühstücken. Mit dir Spaziergänge machen. Und dich malen, malen, malen. Ich will, dass du Teil meines Lebens bist.«

»Aber das geht nicht.« Ilka hob die Hand und legte sie an seine Wange. »Du kannst die letzten Jahre nicht auslöschen, Rub.«

Er war bei ihrer Berührung zusammengezuckt. Als er seinen Kosenamen hörte, lächelte er. In diesem Lächeln lagen so viel Schmerz und Zärtlichkeit, dass Ilka erschrak.

»Warum nicht, Liebste? Nenn mir einen einzigen Grund.«

16

Das kleine gelbe Haus strahlte keine Wärme mehr aus, obwohl Licht in den Fenstern war. Mike empfand es sogar fast als bedrohlich, wie es da in der Dunkelheit stand, Tür und Fenster fest geschlossen, als wollte es seine Geheimnisse um nichts in der Welt preisgeben.

Er zögerte nicht und hämmerte mit der Faust gegen die Tür.

Lara Engler trug hellgraue Pluderhosen und darüber einen weiten schwarzen Pullover, der ihr bis zu den Knien reichte. Mike registrierte das mit einiger Erleichterung. In dem roten Kleid hatte sie einschüchternd auf ihn gewirkt.

»Sie schon wieder?« Sie ließ die Hand auf der Klinke. Ihr fülliger Körper versperrte ihm den Weg. Was befürchtete sie? Dass er sie berauben wollte? »Dieses Haus hat eine Klingel, junger Mann. Ich bin es nicht gewöhnt, dass meine Besucher sich mit den Fäusten Einlass verschaffen.«

»Es geht um Leben und Tod«, sagte Mike und fragte sich im selben Augenblick, ob er zu viele Western geguckt hatte. »Ich meine, es ist eine Notsituation«, fügte er hinzu.

»Ist Ilka noch nicht wieder aufgetaucht?« Lara Engler wirkte besorgt. Aber ihre Vorsicht gab sie nicht auf. Mit der rechten Hand hielt sie die Türklinke fest, mit der linken stützte sie sich an der Wand ab.

Mike schüttelte den Kopf.

»Das tut mir Leid.« Sie nickte, wie um ihren Worten Nachdruck zu verleihen.

Mike hatte sich nicht überlegt, wie er vorgehen wollte. Es kam einfach so über ihn. Er drückte die Tür auf und stieß Lara Engler zur Seite. Sie verlor den Halt und wäre beinahe gestürzt. Im letzten Moment fing sie sich wieder.

»Augenblick mal! Sie können nicht einfach gewaltsam in mein Haus eindringen!«

Mike streckte ihr die Hände entgegen. »Keine Waffe, sehen Sie? Ich habe nicht vor, Ihnen etwas anzutun. Ich möchte nur mit Ihnen reden.«

Sie zögerte, dann schloss sie die Tür. »Fünf Minuten.« Sie ging voran in den Therapieraum und nahm hinter ihrem Schreibtisch Platz. »Bitte.« Sie wies auf den blauen Sessel, auf dem wahrscheinlich auch Ilka immer gesessen hatte.

Mike setzte sich. Für ein paar Sekunden fühlte er sich Ilka ganz nah. Ein trügerisches Gefühl.

»Also?« Sie zeigte keinerlei Unsicherheit mehr. Als hätte die veränderte Konstellation eine Metamorphose in ihr bewirkt. An diesem Schreibtisch waren die Rollen klar verteilt.

»Worüber hat Ilka mit Ihnen gesprochen, bevor sie weggelaufen ist?«

»Das darf ich Ihnen nicht sagen. Ich habe es schon mal erklärt: Als Psychotherapeutin bin ich an meine Schweigepflicht gebunden.«

»Aber Ilka ist irgendwas zugestoßen. Sie sind vielleicht die Einzige, die ihr helfen kann.«

»Verstehen Sie denn nicht?« Lara Engler stand auf, verließ den Platz ihrer Überlegenheit und wanderte im Zimmer umher. »Die Schweigepflicht gilt in jeder vorstellbaren Situation. Ich darf sie nicht verletzen.«

»Selbst dann nicht, wenn Sie ein Leben retten könnten?«

»Selbst dann nicht. Es tut mir Leid.«

»Hören Sie auf, mir zu sagen, dass es Ihnen Leid tut!« Mike stand ebenfalls auf. Er blieb beim Schreibtisch stehen. »Davon hat Ilka nichts.«

Lara Engler rieb sich die Arme, als sei ihr kalt. Vielleicht sollte er es doch noch einmal versuchen.

»Sie vergeuden Ihre Zeit«, kam sie ihm zuvor. »Und meine. Bitte! Gehen Sie jetzt!«

»Ilka hat mir nie von den Sitzungen erzählt.« Mike ignorierte ihre Aufforderung. Er dachte gar nicht daran aufzugeben. »Können ihre Probleme mit ihrem Verschwinden zu tun haben?«

»Gehen Sie!«

Er lehnte sich gegen die Schreibtischkante. »Nicht, bevor Sie mir geantwortet haben.«

Ihre anfängliche Reserviertheit hatte sich nach und nach in Empörung verwandelt. Ihre Wangen glühten. Mit ein paar langen Schritten war sie beim Telefon.

»Ich rufe jetzt die Polizei.«

Da stand sie und verschanzte sich hinter den Gesetzen ihres Berufs. Es war ihr vollkommen gleichgültig, was mit Ilka passierte. Mike stieß sich vom Schreibtisch ab. Sie würde ihm nichts verraten. Er könnte die halbe Nacht hier verbringen, ohne ihr auch nur einen Hinweis zu entlocken.

»Gut, dass Sie vernünftig sind.« Wahrscheinlich glaubte sie, sie hätte gewonnen.

Mike spürte eine verzweifelte Wut. Er beugte sich vor, riss ihr das Telefon aus der Hand und schleuderte es mit aller Kraft gegen die Wand. Es zerschellte mit einem lauten Knall, fiel zu Boden und zerbrach in mehrere Teile, die in alle Richtungen spritzten.

Lara Engler wich zurück. Mike schoss auf sie zu, packte sie an den Schultern und schüttelte sie. Die Angst in ihren Augen machte ihn nur noch wütender. »Wenn Ilka etwas zustößt«, zischte er, »dann bring ich dich um, das schwöre ich dir.«

Er ließ sie los und sah, wie sie taumelte und an der Wand Halt suchte. Sie war ganz grau im Gesicht. Mit riesigen Augen starrte sie ihn an.

Langsam drehte er sich um und verließ das Haus.

Draußen steckte er die Hände in die Taschen seiner Jacke und machte sich auf den Heimweg. Er wusste nicht weiter. Nur eins wusste er genau: Es war ihm ernst gewesen mit seinem Schwur.

*

Ruben hielt ihre Hand an seine Wange gepresst, als wollte er sie nie wieder loslassen. Ilka wagte nicht, sie wegzuziehen. Sie war froh, dass sich der Tisch zwischen ihnen befand. Fieberhaft überlegte sie, was sie antworten sollte.

Ruben schloss die Augen. Er küsste die empfindliche Stelle an ihrem Handgelenk.

Entsetzt bemerkte Ilka, dass die Härchen an ihren Armen sich aufrichteten. Ruben sah ihr in die Augen. Er lächelte nicht mehr. Sein Blick hielt ihren fest. Es war wie damals. Als hätte es die Zeit danach gar nicht gegeben.

Ilkas Mund war wie ausgetrocknet. Vielleicht hatte Ruben diese Macht. Die Zeit zurückzudrehen. Oder einfach zu überspringen. Vielleicht war sie ihm immer ausgeliefert gewesen und hatte sich nur Illusionen gemacht. Vielleicht war auch Mike bloß ein Traum gewesen.

Nein. Sie riss die Hand zurück. Sofort veränderte sich

Rubens Blick. Ilka konnte Ungeduld erkennen und erste Anzeichen von Zorn.

»Du kannst die Jahre nicht auslöschen, weil sie zu meinem Leben gehören«, sagte sie. »Genauso wie zu deinem.«

Er schüttelte den Kopf. »Ich habe diese Jahre nur für ein Ziel genutzt – dich zurückzuholen. Darüber hinaus bedeuten sie mir nichts.«

»Aber mir.« Ilka lehnte sich auf ihrem Stuhl zurück, so weit es ihr möglich war.

»Und was?« Ruben hatte ihre Bewegung wahrgenommen. Er runzelte die Stirn. »Was bedeuten sie dir?«

»Ich… hab mich verliebt.«

Sie war auf einen Wutausbruch gefasst gewesen, nicht jedoch darauf, dass Ruben lachte. Er schlug mit beiden Händen auf den Tisch, dass das Geschirr klirrte, warf den Kopf zurück und brach in Gelächter aus. Es war kein gutes Lachen. Es war das Lachen eines Menschen, der gelernt hatte, der Welt mit Verachtung und Zynismus zu begegnen.

Das Gelächter brach so abrupt ab, wie es begonnen hatte. Rubens Augen verengten sich zu schmalen Schlitzen. Er erhob sich von seinem Stuhl und beugte sich so weit über den Tisch, dass sie seinen Atem auf der Haut spüren konnte.

»In diesen dummen Jungen?«

Ilka vergaß alle Vorsicht. »Er hat einen Namen: Mike. Und er ist das Beste, was mir in meinem Leben begegnet ist.«

Ruben starrte sie an. Holte aus. Und schlug ihr ins Gesicht.

*

So weit hatte sie ihn gebracht! Ruben floh aus der Wohnung. Er konnte Ilkas Anblick nicht länger ertragen. Er schnappte sich die Jacke, verließ das Haus und holte den Wagen aus der

Garage. Weg hier! Bloß weg! Damit er nicht ganz die Kontrolle verlor.

Fünf Grad minus auf der Außentemperaturanzeige. Die Landschaft sah im Licht der Scheinwerfer aus wie das Bühnenbild zu einem Wintermärchen. Alles so weiß, so unberührt und so vollkommen.

An einem Waldrand stellte er das Auto ab und lief ein Stück. Die Kälte schmerzte auf der Haut. Das war gut. Es zeigte ihm, dass er lebendig war und dass es sich lohnte zu kämpfen. Allmählich wurde er ruhiger.

Ilka hatte sich das selbst zuzuschreiben. Wieso musste sie ihn derartig reizen? Das Beste, was ihr begegnet war! Er verzog die Lippen zu einem geringschätzigen Lächeln. Dieses Bürschlein! Kein Mädchen von Ilkas Format konnte an so einem Gefallen finden.

Der Raureif knirschte unter seinen Schritten. Ruben betrat den Wald. Sofort umfing ihn tiefste Dunkelheit.

Es ist stockfinster. Sie halten sich an den Händen. Der Wald ist auf einmal ganz fremd. Als hätte er tausend Augen. Ruben ist so unheimlich zumute, dass er anfängt zu schwitzen.

Doch das darf Ilka nicht merken. Er ist fünf Jahre älter als sie. Schon immer ist er ihr Beschützer gewesen.

»Lass uns nach Hause gehn«, flüstert Ilka. »Ich hab Angst.«

»Brauchst du nicht«, sagt er. »Ich pass auf dich auf.«

Der Druck ihrer Hand verstärkt sich. Sie summt ein Lied, macht sich Mut. Sie hat dieses Abenteuer nicht gewollt. Trotzdem ist sie mitgegangen. Mitten in der Nacht.

Er braucht das ab und zu – einen Nervenkitzel, der ihn schneller atmen lässt. Die Tage sind so einförmig. Gestern ist wie heute, wie morgen. Er kann das nicht, immerzu dasselbe tun, ewig gleiche Erwartungen erfüllen, hübsch brav in der Spur bleiben. Er will nicht irgendwann aufwachen und feststellen, dass er zu Stein geworden ist, für alle Zeiten hart und fest und kalt und unveränderlich.

Ilka ist wie ein Schmetterling, flattert hierhin und dorthin, leicht und unbeschwert. Sie ist jeden Tag anders, kann sich an allem erfreuen. Manchmal denkt er, sie und das Glück sind eins.

Sie drehen ihre Runde durch den Wald, so still, dass sie den Atem des andern hören. Auf der Lichtung bleibt Ruben stehen. Das Nachtlicht liegt silbrig weiß auf dem Gras. Der Mond ist so klar zu sehen, dass man seine Krater mit bloßem Auge erkennen kann.

Ilka neben ihm atmet wie ein Vogel.

Eine Weile stehen sie so, dann wagt sie sich ein zweites Mal mit ihm in die Finsternis zwischen den hohen Bäumen.

Damals hatte sie absolutes Vertrauen zu ihm. Damals fing ihre Geschichte an. Er hielt Ilkas Hand und wusste, dass es nie ein anderes Mädchen für ihn geben würde.

Daran sollte er sich erinnern, wenn er aufbrauste wie eben. Es war nicht ihre Schuld. Es war die Schuld der andern. Sie hatten sie gegen ihn aufgehetzt. Und dann war dieser Junge dahergekommen und hatte ihr den Kopf verdreht.

Ilka war so leicht zu beeindrucken. Vielleicht spielte er Gitarre. Oder Klavier. Oder er schrieb Gedichte. Ilka bewunderte Begabung.

Wie oft hatte sie ihm beim Malen zugeschaut. Stundenlang hatte sie ihm Modell gestanden. Sie hatte ihn angebetet für sein Talent.

Ruben beschloss umzukehren. Er konnte die Hand vor den Augen nicht erkennen. Vorsichtig setzte er Schritt vor Schritt. Die Kälte drang durch seine dicke Jacke und ließ ihn frösteln. Er hätte sich beherrschen sollen. Noch nie hatte er eine

Frau geschlagen. Er fühlte sich erbärmlich. Und schrecklich allein.

Die letzten drei Jahre waren so turbulent gewesen, dass sie seine Einsamkeit manchmal übertönt hatten. Er hatte sich in der Szene durchgesetzt. Die Galeristen hatten sich die Klinke in die Hand gegeben, und er hatte aussuchen können, wem er seine Bilder anvertraute. Zu jeder wichtigen Party war er eingeladen worden. Die Leute hatten sich mit seiner Anwesenheit geschmückt. Eigentlich hatte eine Party erst mit seiner Ankunft richtig begonnen.

Seine Bilder hatten immer höhere Preise erzielt. Er war reich geworden. Erst der Erfolg hatte ihm ermöglicht, den Plan zu verwirklichen, den er schon lange im Kopf trug.

Und jetzt, wo er alles geschafft hatte, war Ilka ihm ferner denn je.

Ruben verließ den Wald, setzte sich in seinen Wagen und fuhr nach Hause. Morgen war ein neuer Tag. Er würde Ilka um Verzeihung bitten. Noch war nichts verloren. Er musste nur Geduld haben. Und warten.

*

Es war fast Mitternacht, als wir endlich Mikes Schritte auf der Treppe hörten. Wir liefen beide zur Tür und machten ihm auf, bevor er den Schlüssel ins Schloss stecken konnte.

»Bist du wahnsinnig, Mann? Weißt du eigentlich, was wir deinetwegen durchge…«

Merle verstummte. Mike stand da und war doch ganz woanders. Alles Blut schien ihm aus dem Gesicht gewichen zu sein. Die Haut schien sich fester über die Knochen zu spannen.

»Lass ihn doch erst mal reinkommen.«

Ich nahm Mikes Hand und zog ihn in den Flur. Er ließ es

geschehen. Die Arme hingen ihm schlaff am Körper herab. Wenn man ihn angetippt hätte, wäre er wahrscheinlich umgefallen und liegen geblieben.

Merle schloss die Tür. »Gib mir mal deine Jacke«, sagte sie. Ihre Stimme klang rau. So sprach sie mit den traumatisierten Tieren, die wir wieder hochpäppelten, nachdem sie monatelang in einem Versuchslabor gequält worden waren.

Mike zippelte den Reißverschluss auf. Er brauchte dazu drei Anläufe. Dabei war er nicht betrunken. Er war stocknüchtern. Dann ließ er die Jacke von den Schultern gleiten. Merle fing sie auf und hängte sie an die Garderobe.

Ich führte Mike in die Küche und drückte ihn aufs Sofa. Seine Hände waren blau gefroren. Er rieb sie vorsichtig. Was er jetzt brauchte, war ein guter, starker Earl Grey.

»Ich bin ein Schwein«, sagte er.

»Klar bist du das.« Merle hatte eine Decke geholt und wickelte sie ihm um die Beine. »Aber jetzt bleibst du erst mal hier sitzen und ruhst dich aus. Jette macht dir einen Tee, und wenn du dich aufgewärmt hast, erzählst du uns, warum du ein Schwein bist.«

Mike legte die Hände auf den Schoß, die Handflächen nach oben. Er sah aus wie ein alter Mann mit einem viel zu jungen Gesicht. Sein Blick irrte hin und her, als könnte er sich nicht entscheiden, wo er sich niederlassen sollte. Schließlich blieb er auf die Katzen gerichtet, die sich mit hartnäckigem Maunzen einen Mitternachtshappen erbettelt hatten und ihn nun verputzten.

»Ich hab ihr gedroht«, sagte Mike. »Wie ein hundsgemeiner Verbrecher.«

»Wem?« Ich hatte mich neben ihn gesetzt, um zu warten, bis das Wasser kochte.

»Lara Engler.« Er sah mich an, als wäre er über meine

Anwesenheit überrascht. Oder über sich selbst. »Ilkas Therapeutin.«

»Du warst bei ihr?«

Er nickte. »Sie muss doch irgendwas wissen. Und da dachte ich einfach, ich frage sie.«

»Schweigepflicht.« Merle stellte Käse und Brot auf den Tisch. Wenn sich jemand mies fühlte, verwöhnte sie ihn mit einer Mahlzeit. Das löste zwar keine Probleme, hob aber die Stimmung.

»Darauf hat sie sich berufen.« Mike streckte die Beine aus und stöhnte leise.

»Und sie hat Recht.« Merle kannte sich aus. Sie hatte oft genug mit der Polizei zu tun, auch vor Gericht hatte sie schon gestanden. Unter den Tierschützern gab es ein paar Juristen, ohne deren Kenntnisse die Gruppe sich längst aufgerieben hätte. »Sie darf nichts ausplaudern. Das ist zum Schutz der Patienten so geregelt.«

»Klar!« Ärgerlich streifte Mike die Decke ab und stopfte sie achtlos zwischen Sofa und Regal. »Es ist nur zu Ilkas Schutz, dass die blöde Kuh ihr Wissen für sich behält und mich im Nebel stochern lässt.«

Das Wasser kochte und ich brühte den Tee auf. Ich machte gleich eine ganze Kanne, denn Merle und ich hatten auch einen nötig.

»Es gibt Fälle, da fallen einem die Ohren ab.« Merle hatte den Tisch fertig gedeckt und setzte sich auf ihren Platz. »Männer, die ihre Frauen bespitzeln und über die Therapeuten an ihre Geheimnisse kommen wollen. Erpressungsgeschichten. Fiese Machenschaften von Eltern, die ihre Kinder dominieren wollen. Wirklich heftig.«

Merle und ich hatten Hunger und langten zu. Mike rührte nicht mal seinen Tee an.

»Vielleicht weiß diese Lara ja gar nichts«, überlegte ich laut. »Ich meine, nichts, was uns weiterhelfen würde.«

»Uns?« Mike sah mich an. In seinen Augen lag so viel Resignation, dass ich Lust hatte, ihn zu schütteln.

»Was glaubst du denn? Dass du der Einzige bist, der sich Sorgen macht?«

»Da kennst du uns aber schlecht«, sagte Merle mit vollem Mund. »Und jetzt trink endlich deinen Tee, bevor er kalt ist.«

Zögernd nahm Mike einen Schluck. »Kann ich euch denn da überhaupt mit reinziehen?«

Merle verschluckte sich und bekam einen Hustenanfall. Ich klopfte ihr auf den Rücken. »Machst du Witze?«, krächzte sie. »Du hast gar keine Wahl.«

Seine Augen schienen zu leuchten. Er fischte sich eine Scheibe Brot aus dem Korb.

»Nur zum besseren Verständnis«, sage Merle, als sie wieder sprechen konnte, »womit hast du der Therapeutin denn gedroht? Etwa damit, sie umzubringen?« Sie grinste, um ihn zum Lachen zu bringen.

Doch Mike lachte nicht. Er nickte.

Merle und ich tauschten einen Blick. Aber wir sagten nichts. Mike war fix und fertig. Er brauchte dringend Schlaf. Ein Mörder würde er auch in hundert Jahren nicht werden.

*

Seit vier Uhr in der Frühe war Ilka wach. Jetzt war es kurz vor sieben. Sie stand auf, schlüpfte in den Bademantel und öffnete den Kleiderschrank. Sie mochte die Klamotten nicht, die Ruben für sie gekauft hatte, obwohl viele ihr gefielen. Sie mochte sie nicht, weil sie nicht sein Geschöpf sein wollte.

Am liebsten wäre sie im Bett geblieben. Sie fühlte sich matt und erschöpft. Aber sie wollte Ruben auf keinen Fall im Schlafanzug gegenübertreten. Die Kleidung war wie eine zweite Haut, die sie schützte. Und in dieser Situation brauchte sie jede Unterstützung, die sie kriegen konnte.

Er hatte sie geschlagen!

Wieder füllten sich ihre Augen mit Tränen. Dabei wollte sie nicht heulen. Ruben sollte nicht sehen, wie sehr er sie verletzt hatte.

Sie entschied sich für eine weite schwarze Wollhose und den dicksten Pullover, den sie finden konnte. Ihr war schrecklich kalt.

Unter der Dusche entspannte sie sich. Soweit das möglich war bei einer Tür, die sie nicht abschließen konnte. Sie ließ sich das warme Wasser übers Gesicht laufen und stellte sich vor, sie wäre zu Hause. Oder bei Mike.

Vielleicht kam sie nie wieder hier raus. Vielleicht würde er nie erfahren, was mit ihr geschehen war. »Mike«, flüsterte sie. »Mike. Mike. Mike.«

Was würde er ihr raten?

Er war ein logisch denkender Mensch. Er würde ihr raten, die Situation zu analysieren und sich darauf einzustellen.

Ilka trocknete sich ab und zog sich an. Sie kämmte sich, was immer eine schwierige Aktion war, und beschloss, die Haare an der Luft trocknen zu lassen. Dann ging sie ins Wohnzimmer und setzte sich auf das Sofa.

Sie befand sich im Keller einer einsam gelegenen Villa. Die Wohnung war schalldicht isoliert. Die Fensterscheiben waren aus bruchsicherem Glas. Das bedeutete, dass sie keine Hilfe herbeirufen konnte. Ebenso wenig würde es ihr gelingen zu fliehen.

Es gab drei Möglichkeiten. Sie konnte sich gegen Ruben auflehnen, was ihre Lage verschlimmern würde. Sie konnte auf Befreiung von außen hoffen, denn Tante Marei hatte inzwischen sicherlich die Polizei eingeschaltet, doch das konnte sich ewig hinziehen. Sie konnte zum Schein auf Ruben eingehen und versuchen, sich auf diese Weise Freiheiten zu verschaffen, die ihr aus dieser Wohnung (und später vielleicht aus dem Haus) heraushelfen würden.

Ilka musste nicht lange überlegen, um sich für die dritte Variante zu entscheiden. Daraus würden sich die nächsten Schritte ergeben, die sie im Augenblick noch nicht planen konnte.

Ja. So würde sie es machen. Sie stand auf, ging in den Flur und drückte auf den Klingelknopf. Ihre Chance war gering, aber sie musste sie nutzen.

17

Ruben war schon geduscht und angezogen, als er das Läuten in der Diele hörte. Er hatte die halbe Nacht mit Malen verbracht, danach hatte er über einem Bildband die Zeit vergessen. Leonardo da Vinci. Das größte Genie aller Zeiten. Neben ihm kam er sich klein und mickrig vor.

Irgendwann war er dann auf dem Sofa eingeschlafen. Am Morgen hatte er blinzelnd festgestellt, dass das Licht noch brannte. Er hatte einen angewiderten Blick auf den Couchtisch geworfen. Ein schaler Weinrest in einem mit Fingerabdrücken übersäten Glas, eine leere Rotweinflasche, ein Teller mit Krümeln, Käserinden und einer Hand voll übrig gebliebener roter Trauben und mittendrin der randvolle Aschenbecher. Kein Wunder, dass sein Schädel dröhnte.

Ruben hatte den unangenehmen Geschmack auf der Zunge loswerden müssen und das Gefühl, von Kopf bis Fuß verschmutzt zu sein, und hatte eine Dusche genommen. Erst nachdem er frische Sachen angezogen hatte, war er ans Aufräumen gegangen.

Unvorsichtigerweise hatte er am Aschenbecher geschnuppert und der Gestank hatte ihm fast den Magen umgestülpt. Vielleicht gewöhnte man sich daran, wenn man regelmäßig rauchte. Er würde es nie herausfinden, er war nur ein Gelegenheitsraucher. Es gab Tage, an denen er plötzlich scharf war auf eine Zigarette, dann wieder ließ Tabak ihn für Monate kalt.

Er wollte gerade Frühstück machen, als er das Läuten hörte. Sofort war er bei der Tür und lief hinunter, den Schlüssel in der Hand. Vorsichtig schloss er auf.

Ilka stand da und lächelte ihn an. Sie lächelte!

Die Sachen, die er für sie gekauft hatte, standen ihr. Sie sah aus wie in seinen Träumen. Ihr Haar glänzte feucht und wirkte im Licht der Lampe beinah schwarz. Ruben hätte fast die Hand danach ausgestreckt, aber er beherrschte sich.

»Ich habe Hunger«, sagte Ilka. »Wollen wir nicht zusammen frühstücken?«

Das war viel zu schön, um wahr zu sein. Ruben kniff die Augen zusammen.

»Kein Hintergedanke.« Sie hielt ihm die offenen Hände hin, wie um ihm zu beweisen, dass sie nichts Böses im Schilde führte. »Ehrlich nicht. Ich hab mir bloß gedacht, dass wir so nicht weitermachen können.«

Er glaubte ihr nur zu gern.

»Es tut mir Leid, dass ich... dass ich dich geschlagen habe.«

Sie wurde rot und wandte den Blick ab.

»Ich wollte es nicht. Verzeihst du mir?«

Das Lächeln erschien wieder auf ihrem Gesicht.

Ruben ging langsam auf sie zu. Insgeheim erwartete er, dass sie zurückweichen würde. Doch sie blieb stehen. Behutsam zog er sie an sich. Sie ließ den Kopf an seine Schulter sinken und bewegte sich nicht.

Ihr Haar duftete nach Shampoo. Sanddorn. Er hatte ihre Vorlieben nicht vergessen.

Sie machte sich sacht von ihm los. »Lass mir Zeit«, flüsterte sie.

Er nickte. Sprechen konnte er nicht.

»Darf ich dir beim Frühstück helfen?«, fragte sie.

Vorsicht, sagte etwas in ihm. Das kann eine Falle sein.

»Ich versprech dir, ich mach keinen Ärger.«

Hatte er sich das nicht gewünscht? Er und sie und dieses Haus?

Er wollte es ihr so gern zeigen. Er war so gespannt auf ihre Reaktion. Und wenn er vorsichtig war, konnte gar nichts passieren.

*

Lara Engler behauptete, um ihr Leben zu fürchten. Bert Melzig konnte das kaum glauben. Sie wirkte so selbstbewusst, so in sich ruhend und stark, dass er sich ein Gefühl wie Furcht in Verbindung mit ihr nicht vorstellen konnte. In Gedanken sah er Mike vor sich. Er hatte große Mühe, sich auszumalen, wie dieser schlaksige, eher ungelenke junge Mann einer solchen Frau Angst einjagen sollte.

»Er hat mich bedroht«, wiederholte Lara Engler. »Er hat gesagt, er bringt mich um.«

Sie hatte um einen frühen Termin gebeten, weil sie ihre Stunden schlecht verschieben konnte, und Bert war es recht gewesen. Er liebte es, durch das erste graue Licht des Tages zu fahren, wenn die meisten Menschen noch schliefen oder gerade erst aufgestanden waren. Er hatte Lara Engler vorgeschlagen, sie in ihrer Praxis aufzusuchen, weil er sich ein Bild von der Umgebung machen wollte, in der Ilka therapiert worden war. Lara Engler hatte mit Erleichterung reagiert. Sie hatte offenbar noch nie mit der Polizei zu tun gehabt.

Und nun war er hier. Sie hatte ihm Kaffee angeboten und er hatte das Angebot gern angenommen. Bei einer Tasse Kaffee zu sitzen, entspannte die Atmosphäre. Außerdem brauchte er einen Koffeinschub, um seine Gedanken in Gang zu bringen.

»Was war der Grund für seine Drohung?«

»Er wollte wissen, ob ich die Ursache für das Verschwinden von Ilka Helmbach kenne.«

»Und? Kennen Sie sie?«

Sie speiste ihn mit einem halbherzigen Lächeln ab. »Das darf ich Ihnen ebenso wenig sagen wie ihm.«

»Schweigepflicht.«

Sie nickte. »Ihnen muss ich das ja nicht erklären.«

Nein, das war nicht nötig. Wenn Bert diese Schweigepflicht, an die Ärzte, Psychologen und Pfarrer gebunden waren, auch oft verfluchte, er wusste, dass sie sinnvoll und notwendig war. Nur so konnten Menschen sich sicher fühlen und aufrichtig sein. Nur so bekamen sie die Hilfe, die sie brauchten.

»Aber Sie dürfen mir verraten, ob in der letzten Sitzung etwas Außergewöhnliches passiert ist?«

»Netter Versuch, Herr Kommissar.« Sie lächelte über seinen kleinen Taschenspielertrick.

»Haben Sie bei seinem ersten Besuch denn nicht auch Mike Hendriks gegenüber eine Bemerkung darüber fallen lassen?«

»Sehr allgemein, ja.«

»Dürfte ich diese allgemeine Bemerkung bitte auch hören?« Bert fragte sich, ob Ilka Vertrauen zu dieser Frau gefasst hatte. Sie wirkte so dominant, dass ihm die Unterhaltung allmählich unangenehm wurde.

»Ich habe ihm gesagt, dass Ilka mein Haus sehr erregt verlassen hat. Und dass es dabei um eine Erinnerung ging. Das war schon weit mehr, als ich ihm hätte mitteilen dürfen.« Sie schob ihre Tasse zur Seite und sah demonstrativ auf ihre Armbanduhr. »Haben Sie sonst noch Fragen?«

Lächerlich, dachte Bert. Sie würde sie ja sowieso nicht beantworten. Er überlegte, ob er das Gespräch noch ein bisschen in die Länge ziehen sollte, einfach um sie zu ärgern, ließ es dann jedoch bleiben und stand auf.

»Nein. Das war zunächst einmal alles.«

Im Flur reichte sie ihm seinen Mantel und hielt ihm die Tür auf.

Sie scheint mich nicht schnell genug loswerden zu können, dachte Bert. Ob sie Dreck am Stecken hat?

Dreck am Stecken. Die deutsche Sprache wimmelte nur so von derben Redewendungen. Diese roch förmlich nach Mittelalter.

»Danke«, sagte er mit leichter Ironie. »Sie haben mir sehr geholfen.«

Doch seine Ironie verfehlte das Ziel. »Keine Ursache«, sagte Lara Engler verbindlich und schloss lächelnd die Tür.

*

Ilka glaubte sich um Jahre zurückversetzt. Ruben führte sie durch ein fremdes Haus, das sie auf Schritt und Tritt an ihr Elternhaus erinnerte. Ungläubig wanderte sie durch die hohen Räume. Da war das Wohnzimmer mit seinen wundervollen Jugendstilfenstern und dem warmen Holzfußboden, das Esszimmer mit dem anschließenden Wintergarten und schließlich die große Küche mit den schwarz-weißen Bodenfliesen.

Die Wintersonne warf ihr blasses Licht herein und Ilka fühlte es wie ein Versprechen auf dem Gesicht. Gierig nahm sie die Eindrücke in sich auf und versuchte, sich alles einzuprägen. Jedes Detail konnte wichtig sein.

Rubens Körperhaltung signalisierte höchste Wachsamkeit. Eine falsche Bewegung, und er würde sie sofort wieder nach

238

unten bringen. Bloß das nicht, dachte Ilka. Nicht wieder hinter den vergitterten Milchglasscheiben eingesperrt sein.

Den Garten durfte sie nicht betreten, aber Ruben erlaubte ihr, eine Weile aus dem Wohnzimmerfenster zu schauen. Sie sah einen großen Teich und hoch gewachsene, alte Bäume. Die Herbstblätter lagen noch im Gras, die Sträucher waren nicht geschnitten. Eine einzelne gelbe Rose leuchtete neben einer steinernen Bank.

»Hier muss Dornröschen geschlafen haben«, sagte Ilka.

Weit und breit kein anderes Haus.

»Und hier hat der Prinz sie wachgeküsst«, sagte Ruben.

Ilka hielt den Blick starr geradeaus gerichtet. Sie wusste auch so, dass Rubens Augen eine Spur dunkler geworden waren.

Und sie lebten zusammen bis ans Ende ihrer Tage.

Sein Arm streifte ihre Schulter. Das reichte aus, um sie in Panik zu versetzen. Sie ertrug seine Nähe nicht. Doch noch weniger ertrug sie den Gedanken daran, wieder in den Keller gesperrt zu werden. Sie wandte sich zur Tür.

»Nein.« Ruben hielt sie zurück. »Genug für heute. Die übrigen Zimmer zeige ich dir ein andermal.«

Und sie hatte so gehofft, aus den Fenstern oben mehr erkennen zu können. Es musste doch eine Straße geben oder zumindest einen Weg. Was lag hinter dem Garten? Konnte man aus dem ersten Stock über die Bäume gucken?

»Also«, sagte Ruben in ihre Gedanken hinein. »Kümmern wir uns ums Frühstück.« Er zögerte. »Die Türen sind verschlossen, die Fenster dreifach verglast. Es hat keinen Sinn durchzudrehen. Okay?«

Ilka nickte.

»Sag es.«

»Ich werde ruhig bleiben. Versprochen.«

In der Küche machte er sie mit allem vertraut. Er ließ sie einen Blick in die Schränke, die Schubladen, die Vorratskammer und den Kühlschrank werfen, erklärte ihr, wie die Kaffeemaschine funktionierte, und gestattete ihr, die Kerzen auf dem Tisch anzuzünden. Ilka presste Apfelsinen aus, verteilte Käsescheiben auf einem Teller und schob Brötchen zum Aufbacken in den Ofen.

Ruben vermied es geschickt, ihr ein Messer oder einen anderen gefährlichen Gegenstand in die Hand zu geben. Er teilte die Orangen selbst und legte ihr die Hälften hin. Er hatte alles im Voraus bedacht und dadurch war er ihr überlegen. Ruben hatte die Situation geschaffen, während Ilka davon überrascht worden war.

Sie kam sich vor wie eine Marionette in seiner Hand. Wie sollte sie die Fäden durchtrennen, wenn sie keine selbstständige Bewegung machen konnte?

*

Mike drückte auf den Klingelknopf. Der Ton hallte einsam und traurig durch das Haus. Wie sehr einen Empfindungen doch manchmal täuschten. Ilka war verschwunden und gleich wirkte alles auf ihn wie verlassen.

Ihre Tante öffnete die Tür zunächst nur einen Spalt. Als sie Mike erkannte, machte sie sie weit auf. »Mike! Wie schön, dich zu sehen.«

»Ich wollte fragen, ob es was Neues gibt.«

Unbehaglich stand er auf der dicken Fußmatte. Noch nie war er ohne Ilka hier gewesen, und er kam sich vor, als sei er völlig fehl am Platz.

Anscheinend freute Ilkas Tante sich wirklich über seinen Besuch. Ihr Lächeln war herzlich, ihr Händedruck fest. Rasch drückte sie die Tür zu. Wahrscheinlich waren sie und ihre Familie das Gesprächsthema der Straße. Die Leute waren verrückt nach Sensationen.

Sie setzten sich ins Wohnzimmer, in dem ungewohntes Chaos herrschte. Als hätte Ilkas Tante von jetzt auf gleich mit dem Aufräumen aufgehört. Fotoalben lagen auf dem Boden, auf dem Tisch türmte sich Krimskrams.

»Ich habe gesucht. Nach irgendwas. Weil es doch eine Erklärung geben muss.«

Ihre Augen waren rot gerändert und wie entzündet. Über ihre linke Wange zog sich ein Schmutzstreifen. Als hätte sie die ganze Nacht in staubigen Kisten gewühlt.

»Und dann«, ihre Lippen bebten, »dann hab ich angefangen, mir alte Fotos anzugucken. Und mich zu erinnern.«

Ilka ließ sich nicht gern fotografieren. Auf sämtlichen Fotos, die Mike von ihr besaß, sah sie irgendwie fremd aus, sogar auf den Schnappschüssen, die es von ihr gab.

»Hier.« Ilkas Tante griff nach einer Schneekugel und hielt sie ihm hin. »Die hat Ilka mir mal geschenkt, weil sie wusste, dass ich mir als Kind immer sehnlich eine Schneekugel gewünscht habe, ohne jemals eine zu bekommen.«

Dicke Schneeflocken umwirbelten Rotkäppchen und den Wolf.

»Und weil ich Märchen liebe. Sie hat sich so was gemerkt. Nichts hat sie vergessen.« Erschrocken hielt sie sich die Hand vor den Mund. »Oh, mein Gott! Ich rede von ihr, als wär sie …« Sie sprang auf und lief hinaus.

Mike ging ihr nicht nach. Sie war durcheinander und brauchte einen Augenblick für sich allein. Als sie wieder hereinkam, wirkte sie gefasst.

»Ich habe mich immer für eine starke Frau gehalten, und nun merke ich, dass ich mir was vorgemacht habe.«

»Wir werden Ilka finden«, sagte Mike.

Sie nickte und kämpfte gegen neue Tränen an.

Mike stand auf und setzte sich zu ihr aufs Sofa. Vorsichtig legte er den Arm um ihre Schultern. Sie klammerte sich an ihn und weinte.

*

Irgendwann hatte Ilka mir von ihrer Freundin Charlie erzählt. Sie hatte auch ihren Nachnamen erwähnt. Weiß. Ich konnte mich nur deswegen daran erinnern, weil ich damals spontan an Charlie Brown hatte denken müssen.

Charlie war nicht nur Ilkas Freundin, sie ging auch in ihre Schule. Viele Schüler der Bröhler Schulen kommen aus kleinen eingemeindeten Orten außerhalb, doch mit etwas Glück würde ich ihren Namen im Telefonbuch finden.

Mike war unterwegs. Ihn konnte ich nicht nach Charlie fragen. Und ich hatte so ein dringendes Bedürfnis, etwas zu tun, dass ich nicht auf seine Rückkehr warten wollte. Merle war zu einer Tierschutzaktion unterwegs, also beschloss ich, allein aktiv zu werden.

Es gab einen Friedrich Weiß, einen Thorsten Weiß, eine Johanna Weiß, einen oder eine L. Weiß, eine Dr. Birthe Weiß und ein Ehepaar Inga und Dieter Weiß. Dann gab es noch einen Ferdinand, eine Sabine und eine Hildrun Weisz und einen Markus Weis. Ich hatte keine Ahnung, wie Charlies Nachname geschrieben wurde.

Mir war klar, dass Charlie höchstwahrscheinlich noch bei ihren Eltern wohnte und über keinen eigenen Telefonanschluss verfügte. Trotzdem war ich enttäuscht. So leicht, wie ich mir das vorgestellt hatte, würde sie nicht aufzutreiben sein.

Eine Weile starrte ich die Vornamen an und fragte mich, ob

wohl ein Friedrich Weiß seine Tochter Charlie nennen würde oder eher eine Dr. Birthe Weiß. Dann fiel mir ein, dass Charlie ja vermutlich gar kein eigenständiger Mädchenname war, sondern eine Abkürzung von Charlotte. Oder Charlene? Carlotta? Es war vollkommen sinnlos, hier zu sitzen und einer Eingebung zu harren. Ich beschloss, die Nummern nacheinander anzurufen.

Ich hatte mir vorgenommen, keine großartigen Erklärungen abzugeben. Ich fragte einfach jedes Mal, ob ich Charlie sprechen könne.

Johanna Weiß ließ sich meinen Namen buchstabieren und rief dann nach Charlie. Ich freute mich, dass schon der dritte Anlauf ein Treffer war, da meldete sich eine Männerstimme: »Hallo?«

Ich erklärte Charlie Weiß, dass ich auf der Suche nach einer Freundin sei, da fragte er mich plötzlich, so leise, dass ich ihn kaum verstehen konnte, ob es nicht auch ein Freund sein dürfe.

»Wie bitte?«

»Ich würde mich gern zur Verfügung stellen«, sagte er, »wenn Sie nur halb so verführerisch sind, wie Ihre Stimme klingt.«

»Kein Wunder, dass Ihre Frau sich die Namen fremder Anruferinnen buchstabieren lässt«, konterte ich.

»Nicht Frau.« Er lachte. »Freundin. So schnell legt man mich nicht an die Leine.«

Der geborene Sympathieträger. Ich beendete das Gespräch und wählte die nächste Nummer.

Erst bei Hildrun Weisz wurde ich fündig. Charlie war selbst am Telefon. Als sie hörte, um was es ging, war sie sofort zu einem Treffen bereit. Wir verabredeten uns im *Dolce Vita*, dem Eiscafé am Markt.

Wir hatten kein Erkennungszeichen ausgemacht und im *Dolce Vita* war es rappelvoll. Es war das einzige Eiscafé in Bröhl, das während der Wintermonate geöffnet hatte. Als Zugeständnis an die kalte Jahreszeit waren Waffeln mit den unterschiedlichsten Beilagen im Angebot. Der Duft war überwältigend, und ich überlegte, ob ich mir eine Portion mit heißen Kirschen und Sahne leisten sollte.

Suchend blickte ich über die kleinen, runden Tische und fragte mich, wie Charlie wohl aussehen mochte. Nirgends saß ein Mädchen in meinem Alter allein an einem Tisch. Blauer Zigarettenrauch waberte in der aufgeheizten Luft. Der Geräuschpegel erfüllte locker den Tatbestand der Körperverletzung.

Jedes Mal wenn die Tür geöffnet wurde, ergoss sich ein erfrischender Schwall kalter Luft in den überfüllten Raum. Ich stand allen im Weg und war sauer auf mich selbst, weil ich nicht daran gedacht hatte, klarere Absprachen zu treffen.

In diesem Augenblick tippte mir jemand von hinten auf die Schulter.

»Jette?«

Charlie war sehr schlank und trug eine knallenge schwarze Jeans mit einem noch engeren schwarzen Pulli, der einen gepiercten Bauchnabel frei ließ. Die schwarz gefärbten Haare hatte sie im Nacken gebunden, was sie älter wirken ließ.

Sie war dieser Typ Mädchen, der sich immer und überall angeödet gibt. Voll cool. Selbst ihre schmalen Hände schienen gelangweilt zu sein. Hübsch und dekorativ lagen sie auf dem Tisch, geschmückt mit langen, künstlichen Fingernägeln und einem Silberring mit einem riesigen Rotfunkelstein.

»Ich wollte dich nach Ilka fragen«, kam ich ohne Umschweife zur Sache. »Vielleicht weißt du ja etwas, das uns weiterbringt.«

»Uns?« Argwöhnisch sah sie mich an.

»Ich wohne zusammen mit Mike in einer WG«, erklärte ich.

Sie hob die Schultern. War das alles, was sie zu bieten hatte? Ich verstand jetzt besser, warum Mike von seinem Gespräch mit ihr so frustriert gewesen war.

»Sie ist doch deine Freundin«, startete ich einen neuen Versuch. »Dir hat sie doch wahrscheinlich Dinge anvertraut, über die sie mit andern nicht gesprochen hat.«

»So 'ne Art Freundinnen waren wir nicht.« Sie nippte an ihrem Milchkaffee. »Ab und zu haben wir zusammen rumgehangen, ein bisschen gequatscht.«

Dieses Treffen hätte ich mir wirklich ersparen können. Zum Trost bestellte ich mir eine Waffel mit Kirschen und Sahne. Charlie knabberte an dem Keks, der zu ihrem Milchkaffee serviert worden war. Sie sah dem Kellner nach, der lässig ein paar Tassen und Teller zur Theke balancierte.

»Diese Italiener haben eine irre Körperhaltung«, sagte sie. »Da können unsre Jungs nur von träumen.«

Ich dachte an Mike mit seinen langen Armen und Beinen, die ihm oft im Weg zu sein schienen, und wusste, er hatte ganz sicher andere Träume.

»Hat Ilka mal über Probleme gesprochen?«, fragte ich. »Über ihre Therapie zum Beispiel?«

»Ilka hat eine Therapie gemacht?« Erstaunt riss Charlie die Augen auf.

Ich sah, wie mir die Felle davonschwammen. Sollte unsere Verabredung wirklich nur ein Schlag ins Wasser gewesen sein? Dann hätte ich ebenso gut in die Schule gehen können. Charlie übrigens auch. War sie eine notorische Schwänzerin, oder war es reiner Zufall gewesen, sie an einem Vormittag zu Hause zu erwischen?

»Ich hab heute erst zur dritten«, sagte sie, als hätte ich laut gedacht. »Und du?«

Der Kellner mit der Wahnsinnshaltung brachte mir die Waffel. Charlie vergaß ihre Frage. Mit hungrigem Blick sah sie mir beim Essen zu. Charlie. Sie passte nicht in ihren Namen. Er war zu lebhaft, zu witzig, zu warmherzig und zu humorvoll für sie.

»Hast du auch eine richtige Freundin?«, fragte ich. »Eine, mit der du nicht nur abhängst? Mit der du durch dick und dünn gehen kannst?«

»Ich hab die Clique«, sagte sie kühl und trank ihren Milchkaffee aus. »Tut mir Leid, wenn ich dir nicht helfen konnte.«

Sie winkte dem Kellner, zahlte und verabschiedete sich. Ich begriff erst nicht, warum sie überhaupt zu diesem Treffen gekommen war. Doch dann dämmerte es mir. Sie hatte mir gar nichts mitteilen wollen. Sie wollte etwas von mir erfahren.

Ilka, dachte ich, da hast du aber wirklich keine gute Wahl getroffen.

*

Fast war es wie in seinen Träumen. Fast. Denn Ilka hielt Abstand zu ihm, und wenn er sie berührte, erschrak sie. Dabei gefiel ihr das Haus. Ruben hatte sie bei ihrem Rundgang genau beobachtet. Besonders die Jugendstilornamente der Wohnzimmerfenster hatten es ihr angetan. Überhaupt hatten alle Fenster sie regelrecht angezogen. Es musste ein Horror für sie sein, sich in Räumen ohne direktes Tageslicht aufzuhalten.

»Wie sich die Tage hier gestalten«, sagte er, »kannst du selbst bestimmen. Ich will dich nicht einsperren, Ilka. Ich möchte, dass du freiwillig mit mir lebst.«

Um ihren Mund zuckte es. Aber sie antwortete nicht. Sie sah an ihm vorbei zum Fenster.

»Die oberen Räume sind noch gar nicht endgültig eingerichtet. Ich möchte die Möbel mit dir zusammen aussuchen. Irgendwann. Das Haus soll genau so sein, wie du es haben willst.«

»Wozu ist dann die Kellerwohnung gut?«

Ilka schenkte sich noch einmal Kaffee ein. Ihre Bewegungen waren so entspannt und natürlich, dass Ruben sich für einen Moment einbilden konnte, sie seien ein normales Liebespaar, das miteinander gefrühstückt hatte.

Das eigentliche Frühstück lag schon eine Weile zurück. Ruben hatte eine zweite Kanne Kaffee gekocht. Sie hatten nicht viel geredet, aber das war auch nicht nötig gewesen. Wer nichts sagte, sagte wenigstens nichts Falsches.

»Du bist noch nicht so weit«, sagte er. »Du musst dich erst... eingewöhnen. Und du wirst verstehen, dass ich dich nicht frei im Haus herumlaufen lassen kann, wenn ich unterwegs bin. Ab und zu muss ich Besorgungen machen. Und ich hab ja auch noch meinen Beruf.«

Entsetzt starrte Ilka ihn an. »Du willst mich da unten allein lassen?«

Er lächelte bitter. »Bisher hatte ich nicht den Eindruck, dass dir viel an meiner Gesellschaft liegt.«

»Und wenn dir was zustößt? Dann hocke ich hier im Keller, und keiner weiß, wo ich bin!«

Darüber hatte er in all den Monaten des Planens nicht nachgedacht. Ein Unfall auf der Autobahn war schnell passiert. Wie viel Zeit verging bis zur Benachrichtigung der Angehörigen? Wer wusste überhaupt, dass es eine Schwester gab? Er hatte die Spuren so sorgfältig verwischt, dass sie nicht leicht zu entdecken waren.

»Ruben!« Ilka beugte sich über den Tisch und fasste ihn am Arm. »Du darfst mich hier nicht allein lassen!«

Er fühlte sich entsetzlich bedrängt. Man konnte jedes Problem in den Griff kriegen. Aber man brauchte Zeit. Ilka konnte ihm nicht eine so schwerwiegende Frage stellen und sofort eine Antwort darauf erwarten. Er zog den Arm weg.

»Dazu ist die Wohnung schließlich da. Ich werde dir Vorräte bringen, die dich für eine ganze Weile unabhängig machen. Du kannst kochen, backen. Du wirst schon nicht verhungern.«

Er lächelte erleichtert. Da hatte sie ihm doch wirklich beinah Angst eingejagt. Raffiniertes kleines Biest. Und er war darauf reingefallen.

»Allerdings müssen wir damit noch ein bisschen warten. Im Augenblick kann ich dir nicht erlauben, mit Messern oder Gabeln zu hantieren.«

»Glaubst du, ich will dich umbringen?«

Sie starrte ihn an, als hätte sie ihn noch nie gesehen. Wie gut sie diesen Blick draufhatte! Aber er war gewappnet. Noch mal würde er ihr nicht ins Netz gehen.

»Du würdest alles tun, um hier rauszukommen.«

Tatsächlich war ihm das in diesem Moment bewusst geworden. Er musste höllisch aufpassen, durfte sich keine Schwäche gestatten, musste ständig wachsam sein.

»Was ist, wenn du – verunglückst?«

Sie wollte einfach nicht lockerlassen. Sah sie denn nicht, wie sie ihn mit ihrer Hartnäckigkeit quälte? War sie inzwischen so weit von ihm entfernt, dass sie überhaupt nicht mehr wahrnahm, was in ihm vorging?

Er fühlte eine kalte Ruhe in sich aufsteigen. Oh nein. Er würde sich nicht beirren lassen von ihren unsinnigen Befürchtungen. Selbst wenn. Irgendwer würde sie schon rechtzeitig finden.

»Schluss jetzt«, sagte er und stand auf. »Ich bring dich wieder runter.«

»Warte, Ruben!« Sie sah ihn flehend an. »Ich könnte dir beim Abräumen helfen. Und beim Kochen. Lass mich doch noch ein bisschen bleiben!«

Er packte sie am Arm und zog sie hoch. Er musste allein sein, wieder zur Ruhe kommen. Und nachdenken. Vielleicht würde es ihm gut tun, ein paar Stunden zu arbeiten. Oder einfach in der Gegend herumzufahren.

Sie gab sich Mühe, nicht in Tränen auszubrechen. Selber schuld. Was musste sie auch die Stimmung so vergiften?

Wortlos brachte er sie nach unten. Wortlos schloss er sie ein. Er ließ das Frühstücksgeschirr auf dem Tisch stehen, schnappte sich seine Jacke, stieg ins Auto und brauste mit quietschenden Reifen los.

18

Bert hatte seinen Besuch nicht angekündigt. Manchmal war es ganz sinnvoll, den Menschen unerwartet auf die Pelle zu rücken. In diesem Fall drängte die Zeit. Er musste die jungen Leute unbedingt davon abhalten, Detektiv zu spielen, bevor sie sich in eine gefährliche Situation manövrierten.

Überrascht hielt Merle ihm die Tür auf. Er fragte nach Mike.

»Mike hat sich hingelegt«, sagte sie. »Er fühlt sich nicht besonders. Soll ich ihn wecken?«

»Ich bitte darum.« Bert gab ihr seinen Mantel und betrat die Küche, den einzigen Gemeinschaftsraum in der Wohnung. »Und es wäre gut, wenn Sie und Jette ebenfalls bei dem Gespräch anwesend sein könnten.«

Merle bedachte ihn mit einem argwöhnischen Blick. »Aus welchem Grund?«

Bert hatte seine Hausaufgaben gemacht. Er wusste, dass sie militante Tierschützerin war. Er hatte auch erfahren, dass sie schon mehrfach vor Gericht gestanden hatte. Bisher hatte man ihr nichts nachweisen können, doch das war nur eine Frage der Zeit. Er konnte deshalb verstehen, dass seine Besuche keine Freude bei ihr auslösten.

Im Laufe der Jahre hatte er gelernt, Dinge, die nicht zusammengehörten, sauber voneinander zu trennen. Merles Tierschutzaktivitäten gingen ihn nichts an. Er hatte eigentlich gehofft, ihr das klar signalisiert zu haben.

»Hab ich nicht eben die Klingel…« Jette kam aus ihrem Zimmer und mit ihr eine Woge lauter Musik. Sie musste über ein ausgezeichnetes Gehör verfügen. Ein Lächeln glitt über ihr Gesicht. »Das ist aber eine nette Überraschung.«

Bert begrüßte sie und bat sie, Mike dazuzuholen. Auch Jette wirkte sofort alarmiert. Sie verließ die Küche, man hörte Stimmengemurmel, wenig später saßen sie am Tisch.

Mike schlief noch halb. Die Haare standen ihm zu Berge. Bert konnte sich vorstellen, wie er als kleiner Junge ausgesehen haben musste. Kaum zu glauben, dass er bei Lara Engler einen solchen Auftritt hingelegt haben sollte.

»Wie ich hörte, betreiben Sie Ihre eigenen Nachforschungen?«, fragte Bert.

Alle drei gaben seinen Blick unschuldig zurück.

»Ich war bei Frau Engler«, fuhr Bert fort.

Mike wurde rot. Die Röte verteilte sich nicht über das ganze Gesicht, sondern konzentrierte sich in hektischen Flecken auf den Wangen. Sie bildeten einen ungesunden Kontrast zu der Blässe der übrigen Haut.

»Was haben Sie mir dazu zu sagen?«

»Sie weiß irgendwas!« Mike umklammerte die Tischkante so fest, dass seine Knöchel weiß wurden. »Aber sie beruft sich auf die Schweigepflicht.«

»Das muss sie!« Bert hätte diesen großen Jungen lieber in den Arm genommen, statt ihm die Leviten zu lesen. Er konnte ihn nur allzu gut verstehen. War ihm nicht selbst im Gespräch mit Lara Engler fast der Kragen geplatzt? Er durfte ihm seinen Gefühlsausbruch jedoch nicht durchgehen lassen. Mike hatte eindeutig eine Grenze überschritten.

»Sie muss?«

»Jawohl. Sie würde sich mit dem Verletzen der Schweigepflicht strafbar machen. Begreifen Sie das nicht? Sie hat gar
keine Wahl.«

»Und Ilka? Hat sie denn eine Wahl?«

»Das eine hat mit dem andern nichts zu tun, Mike. Das
müssen Sie auseinander halten.«

»Sie haben gut reden! Es ist ja nicht Ihre Freundin, die verschwunden ist.« Die Röte auf Mikes Wangen hatte sich vertieft. Er fühlte sich missverstanden, sogar verraten. Das
konnte ihn womöglich noch in der Absicht bestärken, auf
eigene Faust etwas zu unternehmen.

»Stimmt das, was Frau Engler mir erzählt hat?«, fragte
Bert. »Haben Sie ihr tatsächlich gedroht, sie umzubringen?«

Mike schien sich mühsam zurückzuhalten. Bert erkannte
den Zorn in seinen Augen. Hoffentlich beherrscht er sich,
dachte er und fühlte sich an seine Jugend erinnert. Er hatte
auch zu denen gehört, die gelegentlich ausgerastet waren. Es
waren keine angenehmen Erinnerungen.

»Das sagt man so«, mischte Merle sich ein, »ohne sich was
dabei zu denken. Das darf man nicht auf die Goldwaage legen.«

Auf die Goldwaage legen, dachte Bert. Ein schöner Ausdruck. Er musste sich unbedingt mal mit dem Ursprung von
Redewendungen befassen.

»Das sollten Sie lieber Lara Engler erklären«, sagte er.
»Mikes Wutanfall hat sie in Angst und Schrecken versetzt.«

Mike blickte zerknirscht vor sich hin. »Tut mir Leid«, murmelte er.

Merle atmete sichtlich auf. Doch wenn sie geglaubt hatte,
Bert würde jetzt seinen Mantel nehmen und sich verabschie-
den, so hatte sie sich getäuscht.

»Eins noch«, sagte Bert. »Ich warne Sie ausdrücklich davor, unseren Ermittlungen in die Quere zu kommen. Sie alle drei«, ergänzte er und sah sie der Reihe nach streng an. »Sie behindern nicht nur unsere Arbeit, Sie bringen sich möglicherweise auch selbst in Gefahr.«

»In Gefahr?« Die Röte verschwand von Mikes Wangen. Er wurde blass.

»Ganz allgemein«, sagte Bert. »Im Augenblick gibt es keine Anzeichen dafür, dass Ihre Freundin sich in Gefahr befindet. Sie kann immer noch untergetaucht sein, warum auch immer.«

»Kann sie nicht«, widersprach Mike. »Nicht ohne mich. Und außerdem wäre sie ganz bestimmt nicht ausgerechnet an diesem Abend verschwunden.«

Bert wurde hellhörig. »Wieso nicht?«

»Weil sie mir versprochen hatte… Sie hatte mir versprochen, mit mir zu schlafen.«

Mit dieser Bemerkung war er über seinen Schatten gesprungen. Er gab Berts Blick fest zurück. In seinen Augen war ein Flackern, das verriet, wie schwer ihm das fiel.

Bert holte sein Notizbuch hervor. Das ließ den Fall allerdings in einem ganz anderen Licht erscheinen.

*

Das Gefühl drohenden Unheils, das Imke schon seit Wochen nicht los wurde, verstärkte sich immer mehr. Jette redete nicht viel über Ilka. Jedes Mal wenn Imke am Telefon das Gespräch darauf brachte, lenkte sie rasch vom Thema ab.

Seit Mike bei den Mädchen eingezogen war, bekam Imke ihre Tochter kaum noch zu Gesicht. Sie fragte sich, was der Grund dafür sein mochte, und hatte gleichzeitig Angst vor der Antwort. Auf keinen Fall wollte sie wahrhaben, dass Jette ihre Nase womöglich wieder in Dinge steckte, die sie nichts angingen.

»Diese ausgeprägte Tendenz, sich einzumischen«, sagte sie zu Tilo. »Dieser Trotz und diese Beharrlichkeit. Ich frage mich, von wem sie das hat.«

Tilo grinste ihr über den Tisch hinweg zu. Er hatte sich den Nachmittag freigenommen und war damit beschäftigt, ein Puzzle zu legen. Angeblich beruhigte das seine Nerven. Imke konnte das nicht nachvollziehen. Sie hatte sich einmal neben ihn gesetzt und ihm zugesehen und bereits nach zehn Minuten festgestellt, dass ihr die Gelassenheit fehlte, die für diese Beschäftigung nötig war.

Es schien neuerdings ihr Problem zu sein, nicht zur Ruhe kommen zu können. Nachts lag sie stundenlang wach und ihr Herzschlag raste. Es war hier auf dem Land absolut still. Die Luft stand schwer und dicht im Raum. Imke raschelte mit dem Bettzeug, um die Stille zu stören, aber es gelang ihr höchstens für ein paar Sekunden.

Manchmal übernachtete Tilo bei ihr. Dann kuschelte sie sich an ihn, horchte auf seinen Atem und überließ sich seiner Wärme. Ihr Herz schlug ruhig und gleichmäßig und sie konnte die bohrenden Gedanken für eine Weile aussperren.

»Du brauchst gar nicht so zu grinsen«, sagte sie. »Von mir hat sie das nicht.«

Tilo beförderte ein blaues Puzzleteilchen an die richtige Stelle und drückte es mit einem leisen Knacken fest. »Ach nein?«

Oft war er wie ein Spiegel für sie. Er stellte eine Frage und zeigte ihr damit ihr Gesicht. Und er mutete ihr die Wahrheit zu, ohne sie zu schonen.

Sie hatte Jette gefragt, was die Polizei bisher in die Wege geleitet hatte, um Ilka zu finden.

»Keine Ahnung«, hatte Jette geantwortet. »Ich glaube, sie gehen immer noch davon aus, dass Ilka abgetaucht ist.«

»Und ihr?«

»Das hätte sie Mike niemals angetan.«

»Meinst du, Ilka könnte sich selbst…«

»Ausgeschlossen. Sie hat Mike und sie hat uns. So was wirft man doch nicht weg.«

Eine Weile schwiegen sie beide.

»Mike ist davon überzeugt, dass Ilka entführt worden ist«, sagte Jette.

Die Angst überfiel Imke ohne Vorwarnung. Ihre Hände zitterten. Der Schweiß brach ihr aus. Sie hielt sich die Hand vor den Mund, um nicht zu stöhnen.

»Hat er… dafür denn einen Anhaltspunkt?«

»Das nicht, aber alle anderen Möglichkeiten schließt er aus.«

»Jette, versprich mir, dass ihr keine Dummheiten macht!«

Sie hörte ihre Tochter leise atmen.

»Versprich es mir! Bitte!«

Warum, zum Teufel, antwortete sie nicht?

»Wie geht's Oma?«

Imke war nicht bereit, so schnell klein beizugeben. »Lenk nicht ab, Jette. Ich warte.«

»Lass mich, Mama. Hab Vertrauen zu mir.«

Mehr würde sie nicht sagen. Imke spürte ihre Entschlossenheit und wusste, sie konnte nichts dagegen tun. Wieder einmal wünschte sie sich, Jette wäre wieder im Kindergartenalter und das Leben fest umrissen und überschaubar. Sie beendete das Gespräch und versuchte, ein bisschen zu schreiben.

Das alles ging ihr durch den Kopf, während sie Tilo betrachtete, wie er sich über sein Puzzle beugte. Er hatte Recht. Jettes Hartnäckigkeit schien eine Charaktereigenschaft zu sein, die sich in ihrer Familie von Generation zu Generation an die Frauen vererbte.

»Was kann ich tun, um Jette zu schützen?«, fragte sie ihn.

»Fang sie auf, wenn sie dich braucht.«

*

Ilka saß auf dem Sofa, die Beine angezogen, den Kopf auf den Knien, und starrte zum Fenster hinauf. Das bisschen Licht, das durch die blinde Scheibe drang, war ihr einziger Trost. Sie dachte an Mike und fragte sich, wie er sich ihr Verschwinden wohl erklärte.

Und Tante Marei. Sie musste in tausend Ängsten schweben.

Die Polizei hatte inzwischen bestimmt die Ermittlungen aufgenommen. Sie würden überall nach Spuren suchen. Aber würden sie auch welche finden?

Ihre Augen brannten. Sie hatte so viel geweint, dass keine Tränen mehr übrig waren. Hätte sie es doch nicht immer wieder hinausgeschoben, Mike von früher zu erzählen und von Ruben. Aber sie hatte solche Angst vor seiner Reaktion gehabt. Wie konnte sie erwarten, Verständnis zu finden für das, was sie getan hatte? Ausgerechnet von ihm?

Auch Tante Marei hatte sie nie eingeweiht. Niemand wusste von ihrem Geheimnis. Wie also sollte die Polizei darauf kommen?

Ilka massierte sich die Schläfen. Wenn sie Pech hatte, würden sich ihre Kopfschmerzen zu einer handfesten Migräne auswachsen. Sie hatte immer schon Anfälle von Migräne gehabt. Ihre Mutter hatte sie dann ins Bett geschickt, das Zimmer abgedunkelt und ihr kalte Umschläge auf die Stirn gelegt.

»Mama«, flüsterte Ilka. »Du fehlst mir so.«

Würde ihre Mutter sie vermissen? Oder würde ihr gar nicht auffallen, dass sie nicht mehr zu Besuch kam?

Ilka beugte sich zum Regal, um ein Buch herauszuziehen, doch die Bewegung verursachte eine Explosion in ihrem Kopf. Besser, sie verhielt sich absolut ruhig und schloss die Augen.

Wo Ruben in diesem Augenblick wohl war? Sie durfte sich nicht ausmalen, was ihr hier unten alles zustoßen konnte. Was, wenn während seiner Abwesenheit ein Feuer ausbrach? Oder wenn ihm tatsächlich etwas zustieß?

Ruben hatte Widerstand noch nie akzeptiert. Die Menschen und die Umstände hatten sich seinen Plänen zu fügen. Als Kind hatte Ilka ihn dafür bewundert, dass er so unnachgiebig war. Später hatte sie ihn deshalb gefürchtet.

Sie gehen durch den kleinen Wald. Der Hund läuft einige Meter vor ihnen her, die Nase auf dem Boden, den Körper lang gestreckt vor Anspannung. Er hat eine Fährte gewittert.

»Bleib!«, sagt Ruben.

Der Hund hat ihn gehört. Seine Ohren haben sich kurz nach hinten gedreht. Doch jetzt hat er die Witterung konzentriert wieder aufgenommen.

»Warum legst du ihn nicht an die Leine?«, fragt Ilka. »So führst du ihn doch bloß in Versuchung.«

»Er soll mir gehorchen«, sagt Ruben.

Zweimal in der Woche kaufen sie beim Biobauern ein. Die Mutter schwört auf das ungespritzte Obst, das naturbelassene Gemüse und die unbehandelte Milch aus der näheren Umgebung. Ilka ist es gleichgültig, woher die Sachen stammen, aber sie ist gern auf dem Bauernhof. Einmal durfte sie zusehen, wie ein Kalb geboren wurde. Das war so schrecklich und so schön, dass sie weinen musste.

Ruben trägt den Korb, Ilka die Kanne. Mit dem Zeigefinger fängt sie das Schwitzwasser auf und leckt es ab.

»Fuchs! Bleib!« Rubens Stimme ist schärfer geworden.

Der Hund ist hin und her gerissen zwischen Jagdtrieb und Gehorsam. Er zittert vor Erregung. In der nächsten Sekunde rennt er los. Er ist wahnsinnig schnell, fliegt über den Waldboden wie der Wind.

»Fuchs! Hier!«

Ruben ruft. Brüllt. Die Vögel in den schwarzen Bäumen schwirren auf und flattern davon.

Ilka wagt es nicht, Ruben anzusprechen. Sie wagt nicht mal, ihn anzugucken. Sie hat Angst vor seinem Schweigen.

Nach einer Weile kommt der Hund hechelnd zurück. Die Zunge hängt ihm aus dem Maul. Er wedelt mit dem Schwanz, schaut Ruben an. Ruben holt aus und versetzt ihm einen heftigen Hieb mit der Leine. Der Hund heult auf. Ruben packt ihn am Halsband, schlägt zu, wieder und wieder. Der Hund jault, winselt, kriecht vor ihm.

»Nicht! Ruben! Hör auf!«

Ilka fällt ihm in den Arm. Ruben stößt sie weg, prügelt auf den Hund ein, bis ihm der Arm schwer wird. Dann lässt er los.

»Hau ab!«, schreit er.

Der Hund verschwindet im Unterholz.

Entsetzt sieht Ilka zu Ruben auf. Er ist sechzehn, fast schon so groß wie der Vater, und wirft einen langen Schatten.

»Er hat mir nicht gehorcht«, sagt er.

Ilka starrt seinen Schatten an und ihren eigenen. Und plötzlich hat sie das Bedürfnis, vor diesen Schatten wegzulaufen, dem Hund hinterher, durch den Garten und ins Haus, wo sie vor ihnen sicher ist. Aber sie traut sich nicht. Sie weiß, dass die Schatten sie immer wieder einholen werden.

Nein. Sie würde Ruben nicht dazu bewegen können, sie freizulassen. Sie würde ihm nicht einmal klar machen können, dass er ein Unrecht beging, indem er sie hier festhielt. Ruben war Ruben, das machte ihn gefährlich.

*

Mike war den ganzen Tag umhergelaufen. Er hatte mehrere Kilometer zurückgelegt auf der Suche nach etwas, das er nicht benennen konnte. Immer wieder hatte er sich gesagt, dass sein Tun ohne Sinn und Verstand war. Es fehlte ihm jede Logik. Aber er konnte nichts daran ändern.

Es trieb ihn an all die Orte, an denen er mit Ilka gewesen war. Als könnte er ihr auf diese Weise nah sein oder etwas über sie erfahren, das ihm weiterhalf. Er wanderte zum Kiessee hinaus, in dem sie im Sommer gebadet hatten. Machte einen Abstecher in ihren Lieblingswald. Er besuchte die beiden Cafés, in denen er stundenlang mit Ilka gesessen hatte. Pilgerte kreuz und quer durch die Stadt. Irgendwann wurde er müde und fühlte sich ein klein wenig getröstet.

Weder Ilka noch er waren Discofreaks. Sie gingen lieber ins Kino. Und so stand Mike am Ende des Tages mit schweren Beinen im Multiplexkino an der Kasse und überlegte, welchen Film Ilka wohl ausgesucht hätte.

Die Titel an der Leuchttafel verschwammen ihm vor den Augen. Er hatte seit dem Frühstück nichts gegessen und merkte, wie hungrig er war. Wenig später fand er sich bei Pizza Hut wieder. Er wählte den Tisch, an dem sie das letzte Mal gesessen hatten, bestellte die Pizza, die sie damals bestellt hatten, und sehnte sich danach, Ilka zu küssen, wie er sie damals geküsst hatte.

Die Pizza schmeckte nicht. Er zwang sich, trotzdem zu

essen. Niemandem wäre damit gedient, wenn er schlapp-machte. Ein Blick in die Runde zeigte ihm, dass er als Einzi-ger allein am Tisch saß.

Er vertilgte die Pizza bis zum letzten Bröckchen. Danach war ihm übel. Er trank ein Glas Wasser und kaufte sich an der Kinokasse eine Karte für *Troja*.

Eigentlich mochte er Monumentalschinken nicht. Auch Ilka hätte auf diesen Film keine Lust gehabt. Genau aus die-sem Grund hatte Mike sich für ihn entschieden. Einen Film, der ihn bei seinen Gefühlen packte, konnte er jetzt nicht er-tragen.

Und dann saß er im Kino, ringsherum Popcorn und Nachos knabbernde, erwartungsvolle Menschen, und spürte Tränen im Hals. Noch während der Werbung stand er auf, quetschte sich von der Mitte aus an Knien, Rucksäcken und Schirmen vorbei zum Gang und verließ das Kino Hals über Kopf.

Draußen blieb er stehen und sah sich um. Er wusste nicht, wohin er gehen sollte. Eine Frau meckerte, weil er ihr den Weg versperrte. Ein Betrunkener umarmte ihn. Feiner, kalter Regen fiel. Mike versuchte zu beten, aber er hatte das so lan-ge nicht mehr getan, dass er die Worte nicht fand. Er wandte sich nach rechts und ließ sich im Strom der Einkaufenden treiben.

*

Am Bahnhof endlich stolperten wir über ihn. Wir hatten überall nach ihm gesucht. Meine Zehen und Finger fühlten sich taub an, und ich wagte nicht, meine Nase oder meine Ohren zu berühren, aus Angst, sie könnten abbrechen.

Er saß im Kaffeehaus wie ein übrig gebliebener Zecher, eine leere Tasse vor sich, und starrte an die Wand, an der ein paar knallbunte, konstruktivistische Bilder hingen. Wir setzten uns zu ihm. Mike quittierte unsere Anwesenheit mit einem dünnen Lächeln.

»Tja«, sagte er.

»Das ist ein bisschen wenig«, fuhr Merle ihn an. »Immerhin haben wir die halbe Stadt nach dir umgekrempelt.«

»Tut mir Leid.« Mike zupfte gedankenverloren an den Trockenblumen, die den Tisch schmückten. »Bin einfach rumgelaufen.«

Ich verstand ihn. Ilka war verschwunden und er konnte nichts tun. Das musste ihn verrückt machen. Vielleicht hatte er einige ihrer gemeinsamen Lieblingsplätze aufgesucht in der absurden Hoffnung, sie irgendwo dort zu finden. Ich an seiner Stelle hätte es wahrscheinlich so gemacht.

Merle nickte besänftigt. »Ist okay.«

Weil wir nun schon mal hier waren, bestellten wir eine Runde Cappuccino. Das Kaffeehaus war gut besucht. Reisende saßen inmitten ihres Gepäcks und warteten auf die nächste Verbindung. Stadtstreicher hielten sich so lange wie möglich an einem Kaffee fest, um Wärme zu tanken für die Nacht. Verliebte flüsterten miteinander, als wäre es das letzte Mal.

Ich berichtete von meinem Gespräch mit Charlie.

»Das hättest du dir sparen können«, sagte Mike. »Selbst wenn sie was wüsste – die wär zu blöd, um zu merken, dass sie was weiß.«

Er zog einen Zehn-Euro-Schein aus der Tasche und winkte der Kellnerin. Wir steckten in einer Sackgasse fest und hatten keine Ahnung, wie es weitergehen sollte.

19

Ruben hatte Ilka das Abendbrot gebracht und sie damit allein gelassen. Sie hatte ihn verwirrt. Das durfte nicht noch einmal passieren. Für den Rest des Abends hatte er sich ins Atelier zurückgezogen und weiter an der Vorbereitung der neuen Ausstellung gearbeitet.

Die konzentrierte Beschäftigung hatte ihm gut getan. Sie hatte seinen Kopf wieder frei gemacht und seine Gefühle besänftigt. Es war gewesen wie zu der Zeit, als er nur für seinen Traum gelebt und sich von nichts hatte verunsichern lassen.

War das immer so, wenn Träume Wirklichkeit wurden, dass sie sich veränderten? Verloren sie durch die Verwandlung an Kraft? In seinem Traum liebte Ilka ihn noch immer. Da war ihre Liebe vielleicht sogar stärker geworden.

Gegen elf fühlte Ruben sich so einsam, dass er beinahe angefangen hätte, sich mit seinen Bildern zu unterhalten. Er kannte viele Leute auf die lockere, unverbindliche Art, die in der Szene üblich war. Man trank etwas zusammen und tauschte den neuesten Klatsch aus. Gelegentlich ergab sich aus solchen Treffen auch ein Geschäft. Mehr durfte man jedoch nicht erwarten. Unter all diesen Menschen war nur einer, dem Ruben rückhaltlos vertraute. Der ihn in- und auswendig kannte. Den er vermisste. Nur einen Menschen, an den er sich jederzeit und mit allem wenden konnte.

Sie meldete sich mit verschlafener Stimme.

»Hallo, Judith. Hab ich dich geweckt?«

Er brauchte seinen Namen nicht zu nennen. Sie erkannte ihn beim ersten Wort.

»Ja. Aber ich freu mich.«

Er fragte nach der Post, nach Anrufen, teilte ihr mit, wie weit er mit den Vorbereitungen für die Ausstellung war. Sie hörte ihm zu und beantwortete seine Fragen. Dann erzählte sie ihm, ein Fernsehjournalist habe sich gemeldet, um ein Porträt über ihn zu drehen.

»Im Augenblick nicht«, sagte Ruben.

»Fernsehen!« Judith klang fassungslos. »Das ist doch eine tolle Chance!«

»Im Augenblick nicht«, wiederholte Ruben. »Ich brauche Zeit. Für mich.«

Sie machte eine lange Pause. »In Ordnung. Dann sag ich ihm ab.«

Er hörte so viel Traurigkeit in ihrer Stimme und so viel Hoffnung, dass er der Versuchung erlag. »Hast du Lust, mich zu sehen, Judith?«

Zehn Minuten später war er auf dem Weg zu ihr.

*

Die Nacht war furchtbar lang. Vielleicht war Vollmond. Oder sie hatte zu viel Kaffee getrunken. Jedenfalls fand Ilka keinen Schlaf. Gegen zwei stand sie auf.

Seit Stunden spukte ihr ein Film im Kopf herum. *Der Graf von Monte Christo* mit Richard Chamberlain in der Hauptrolle. Wenn er einen Gang durch jahrhundertealtes, dickes Gemäuer graben konnte, dann musste das bei den verhältnismäßig dünnen Mauern einer Jugendstilvilla doch erst recht möglich sein. Dieser Dantes hatte zwar dreißig Jahre dazu gebraucht, aber er hatte auch nur einen Löffel zur Verfügung gehabt.

Sie brauchte Werkzeug, ein Stemmeisen, einen Meißel, eine Feile. Noch einmal durchsuchte sie jede Schublade und jeden Schrank, obwohl sie wusste, dass sie nichts finden würde. Enttäuscht klappte sie die letzte Schranktür zu. »War sowieso eine Schnapsidee«, murmelte sie.

Vielleicht gab es einfachere Wege, wenn sie nur erst Rubens Vertrauen zurückgewonnen hätte. Sie ging ins Wohnzimmer und zog ein Buch aus dem Regal. Nach den ersten Sätzen legte sie es wieder weg. Es gelang ihr nicht, sich zu konzentrieren. Die Unruhe, die sie am Schlafen hinderte, ließ die Buchstaben vor ihren Augen tanzen.

Sie hatte das Gefühl, nicht richtig atmen zu können. Das Fenster war zwar gekippt, aber der Rollladen schloss so dicht, dass er keine Luft durchließ. Erst morgen würde Ruben ihn wieder hochziehen. Morgen erst.

Morgen musste sie wissen, wie sie sich verhalten sollte. Sie musste einen Plan entwickeln. Und einen Ersatzplan für den Fall, dass der Plan nicht funktionierte. Mit einem Plan wäre sie Ruben nicht länger hilflos ausgeliefert. Sie hätte ein Geheimnis. Und ein klares Ziel: ihre Freiheit.

Nach der ersten Euphorie sank ihr der Mut wieder. Ruben war nicht dumm. Sie hatte ihn noch nie kontrollieren können. Keinem war das je gelungen. Er würde sich die Macht nicht einfach aus der Hand nehmen lassen.

*

Irgendwie war Ruben im Morgengrauen nach Hause gekommen. Er hatte zu viel getrunken, um sich noch genau daran zu erinnern. Er wusste nur, dass sein Zustand mit dem Wort *Morgengrauen* präzise beschrieben war.

Judith hatte mitten in der Nacht für ihn gekocht. Sie war ein Phänomen. Zauberte aus dem Nichts die köstlichsten Speisen hervor. Sie hatten sich am Tisch gegenübergesessen und Ruben hatte sich auf sonderbare Weise getröstet gefühlt. Die Vertrautheit des alten Hauses hatte ihn mit offenen Armen empfangen. Es war gewesen, als wäre er für eine Weile in sein altes Leben zurückgekehrt.

»Es ist schwierig, den Leuten zu erklären, warum du abgetaucht bist«, hatte Judith vorsichtig gesagt. »Die Presse habe ich nur mit Interviewversprechen hinhalten können.«

»Sie sollen ihr Interview kriegen«, hatte Ruben geantwortet. »Später. Lass sie ruhig noch ein bisschen zappeln.«

Die offizielle Version, auf die sie sich geeinigt hatten, war die, dass Ruben dem Trubel um seine Person entflohen war, um ungestört arbeiten zu können. Und dass Judith die Weisung hatte, niemandem zu verraten, wo er sich aufhielt.

Sie selbst hatte Ruben versprechen müssen, sich nur in wirklich wichtigen Angelegenheiten an ihn zu wenden. »Ich hab den ganzen Rummel satt«, hatte er ihr damals erklärt. »Er macht mich krank. Ich muss wieder zu mir selbst finden und dazu brauche ich absolute Einsamkeit.«

Judith hatte sich daran gehalten, wie sie sich an alle Abmachungen hielt. Aber es fiel ihr schwer. Ruben merkte es an der Art, wie sie ihn betrachtete. Sie studierte sein Gesicht, als wollte sie es sich für den Rest ihres Lebens einprägen.

Irgendwann nahmen sie ihre Weingläser und zogen sich ins Wohnzimmer zurück. Im Schein des knisternden Kaminfeuers saßen sie auf dem Sofa und redeten. Mit Judith ging das leicht. Sie hörte zu und konnte selbst interessant erzählen. Die Zeit verflog nur so.

Als Ruben sich schwankend erhob und nach seiner Jacke griff, sah Judith ihn verwundert an.

»Du bleibst nicht über Nacht?«

Er schüttelte den Kopf und suchte nach seinen Autoschlüsseln.

»Aber du hast getrunken, Ruben. Du bringst dich nur unnötig in Gefahr.« Sie stand vor ihm, einen Kopf kleiner als er, und schaute zu ihm auf. »Bitte. Bleib hier.«

Das, was sie sagte, berührte ihn tief. Die Art, wie sie es sagte, ließ irgendetwas in ihm zerbrechen. Er hätte diese Worte so gern von Ilka gehört. Wäre so gern auf diese Weise von ihr angelächelt worden.

Judith zog seinen Kopf zu sich heran. Er spürte ihre Lippen auf seinen. Leicht und kühl. Er erwiderte den Kuss nicht, machte einen halbherzigen Versuch, Judith von sich zu schieben. Dann wurde ihm schwindlig vor Verlangen und er gab nach.

Seit seiner Rückkehr saß er nun im Wintergarten und die Erinnerung an die Nacht nahm in seinem Kopf allmählich Gestalt an. Judith hatte ihn auf eine stumme, verzweifelte Art geliebt. Als wäre ihr bewusst gewesen, dass sie ihn mit keinem Kuss und keiner Berührung wirklich erreichte.

Danach hatte sie sich an ihn geschmiegt, den Kopf an seiner Halsbeuge, und sein Kinn war feucht geworden von ihrem Atem. Für einen Augenblick hatte er sich nichts sehnlicher gewünscht, als dieses Mädchen lieben zu können und ein normales Leben mit ihr zu beginnen. Und im nächsten Moment schon wieder gespürt, wie es ihn zu Ilka drängte.

Er war aufgestanden, hatte geduscht und sich angezogen. Judith hatte in der Küche auf ihn gewartet, eingehüllt in seinen alten, viel zu großen Bademantel. Es war kalt gewesen, und sie hatte gezittert, aber Ruben hatte sie nicht mehr berühren können.

Sie hatten etwas verloren in dieser Nacht. Beim Abschied war Judith einer Umarmung ausgewichen, und Ruben hatte gemerkt, dass auch sie es spürte.

Jetzt war er todmüde. Er sehnte sich nach Schlaf. Nach Ruhe. Und nach Ilka. Sie war bloß ein paar Meter von ihm entfernt und doch so schrecklich weit weg.

*

Bert konnte mit aufgedonnerten Frauen wenig anfangen. Diese hier schien den Sechzigerjahren entsprungen zu sein. Sie hatte mordsmäßig toupierte schwarze Haare mit knallgrünen Streifen und war in einen derart engen Minirock gezwängt, dass er sich fragte, wie sie in dieser Kluft wohl ihre Arbeit verrichten mochte. Der Ausschnitt ihrer Bluse ließ mehr von ihrem Busen sehen, als Bert angenehm war. Ihre Fingernägel waren schwarz lackiert und hatten Ähnlichkeit mit Raubtierkrallen. Sie war ganz in Schwarz gekleidet und beinahe weiß geschminkt. Ihre Lippen glänzten dunkelviolett, und im ersten Moment fragte Bert sich, ob sie in diesem Heim so tolerant waren, dass sie tatsächlich Satanisten beschäftigten.

Doch dann machte sie den Mund auf, und er merkte sofort, dass er es mit einer zupackenden, energischen Person zu tun hatte, die etwas von ihrem Job verstand und das auch wusste. Sie stellte sich als Frau Hubschmidt vor und bot ihm an, ihn zu Anne Helmbach zu führen.

»Ich weiß allerdings nicht, was Sie sich von diesem Besuch versprechen«, sagte sie. »Ich habe Ihnen ja schon am Telefon zu erläutern versucht, in welchem Zustand Frau Helmbach sich befindet.«

»Davon möchte ich mich gern selbst überzeugen«, antwortete Bert. Er hatte es sich abgewöhnt, für alles, was er tat, eine Erklärung mitzuliefern. Früher hatte er sehr viel Wert darauf gelegt, das Image der Polizei in der Öffentlichkeit bei jeder Gelegenheit zurechtzurücken. Inzwischen hatte er begriffen, dass das eine Sisyphusarbeit war, die ihm unnötig Kraft raubte.

»Darf ich davon ausgehen, dass Sie feinfühlig sein werden?«

Wahrscheinlich hatte sie schlechte Erfahrungen mit der Polizei gesammelt. Solchen Menschen begegnete Bert häufig. Er nahm ihnen ihre abwehrende Haltung nicht übel. Er nahm sie jedoch auch nicht mehr persönlich.

»Das ist doch selbstverständlich«, sagte er.

Sie schaute ihn noch einmal prüfend an und marschierte dann voraus.

Das Heim war keines von der einfachen Sorte. Es war geschmackvoll eingerichtet und wirkte sauber und gepflegt. An den Wänden hingen freundliche Aquarelle. Offenbar waren sie Teil einer Ausstellung. An manchen war ein roter Punkt angebracht, was wohl bedeutete, dass sie bereits verkauft worden waren.

Die Bodenfliesen waren aus warmer Terrakotta, die Wände in einem dezenten Gelb gestrichen. Hier und da stand eine mächtige Kübelpflanze auf einem fahrbaren Untersatz. Aus unauffällig angebrachten Lautsprechern erklang leise Musik. Klassik, wie Bert verwundert feststellte. Nach seinen Erfahrungen war das äußerst ungewöhnlich.

Lediglich der Geruch erinnerte ihn daran, dass er sich nicht in einem Hotel befand, sondern in einem Heim für psychisch Kranke. Es war dieser typische Geruch nach Essen, Tee und Reinigungsmitteln, wie er in jeder Klinik und jedem Altersheim zu finden war.

Ein Tisch mit zwei Stühlen, ein Schrank, ein Bett, ein

Nachttisch und ein Sessel am Fenster, das war das Zimmer, in dem Anne Helmbach lebte. Sie saß in dem Sessel und schaute Bert entgegen.

»Besuch für Sie«, sagte Frau Hubschmidt. Sie beugte sich zu Anne Helmbach hinunter und legte ihr die Hand auf die Schulter. »Der Herr ist von der Polizei. Hauptkommissar Melzig. Er hat ein paar Fragen an Sie.«

Bert war angenehm berührt von der Art, wie sie mit ihrer Patientin umging. Weder erhob sie auf diese unerträglich überhebliche Weise die Stimme, als wäre jeder in ihrer unmittelbaren Umgebung taub, noch verfiel sie in den Wortschatz, den manche Erwachsene für Kleinkinder, Kranke und Alte reserviert hatten. Vor allem beging sie nicht die unverzeihliche Grobheit, Anne Helmbach zu duzen.

Jetzt erst wandte sie sich zu Bert um. »Wenn Sie mich brauchen, finden Sie mich im Büro.«

Es wunderte ihn, dass sie ihn mit Anne Helmbach allein ließ. Offenbar hatte sie doch Vertrauen zu ihm gefasst. Er freute sich darüber.

»Guten Morgen, Frau Helmbach. Darf ich?« Er rückte sich einen Stuhl heran und setzte sich.

Anne Helmbach war sicherlich einmal eine schöne Frau gewesen. Sie war es immer noch, nur dass ihre Schönheit das Strahlende verloren hatte, stumpf geworden war und blass. Sie trug die schulterlangen blonden Haare offen. Sie wirkten trocken und glanzlos und waren elektrisch aufgeladen. Die äußeren hatten sich ein wenig aufgerichtet und umgaben den Kopf im Gegenlicht wie ein Heiligenschein.

Bert entdeckte auf dem kleinen Nachttisch ein gerahmtes Foto, das ein junges Mädchen zeigte. Er wusste, dass es sich bei diesem Mädchen um Ilka handelte, denn Marei Täschner hatte ihm mehrere Fotos ihrer Nichte überlassen.

Anne Helmbach sah ihm in die Augen, aber sie hielt seinen Blick nicht fest. Es war, als schaue sie durch seine Augen hindurch auf einen Punkt, der jenseits von allem lag, was er kannte.

Frau Hubschmidt hatte offenbar nicht übertrieben, als sie ihn vorgewarnt hatte. Trotzdem hatte er es versuchen müssen. Manchmal geschahen die seltsamsten Dinge. Vielleicht, hatte er gedacht, würde sie ja eine winzige Reaktion auf seine Fragen zeigen. Oder zumindest auf seine Gegenwart. Eine Geste, einen Laut. Er war auf jede Kleinigkeit angewiesen.

»Ein schöner Garten«, sagte er und sah aus dem Fenster. »Fast könnte man sich einbilden, hinter den Bäumen sei das Meer.«

Er fand in ihren Augen kein Zeichen des Verstehens. Er war sich nicht einmal klar darüber, ob sie ihn überhaupt gehört hatte. Eine Weile saß er ihr schweigend gegenüber. Dann fielen ihm ihre Hände auf. Sie hatten die ganze Zeit still auf ihrem Schoß gelegen, schmal und schlank und geduldig. Nun waren sie unmerklich in Bewegung geraten. Es war wie ein sehr leichtes Zucken. Kaum hatte Bert es wahrgenommen, da war es auch schon wieder vorbei.

Er zeigte auf das Foto. »Sie haben eine hübsche Tochter. Sie hat ein so fröhliches Lachen.«

Hatte sie den Kopf ein wenig zurückgelegt oder bildete er sich das ein?

»Ich kenne Mike, ihren Freund. Ein netter Junge.«

Was redete er denn da? Er sollte allmählich zur Sache kommen.

Es fiel ihm schwer. Er wollte diese Frau auf gar keinen Fall beunruhigen. Aber irritierte er sie weniger, wenn er ihr den Anlass seines Besuchs verschwieg? Irritierte er sie überhaupt? Wie viel drang zu ihr durch? Wie viel durfte er ihr zumuten?

»Ilka ist nicht nach Hause gekommen«, versuchte er es behutsam. »Das muss nichts bedeuten. Junge Mädchen schlagen schon mal über die Stränge und tauchen dann nach ein paar Tagen putzmunter wieder auf.«

Er beobachtete sie genau, fand jedoch weder in ihren Augen noch auf ihrem Gesicht die kleinste Regung. Sie erinnerte ihn an eine lebensgroße Puppe. Er konnte sich in ihren Pupillen spiegeln.

Nein, dachte er. Es hat keinen Sinn, ins Detail zu gehen.

»Es war mir wichtig, Ihnen das mitzuteilen. Und Ihnen zu versprechen, dass ich alles tun werde, um Ilka schnell zu finden.«

Er legte die Hand auf ihre. Sie fühlte sich kalt an, obwohl es in diesem Zimmer so warm war, dass sich ihm der Schweiß im Nacken sammelte.

Bevor er das Haus verließ, unterhielt er sich noch mit Frau Hubschmidt, die an der Pforte auf ihn wartete.

»Ein tapferes Mädchen«, sagte sie, als er sie auf Ilka ansprach. »Sie besucht ihre Mutter seit drei Jahren regelmäßig. Und sie gibt nicht auf. Wenn es jemandem gelingt, Frau Helmbach zurückzuholen, dann ihr.«

»Sie schätzen Ilka Helmbach?«

»Ja, sehr. Ich habe großen Respekt vor ihr. Sie ist erst achtzehn und bei allem, was sie durchlitten hat, ungewöhnlich stark.« Sie kniff die Augen zusammen und sah ihn scharf an. »Sie haben mir immer noch nicht verraten, warum Sie mit Frau Helmbach sprechen wollten.«

»Ilka ist als vermisst gemeldet worden.«

»Wie lange ist sie schon verschwunden?« Sie war es gewöhnt, ohne Umschweife zur Sache zu kommen. Mehr solche Menschen, dachte Bert, und meine Arbeit wäre um vieles einfacher.

»Seit drei Tagen. Ist Ihnen bei ihrem letzten Besuch etwas aufgefallen?«

Sie überlegte und schüttelte dann den Kopf. »Sie war wie immer. Tut mir Leid. Ich wollte, ich könnte Ihnen weiterhelfen.«

»Wird Ilka manchmal begleitet? Von ihrer Tante, ihrem Freund, einer Freundin?«

»Nein. Nie. Sie kommt immer allein. Sie ist im Übrigen die Einzige, die Frau Helmbach überhaupt besucht. Außer Frau Helmbachs Schwester. Die erscheint ebenfalls regelmäßig hier. Wissen Sie, der Kontakt zur Familie und zu Freunden ist in solchen Fällen extrem wichtig. Besuche sind für die Patienten wie Brücken zwischen unserer Wirklichkeit und dem Ort, an dem sie gefangen sind.«

Der Ort, an dem sie gefangen sind. Wie schrecklich das klang. Und wie treffend es den Zustand von Ilkas Mutter beschrieb.

»Was ist mit dem Sohn von Frau Helmbach?«

»Wie? Frau Helmbach hat einen Sohn?«

Bert zog sein Notizbuch hervor. »Ich dachte, er ist womöglich derjenige, der die Unterbringung seiner Mutter in diesem Heim bezahlt?«

»Nein. Die Unterbringung von Frau Helmbach in unserem Haus wird, soweit ich weiß, durch die Vermietung ihres Wohnhauses und eine Rente finanziert.«

Und was, schoss es ihm durch den Kopf, machen die, die weder das eine noch das andere haben? In welcher Art von Häusern landen die?

Bert verstaute das Notizbuch in seinem Mantel und reichte Frau Hubschmidt die Hand. Wenn sie wirklich zudrückte, könnte sie ihn ohne weiteres in die Knie zwingen. Wie eng ihre Röcke auch sein mochten, sie schaffte ihre Arbeit, daran zweifelte er keine Sekunde.

»Wenn Ihnen noch etwas einfällt, rufen Sie mich bitte an.«
Er reichte ihr seine Karte und ging zur Tür. Manchmal, dachte er, rede ich wirklich wie die Bullen im Film.

Draußen drehte er sich noch mal um. Ein stiller, friedlicher Ort. Aber das konnte auch täuschen.

*

Es war schon zehn Uhr, als Ruben sie zum Frühstück holte. Ilka war dankbar dafür, dass er sie wieder mit nach oben nahm. Sie hatte das Gefühl, in diesen Kellerräumen zu ersticken.

Er hatte alles vorbereitet. Der Tisch war mit Servietten und Kerzen gedeckt. Es gab Brötchen und Brot, Käse, Obst, Marmelade und Rührei mit gebratenem Speck. Ein wundervoller Duft hing in der Küche. Ilka merkte erst jetzt, wie hungrig sie war.

Sie frühstückten schweigend. Ein paarmal lächelte Ruben und Ilka gab sein Lächeln vorsichtig zurück. Sie hatte sich geschworen, alles zu vermeiden, was ihn wütend machen könnte.

Dann schaute Ruben sie an. So lange und so intensiv, dass sie sich innerlich wand.

»Ich möchte dich malen«, sagte er.

Ilka versuchte nachzudenken. Wenn sie sich weigerte, würde er sie wieder runterschicken. Runter in dieses Gefängnis, in das kein Laut drang, in dem sie nichts hörte als ihren eigenen Atem. Und vielleicht würde er sie wieder so lange warten lassen wie gestern. Noch so einen Tag ohne eine Menschenseele würde sie nicht ertragen.

Wenn sie zustimmte, würde sie vielleicht einen weiteren Raum in diesem Haus kennen lernen, sein Atelier. Und sie hätte die Chance, sein Vertrauen zurückzugewinnen. Ruben hatte die Macht. Und er hatte Zeit. Sie nicht. Jeder Tag, den sie hier verbringen musste, jede Sekunde der Angst war zu viel.

»Okay«, sagte sie und trank von ihrem Orangensaft. Über den Rand des Glases hinweg beobachtete sie ihn. Er war überrascht, versuchte jedoch, das zu verbergen, indem er sein Pokerface aufsetzte. Wenn er das tat, hatte niemand mehr Zugang zu seinen Gefühlen. Niemand. Nicht mal sie.

Gemeinsam räumten sie den Tisch ab. Ruben achtete darauf, dass sie keinem gefährlichen Gegenstand zu nahe kam. Brächte sie es fertig, ihm das Brotmesser in den Bauch zu stoßen? Könnte sie ihm den schweren Kerzenleuchter überziehen? Sie war froh, dass Ruben sie daran hinderte, die Antwort zu finden. Er fasste sie am Arm und führte sie die Treppe hinauf.

»Darf ich?« Ilka blieb auf dem Treppenabsatz stehen. Drei Türen, alle weit offen. Draußen war die Sonne zwischen den Wolken hervorgekommen und schüttete Licht in die Zimmer. Es leuchtete bis in den Flur.

Ruben nickte. Ihre Bereitschaft, auf seine Wünsche einzugehen, hatte ihn entwaffnet. Er konnte ihr jetzt eine so harmlose Bitte nicht abschlagen. Eine Hand wäscht die andere, dachte Ilka. Sie musste lernen, berechnend zu sein. Nur wenn sie ihren Kopf benutzte, würde es ihr gelingen, sich Freiräume zu schaffen, die sie irgendwann hoffentlich für die Flucht nutzen konnte.

Der Hals wurde ihr eng, als sie das erste Zimmer betrat. Als hätte eine Zeitmaschine sie von einer Sekunde auf die andere in der Vergangenheit abgesetzt. Sie hatte das Gefühl, bloß die Augen schließen zu müssen, um ihren Vater wieder lebendig werden zu lassen und ihre Mutter gesund. Dieses

Gefühl verließ sie auch in den beiden anderen Zimmern nicht. Im Gegenteil. Es wurde eher noch stärker. Doch es war ein trügerisches Gefühl. Ihr Vater war tot, und ihre Mutter hatte die Welt vergessen oder so tief in sich vergraben, dass sie sich nicht mehr daran erinnern konnte.

Ilka zwang sich, ruhig und tief zu atmen.

Die Treppe.

Die von damals hatte zu ihren Zimmern geführt. Und auf den Speicher.

»Irgendwann«, hörte sie Ruben neben sich sagen, »irgendwann richtest du die Räume nach deinem Geschmack ein. Du sollst in diesem Haus glücklich sein.«

Er schob sie vorwärts. Auf die Treppe zu. Ilka umfasste das Geländer. Es fühlte sich genauso an wie das Geländer im Haus der Eltern.

Stufe für Stufe stieg sie hinauf, Schritt für Schritt wuchs die Angst in ihr. Sie sah den Speicher vor sich, den schmutzigen grauen Holzfußboden, die Spinnwebfäden in den Ecken und vor den kleinen Fenstern. Sie roch den Staub, der in der Luft lag und manchmal, bei Sonnenschein, darin tanzte.

Nein, wollte sie sagen. Bitte nicht auf den Speicher, Ruben. Tu mir das nicht an. Es gibt Erinnerungen, die ich nicht bewältigen kann. Deshalb mache ich doch die Therapie. Die Therapie, Ruben, ich darf sie nicht abbrechen. Sie ist entsetzlich, aber nur sie kann mir helfen. Tante Marei hatte Recht, mich dahinzuschicken. Sie hat oft Recht, Ruben, sie ist eine kluge Frau.

Ruben öffnete die Tür. Ilka hatte erwartet, sie würde quietschen, wie die Tür zu Hause, damals, doch sie ging völlig geräuschlos auf.

Vor Erleichterung wäre sie fast in Tränen ausgebrochen. Sie betrachtete diesen wunderschönen, hellen Raum mit der großen Fensterfront, sog gierig jeden Eindruck auf.

Überall standen und lagen Bilder herum. Der Geruch nach Farbe war sehr intensiv. Offenbar hatte Ruben viel gemalt. Es war auf eine angenehme Weise unordentlich. In schmutzigen Gläsern standen Pinsel. Spachtel lagen zwischen Kreide und Farbtuben. An einer am einen Ende des Raums gespannten Leine hingen Skizzenblätter.

Ilka konnte nicht anders. Sie musste die Bilder anschauen.

Und sie erschrak. Es war, als blickte sie bei jedem einzelnen Bild in einen Spiegel.

20

Das also war das Haus, in dem Ilka lebte. Der Stadtteil gehörte zu denen, in die ich mich nie verirrte. Lauter Einfamilienhäuser, gehegt, gepflegt und glatt poliert. Wahrscheinlich standen die Nachbarn ständig hinter den Gardinen, um nur ja alles mitzukriegen, was auf der Straße passierte. Die Umgebung erinnerte mich an die Gegend, in der wir gewohnt hatten, bevor meine Eltern sich scheiden ließen. Vorgartenidylle und Vorzeigeglück.

Mike klingelte.

»Und die Therapeutin wohnt in der Nähe?«, fragte ich.

Mike nickte.

»In so einem Viertel wie diesem?«

Mike nickte wieder.

»Dann sollten wir mit einem Foto von Ilka die Häuser abklappern. Die Leute hier sind lebende Zeitungen. Irgendwer *muss* was gesehen haben.«

»Mike! Gerade eben hab ich an dich gedacht und im nächsten Moment stehst du vor der Tür. Wie schön!«

Ilkas Tante gefiel mir auf Anhieb. Mit ein bisschen Phantasie konnte man Ilka in ihrem Gesicht wiederfinden und in ihrem Lächeln. Es war mir sympathisch, dass die Diele nicht aufgeräumt war. Es herrschte ein lebendiges, freundliches Chaos, und man musste aufpassen, dass man nicht über die

Sporttasche, den Basketball, die Tennisschläger oder den Getränkekasten stolperte.

»Und?«, fragte Mike hoffnungsvoll.

Sie berührte seine Hand und schüttelte traurig den Kopf. Mike sackte in sich zusammen.

»Entschuldigung.« Er legte mir den Arm um die Schultern. »Das ist Jette. Wir wohnen zusammen.« Anscheinend merkte er selbst, wie seltsam sich das anhörte. »In einer Wohngemeinschaft«, erklärte er.

Ilkas Tante lächelte. Es war, als habe sie sich das Lächeln ihrer Nichte nur mal kurz ausgeborgt. Der einzige Unterschied war, dass das Gesicht, zu dem es gehörte, älter war. Sie schüttelte mir die Hand. Dann führte sie uns in die Küche.

»Solltet ihr nicht in der Schule sein?«, fragte sie.

»Schule?« Mike ließ sich auf einen der Sessel fallen. Er ächzte wie ein alter Mann. »Wir würden da sowieso nichts mitkriegen.«

Sie bot uns etwas zu trinken an, doch wir hatten beide keinen Durst. Ich sah mich um. Von einem der Fotos, die an der Wand hingen, lächelte Ilka auf uns herunter. Es war ein Schnappschuss. Ilka am Meer. Sie trug eine schwarze Pudelmütze, die sie sich tief in die Stirn gezogen hatte, und einen schwarzen Schal. Einige Haarsträhnen waren unter der Mütze hervorgekrochen und ringelten sich auf ihren Schultern. Ihre Nase war rot. Offenbar war das Foto an einem sehr kalten Wintertag entstanden.

»Was hat die Polizei denn bis jetzt unternommen?«, fragte Mike.

»Ein Kommissar war bei mir und hat Fragen gestellt. Melzig heißt er. Ich habe ihm Ilkas Zimmer gezeigt. Er hat sich alles angeguckt und Notizen gemacht.« Sie rieb sich über die Augen. »Es war wie in einem Krimi. Und plötzlich«, ihre

Stimme wurde ganz dünn, »plötzlich wurde mir klar, dass dieser Krimi Wirklichkeit ist und dass Ilka darin die Hauptrolle spielt.« Sie schluchzte, trocken und hart, als hätte sie sämtliche Tränen längst geweint.

Mike tätschelte ihr ungeschickt den Rücken. Aber es schien sie zu trösten, denn sie hatte sich bald wieder im Griff.

»Worüber haben Sie mit ihm gesprochen?«, fragte Mike.

Sie überlegte. »Über meine Schwester, über Ilkas Interesse an Psychologie, über ihren Bruder ...«

»Ihren Bruder?«, unterbrach Mike sie fassungslos. »Ilka hat einen Bruder?«

»Hat sie dir nie von ihm erzählt?« Überrascht sah Ilkas Tante ihn an.

»Kein Sterbenswort.« Mike wandte den Blick ab. »Sie hat aus ihrer Vergangenheit ein großes Geheimnis gemacht. Und ich Idiot hab das zugelassen. Ich hätte sie zwingen müssen, mit mir zu reden, dann wär das alles vielleicht nicht passiert.« Er war wütend und verzweifelt und schüttelte meine Hand ab, als ich seinen Arm berühren wollte.

»Wir wissen nicht, was passiert ist«, sagte ich leise.

Wenn ich mich hier so umschaute, konnte ich mir nicht denken, dass Ilka entführt worden sein sollte. Entführer waren auf Geld aus. Diese Familie besaß nicht viel mehr als das Haus, in dem sie lebte. Man sah es am Zustand der Möbel und daran, dass eine ganze Menge Renovierungsarbeiten notwendig waren.

»Ilka ist mit all dem Schrecklichen, das sie erlebt hat, nicht fertig geworden«, sagte Ilkas Tante zu Mike. »Das erklärt ihre Schweigsamkeit vielleicht ein wenig.«

»Ihr Bruder.« Mike riss sich zusammen. »Warum wohnt er nicht hier?«

»Er war bereits volljährig, als meine Schwester und mein

Schwager verunglückten. Und er bestand darauf, für sich allein zu sorgen. Ich weiß nicht mal, wo er heute lebt. Er ist Maler. Ab und zu habe ich etwas über ihn in der Zeitung gelesen, doch das war der einzige Kontakt, den wir zu ihm hatten.«

»Und Ilka?«

»Sie wollte nichts mit ihm zu tun haben. Sie lehnte es sogar ab, über ihn zu sprechen. Sie hat ihn vollständig aus ihrem Leben ausradiert.«

»Er ist Maler?« Es fiel Mike schwer, die Informationen zu verarbeiten.

»Ruben war schon als Kind sehr begabt. Aber auch wahnsinnig schwierig. Als sein Vater bei dem Verkehrsunfall starb und seine Mutter in ein Heim eingewiesen wurde…«

»Ilkas Mutter lebt in einem Heim?«

»Das hast du auch nicht gewusst?«

Mike sah aus, als wäre ihm eben ein Geist begegnet. Ich hätte ihn am liebsten in die Arme genommen, aber er saß kerzengerade da, weit weg, und schien sich auf den nächsten Schlag vorzubereiten.

»Ich weiß nur, dass sie noch lebt. Ilka hat mir nicht… Was für ein Heim?«

»Eine Einrichtung für psychisch Kranke. Meine Schwester ist am Tag des Unfalls verstummt. Sie hat bis heute kein einziges Wort mehr gesprochen.«

Wie entsetzlich. Und Ilka hatte das alles mit sich allein herumgeschleppt. Mike dachte offenbar dasselbe. Erschrocken starrte er vor sich hin.

»Damals ist Ruben mit seinem Erbteil auf und davon. Wir haben nie wieder etwas von ihm gehört, außer dem, was wir über ihn in der Zeitung gelesen haben. Das Haus wurde vermietet und Ilka ist zu uns gezogen.«

Ruben Helmbach. Ich kannte den Namen. Meine Mutter

hatte verschiedene Zeitschriften abonniert, um immer über alle aktuellen Ereignisse im Bereich der Kunst und vor allem der Literatur informiert zu sein. In einer dieser Zeitschriften hatte ich den Namen gelesen. Ruben Helmbach. Es war noch gar nicht so lange her. Ich hatte ihn überhaupt nicht mit Ilka in Verbindung gebracht.

»Ich habe den Verdacht, dass es einen entsetzlichen Streit zwischen den Geschwistern gegeben haben muss. Aber fragt mich nicht, worum es dabei ging. Auf jeden Fall hat Ilka einen Schlussstrich gezogen und der war endgültig.«

»Irgendwie passt das nicht zu ihr.« Mike kam mühsam wieder zu sich. »Sie ist nicht der Typ für endgültige Schlussstriche.« Er war weiß wie die Tischdecke. Eine weitere Hiobsbotschaft würde er nicht verkraften.

Frau Täschner merkte es ebenfalls. »Willst du ein Glas Wasser, Mike?«

»Nein. Geht schon wieder. Danke. Aber die Adresse von dem Heim, in dem Ilkas Mutter lebt, die hätte ich gern.«

»Wozu? Ihr habt doch nicht vor…«

»Wir können schließlich nicht untätig rumsitzen!«

Frau Täschner diskutierte nicht darüber. Vielleicht fehlte ihr die Kraft dazu. Sie kramte in einer der Schubladen, förderte einen kleinen Notizblock und einen Kugelschreiber zutage, schrieb die Adresse auf und riss das Blatt ab. Nachdenklich runzelte sie die Stirn. Schließlich reichte sie das Blatt nicht Mike, sondern mir.

»Sie wirken besonnen auf mich«, sagte sie. »Passen Sie auf den Jungen auf.«

Da hatte sie, wie meine Großmutter es ausdrücken würde, den Bock zum Gärtner gemacht.

»Versprochen.« Ich drückte ihr die Hand. »Darf ich Sie noch um einen Gefallen bitten?«

»Jederzeit.«

»Schenken Sie mir das Foto von Ilka, das da an der Wand hängt?«

Sie spähte hinüber, als müsste sie sich erst erinnern. Dann ging sie hin und klaubte das Foto ab. Sie betrachtete es und fing an zu weinen.

»Haltet ihr es für möglich, dass sie … dass sie sich …«

»Nein.« Mike nahm sie in die Arme. »Das dürfen Sie nicht mal denken. Ilka würde sich nie etwas antun.«

»Aber was ist dann passiert?«

»Jemand hat sie entführt«, sagte Mike.

Entgeistert starrte sie ihn an. »Aber wir sind doch nicht reich.«

»Genau das ist es, was ich nicht begreife«, sagte Mike.

Wir verließen Ilkas Tante mit schlechtem Gewissen, aber wir hatten keine Ruhe mehr. Ilka war jetzt seit fast siebzig Stunden verschwunden. Mit jeder Stunde, die verstrich, wuchs die Gefahr, in der sie sich befand. Wir mussten uns beeilen.

*

Ruben prüfte das Licht und rückte einen Stuhl zurecht. Dann ging er zum Schrank und holte das Kleid heraus. Es war aus purpurfarbenem Samt und würde Ilka bis zu den Knöcheln reichen.

»Zieh das an«, sagte er.

Ilka zögerte, bevor sie die Hand nach dem Kleid ausstreckte. Dann sah sie sich suchend um. Er bemerkte es, fuhr aber fort, die Farben zu mischen. Schließlich trat Ilka hinter die Staffelei und zog sich um.

Ruben schaute nicht hin. Er wollte nichts, was sie ihm

nicht aus freiem Willen gab. Erst als sie wieder hinter der Staffelei hervorkam, blickte er auf.

Sein Atem stockte. Das Kleid war wie für sie gemacht. Es umhüllte ihren Körper wie eine zweite Haut. Es war hochgeschlossen und hatte lange Ärmel, die spitz über den Handrücken verliefen. Es floss an ihr hinab bis zu den nackten Füßen.

Er liebte ihre Füße. Sie waren sehr klein und weiß und bildeten einen verwirrenden Kontrast zu der Strenge des Kleids. Ruben drehte den Stuhl so, dass die Rückenlehne nach vorn zeigte.

»Und jetzt setz dich rittlings drauf«, sagte er.

Dazu musste Ilka das Kleid bis zu den Oberschenkeln hochschieben. Sie lehnte sich mit beiden Armen auf die Stuhllehne, die Hände übereinander, und legte das Kinn auf den rechten Handrücken.

»Guck mich an«, sagte Ruben, und Ilka gehorchte.

Und dann gab es für ihn nur noch Ilka und die Farben. Er arbeitete ruhig und konzentriert, schaltete alle Gedanken und Gefühle aus. Das hier hatte er gewollt. Danach hatte er sich gesehnt. Er war angekommen. Endlich.

Als ihm seine Umgebung wieder bewusst wurde, waren zwei Stunden vergangen. Der Raum war gut beheizt, aber Ilka mit ihren nackten Beinen fror sicherlich.

»Fertig?«, fragte sie.

Er nickte und sie richtete sich auf, glitt vom Stuhl und strich das Kleid glatt.

»Darf ich mich wieder anziehen?«

Er hatte sie noch nie so nachgiebig, so … demütig erlebt. Es erregte ihn. Er wischte sich die Hände an einem Lappen ab.

»Bleib so.«

Sie stand da wie eine Königin mit den Füßen eines Aschen-
puttels. Er konnte nicht anders. Er musste sie berühren.
Langsam näherte er sich ihr. Er hob die Hand, um ihr über
die Wange zu streichen. Ilka duckte sich, als hätte er zu einem
Schlag ausgeholt.

Er wusste nicht, warum sie damit eine solche Wut in ihm
auslöste. Er griff ihr ins Haar und zog ihren Kopf zurück. Sah
ihr in die Augen. Und dann küsste er sie.

*

Gegen Mittag ging Bert zu Marcello. Ihm gehörte eine kleine
Pizzeria in der Mühlenstraße, zwanzig Minuten Fußmarsch
vom Büro entfernt, zu weit für die meisten Kollegen und deswegen für Bert mit seinem Ruhebedürfnis ideal. Er sehnte sich
nach einem guten Essen und nach Ablenkung. Er musste aufpassen, dass er sich nicht in seinen Gedanken verhedderte.

Es war nicht mehr ganz so kalt. Sechs Grad über null hatte
das Außenthermometer heute früh angezeigt. Inzwischen
waren es bestimmt acht. Nach dem Frost der letzten Tage
empfand Bert den Wind beinah als lau. Es kam ihm auch so
vor, als würden nach endlosem, beklemmendem Schweigen
plötzlich die Vögel wieder singen. Ein Hauch von Frühling
lag in der Luft.

Bert wusste, dass er einer Art Fata Morgana aufsaß. Es
würde nicht lange so mild bleiben. Meistens fing der Winter
in dieser Gegend im Januar oder Februar erst richtig an.
Selbst im April konnte es noch schneien.

Marcello begrüßte ihn so begeistert, dass Bert sich fast
schämte, so lange nicht hier gegessen zu haben. Jedes Mal
vermittelte der Wirt ihm den Eindruck, ein treuloses, unzu-
verlässiges, aber dennoch heiß geliebtes Mitglied seiner gro-

ßen italienischen Familie zu sein. Er geleitete Bert zum schönsten Tisch am Fenster und brachte ihm einen Aperitif auf Kosten des Hauses. Dann schlenderte er pfeifend zur Theke zurück.

Von seinem Platz aus sah Bert in den Hof, der im Sommer voller Tische war, an denen sich die Gäste drängten. Jetzt wirkte er trüb und traurig. Nur ein paar widerstandsfähige Efeuranken klammerten sich noch an die weiß getünchten Mauern, die sonst vom Grün und den Blüten einer roten Kletterrose und einer blauen Klematis bedeckt waren. Der Boden war übersät mit schwarzem, faulendem Laub. Eine schmuddelige Plastiktüte wehte im Wind hin und her. An der hinteren Mauer, die von Feuchtigkeit schon halb zerfressen war, stand ein vergammelter Holztisch, auf dem eine weiße Katze kauerte. Sie gehörte zum Lokal, durfte jedoch das Haus nicht betreten. Bei einem Unfall vor zwei, drei Jahren hatte sie ihren Schwanz verloren. Wie sie da so lag, die Pfoten unter den Bauch geschlagen, unbeeindruckt von den Zeichen des Verfalls, erinnerte sie Bert an eine Totenkatze. Vielleicht starb jedes Mal, wenn man sie anschaute, in der Nähe ein Mensch?

Bert schüttelte den Gedanken ab und klappte die Speisekarte auf. Er studierte sie immer gründlich, obwohl er sie so gut wie auswendig kannte und bei jedem Besuch das gleiche Gericht wählte. Im Hintergrund hörte er Marcello auf Italienisch telefonieren. Zunächst verstand er noch einzelne Worte, dann vermischten sie sich miteinander zu einem friedlichen, fast einschläfernden Singsang.

Der ideale Ort, die ideale Zeit, um Überlegungen nachzuhängen. Bert hatte ein Foto von Ilka an die Presse gegeben. Es würde eine Flut von Anrufen auslösen. Die meisten davon würden seine Arbeit nicht erleichtern, sondern verdoppeln.

Trotzdem war es eine Chance, denn letztlich kam es auf den einen entscheidenden Hinweis an.

Es gab in Ilkas Fall keine Verwandtschaft außer der Mutter, dem Bruder und der Tante mit ihrer Familie. Das engte die Möglichkeit, an Informationen zu gelangen, stark ein. Bert würde als Nächstes versuchen, etwas über den Bruder in Erfahrung zu bringen. Vielleicht sollte er später auch noch einen Besuch in Ilkas Schule ins Auge fassen.

»Prego?« Marcello strahlte ihn an. Er fand es ungemein beruhigend, einen Kommissar unter seinen Gästen zu haben. Immer wieder sprach er Bert darauf an. Mord und Totschlag schienen ihn zu faszinieren. Das war ungewöhnlich, denn den meisten Menschen waren Ermittlungen in Tötungsdelikten unheimlich. Sie schoben alles, was sie an den Tod erinnerte, weit von sich. Als wäre der Tod ansteckend, vor allem wenn er gewaltsam herbeigeführt wurde.

Bert bestellte Lasagne. Wie jedes Mal. Und Marcello notierte die Bestellung. Wie jedes Mal. Sie waren wie Schauspieler in einem oft geprobten Theaterstück.

»E un aqua minerale?«, fragte Marcello.

»Va bene«, bestätigte Bert.

Sie schienen beide an dem Ritual zu hängen. Vielleicht weil sie beide die Erkenntnis gewonnen hatten, dass Gewohnheiten dieser Art den Alltag auf wohltuende Weise strukturierten.

Während Bert auf das Essen wartete, überflog er die Zeitung. Dazu war er heute noch nicht gekommen. Marcello störte ihn nicht dabei. Bert hatte sogar den Eindruck, dass der Wirt die Ruhe seines *Commissario* energisch verteidigte. Er wies neu eintreffenden Gästen sämtlich Tische am anderen Ende des Raums zu, sodass Bert sich ganz in seine Lektüre vertiefen konnte.

Mit leichtem Herzklopfen wandte Bert sich dem Feuilleton zu. Dabei glaubte er nicht wirklich an den Glücksfall, ausgerechnet heute einen Artikel über Ruben Helmbach zu finden. Tatsächlich gab es überhaupt keinen Artikel über Malerei, lediglich einen über ein Konzert mit zwei Sopranistinnen, die ihm unbekannt waren, und einen über eine Fotoausstellung, die ihm nichts sagte.

Vielleicht sollte ich ein bisschen mehr Zeit auf meine Bildung verwenden, dachte er, holte sein Handy hervor und wählte die Nummer von zu Hause.

»Melzig.« Margots Stimme klang genervt. Wie meistens. Wann hatte er sie zum letzten Mal entspannt und ausgeglichen erlebt?

»Ich bin's«, meldete er sich. »Sag mal, kannst du dich noch an den Maler Ruben Helmbach erinnern?«

»Guten Tag«, antwortete sie spitz. »So viel Zeit muss sein. Erkundigungen nach meinem Wohlbefinden erwarte ich ja gar nicht erst.«

»Entschuldige. Ich hab's eilig. Also, erinnerst du dich?«

»Ruben Helmbach? Fragst du mich das ernsthaft? Er ist *der* Shootingstar der Szene. Wir haben im letzten Urlaub eine Ausstellung von ihm besucht. Das musst du doch noch wissen.«

Berts Gehirn leistete Schwerstarbeit. Den letzten Urlaub hatten sie vor einem Jahr in Ostfriesland verlebt, und die Ausstellung hatte in einem kleinen Küstenort stattgefunden, dessen Namen er nie zuvor gehört und längst wieder vergessen hatte.

Margot half ihm auf die Sprünge: »Altumnersiel.«

»Genau. Lag mir auf der Zunge.«

Margot seufzte, als hätte sie gerade entdeckt, dass er geistig zurückgeblieben war.

»Kannst du dich an irgendwas Besonderes erinnern?«, fragte er.

»Nur dass er nichts anderes gemalt hat als junge Mädchen. Ein bisschen verrückt manchmal, so in Richtung Picasso, dann wieder romantisch, wie Chagall vielleicht.«

Margot hatte schon immer die phänomenale Fähigkeit besessen, sämtliche Eindrücke zu speichern und zu katalogisieren. Oft brachte sie Bert damit in Verlegenheit, aber manchmal leistete sie ihm damit auch unschätzbare Dienste. Er bedankte sich und schaltete das Handy aus, bevor sie das Gespräch wieder auf seine Versäumnisse lenken konnte.

Wenig später brachte Marcello die Lasagne. Beim Essen überdachte Bert Margots Informationen. Und ganz allmählich spielte sein Gedächtnis wieder mit. Er hatte sich damals darüber gewundert, dass die Mädchen auf den Bildern einander so ähnlich sahen. Vielleicht, hatte er gedacht, lag es daran, dass der Maler nur ein Modell hatte.

Doch inzwischen hatte sich das ja wohl geändert. Als anerkannter Szenemaler hatte er in dieser Hinsicht garantiert ausgesorgt. Da standen die Mädchen doch bestimmt Schlange, um ihm sitzen zu können. Sitzen? Hieß das so? Bert spürte dieses Kribbeln im Bauch, das ihn immer dann überfiel, wenn seine Überlegungen sich verdichteten, wenn er sozusagen Witterung aufgenommen hatte. In manchen Momenten liebte er seinen Beruf.

*

Abrupt ließ Ruben sie los. Ilka war nicht darauf gefasst gewesen und taumelte gegen den Stuhl. Er kippte um. Das Geräusch zerschnitt die gefährliche Stille.

»So will ich es nicht«, sagte Ruben leise, »nicht so.« Er

nahm den Lappen, schraubte eine Terpentinflasche auf und begann, sich die Hände zu säubern. »Zieh dich um.«

Ilka verschwand hinter der Staffelei und schlüpfte wieder in Jeans und Pullover. Sie konnte keinen klaren Gedanken fassen. Sie wusste nur eins: Sie wollte nicht zurück in den Keller.

»Lass uns reden«, sagte sie, um Zeit zu gewinnen. »Bitte, Rub.«

Beim Klang seines Kosenamens zuckte er zusammen.

»Wir haben doch immer über alles gesprochen«, sagte Ilka. »Weißt du nicht mehr?« Vom Geruch des Terpentins wurde ihr übel. Sie legte die Hand auf den Magen. »Wir hatten nie Geheimnisse voreinander, haben uns alles anvertraut.«

Während sie das sagte, war ihr klar, dass sie nur von sich selbst sprach. Ruben war ihr schon immer vorgekommen wie ein Zauberer, der von Geheimnissen nur so umgeben war. Nie hatte sie seine Gedanken erspüren können, nie gewusst, was er als Nächstes tun würde. Und immer hatte sie Angst gehabt, sein Missfallen zu erregen. Nichts war schlimmer gewesen als die Vorstellung, nicht mehr von ihm geliebt zu werden.

Ruben drehte sich zu ihr um. Ilka erschrak, als sie sein Gesicht sah. Es war verzerrt von widerstreitenden Gefühlen.

»*Du* fragst *mich*, ob ich das nicht mehr weiß?«

Er lachte. Ebenso gut hätte er weinen oder schreien können. Er wirkte auf einmal ganz kalt.

»*Ich* weiß *alles*. Ich erinnere mich an jedes Wort, jede Berührung. Die ganzen verdammten Jahre der Trennung habe ich mein Wissen bewahrt. Ich habe jeden Tag, jede Stunde und jede Minute an dich gedacht. Und da fragst *du mich*, ob *ich* vergessen habe?«

Ilka wich entsetzt zurück. Das war Irrsinn. Er konnte doch

die Zeit zwischen damals und heute nicht völlig ausgeblendet haben.

»Das erschreckt dich?« Er kam ihr nach, langsam, ließ den terpentingetränkten Lappen zu Boden fallen. »Ist es wirklich so weit von deinem Denken entfernt? Treue, Ilka. Ist das für dich nichts als ein Wort aus dem Lexikon? Muss ich dir erklären, was es bedeutet?«

Ilka fühlte das kalte Fensterglas im Rücken. Sie sah über die Schulter. Bäume und Himmel. Nichts sonst. Niemand. Ein Schrei würde höchstens die Vögel aufscheuchen. Wenn überhaupt. Sie ließ die Schultern sinken.

Ruben strich ihr übers Haar. Der Gestank des Terpentins wurde überwältigend. Sie würgte. Beugte sich zur Seite und erbrach sich.

*

Als Jette anrief, saß Imke mit ihrer Mutter beim Kaffeetrinken im Wintergarten. Das Telefon spielte eine dieser schottischen Melodien in Klingeltönen, und Imkes Mutter, die den Wert des Althergebrachten schätzte, verzog spöttisch den Mund.

»Aber sicher, Schatz«, sagte Imke. »Deine Großmutter ist auch hier. Wir freuen uns auf dich.«

»Kommt sie?«, fragte ihre Mutter.

Imke nickte. »Dem Himmel sei Dank. Normalerweise kriege ich sie nämlich kaum noch zu Gesicht.«

»Sie wird erwachsen. Das ist der Lauf der Welt.«

Imke hatte selten das Glück, ihre Mutter zu verstehen. Machte sie sich denn keine Sorgen um Jette, die sie vor ein paar Monaten beinahe verloren hätten? Oder hatte sie einfach unbegrenztes Vertrauen in sie? Zwischen Großmutter und

Enkelin bestand eine tiefe Bindung, die eine Brücke über alle Missverständnisse baute. Imke konnte sich an keinen einzigen tief greifenden Konflikt zwischen den beiden erinnern.

»Ich habe den Verdacht, dass die Mädchen und Mike auf eigene Faust ermitteln. Kannst du ihr nicht mal ins Gewissen reden, Mutter?«

Zum ersten Mal spürte Imke, dass ihre Mutter alt geworden war. Das Sonnenlicht fiel auf ihr Gesicht und schien die Haut in Pergament zu verwandeln. Doch das allein war es nicht. Es war ein winziger Moment absoluter Hilflosigkeit, der Imke nicht entgangen war. Doch sofort hatte ihre Mutter sich wieder unter Kontrolle.

»Ich fürchte, das hat wenig Sinn. Jette hat meinen Dickschädel geerbt.« Sie lächelte. »Und sie lässt sich nicht gern Zügel anlegen.«

»Heißt das, ich soll sie widerspruchslos ins Verderben rennen lassen?«

»Natürlich nicht. Man kann ihr zuhören. Und ihr raten. Vorsichtig. Mehr allerdings kaum.« Sie schaute in den Garten hinaus und schwieg eine Weile. »Kann denn dieser Tilo nicht mal seine Wunderwaffen einsetzen?«

»Hör auf, ihn *dieser Tilo* zu nennen, Mutter. Er gehört zu meinem Leben. Und zu Jettes irgendwie auch. Die beiden verstehen sich sehr gut.«

»Eben.« Ihre Mutter runzelte nachdenklich die Stirn. »Er ist doch Psychologe, nicht wahr? Finden solche Leute nicht leichter den Zugang zu anderen Menschen?«

Dieser Tilo. Solche Leute. Aber vielleicht meinte sie es ja gar nicht böse.

»Noch einen Kaffee, Mutter?«

»Unbedingt. Er ist so gut, dass ich gern meine Nachtruhe für ihn opfere.«

Imke stand gerade an der Espressomaschine, als es klingelte. Jette hauchte ihr einen flüchtigen Kuss auf die Wange und eilte schnurstracks in den Wintergarten, um ihre Großmutter lange und herzlich zu umarmen. Imke bemerkte den Unterschied. Es gab ihr einen Stich.

Sei nicht albern, dachte sie, die beiden sehen sich so selten. Doch die Eifersucht war da, und sie konnte nichts anderes tun, als sie beiseite zu schieben. Sie stellte auch ihrer Tochter einen Kaffee hin.

»Kind, du wirst immer dünner«, sagte ihre Mutter zu Jette. »Hast du immer noch so großen Kummer?«

»Alles im grünen Bereich, Großmutter.« Jette angelte sich ein Stück Bienenstich und fing an, mit gutem Appetit zu essen. »Und wie läuft's bei dir? Wieder ein Bild verkauft?«

Wie geschickt sie ablenkt, dachte Imke. Und meine Mutter fällt prompt darauf herein.

»Inzwischen sind es vier. Du, die gehen weg wie warme Semmeln. Dabei ist das Malen für mich doch bloß eine Übung, um meine Finger beweglich zu halten. Schwimmen würde den gleichen Zweck erfüllen, aber ich hasse Chlorwasser, und mit diesem Altenturnen hatte ich nie was am Hut.«

Jette schenkte ihr ein hinreißendes Lächeln und leckte sich Vanillecreme aus den Mundwinkeln.

»Übrigens, Mama«, sagte sie, »diese Zeitschrift über Malerei…«

»*Handwerk und Kunst*?«

»Ja. Hast du die letzten zwei, drei Ausgaben noch?«

Augenblicklich wurde Imke misstrauisch. Ihre Tochter interessierte sich weder für Literatur noch für Malerei. Was also wollte sie mit *Handwerk und Kunst*?

Halt dich zurück, dachte sie. Frag nicht nach. Hab Vertrauen. Vielleicht hat ihre Frage überhaupt nichts mit diesem verschwundenen Mädchen zu tun. Sie ging in ihr Arbeitszimmer, fand die letzten beiden Hefte im Regal neben dem Schreibtisch und nahm sie mit hinunter.

»Danke. Lieb von dir.«

Jette verschwendete keinen Blick auf die Zeitschriften, legte sie neben ihren Teller und genehmigte sich ein zweites Stück Bienenstich. Dabei unterhielt sie sich lebhaft weiter mit ihrer Großmutter. Sie lachten miteinander, und Imke spürte entsetzt, dass sie Lust hatte, beide anzuschreien.

»Wozu brauchst du sie?«, hörte sie sich fragen, obwohl sie sich doch vorgenommen hatte, diese Frage nicht zu stellen.

Jette erwiderte ihren Blick mit Unschuldsmiene. »Ilkas Bruder ist ein bekannter Maler, und ich konnte mich daran erinnern, dass es in einer der letzten Ausgaben einen Artikel über ihn gegeben hat.« Gleichmütig hob sie die Schultern. »Ich will mal sehen, was der Mann so macht.«

Wäre es um den Bruder einer anderen Freundin gegangen, hätte diese Antwort Imke überzeugt. Aber es handelte sich um den Bruder des verschwundenen Mädchens.

»Bitte, Jette«, sagte sie, »bring dich nicht wieder in Gefahr!«

»Mama. Ich möchte bloß diesen Artikel lesen.«

Imke glaubte ihr kein Wort.

»Lass sie los«, hatte Tilo gesagt. »Sonst verlierst du sie.«

Hatte sie denn eine Wahl?

»Noch einen Kaffee?«, fragte sie.

»Gern.« Jette lächelte sie an. Ihr Kind. Eine erwachsene Frau.

21

Die Situation überforderte ihn. Er musste nachdenken. Zur Ruhe kommen. Bei seiner Planung hatte er nicht ein einziges Mal daran gedacht, Ilka könnte Widerstand leisten. Für ihn war ganz klar gewesen, dass ihrer Liebe nur Raum gegeben werden musste, und sie würde sich neu entfalten.

Entfalten, dachte er auf dem Weg nach unten. Wie Schmetterlingsflügel. Wie eine Blüte. So leicht.

Der Widerstand kam aus Ilkas Innerem. Ihr Körper wehrte sich.

Wie blass sie war. Sogar ihre Lippen wirkten farblos grau. Ihm wurde übel, wenn er daran dachte, dass er die Sauerei im Atelier würde beseitigen müssen.

Sie hatte behauptet, es sei das Terpentin gewesen. Mit großen Augen hatte sie ihn angeschaut und ihn gebeten, sich den Mund ausspülen zu dürfen. Er hatte ihr ein Glas gereicht und sie zum Waschbecken in der Ecke geführt.

Als er ihr gesagt hatte, er werde sie wieder nach unten bringen, hatte sie sich nicht gesträubt. Das hatte ihn verunsichert, aber er hatte die Irritation beiseite geschoben. Ilka war wie eine Katze. Wenn sie krank war, verkroch sie sich.

Er deckte das Bett auf und streckte die Hände aus, um ihr beim Ausziehen zu helfen. Sie wehrte ihn ab.

»Nicht nötig, das kann ich allein.«

Sie setzte sich auf die Bettkante, strich das Haar zurück, drehte es zu einem dicken Zopf und griff nach einer Haarspange, die auf dem Sekretär lag.

»Nicht!« Er hielt ihre Hand fest. »Lass es so. Du darfst es nicht verstecken.«

Sie ließ das Haar fallen. Es strotzte vor Gesundheit und Kraft. Sie war schön wie eine Meerjungfrau. Eine Meerjungfrau mit braunen Augen.

Ruben umfasste ihren Kopf mit beiden Händen und betrachtete ihr Gesicht. Lange. Wie um es nie zu vergessen. Er drückte sie nieder und beugte sich über sie.

»Ich liebe dich«, flüsterte er.

Ilka erstarrte, aber nur kurz. Er fühlte ihre Finger auf seiner Wange.

»Dann lass mich gehn«, sagte sie leise.

Die Enttäuschung schlug über ihm zusammen. Er ließ Ilka los und stand auf.

»Wage es nie wieder, mich darum zu bitten«, sagte er. »Nie wieder, hörst du? Nie!«

*

Eine sehr junge Frau, fast noch ein Mädchen. Auch wenn er sie immer anders malt, spätestens auf den zweiten Blick erkennt man sie. Mag er die Farbe ihrer Haare und Augen verändern, Körper und Gesicht verzerren oder unter Schleiern und Stoffen verstecken, er kann den Betrachter nicht täuschen. Hinter all den Kunstgriffen schaut uns ein und dasselbe Mädchen an und er ist besessen von ihr.

Ich schob Mike die Zeitschrift hin. Während er den Artikel las, versuchte ich, mich abzuregen. Es gelang mir nicht, und Donna, die sich gerade gemütlich auf meinem Schoß zusammengerollt hatte, knurrte mich an und suchte fluchtartig das Weite.

»Der Typ scheint ein ziemlicher Freak zu sein«, sagte Mike. »Ein Maler, der immer nur ein einziges Motiv malt. Das ist doch plemplem.«

Hatte er es wirklich nicht wahrgenommen? Ich starrte ihn an.

»Was ist?« Er war vollkommen ahnungslos.

»Erkennst du sie nicht?«

»Erkennen? Wen?«

Ich beugte mich über den Tisch und tippte auf die Fotos. »Da! Das Mädchen auf seinen Bildern!«

»Ja. Und?«

»Siehst du denn nicht, wen er da gemalt hat? Wieder und wieder und wieder? Die Ähnlichkeit ist doch frappierend!«

»Ach so.« Er bedachte mich mit dem Blick eines leidgeprüften Vaters, der seinem hyperaktiven Kind bei den Hausaufgaben hilft. »Seit wann hat Ilka ihre Nase am Kinn sitzen? Hör auf, Jette. Du spinnst.«

»Natürlich hat er ihr Gesicht verfremdet. Das hat was mit Stil zu tun. Dieses hier ist ein bisschen wie Picasso. Und das da ein bisschen wie Klimt. Aber trotzdem erkennt man sie doch ganz leicht.«

»Vielleicht fehlt mir dazu eine bestimmte Gehirnwindung«, sagte Mike achselzuckend. Er hatte sich in den Anblick des Fotos vertieft, das Ruben Helmbach zeigte.

Auf dem Bild trug er Jeans und ein schwarzes Sakko. Er lehnte an einer weißen Wand und hatte die Hände in den Hosentaschen vergraben. Sein Gesicht war schmal, fast hager. Er sah unwahrscheinlich gut aus, ein verschlossener, ernster Typ, der Erinnerungen in mir anstieß, die ich nicht zulassen wollte. Ich suchte in seinen Zügen nach Übereinstimmungen mit Ilka, konnte sie jedoch nicht entdecken. Vielleicht kamen sie zum Vorschein, wenn er sich bewegte, wenn er redete, lachte, traurig war.

»Warum hat sie mir nie von ihm erzählt?« Mike konnte den Blick nicht von dem Foto abwenden. »Warum hat sie ihn aus ihrem Leben gestrichen? Was ist in dieser Familie passiert?«

Aber ich war in Gedanken längst woanders. Merle war mit Ilkas Foto losgezogen, um die Leute in Ilkas und Lara Englers Viertel zu befragen. Ein Mensch konnte sich nicht in Luft auflösen, erst recht nicht unbemerkt. Irgendjemandem musste was aufgefallen sein.

Mike und ich hatten uns vorgenommen, noch mal sämtliche Krankenhäuser abzuklappern und an allen Orten zu suchen, die für Ilka eine Bedeutung hatten. Wir würden das sehr gründlich tun. Und dann würden wir uns mit Ruben Helmbach befassen.

*

Ilka wartete, bis sie sicher sein konnte, dass Ruben nicht zurückkommen würde. Dann erst stand sie auf und zog die Schere heraus. Sie hatte sie aus einer offen stehenden Schublade im Atelier entwendet, als Ruben ihr das Glas geholt hatte.

Ganz spontan hatte sie zugegriffen und die Schere hinten in den Bund der Jeans geschoben. Sie war ungefähr zwanzig Zentimeter lang, und Ilka hatte vor Angst geschwitzt, dass Ruben sie finden würde. Er hätte nur die Hand auf ihren Rücken zu legen brauchen.

Sie ging durch die Zimmer und sah sich aufmerksam um. Wo war ein gutes Versteck? Unter der Wäsche? Hinter den Polstern des Sofas? Unter der Matratze?

Mit der Schere in der Hand fühlte Ilka sich fast geschützt. Sie war Ruben jetzt nicht mehr völlig ausgeliefert. Sie hatte die Möglichkeit, sich zu wehren.

Aber würde sie es können?

Sie beschloss, die Schere dort aufzubewahren, wo sie ihr am nächsten war. Unter der Matratze. Sie klemmte sie am Kopfende unter eine der Schlaufen, die um die Latten geschlungen waren, dann legte sie sich hin, um sich ein bisschen auszuruhen. Die Übelkeit hatte nachgelassen und einer tiefen Erschöpfung Platz gemacht.

Die Schere unter ihrem Kopf zu wissen, war ein gutes Gefühl. Sie schloss die Augen und fiel sofort in einen tiefen Schlaf.

»Glaubst du wirklich, wir dürfen das tun, Ruben?«

»Man darf alles tun, was einen glücklich macht.«

»Gilt das auch für Verbrechen?«

»Es ist kein Verbrechen. Und jetzt sei still.«

Sie haben diese Sätze schon so oft gesagt. So oft. Ilka liebt Ruben. Und sie hasst ihn. Es fällt ihr schwer zu begreifen, dass diese Gefühle so nah beieinander liegen. Doch vielleicht hasst sie gar nicht ihn, sondern sich selbst. Weil sie nicht von ihm lassen kann.

Wie sehr sie seinen Körper mag. Seinen Geruch. Die Art, wie er sich bewegt. Sie kann nicht leben ohne sein Lachen und sein Flüstern. Und sie will sich immer, immer in seinen Augen spiegeln.

So nah. Und zu niemandem ein Wort.

Weil sie nämlich doch etwas Verbotenes tun.

Die Eltern wundern sich darüber, dass sie nicht auf Partys gehen, und wenn, dann zusammen. Sie fragen sich, warum es keine Freunde gibt, die das Haus mit Leben füllen. Wenn sie es wüssten, was dann?

Heimlichkeiten. Seltene, gestohlene Stunden. Gut, dass die Eltern so viele Verpflichtungen haben. Sie sind oft unterwegs. Aber nicht oft genug.

Manchmal in der Nacht kommt Ruben zu ihr geschlichen. Diese Angst. Sie dürfen nicht einschlafen, damit die Mutter sie beim Wecken nicht zusammen findet.

»Pscht.« Seine Hände trösten sie. Sein Mund flüstert Lügen und Wahrheiten. Manchmal kann Ilka das nicht unterscheiden. Sie weiß nur, sie ist süchtig danach.

»Und wenn sie es rausfinden, Rub?«

»Dann gnade ihnen Gott.«

Ilka schreckte aus dem Schlaf. Sie war schweißgebadet. Ihre Tränen tropften auf das Kopfkissen. Sie hatte das Bedürfnis zu schreien. Aber sie tat es nicht. Sie biss in ihren Handrücken, bis der Schmerz so stark war, dass er sie ganz erfüllte.

*

Die Adresse von Ruben Helmbach herauszufinden, war kein Problem. Bert hätte manche Arbeiten abgeben können, aber er hielt nicht viel vom Delegieren. Nur Auskünften, die er selbst eingeholt hatte, traute er hundertprozentig. Er wusste, dass er auf dem besten Weg war, ein Eigenbrötler zu werden. Die meisten seiner Kollegen hielten ihn sowieso schon dafür.

Er liebte es, sein Netz zu weben und jedem einzelnen Faden Aufmerksamkeit zu schenken. Schließlich sollte es stabil sein und im entscheidenden Moment nicht reißen.

Zurzeit bin ich nicht zu erreichen. Hinterlassen Sie mir doch eine Nachricht. Ich rufe gegebenenfalls zurück.

Gegebenenfalls. Der Mann hatte Nerven. Und er war sich seines Marktwerts bewusst. Bert hinterließ keine Nachricht. Er beschloss, für heute zusammenzupacken und Ruben Helmbach persönlich aufzusuchen. Über eine Galerie hatte er seine Adresse erfahren. Der Maler wohnte in Togstadt, zwei bis drei Stunden Fahrt Richtung Süden.

Bert meldete sich ab, schnappte sich seinen Mantel und verließ das Haus. Der Wind war stärker geworden. Er pfiff ihm um die Ohren, als er über den Parkplatz zu seinem Wagen ging. Eine Coladose rollte ihm vor die Füße. Instinktiv kickte er sie weg. Er hatte Lust, hinterherzurennen und ein bisschen zu dribbeln, doch er beherrschte sich.

Manchmal kam ihm das Leben vor wie eine einzige Reihe von Versuchen, sich zu beherrschen. Alles, was gut war am Kindsein, gewöhnte man sich mühsam und unter Schmerzen ab. Um irgendwann mit leeren Händen dazustehen und erwachsen zu sein. Bert nahm sich vor, seine Kinder davor zu schützen. Falls das überhaupt möglich war.

*

Als Merle nach Hause kam, war es bereits kurz nach zehn. Mike und Jette hatten mit dem Essen auf sie gewartet. Es gab nur Brot und Käse und dazu einen von Jettes Tees. Merle war stundenlang durch die Kälte gelaufen. Ein heißer, starker Tee würde sie aufwärmen und ihre Lebensgeister wecken.

»Wie war's bei euch?«, fragte sie.

»Nichts«, sagte Mike. »Und bei dir?«

»Meine Tour war ein Schuss in den Ofen.« Frustriert legte sie Ilkas Foto auf den Tisch. »Sobald man den Leuten ein Bild vor die Nase hält, verwandeln sie sich in die drei Affen.

300

Nichts sehen, nichts hören, nichts sagen. Manche knallen dir die Tür vor der Nase zu. Ich hab mich gefühlt wie ein Vorwerkvertreter, der ihrem Lieblingsteppich eine Spezialbehandlung verpassen will.«

Mike hob das Foto auf und betrachtete es. Ilka lachte so unbeschwert in die Kamera, dass es ihm das Herz zerschnitt. Hinter ihr war das Meer. Sie hatten sich so darauf gefreut, mal zusammen hinzufahren. Was war mit ihr passiert?

»Einige in der Gegend von Lara Engler haben Ilka wohl ab und zu gesehen. Aber sie sind sich nicht sicher, ob es auch am Tag ihres Verschwindens so gewesen ist. Etwas Ungewöhnliches hat jedenfalls niemand bemerkt.«

»Und in der Straße, in der Ilka wohnt?«, fragte Jette.

»Nichts.« Merle trank einen Schluck. Allmählich bekam ihr Gesicht wieder Farbe. »Bis auf eine Frau Scheibner. Die wohnt am Anfang der Straße. Und die hat erzählt, ihr wäre ein fremder Wagen aufgefallen, der manchmal dort geparkt hätte.«

»Und damit rückst du jetzt erst raus?« Mike beugte sich wie elektrisiert vor. »Welche Marke?«

»Frau Scheibner ist über siebzig, hat keinen Führerschein und unterscheidet Autos nach den Kategorien groß oder klein und hell oder dunkel.«

»Und?« Mike konnte seine Ungeduld kaum zügeln. Er trommelte nervös mit den Fingern auf den Tisch.

»Groß und dunkel«, sagte Merle. »Und bevor du mich jetzt nach dem Kennzeichen fragst – das hat sich die alte Dame ausnahmsweise mal nicht gemerkt.«

»Mist!« Mike lehnte sich so heftig auf seinem Stuhl zurück, dass das Holz bedenklich ächzte. »Warum verbringen nicht Männer, die was von Autos verstehen, ihre Freizeit am Fenster?«

»Besten Dank«, sagte Merle spitz. »Chauvi lässt grüßen.«

Mike ging nicht darauf ein. »Ilkas Vetter Leo ist der geborene Autofreak«, überlegte er laut. »Wenn einer was über fremde Wagen weiß, dann er.«

»Und Kinder merken sich vielleicht eher die Autonummern«, sagte Jette. »Ich jedenfalls hatte früher sogar ein kleines Heft, in dem ich sämtliche Kennzeichen gesammelt habe, die mir begegnet sind.«

Mike und Merle sahen sie verständnislos an.

»Nur so«, sagte Jette. »Just for fun.«

Doch da war Mike schon aufgestanden und hatte das Telefon geholt. Gleich nach dem zweiten Klingeln war Ilkas Tante am Apparat.

»Ich bin's. Mike«, sagte er. »Entschuldigen Sie bitte, dass ich so spät noch anrufe, aber ich müsste dringend mal Leo sprechen. Es geht um Ilka.«

Sie fragte nicht nach. Er hörte ihren Atem und begleitete sie vor seinem inneren Auge die Treppe hoch und in Leos Zimmer.

»Leo?«

Ein unwilliges Stöhnen.

»Mike ist am Apparat. Er möchte dich etwas fragen.«

»Hi, Mike.« Leos Stimme am Telefon, wacklig vor Müdigkeit. Ein herzhaftes Gähnen. »Was gibt's?«

Mike musste unwillkürlich lächeln. So war Leo. Immer bemüht, cool zu wirken, selbst im zerknitterten Schlafanzug und mit zerzaustem Haar.

»Hab ich dich geweckt?«, fragte er.

»Schon gut, Mann.« Leo gähnte noch einmal. »Was gibt's?«

»Ist dir in letzter Zeit ein fremder Wagen aufgefallen, der in eurer Straße geparkt hat?«

»Nur einmal. Ein Mercedes. S-Klasse. Getönte Scheiben.

Wahnsinnsfelgen. Der Hammer, Mike. Der fährt locker seine zweihundertfünfzig.«

Mikes Herz tat einen Sprung. »Kannst du dich an die Farbe erinnern?«

»Es war Morgen und es war noch dunkel. Bis auf die Laternen. Aber ich weiß, dass er grau war.«

»Und das Kennzeichen?«

»War verdeckt von dem Wagen davor.«

»Danke, Leo. Du hast mir sehr geholfen.«

»Warum willst du das wissen, Mike? Gehört der Wagen Ilkas Entführern?«

Es gelang Leo immer wieder, Mike in Erstaunen zu versetzen. Wahrscheinlich hatte er keine Sekunde lang an eine andere Ursache für Ilkas Verschwinden geglaubt.

Und er selbst?

»Möglich«, sagte er.

»Und du suchst ihn?«

Mike wusste nicht, was er antworten sollte. Nach kurzem Zögern entschied er sich für die Wahrheit. »Ja«, sagte er.

»Ich werd's keinem erzählen. Mach's gut, Mike.«

Mike hörte ein Klacken und das Gespräch war beendet.

Jette und Merle sahen ihn gespannt an.

»Ilka ist entführt worden«, sagte er.

*

Wie ein Einbrecher schlich Bert in sein eigenes Haus. Margot war längst ins Bett gegangen. Sie hatte ihm keinen Zettel hingelegt, was bedeutete, dass sie über seine Verspätung verärgert war. Er seufzte. Sie hatte nie viel Verständnis für seine Arbeit aufgebracht, aber dass sie ihm eine Verspätung derart verübelte, war neu.

Leben heißt eben Entwicklung, dachte er und erschrak ein wenig vor seinem Zynismus.

Er holte sich eine Flasche Bier aus dem Kühlschrank und setzte sich damit ins Wohnzimmer, das so aufgeräumt war, dass es schon fast ungemütlich wirkte. Hatten früher nicht überall Sachen herumgelegen? Spielzeug von den Kindern, Bücher, Buntstifte, Klamotten? Hatte nicht ab und zu ein Glas dagestanden mit dem Rest irgendeines klebrig süßen Getränks? Plötzlich vermisste er die matschigen Bananenschalen, die angebissenen, braun verfärbten Äpfel mit den Abdrücken kleiner Zähne, die zusammengerollten, steinharten Kaugummis und die angebissenen Schokoriegel.

Verwundert merkte er, dass ihm das Zimmer vor den Augen verschwamm. Wurde er etwa auf seine alten Tage rührselig? Bezahlte er jetzt dafür, dass es ihm nicht gelungen war, sich einen Panzer zuzulegen, wie es die meisten Männer taten, um zu überleben? Harte Schale, weicher Kern?

Er trank aus der Flasche. Zog sein Notizbuch hervor und ließ den Besuch in Ruben Helmbachs Haus in Gedanken Revue passieren.

Auf der A 1 hatte es einen Unfall gegeben. Der betreffende Abschnitt war in beiden Richtungen gesperrt worden und Bert hatte sich inmitten einer stinkenden, dampfenden Blechlawine stundenlang durch kleine Orte und über eine kurvenreiche Landstraße quälen müssen.

Erst gegen halb sieben war er in Togstadt angekommen. Der Stress der Fahrt hatte ihn hungrig gemacht und reizbar. Also hatte er in einem Stehcafé ein Brötchen gegessen und einen Kaffee getrunken.

Die Verkäuferin war bereits damit beschäftigt gewesen, die Regale und die Glasscheiben der Auslage zu säubern. Es hatte neben Bert nur einen weiteren Gast gegeben, eine alte Frau mit einem asthmatischen kleinen Mops, der ihn von unten herauf mit einem fast menschlichen Ausdruck der Verwunderung angestarrt hatte.

Einigermaßen gestärkt war Bert dann zu Ruben Helmbachs Haus gefahren und hatte erleichtert festgestellt, dass in mehreren Fenstern Licht brannte. Du solltest dir diese spontanen Aktionen abgewöhnen, hatte er gedacht. Sie kosten dich Zeit und Kraft, die du sinnvoller nutzen könntest. Dabei hatte er gewusst, dass er sich nicht ändern würde, weil die plötzlichen Eingebungen in seinem Beruf manchmal das Salz in der Suppe waren.

Er hatte sich einen Parkplatz gesucht und das Haus beim Näherkommen betrachtet. Beton und Glas. Vor zwanzig Jahren musste es das Modernste vom Modernen gewesen sein. Noch heute hatte es eine Aura von Besonderheit.

Die Frau, die ihm öffnete, war noch sehr jung. Sie stellte sich als Ruben Helmbachs Assistentin vor. Sie nahm ihm den Mantel ab und führte ihn in ein riesiges Wohnzimmer, das karg und kühl möbliert war. Weiße Ledergarnitur mit anthrazitfarbenen Seidenkissen. Ein knallroter Teppich auf spiegelndem schwarzem Granit.

Es schien kaum Türen zu geben in diesem Haus. Der Wohnraum war, wie Bert auf den zweiten Blick feststellte, vieles in einem: Wohnzimmer, Arbeitszimmer, Esszimmer. Auch die Küche war integriert. Getrennt wurden die Bereiche durch halbhohe, schlichte weiße Wände.

Bert fragte sich bei solchen Häusern immer, welche Auswirkungen diese offene Wohnweise auf das Zusammenleben hatte. Er wagte sich nicht auszumalen, wie es wäre, wenn Margot und die Kinder unentwegt um ihn wären und ihm keine Möglichkeit ließen, sich dann und wann zurückzuziehen.

Ruben Helmbach sei zurzeit nicht ständig anwesend, erklärte die junge Frau, die Judith Kranz hieß. Er brauche das hin und wieder, einen ruhigen Platz zum Arbeiten. Hier werde er ja immerzu abgelenkt.

»Die Szene ist völlig meschugge«, sagte sie. »Die Leute saugen die Künstler aus, überschütten sie mit Auszeichnungen, reichen sie von Event zu Event, schwatzen ihnen die Bilder ab, kaum dass sie trocken sind, und dann, wenn sie genug haben von dem einen, vergessen sie ihn und wenden sich dem nächsten zu.«

»Ich verstehe nicht viel von Malerei«, sagte Bert und machte eine entschuldigende Geste mit den Händen. »Aber ich habe gehört, Herr Helmbach sei zurzeit ziemlich gefragt.«

»Das ist reichlich untertrieben. Ruben ist Kult. Aber er durchschaut die Zusammenhänge und spielt das Spiel zu seinen eigenen Bedingungen. Er hat sich von Anfang an rar gemacht. Das hätte ihn Kopf und Kragen kosten können. Glücklicherweise ist das Gegenteil passiert. Man reißt sich um ihn.«

Bert hörte ihr interessiert zu. Das war das Gute an den spontanen Überfällen – die Leute erwiesen sich als gesprächiger, wenn sie keine Möglichkeit hatten, sich vorzubereiten.

Anscheinend war das auch Judith gerade durch den Kopf geschossen. Sie sammelte sich und richtete einen forschenden Blick auf ihn.

»Womit kann ich Ihnen helfen?«, fragte sie.

»Mit einer Information«, sagte Bert. »Wie erreiche ich Herrn Helmbach?«

»Ich will ihm gern ausrichten, dass Sie ihn sprechen möchten. Dann kann er Sie anrufen und einen Termin mit Ihnen vereinbaren. Darf ich fragen, worum es geht?«

»Seine Schwester ist als vermisst gemeldet worden und ich hätte einige Fragen an ihn.«

Sie versuchte, ihre Überraschung zu verbergen, aber Bert hatte ihr kurzes Stirnrunzeln ebenso wahrgenommen wie den ungläubigen Ausdruck in ihren Augen.

»Sie wussten nicht, dass er eine Schwester hat?«, versuchte er es auf gut Glück, denn ihr Erstaunen konnte ja auch der Tatsache gelten, dass Ilka verschwunden war.

»Ruben ist mein Arbeitgeber«, antwortete sie. »Sein Privatleben ist seine Sache.«

Wie geschickt sie ihm auswich. Aber die Gefühle dieser Frau standen nicht zur Debatte. Das konnte sich ändern, doch für den Moment hatte er genug gehört. Er bat um seinen Mantel, überreichte Judith seine Visitenkarte, verabschiedete sich und arbeitete sich durch den zweiten Stau nach Hause zurück.

Das Bier war getrunken. Bert fühlte sich angenehm müde. Er ließ die Flasche bewusst auf dem Tisch stehen. Ihm war danach, ein Zeichen von Leben in diesem Zimmer zu hinterlassen, selbst wenn es das falsche war.

*

Ruben hatte sich mit Arbeit betäubt. Er hatte die Bilder, die er für die Ausstellung ausgewählt hatte, verpackt, damit sie gerahmt werden konnten, und hatte an dem neuen Bild weitergemalt. Dann hatte er für Ilka gekocht, ihr jedoch das Essen nach unten gebracht und nicht mit ihr gemeinsam gegessen.

Kurz darauf hatte Judith angerufen. Sie hatte sehr geschäftsmäßig geklungen, als wollte sie die letzte Nacht möglichst rasch in Vergessenheit geraten lassen. Das war das Beste, was sie tun konnten, und Ruben war erleichtert auf ihren Ton eingegangen.

307

»Ich wusste gar nicht, dass du eine Schwester hast«, hatte sie gesagt, und in diesem Satz hatten tausend Fragen mitgeschwungen.

»Wir haben keinen Kontakt mehr.« Ruben hatte ganz beiläufig geantwortet. In Wirklichkeit war alles in ihm in Aufruhr gewesen.

»Ein Kommissar war hier. Deine Schwester scheint verschwunden zu sein und er wollte dir dazu ein paar Fragen stellen.«

Der Schreck war ihm kalt unter die Haut gefahren. Ruhig, hatte er gedacht. Kein Grund, sich aufzuregen. Du hast gewusst, dass dieser Augenblick kommen würde. Geh kühl und sicher damit um.

»Gib mir seine Nummer«, hatte er gesagt. »Dann ruf ich ihn zurück.«

Sie hatte ihm die Nummer durchgegeben und das Gespräch beendet.

Seitdem saß er im Atelier, sah hinaus in die Dunkelheit und dachte nach. Er musste sich die Polizei so lange wie möglich vom Leib halten. Wenn Ilka erst einmal bereit war, mit ihm hier zu leben, gäbe es mit einem Schlag keine Probleme mehr, keinen Entführer und kein Entführungsopfer. Sie war volljährig. Sie konnte selbst entscheiden, wo und mit wem sie leben wollte.

Ruben schenkte sich Wein nach. Es war so vollkommen still, dass man glauben konnte, man sei allein auf der Welt. Er trank einen Schluck. Selbst der Wein schmeckte hier besser. Vielleicht weil Stille und Einsamkeit die Sinne schärften.

Er hatte es sich einfacher vorgestellt. Er hatte geglaubt, Ilka würde, einmal von Tante Mareis schädlichem Einfluss befreit, ihre Liebe zu ihm bald wieder entdecken. Die Wohnung war doch nur als kurzfristige Überbrückung gedacht gewesen. Hatte er seine Planungen auf falschen Voraussetzungen aufgebaut?

Vorsicht. Seine Gedanken bewegten sich in eine gefährliche Richtung. Zweifel brachten ihn nicht weiter. Er sollte sich lieber auf den Kommissar konzentrieren.

Einen konkreten Verdacht konnte er nicht haben. Es gehörte zu seinem Ermittlungsalltag, jeden zu befragen, der in irgendeiner Weise mit Ilka verbunden war.

Und wenn er auf die Idee käme, ihn hier aufzusuchen?

Dafür gab es keinen Grund. Doch selbst wenn. Die Wohnung im Keller war schalldicht isoliert. Der Kommissar würde nichts hören.

Der Wein stieg Ruben zu Kopf. Er sollte aufhören zu trinken. Zu viel Alkohol hatte eine verheerende Wirkung auf ihn. Er erhob sich schwankend und verließ das Atelier. Als er in seinem Schlafzimmer stand, wusste er, dass er nicht würde schlafen können. Er schaute auf das Bett und die Sehnsucht nach Ilka wurde übermächtig.

Langsam ging er die Treppe hinunter. Er war ein bisschen unsicher auf den Beinen und musste genau auf die Stufen achten. Es war auch nicht ganz einfach, das Schlüsselloch zu finden. Erst beim dritten Anlauf gelang es ihm, die Tür aufzuschließen.

Ilka lag im Bett und schlief. Im schwachen Lichtschein, der aus dem Flur ins Zimmer fiel, sah sie aus wie ein Kind.

Aber sie war kein Kind mehr. Sie war eine Frau. Seine Frau. Es wurde Zeit, dass sie sich daran erinnerte. Er beugte sich über sie und küsste ihren Hals.

Sie fuhr so panisch hoch, dass ihre Schulter gegen sein Kinn prallte. Es tat höllisch weh. Der Schmerz ließ ihn beinah wieder nüchtern werden. Er bemerkte, dass Ilka sich schützend die Bettdecke vor die Brust hielt.

Sanft zog er sie weg. Er setzte sich auf die Bettkante. Streichelte Ilkas Arm. Ihre Haut fühlte sich warm an und weich. Er nahm ihre Hand und küsste jeden einzelnen Finger. Dann streifte er die Träger des Nachthemds von ihren Schultern.

Ilka war starr vor... vor was? Vor Entsetzen? Angst? Widerwillen? Ekel?

»Lass mich dich doch lieben«, flüsterte er. »Lass es sein wie damals.«

Er kam sich vor wie ein Hund, der um eine flüchtige Berührung bettelt. Er beobachtete sich selbst dabei, wie er sich erniedrigte, und konnte nichts dagegen tun.

*

Ilka spürte die Angst wie einen festen Ring um die Brust. Ruben war unberechenbar. In der einen Sekunde war er noch zärtlich, in der nächsten konnte er sich verraten fühlen und um sich schlagen.

»Rub«, sagte sie leise und berührte zaghaft sein Gesicht.

Er streckte sich neben ihr aus und sah sie an. Sie hatte sofort bemerkt, dass er betrunken war. Doch das machte ihn keinesfalls weniger gefährlich. Die Situation war hochexplosiv. Ein falsches Wort, und alles konnte passieren.

»Wir waren so lange... getrennt«, begann sie vorsichtig. »Ich brauche Zeit.«

»Zeit?« Er schien über ihre Worte nachzudenken. »Die haben wir leider nicht.«

»Warum nicht, Ruben?«

»Man wird dich suchen.« Er sagte das beinah träumerisch, hob die Hand und fuhr mit dem Zeigefinger über ihre Lippen. »Und irgendwann wird man dich finden, egal wie gut ich dich verstecke.«

Als wäre sie eine Puppe, mit der er nach Belieben verfahren, die er unters Sofa schieben oder in den Schrank stopfen konnte. Es schnürte Ilka den Hals zu. Ruben würde niemals zulassen, dass man sie fand.

Er spielte mit ihrem Haar, ließ langsam eine Strähne durch seine Finger gleiten. »Wenn ich dich freiließe, würdest du bei mir bleiben?«

Ein Ja, ein klitzekleines Ja nur. Aber meinte er es überhaupt ernst? »Würdest du mich freilassen, wenn ich dir verspräche, es zu versuchen?«

Er lachte. So laut, dass sie zusammenzuckte. »Natürlich nicht. Weil du mir alles versprechen würdest, um hier rauszukommen.«

Es war sein Lachen, das sie aufbrachte. Das Gefühl, ihm so oder so ausgeliefert zu sein. Sie hatte keine Wahl, und es war herzlos von ihm, ihr das Gegenteil vorzugaukeln.

»Du hast Recht«, sagte sie kalt. »Trau mir nicht, Ruben. Ich habe nämlich nur einen Wunsch, weit weg zu sein von dir.«

»Weißt du, woran ich immer gedacht habe?«, fragte er. »Wonach ich mich am meisten gesehnt habe in all den Jahren? Nach deinem Haar.«

Hatte er ihr nicht zugehört?

»Wie es sich anfühlt. Wie es duftet. Ich möchte ein Porträt von dir zeichnen. Morgen, wenn ich wieder auf dem Damm bin. Mich ganz auf dein Gesicht und dein Haar konzentrieren.«

Er stand auf und starrte auf sie herunter.

»Nein!« Sie schrie ihm das Wort ins Gesicht.

Ruben fasste sie grob an den Schultern. Seine Finger bohrten sich ihr ins Fleisch. »Du wirst tun, was ich will«, sagte er und stieß sie zur Seite.

Sie zog die Bettdecke bis ans Kinn. Aber Ruben war schon hinausgegangen.

22

Ich hatte das Büro des Kommissars noch nie betreten. Ich hatte es mir auch nie vorgestellt. Mittelpunkt war der große Schreibtisch, auf dem Akten lagen und ein aufgeschlagenes Notizbuch, wahrscheinlich das Exemplar, das ich bereits kannte. Der Bleistift, der in dem Notizbuch steckte, war am Ende zerbissen. Ich versuchte, das mit dem Kommissar in Verbindung zu bringen. Es gelang mir nicht.

»Guten Morgen.« Er stand auf und kam uns entgegen, reichte erst mir die Hand, dann Mike. »Was kann ich für Sie tun?« Er wies auf die Stühle vor seinem Schreibtisch und wir setzten uns.

»Ilka ist entführt worden«, platzte Mike heraus.

Die Augenbrauen des Kommissars hoben sich. »Ach?«

»In der Straße, in der sie wohnt, ist mehrmals ein fremder Wagen beobachtet worden, der dort geparkt hat«, erklärte Mike. »Und zwar von einer Nachbarin und von Leo, Ilkas Vetter.«

»Welche Marke?«, fragte der Kommissar.

»Mercedes. S-Klasse. Grau. Getönte Scheiben. Wahnsinnsfelgen, laut Leo.«

»Kennzeichen?«

Mike hob die Schultern. »Das hat sich leider keiner eingeprägt.«

312

»Wie sind Sie an die Informationen gelangt?«

»Merle ist mit einem Foto von Ilka…«

»Sagen Sie mir bitte, dass das nicht wahr ist!« Der Kommissar hatte die Stimme nicht erhoben, trotzdem war mir danach, den Kopf einzuziehen. »Sagen Sie mir, dass Sie nicht wieder auf eigene Faust Nachforschungen angestellt haben!«

Ich hielt mich am Anblick der drei braunen Plastikbecher fest, die ineinander gestapelt auf dem Schreibtisch standen. Er schien ein eifriger Kaffeetrinker zu sein.

»Haben Sie denn nichts aus Ihren Erfahrungen gelernt? Jette! Es ist *mein* Job, Verbrechen aufzuklären und nach Menschen zu suchen, die als vermisst gelten. Und es ist ein verdammt harter Job. Ich kann keine Miss Marple und keinen Mister Stringer gebrauchen, die mir ins Handwerk pfuschen.«

»Aber Miss Marple und Mister Stringer haben…«

»…die Fälle schließlich aufgeklärt, ich weiß. In der Literatur, Jette! Nicht im wirklichen Leben!«

Mike stieß mich mit dem Ellbogen an.

»Hier ist noch was.« Ich schob das schon ziemlich zerfledderte Heft von *Handwerk und Kunst* über den Schreibtisch. »Ilka hat einen Bruder, der Maler ist.«

Fassungslos starrte der Kommissar uns an. »Glauben Sie denn allen Ernstes, Sie erzählen mir damit was Neues? Glauben Sie, ich hocke zum Spaß in diesem Büro? Glauben Sie das?« Er griff nach der Zeitschrift.

»Seite elf.«

Er schlug sie auf.

»*Der Mädchenmaler*«, sagte ich, als könnte der Kommissar nicht selbst lesen. »Er malt ausschließlich Mädchen. Und wenn Sie mal umblättern…«

Er warf mir einen zornigen Blick zu, bevor er widerwillig meiner Bitte folgte.

»...dann erkennen Sie, wie ähnlich alle diese Mädchen Ilka sind. Das heißt, ich denke eigentlich nicht, dass es unterschiedliche Mädchen sind. Ich bin davon überzeugt, dass es ein und dasselbe Mädchen ist. In immer anderer Form.«

Auf der Stirn des Kommissars erschienen drei steile Falten. Sie konnten Wut bedeuten, Erstaunen oder Nachdenklichkeit. Ich hoffte auf Nachdenklichkeit. Mike offenbar ebenfalls. Er tastete nach meiner Hand und drückte sie.

»Stecken Sie nicht gerade mitten im Abi?«, fragte der Kommissar und klappte die Zeitschrift zu.

Wir nickten.

»Da haben Sie doch jede Menge um die Ohren?«

Wir nickten wieder.

»Dann tun Sie mir einen Gefallen.« Er stand auf und gab damit das Signal, dass das Gespräch beendet war. »Beschäftigen Sie sich mit Ihren Büchern und lassen Sie mich meine Arbeit erledigen.«

Er ging zur Tür und öffnete sie. Wir wurden auf unmissverständliche Art hinausbefördert.

»Sollten Sie mir in die Quere kommen, haben Sie ein Problem. Ist das klar?«

Draußen angelangt wusste Mike nicht, wohin mit seiner Wut.

»Wichser!« Er trat gegen eine Mülltonne, die im Weg stand. Mit ohrenbetäubendem Scheppern kippte sie um. Abfall rutschte heraus. »Unfähiger, blöder, arroganter Arsch!«

»Du tust ihm Unrecht, Mike. Er macht sich bloß Sorgen um uns.«

»Um Ilka sollte er sich Sorgen machen, dieser elende Dummschwätzer!« Er trat mit voller Wucht gegen einen Briefkasten. Ein kleiner Hund, der an einem Fahrradständer

314

vor einer Bäckerei angebunden war, legte ängstlich die Ohren an.

Ich nahm Mike am Arm, damit er nicht vollends durchdrehte. Er musste ziemlich fertig sein, wenn er so die Beherrschung verlor.

»Überleg doch mal«, sagte ich. »Er hat die Zeitschrift behalten. Also wird er sich damit beschäftigen.«

Mikes Antwort war ein Knurren. Aber ich wusste es auch so – wir würden dem Kommissar in die Quere kommen, ob ihm das passte oder nicht.

*

Imke war damit beschäftigt, die Unterlagen ihrer Lesereise für die Steuerberaterin aufzubereiten. Sie hatte sich angewöhnt, das immer zügig zu tun und nichts auflaufen zu lassen, damit der Aufwand, den sie betreiben musste, möglichst gering blieb.

Bei Arbeiten, die nichts mit dem Schreiben zu tun hatten, langweilte sie sich immer entsetzlich. Deshalb war sie froh, als das Telefon klingelte.

»Imke Thalheim.«

Eine Weile hörte sie nichts. Als müsse derjenige am anderen Ende erst Mut fassen, um zu sprechen. Oder als sei er mit etwas anderem beschäftigt.

»Melzig. Guten Tag, Frau Thalheim.«

Es war ein Schock, seine Stimme zu hören. Alles war wieder da. Sogar die Angst.

»Wie geht es Ihnen?«

Sie wusste, dass es ihm ernst war mit der Frage. Er war nicht der Typ, der sich mit Höflichkeitsfloskeln aufhielt.

»Ich habe Probleme«, antwortete sie ehrlich. »Wie damals.«

Damals. Dabei war es noch gar nicht lange her.

»Wegen Ihrer Tochter.«

»Ja. Ich habe das Gefühl, sie spielt wieder mit dem Feuer.«

Es tat ihr gut, mit ihm zu reden. Es war wie in ihrer Kindheit, wenn sie mit dem völlig verkorksten Strickstrumpf aus der Schule kam und ihn ihrer Mutter übergab, damit sie ihn rettete. Jetzt gab sie ihren Kummer an Bert Melzig ab.

»Ich habe Jette und Mike zurückgepfiffen«, sagte er. »Aber ich bezweifle, dass es was nützt.«

Seine Worte rückten die Welt tatsächlich ein wenig zurecht. Sie fasste erneut Vertrauen zu ihm. Allein das war ihr schon eine Hilfe.

»Gibt es etwas Neues?«, fragte sie.

Er zögerte. »Wir verfolgen sämtliche Spuren«, sagte er dann. »Heute ist ein Foto von dem Mädchen in beiden Tageszeitungen erschienen. Das wird uns hoffentlich ein Stück weiterbringen.«

»Was halten Sie von der Entführungstheorie?«

»Noch gibt es keine konkreten Anhaltspunkte dafür.«

Er machte eine Pause, und Imke spürte verwundert, dass sie wünschte, er würde nicht aufhören zu sprechen. Sie mochte seine Stimme und seine bedächtige Art. Sie schätzte es, dass er nicht auf jede Frage eine Antwort parat hatte.

»Keine Zeugenaussagen?«

»Nein. Es gibt niemanden, der etwas beobachtet hat. Auf der anderen Seite haben wir Hinweise auf psychische Probleme.«

»Sie denken an Selbstmord?«

»Nicht unbedingt. Vielleicht ist das Mädchen einfach verwirrt und hat die Orientierung verloren.«

Das war mehr, als er ihr hätte erzählen dürfen. Imke wusste das zu schätzen.

»Mein neues Buch ist bald fertig«, sagte sie. »Es wird zum Herbst erscheinen. Darf ich Ihnen ein Exemplar schicken?«

»Ist es das Buch, für das Sie bei unserer ersten Begegnung recherchiert haben?«

»Genau das.«

»Dann würde ich mich sehr darüber freuen.«

Er erkundigte sich noch nach dem Stand der Einbruchser-mittlungen, die allerdings bisher nichts ergeben hatten, dann verabschiedeten sie sich, und Imke stellte sich ans Fenster und sah hinaus. Der lange, kalte Winter hatte eine Pause einge-legt. Die Sonne schien. Gelb und warm lag das Licht auf den Wiesen. Der Bussard, der damit beschäftigt gewesen war, sich emsig das Gefieder zu putzen, breitete die Flügel aus und er-hob sich langsam und kraftvoll in die Luft. Es kam Imke vor wie ein Zeichen. Wie die Aufforderung, ihre Tochter loszu-lassen. Sie nahm sich vor, nicht schon wieder bei ihr anzuru-fen.

*

Das Licht war ideal. Es fiel schräg durch die Fenster. Ilkas Ge-sicht wurde zur einen Hälfte erhellt, die andere blieb im Schatten. Ihr Haar schien zu glühen. Es kam Ruben so vor, als hätte sich das Rot in den vergangenen Jahren noch ver-tieft. Es konnte wie Kupfer schimmern oder wie altes Gold, manchmal hatte es den Ton roter Erde und manchmal war es wie Feuerschein.

Ruben hatte mit Bert Melzig einen Termin am Nachmittag abgemacht. Er verdrängte die Gedanken daran. Jetzt wollte er sich auf Ilka konzentrieren. Sie trug einen langen schwar-zen Rock und einen eng anliegenden schwarzen Pulli, der Hals und Schultern frei ließ. Sie hatte die Sachen nicht anziehen wollen, aber Ruben hatte damit gedroht, sie sonst nicht mit nach oben zu nehmen. Da hatte sie sich seinem Wunsch gefügt.

Seitdem hatte sie kein Wort mehr gesprochen, nur stumm ihre Haltung verändert, wenn er sie darum gebeten hatte. Sie war blass und hatte Schatten unter den Augen, doch das verstärkte nur ihre Ausstrahlung. Es gab ihr etwas Vergeistigtes, das einen reizvollen Kontrast zu ihrem jungen Gesicht bildete.

Rubens Finger führten die Kreide zügig übers Papier. Sie zögerten nicht, setzten jeden Strich an die richtige Stelle. Er hatte gerade überlegt, dass aus diesen Zeichnungen eine Serie entstehen könnte. Eine, die er niemals verkaufen würde. Weil sie nur ihn und Ilka betraf.

»Sag doch was«, bat er. »Hock nicht so stumm da.«

Statt ihm zu antworten, fing sie an zu weinen. Nicht laut, nicht dramatisch. Still liefen ihr die Tränen über die Wangen. Bestürzt legte er die Kreide weg und ging vor ihrem Stuhl in die Hocke. Vorsichtig zog er sie in seine Arme.

Diesmal wehrte sie sich nicht. Aber sie gab seiner Umarmung auch nicht nach. Kerzengerade saß sie da und weinte.

Ruben drückte die Lippen auf ihr Haar. Er atmete ihren Duft ein, küsste ihre Augen, ihr Kinn. Ihre Tränen schmeckten salzig. Nur einmal, ein einziges Mal hatte er sie so erlebt, so starr und untröstlich. Ein einziges Mal.

Die Eltern sind nicht zu Hause. Am Abend wird in der Bank eine Fotoausstellung eröffnet. Der Vernissage folgt ein großer Empfang. Der Vater lässt sich seine Stellung als Bankdirektor einiges kosten. Milan Jirgij, der Fotograf, ist seit gestern in der Stadt. Die Eltern sind mit ihm unterwegs, um ihn mit den Leuten bekannt zu machen, die der Vater *wichtig* nennt.

Ruben und Ilka haben den ganzen Tag für sich allein. Und den Abend. Sie lieben sich wie jedes andere Paar. Ohne Angst davor, überrascht zu werden. Danach schlafen sie ein, Arme und Beine so ineinander verschlungen, wie es nur nach der Liebe möglich ist.

Als sie wach werden, ist es Nachmittag.

»Ich will dich zeichnen«, sagt Ruben leise an Ilkas Ohr. Ihre Körper haben die Wärme des Schlafs gespeichert. Erst Nachmittag. Noch so viel Zeit.

Ilka streckt sich, seufzt vor Wohlbehagen, nickt.

»Nicht hier«, sagt Ruben. »Lass uns nach oben gehen.«

Die ersten warmen Frühlingstage haben den Speicher aufgeheizt. Ruben breitet eine Decke auf dem Boden aus und Ilka streift den Bademantel ab. Licht und Schatten spielen auf ihrer Haut, die noch weiß ist vom langen Winter. In den bunten Sonnenstrahlen sieht sie aus wie eine Heilige.

Ruben zeichnet ihren lässig hingestreckten Körper, ihr Haar, ihren Mund. Aus halb geschlossenen Augen schaut Ilka ihn an. Und er bekommt wieder Lust auf sie.

Seine Hände, die mit Kreide beschmiert sind, hinterlassen Spuren auf ihrer Haut. Seine Lippen fahren den Spuren nach. Er flüstert ihren Namen wie ein Gebet.

Die Schritte auf der Treppe hören sie nicht. Sie hören erst das Quietschen der Tür. Und dann einen erstickten Laut. Die Mutter steht da, die Hände vor den Mund gepresst, und starrt sie an.

Ilka greift nach dem Bademantel. Ruben springt auf und schlüpft in seine Unterhose. Die Mutter steht immer noch da. Unten hören sie den Vater rufen.

Mit drei, vier langen Schritten ist Ruben bei ihr, fasst sie an den Schultern.

»Bitte, Mama!«

Sie weicht vor ihm zurück, als wär er der Leibhaftige.

»Nein«, flüstert sie. »Nein. Oh nein.«

Auf einmal drängt sich der Vater an ihr vorbei. Er erfasst die Situation mit einem Blick. Zuerst wird sein Gesicht grau, dann bleich. Er stürzt sich auf Ruben und schlägt auf ihn ein.

Ruben wehrt sich nicht. Er hebt nur die Arme, um seinen Kopf zu schützen. Das alles geschieht ohne Worte. Man hört nichts als das dumpfe Klatschen der Schläge und die Geräusche, die der Vater mit seinen Schuhen macht.

»Hör auf!« Ilka wirft sich dazwischen. »Hör auf! Du schlägst ihn ja tot!«

Ihre Worte erreichen den Vater nicht. Er schlägt und schlägt. Es ist ihm gleichgültig, wen er trifft. Ilka duckt sich, die Arme über dem Kopf. Ruben versucht, sie wegzuschieben, doch sie lässt es nicht zu.

Ganz unvermittelt hört der Vater auf. Geht mit schweren Schritten zur Tür. Sie hören, wie sich von außen der Schlüssel im Schloss dreht.

Ilka untersucht Rubens Gesicht. Mit dem Ärmel ihres Bademantels tupft sie ihm das Blut von Lippen und Nase. Erst dann fängt sie an zu weinen. Ganz starr. Ganz still.

Ein einziger fester Stoß, und die einfache Tür war aufgeflogen. Der Wagen der Eltern war weder in der Garage gewesen noch vorm Haus. Ilka und Ruben hatten sich angezogen und den restlichen Tag und den Abend in wortlosem Entsetzen verbracht.

Ruben hatte sich das Hirn mit Fragen zermartert. Was würde der Vater tun? Ilka in ein Internat schicken? Ihn anzeigen? Immerhin war er bereits volljährig. Und dann? Was stand auf Inzest? Auf Unzucht mit Minderjährigen? Denn so würden sie es nennen.

Der Abend verstrich, ohne dass die Eltern zurückgekommen wären, und das war seltsam. Vielleicht war ihnen selbst nicht klar, wie sie sich verhalten sollten. Vielleicht brauchten sie Zeit zum Überlegen. Das war ein gutes Zeichen.

Ruben brachte Ilka ins Bett, denn sie war kaum noch ansprechbar. Als er ihr einen Kuss geben wollte, drehte sie sich zur Wand.

Schließlich legte auch er sich schlafen.

In der Nacht erfuhren sie vom Tod des Vaters. Und dass die Mutter unter Schock stand und auf nichts mehr reagierte.

Ilka wandte sich von Ruben ab. Von einem Tag zum anderen sprach sie nicht mehr mit ihm. Sie zog zu Tante Marei ins Haus.

In jener Nacht hatte er sie verloren.

»Warum?«, fragte er jetzt. »Warum hast du mich damals verlassen?«

Sie erwachte aus ihrer Erstarrung und schüttelte seine Hände ab. »Das hast du immer noch nicht begriffen?«

»Warum, Ilka?«

Sie stand auf. Stellte sich hinter den Tisch, wie um Abstand zu gewinnen.

»Wir haben Papa umgebracht«, sagte sie. »Und Mama vegetiert in diesem Heim dahin. Nur weil wir …«

»Uns geliebt haben?« Ruben kauerte immer noch auf dem Boden. Auf der Sitzfläche des Stuhls konnte er Ilkas Wärme fühlen.

»Du bist mein Bruder, Ruben!«

Schon damals hatte sie sich mit ihren dummen Schuldgefühlen geplagt. Sie war sogar in die Kirche geschlichen und hatte Kerzen angezündet, damit Gott ihnen vergab.

Müde erhob Ruben sich. »Liebe kann nicht böse sein.«

»Bist du sicher, dass du weißt, wovon du sprichst?« Wieder liefen ihr Tränen über die Wangen. Sie wischte sie nicht weg. »Ich war ein Kind, Ruben!«

Über den Tisch hinweg griff er nach ihrer Hand.

»Du wolltest es! Genau wie ich!«

Mit einem Ruck machte sie sich los.

»Ich hatte nie eine Chance, das herauszufinden!«, schrie sie ihn an. Dann rannte sie zur Tür, riss sie auf und stürmte die Treppe hinunter.

Ruben lief hinter ihr her. An der Haustür erwischte er sie. Verzweifelt rüttelte sie an der Klinke.

»Spar dir die Mühe«, sagte er keuchend.

Sie fuhr herum.

Und spuckte ihm ins Gesicht.

*

Ilka erschrak vor sich selbst. Aber noch mehr erschrak sie, als Ruben sie gegen die Tür drängte und küsste. Sie stemmte sich mit beiden Händen gegen ihn. Trommelte mit den Fäusten auf ihn ein. Trat und kratzte ihn.

Er lachte. Drückte sie mit seinem Körper fest gegen die Tür. Hielt ihren Kopf mit beiden Händen umfasst und küsste ihren Hals, ihre Augen, ihren Mund.

Und da biss Ilka zu.

Er taumelte zurück, starrte sie ungläubig an. Von seiner Unterlippe tropfte Blut auf seinen Pulli und die weißen Bodenfliesen.

Diesmal war Ilka froh, dass er sie wieder nach unten brachte. Er stieß sie in den Flur und schloss die Tür von außen zu.

Der Tag war hell und freundlich, doch hier unten merkte man das kaum. Ilka schaltete überall das Licht an. Im Badezimmer blieb sie vor dem Spiegel stehen. Ihr Gesicht war blass und angestrengt und hätte ein bisschen Make-up vertragen können.

Sie versuchte ein Lächeln. Betrachtete die Grübchen, die Mike so an ihr mochte.

»Mike...«

Sie schloss die Augen, um sein Gesicht heraufzubeschwören. Es gelang ihr nicht.

Auch um ihre Gefühle für andere Menschen hatte Ruben sie betrogen. Nie hatte sie Freunde haben dürfen, nicht einmal Freundinnen. Vielleicht wäre das eine Erkenntnis gewesen, die sie bei Lara Engler gewonnen hätte, wenn Ruben ihr nicht die Möglichkeit dazu genommen hätte.

Ihr Blick fiel auf ihr Haar. Ruben liebte es über alles. Nie hatte sie es zusammenbinden dürfen wie andere Mädchen. Nie hatte er ihr erlaubt, eine Mütze zu tragen. Und sie hatte sich nicht dagegen gewehrt.

Weil sie seine Liebe nicht verlieren wollte.

»Seine Liebe!«

Wie verächtlich ihre Stimme klang.

Eine sonderbare Ruhe legte sich über sie. Wie die Ruhe, die man manchmal im Traum erlebt. Langsam ging sie ins Schlafzimmer, zog die Schere unter der Matratze hervor und kehrte ins Bad zurück.

»Mein Haar gefällt dir, ja?«

Die Schere war scharf und leistete gute Arbeit. Weich und wie ein Streicheln glitten die abgeschnittenen Haarsträhnen an Ilkas Hals und Schultern entlang zu Boden, wo sie liegen blieben wie roter Tang.

Als sie fertig war, ließ Ilka die Schere ins Waschbecken fallen. Sie schaute sich an. Unbewegt. Stieg aus dem Kreis der toten Haare heraus und stellte sich angezogen unter die Dusche.

Es war wie ein Ritual. Und es war gut.

*

Die Pflegerin hatte das Zimmer nicht verlassen. Wahrscheinlich waren Mike und ich ihr nicht geheuer gewesen. Sie hatte uns misstrauisch beäugt und uns mit tausend Fragen gelöchert, bevor sie uns überhaupt erlaubt hatte, Anne Helmbach zu besuchen.

»Schließlich«, sagte ich, »hat sie sich wohl nur erweichen lassen, weil sie Ilka gern hat.«

Mike nickte. Er war so nervös, dass er an den Nägeln kaute.

Merle hatte geduldig zugehört. »Hat Ilka Ähnlichkeit mit ihrer Mutter?«, fragte sie, als wir fertig waren.

»Keine Ahnung.« Mike konnte die Enttäuschung noch immer nicht verwinden. »Wir haben nicht viel von ihr gesehen, weil sie bloß dagesessen und auf ihre Hände geguckt hat. Ich glaube, sie hat uns überhaupt nicht wahrgenommen.«

Es war idiotisch gewesen zu hoffen, wir könnten eine Frau in die Wirklichkeit zurückholen, die diese Wirklichkeit vielleicht längst vergessen hatte.

»Dafür hab ich ein bisschen Glück gehabt.« Stolz schob Merle uns einen Zettel hin. »Ruben Helmbachs Adresse. Ecco.«

Ich spürte ein Kribbeln im Bauch, als würde ich aus großer Höhe in die Tiefe schauen. Neugierig zog ich das Papier zu mir heran. Togstadt. Ziemlich weit weg. Ein bisschen riskant für meinen Renault. Er pfiff allmählich auf dem letzten Loch.

»Und hier seine Telefonnummer.« Mit der hintergründigen Miene einer Magierin zauberte Merle einen zweiten Zettel aus ihrer Hosentasche hervor. »Leider meldet sich immer nur der Anrufbeantworter, und ich wusste nicht, was ich draufsprechen sollte.«

Ein dritter Zettel erschien in ihrer Hand. »Ich hab mich dann auch mal um seine Ausstellungstermine gekümmert. Scheint wirklich ein heißer Tipp zu sein. Hat ordentlich zu tun. Vielleicht können wir ja über seine Galeristen mehr erfahren.«

»Respekt!« Mike fragte sich wahrscheinlich genau wie ich, wozu wir uns eigentlich die Hacken abgerannt hatten.

»Gesegnet sei das Internet.« Merle beugte sich zu uns vor, als wollte sie uns ein Geheimnis anvertrauen. »Dieser Ruben hat übrigens nicht nur Mädchen gemalt. Am Anfang scheint er verschiedene Sachen ausprobiert zu haben. Aber bekannt geworden ist er mit seinen Mädchenbildern. Und zwar schlagartig. Er hat sämtliche Preise eingeheimst.«

»Ich bezweifle, dass er uns helfen kann.« Mike schob den Zettel mit Ruben Helmbachs Anschrift auf dem Tisch hin und her. »Ilka und er haben doch seit Jahren keinen Kontakt.«

»Vielleicht ist ja genau das der Schlüssel«, sagte ich. »Wieso hat Ilka den Bruder aus ihrem Leben ausgeschlossen? Hat ihr Verschwinden möglicherweise mit einem dubiosen Familiengeheimnis zu tun?«

»Das ist eine ziemlich vage Vermutung.« Merle verschwand in ihrem Zimmer und kehrte mit einem vergrößerten Farbausdruck zurück. »Hier ist er übrigens noch mal. Mister Adonis höchstselbst.«

Ruben Helmbach war wirklich ein bemerkenswerter Typ. Sein Blick war selbst auf dem Foto derart eindringlich, dass man sich durchschaut fühlte. Nackt. Und anfing zu frieren.

»Na, so umwerfend ist er nun auch wieder nicht.« Stirnrunzelnd betrachtete Mike das Foto. »Er schielt ein bisschen, oder?« Unwillkürlich strich er sich übers Kinn wie Cary Grant zu seinen besten Zeiten.

Merle grinste mich an.

Ich suchte wieder nach einer Ähnlichkeit zwischen Ilka und ihrem Bruder. Ein Hauch davon war da, aber ich konnte ihn nicht lokalisieren. Vielleicht lag die Ähnlichkeit in diesem nur angedeuteten Lächeln, das bei Ilka meist rasch in ein herzhaftes Lachen überging.

»Ilka hat den Kontakt zu ihrem Bruder abgebrochen«, rekapitulierte ich. »Sie hat ihren Vater verloren und ihre Mutter lebt in einem Heim. Ein bisschen viel auf einmal, findet ihr nicht? Da könnte ein Zusammenhang bestehen.«

»Du meinst, sie hat den Kontakt zu ihrem Bruder abgebrochen, und danach ist der Unfall passiert?« Mike sah mich skeptisch an.

»Oder andersrum«, sagte ich. »Die Eltern hatten den Unfall und Ilka hat den Kontakt zu ihrem Bruder abgebrochen.«

»Vielleicht hat ihr Bruder sie ja entführt.« Merle fuhr sich mit den Fingern durch das Haar, bis es abstand wie die Borsten einer Bürste. »Aus Rache. Oder aus Hass. Ihr glaubt nicht, wozu Menschen fähig sind.« Bei ihrer Arbeit für den Tierschutz wurde sie mit Grausamkeiten konfrontiert, die sie nachts oft schweißgebadet auffahren ließen.

»Das ergibt keinen Sinn.« Mike schüttelte den Kopf. »Das wär bloß logisch, wenn er vorhätte, sie zu …«

Keiner von uns sprach es aus. Aber wir dachten dasselbe. War das Familiengeheimnis schlimm genug für einen Mord?

*

Es war, als würde die Luft um Ruben Helmbach von seiner Vitalität vibrieren. Fasziniert beobachtete Bert, wie er das Büro betrat und auf seinen Schreibtisch zukam. Er hatte selten einen Menschen mit einer so intensiven Aura erlebt.

»Bitte.« Er wies auf den Stuhl vor seinem Schreibtisch und wartete.

Ruben Helmbach kam gleich zur Sache. »Meine Schwester ist verschwunden?«

»Das ist richtig.«

Bert forschte in Ruben Helmbachs Gesicht nach einer Regung, doch er konnte keine finden. Die Miene seines Gegenübers war irritierend sachlich und kühl.

»Sie wissen vermutlich bereits, dass wir schon seit Jahren keinen Kontakt mehr haben?«

Bert nickte. Er hielt sich zurück. Auf diese Weise hatte er noch immer am meisten erfahren.

»Dann weiß ich nicht, wie ich Ihnen helfen kann.«

In diesem Fall versagte die Taktik. Ruben Helmbach setzte sich entspannt zurecht und wartete ab. Er trug Jeans und Pulli, beides schwarz, keine Jacke, keinen Mantel. Der Frühling bereitete sich vor. Der Winter hatte lange genug gedauert.

»Aus welchem Grund haben Sie keinen Kontakt mehr zu Ihrer Schwester?«, fragte Bert.

»Das hat sich so ergeben.«

Ruben Helmbach wirkte ein klein wenig gelangweilt. Vielleicht war er aber auch nur arrogant.

»Ihre Tante, Marei Täschner, hat mir erzählt, Ihre Schwester habe den Kontakt zu Ihnen abgebrochen und einen endgültigen Schlussstrich gezogen.«

»Meine Tante hatte nie Einblick in unsere Familiensituation«, sagte Ruben Helmbach. »Sie kann das nicht beurteilen.«

»Immerhin hat Ihre Schwester mehrere Jahre bei ihr gelebt. Meinen Sie nicht, das reicht aus, um einen Menschen kennen zu lernen?«

»Ilka hat unsere Tante nicht sonderlich gemocht. Ich kann mir nicht vorstellen, dass sich das geändert haben soll.«

»Sie meinen, Ihre Schwester hätte ihr niemals etwas über ihre Gefühle anvertraut?«

Ruben Helmbach schlug die Beine übereinander und blieb Bert die Antwort schuldig. Er wirkte sehr gepflegt und älter, als er tatsächlich war. Bert hatte sich informiert. Dreiundzwanzig Jahre. Kaum zu glauben.

Wahrscheinlich machen Menschen, die in der Öffentlichkeit stehen, einen wesentlich schnelleren Reifeprozess durch als andere, dachte er. Er musste unbedingt einmal darüber nachdenken, warum das so war.

»Wie würden Sie Ihre Schwester beschreiben?«, fragte er.

Ruben Helmbach überlegte. Er fixierte dabei eine Stelle auf dem Fußboden. Schließlich hob er den Kopf und sah Bert in die Augen.

»Früher war sie ein unbefangenes, fröhliches Mädchen. Intelligent und ohne Hemmungen, ihre Meinung immer und überall zu äußern. Selbst unserem Vater gegenüber, der jähzornig und unberechenbar war.«

»Ihre Tante sagt, Ilka sei über den Tod ihres Vaters nie hinweggekommen.«

»Er hat sie tief getroffen.«

»Sie nicht?«

»Ich habe meine Malerei.«

»Das hilft bei seelischen Erschütterungen?«

»Unbedingt.«

Aalglatt, dieser Mann. In jedem seiner Sätze klangen unausgesprochene Geschichten mit. Geschichten, die Bert für sein Leben gern erfahren hätte.

»Ihre Schwester macht eine Psychotherapie.«

Ruben Helmbach wirkte überrascht. Doch Bert wurde den

Verdacht nicht los, dass diese Regung nicht ganz echt war. Er wusste, dass er einem Mann gegenübersaß, der es gelernt hatte, sich selbst zu inszenieren.

»Hört sich an, als hätte meine Tante da die Hände im Spiel gehabt. Sie war schon immer der Typ, der fleißig in den Seelen anderer bohrt und gräbt und die Ergebnisse dann mehr oder weniger beliebig interpretiert.«

»Wir schließen in unseren Ermittlungen keine Möglichkeit aus«, sagte Bert. »Bei einem psychisch labilen Menschen muss man die Wahrscheinlichkeit einer Kurzschlusshandlung mit in die Überlegungen einbeziehen.«

»Mag sein, dass Ilka sich in den Jahren bei unserer Tante verändert hat.«

Hochintelligent, dachte Bert. Und absolut unversöhnlich. Die Kälte zwischen Neffe und Tante war mit Händen zu greifen. Er holte die Ausgabe von *Handwerk und Kunst*, die Jette ihm überlassen hatte, aus der Schublade hervor, schlug sie auf und schob sie Ruben Helmbach hin.

Der warf nur einen flüchtigen Blick darauf.

»Ein Beispiel dafür, dass man Journalisten nicht trauen sollte«, sagte er.

Da sprach er Bert aus dem Herzen. Journalisten waren eine Geißel der Menschheit. Vor allem dann wenn man einen Chef hatte, der morgens gründlich Zeitung las und beim geringsten Anlass einen cholerischen Anfall bekam.

»Wer ist dieses Mädchen?«, fragte Bert und zeigte auf die abgelichteten Bilder.

Wieder legte sich ein Schleier von Langeweile auf Ruben Helmbachs Gesicht.

»Es ist kein bestimmtes Mädchen«, erklärte er. »Es ist das Mädchen… schlechthin. Sozusagen die Summe aller Mädchen in einem, verstehen Sie?«

Bert fand die Erklärung befriedigend. Er hatte sich das so ähnlich selbst schon gedacht. Doch das äußerte er nicht.

»Schauen Sie.« Ruben Helmbach beugte sich vor und nahm die Hände zu Hilfe, um seine Worte zu untermalen. »Ein Künstler, der sich in die Öffentlichkeit begibt, muss damit leben, dass man versucht, in sein Privatleben einzudringen. Man will ihn ganz und gar kennen, kein Geheimnis akzeptieren.«

Endlich hatte Bert den Eindruck, den Menschen Ruben Helmbach vor sich zu haben, und nicht die Rolle, die er spielte.

»Hat man ihn vollkommen transparent gemacht, wird das Spielchen langweilig. Dann dreht man sich um und wendet sich dem Nächsten zu. So funktioniert der Kulturbetrieb. Heute bringt man den Prominenten Opfergaben, morgen legt man sie selbst auf den Altar. Und noch während man sie anbetet, hasst man sie, weil man eigentlich keine Götter dulden will.«

»Und das Mädchen…«

»Wird zu meinem Geheimnis gemacht. Und jeder versucht, es zu lüften.«

»Mit etwas Phantasie kann man Ihre Schwester darin erkennen.«

Ruben Helmbach winkte verächtlich ab. »Sie können auch das Mädchen von nebenan darin wieder finden, die junge Kleopatra oder meine Assistentin Judith. Es ist eine Frage der Perspektive. Sie werden darin erkennen, wen immer Sie wollen.«

Was er sagte, hatte Hand und Fuß. Bert beschloss, das Thema zu wechseln.

»Sie haben nichts von Ihrer Schwester gehört?«

»Nein. Und ich möchte daran auch nichts ändern.«

»Gibt es dafür einen Grund?«

»Unmittelbar vor dem Unfall unserer Eltern hatte ich einen heftigen Streit mit meinem Vater. Ich weiß, ehrlich gesagt, gar nicht mehr, worum es dabei ging. Jedenfalls machte Ilka mich damals für den Tod unseres Vaters und den Zustand unserer Mutter verantwortlich.«

Ehrlich gesagt. Nach Berts Erfahrung benutzten aufrichtige Menschen diese Floskel nicht.

»Weil Sie sich mit Ihrem Vater gestritten hatten?«

»Ja. Mein Vater ist ziemlich erregt ins Auto gestiegen und wenig später auf der Landstraße von der Fahrbahn abgekommen.«

Und dann wollte er den Anlass des Streits vergessen haben? *Ehrlich gesagt*. Eine Phrase, die auch der Chef gern verwendete. Bert beschloss, sich sein Misstrauen zu erhalten.

»Das muss Sie sehr bedrückt haben.«

»Anfangs ja. Ich hab mir ja selbst die Schuld gegeben. Heute denke ich anders darüber. Es wäre äußerst bedenklich, Streitigkeiten nur deshalb zu vermeiden, weil der Straßenverkehr gefährlich ist.«

Bert wünschte, er hätte häufiger mit Menschen zu tun, die in der Lage waren, die Dinge des Lebens so differenziert zu betrachten.

»Und dieser Vorfall hat dazu geführt, dass der Kontakt zwischen Ihnen und Ihrer Schwester abgebrochen ist?«

»Wenn Sie so wollen.«

Schon wieder eine Worthülse ohne Bedeutung. Bert spürte, dass es ratsam war abzubrechen. Er würde keine ehrliche Antwort mehr bekommen.

»Haben Sie Ihrerseits noch Fragen?«

Ruben Helmbach nickte. »Ich wüsste gern, wie weit Ihre Ermittlungen gediehen sind.«

»Noch stehen wir ganz am Anfang«, sagte Bert. »Heute ist ein Foto Ihrer Schwester in den beiden hiesigen Tageszeitungen erschienen, zusammen mit einem Aufruf an die Bevölkerung. Seitdem laufen die Telefone heiß. Jetzt heißt es abwarten. Und hoffen.«

Er brachte Ruben Helmbach zur Tür und kehrte an den Schreibtisch zurück. Legte die Beine hoch und verschränkte die Hände hinterm Kopf. Normalerweise war er in der Lage, sich rasch ein Bild von jemandem zu machen. Bei diesem Mann war das anders. Helmbach kam ihm vor wie ein Chamäleon. Selbst wenn er vor einem saß, war er nicht zu erkennen.

Bert holte sich einen Kaffee. Die Luft war immer noch wie aufgeladen von der Gegenwart des Malers. Wie hatte Ilka sich neben diesem Bruder behaupten können?

*

Ilka hatte tief geschlafen. Als sie wach wurde, war der Tag schon fast vorbei. Ihre Augen brannten. Als hätte sie stundenlang am Computer gesessen. Noch ganz benommen, tapste sie ins Bad.

Der Anblick der abgeschnittenen Haare war ein Schock. Schluchzend sammelte sie die Strähnen auf und legte sie in die Schublade des Sekretärs. Sie brachte es nicht fertig, sie in den Abfalleimer zu werfen. Ihre Stirn fühlte sich heiß an. Wahrscheinlich hatte sie Fieber. Sie ging in die Küche, um Teewasser aufzusetzen. Als sie den Hahn aufdrehte, schauderte es sie. Allein der Gedanke daran, Hände oder Gesicht mit kaltem Wasser in Berührung zu bringen, verursachte ihr Schmerzen.

Die Schere hatte sie wieder unter der Matratze versteckt.

Ruben würde wissen, dass sie eine Schere hatte. Er würde es wissen, sobald er ihr Haar sah. Aber sie würde sie ihm nicht freiwillig aushändigen. Sollte er doch danach suchen.

Sie nahm allen Mut zusammen, kehrte ins Bad zurück und schaute in den Spiegel. Die Haare standen ihr unregelmäßig und widerborstig vom Kopf ab. Sie hatte sich keine Mühe gegeben, sie in Form zu bringen, und würde es auch jetzt nicht tun.

Einmal hatte sie einen Film über eine junge Frau gesehen, die im Mittelalter als Hexe verurteilt worden war. Der hatte man auch die Haare abgeschnitten. Genau so.

Das Gesicht im Spiegel war das einer Fremden. Sie fürchtete sich ein wenig vor diesem Mädchen mit den ernsten, finsteren Augen. Und sie beneidete es. Denn das fremde Mädchen war sicher in seiner Welt hinter dem Glas.

23

Diesen Kommissar durfte man nicht unterschätzen. Er erledigte nicht nur seine Arbeit – er war begabt dafür. Ruben hatte seine Intelligenz gespürt und seine Dünnhäutigkeit. Er hatte beobachtet, wie geschickt er das Gespräch aufgebaut hatte. Unter seinem scharfen Blick hatte er sich beinahe unbehaglich gefühlt.

Aber er war mit sich zufrieden. Er hatte ein Glanzstück an Selbstbeherrschung abgeliefert und war in keine der Fallen getappt, die der Kommissar, absichtlich oder nicht, aufgestellt hatte. Ob es weitere Gespräche geben würde, stand in den Sternen. Auf jeden Fall sollte er gewappnet sein.

Judith erwartete ihn. Sie hatte für heute zwei telefonische Interviews vereinbart. Anschließend wollten sie ein paar Dinge besprechen. Vielleicht würde er bis morgen bleiben.

Ilka würde es überleben. Man verhungerte nicht an einem Tag. War es nicht sogar so, dass Fasten die Gedanken klärte? Das hatte sie dringend nötig. Sie würde seine Langmut und Geduld nicht länger strapazieren. Ab jetzt würde er andere Saiten aufziehen.

Auf der gegenüberliegenden Straßenseite sah er ein Café. Er beschloss, vor der Fahrt zu Judith einen Kaffee zu trinken und eine Kleinigkeit zu essen. Er hatte sich eine Verschnaufpause verdient.

*

Die Skepsis war meiner Mutter deutlich anzumerken, doch erstaunlicherweise stellte sie keine Fragen. Sie gab mir einfach ihre Autoschlüssel und die Papiere und nahm im Tausch dagegen meine.

»Der erste Gang klemmt«, erklärte ich ihr. »Wenn du an einer Ampel halten musst, ist es am besten, schon beim Ausrollen in den ersten Gang runterzuschalten und die Kupplung zu treten, bis du wieder losfahren kannst.«

»Prächtig«, sagte meine Mutter. »Und wann bringst du mir den Wagen zurück?«

»Morgen?« Ich schmatzte ihr einen Kuss auf die Wange. »Übermorgen?«

»Spätestens.« Sie schaute mir nach, wie ich zu ihrem Wagen ging. »Und fahr vorsichtig!«

Der Audi schnurrte gemütlich vor sich hin, während rechts und links die Landschaft vorbeiglitt. Mit ihm würde ich es in gut zwei Stunden nach Togstadt schaffen. Mein Gefühl sagte mir, dass ich mich nicht mit einem Telefongespräch zufrieden geben sollte. Ich wollte Ruben Helmbach Auge in Auge gegenüberstehen, wenn ich ihn nach Ilka fragte. Und das so bald wie möglich.

Vielleicht würde ich Mike überreden können, mich zu begleiten. Am besten jetzt gleich. Auf Merle mussten wir leider verzichten. Sie war auf einem Tierschützertreffen, wo neue Aktionen geplant werden sollten. Das würde den ganzen Abend und bestimmt noch die halbe Nacht dauern.

Zu Hause empfing mich ein Zettel, der auf dem Küchentisch lag: *Bin nach Glogau gefahren. Habe einen Termin bei Hartmut Schatzer (Galerist) bekommen. Kann spät werden. Melde mich von unterwegs. Mike.*

Ich machte mir einen Kaffee und überlegte, was ich tun sollte. Als das Telefon klingelte, hatte ich keine Zweifel, dass es Mike war.

»Na, du Hyperaktiver?«, meldete ich mich.

Ich war ein bisschen sauer, weil er nicht auf mich gewartet hatte. Wir hätten uns absprechen können, wie sonst auch. Doch dann fiel mir ein, dass ich die Entscheidung, den Wagen meiner Mutter auszuleihen, ebenfalls ziemlich einsam getroffen hatte. Wir waren also quitt.

»Und da behauptet meine Frau immer, ich wär behäbig und träge.«

Ich erkannte seine Stimme sofort. Es war mir furchtbar peinlich. »Entschuldigung«, stammelte ich. »Ich dachte, es wäre Mike.«

Der Kommissar lachte. »Das heißt, Mike ist zurzeit nicht da?«

»Nein. Er ist unterwegs.«

»Und Merle?«

»Ebenfalls.«

»Zu dumm. Ich hätte Sie gern noch einmal gesprochen. Sie alle.«

»Gibt es Neuigkeiten?« Mein Herzschlag stockte. Auch Caro hatte anfangs als vermisst gegolten. Und plötzlich war sie tot gewesen.

»Leider nein. Nicht die Neuigkeiten, die Sie sich erhoffen. Aber ich hatte gerade Besuch von Ruben Helmbach.«

Ilkas Bruder war in unserer Gegend? Dann würden wir ihn zu Hause ja gar nicht antreffen.

»Und darüber wollten Sie mit uns sprechen?«

»Unter anderem.«

»Jetzt gleich?«

»Am liebsten ja.«

»Aber Merle und Mike…«

»Kommen Sie allein. Ich erwarte Sie.« Und schon hatte er aufgelegt.

Er war nicht der Typ, der viele Worte machte. Irgendwie mochte ich ihn. Ein sympathischer Polizist passte nicht in mein Weltbild, aber er hatte keinerlei Ähnlichkeit mit den Bullen, mit denen Merle regelmäßig aneinander rasselte.

Ich trank meinen Kaffee aus und schnappte mir meine Jacke und meine Tasche. Für uns war jede Information wichtig, die wir kriegen konnten.

*

Der alte Mann, der Mike im Zug gegenübersaß, war in die Lektüre des *Bröhler Stadtanzeigers* vertieft. Er hatte die Angewohnheit, die Zeitung nach dem Umblättern jeweils längs zu falten, sodass Mike auf jeder Seite, die ihm zugewandt war, das Großgedruckte lesen konnte. Da der Blick aus dem Fenster ihn allmählich anödete, versuchte er, sich den Inhalt der Artikel aus den Schlagzeilen zusammenzureimen. Der alte Mann hatte den politischen Teil bereits beiseite gelegt und sich die Sparte *Lokales* vorgenommen.

SPD: Mehr Parkraum schaffen. Professionelle Ladendiebin geschnappt. Beim Drogentest klickten die Handschellen. Kaiserstraße wird saniert. Passagen schaffen Klima für Design.

Auf einmal sah Mike in Ilkas Augen.

Es war ein Schock und für einen Moment vergaß er zu atmen. Über ihrem Foto von der Größe einer halben Postkarte die kurze Mitteilung: *Schülerin vermisst.*

Er musste seinen ganzen Willen aufbieten, um dem Mann nicht die Zeitung aus der Hand zu reißen. *Wer hat diese junge Frau gesehen?*, lautete der Untertitel.

Mike wollte sich gerade vorbeugen, um die kurze Notiz zu lesen, als der Mann wieder umblätterte. Mit dem Foto hatte er sich nicht lange aufgehalten. Was nur bedeuten konnte, dass er Ilka nicht kannte. Aber es gab tausende von Menschen, die heute auf ihr Foto gestoßen waren oder noch stoßen würden. Wenn darunter auch nur ein Einziger mit dem Hinweis war, der die Polizei zu Ilka führen würde, hätte sich der Aufwand gelohnt.

Mike versuchte, Jette oder Merle zu erreichen, doch beide hatten ihr Handy ausgeschaltet. Seufzend kramte er den kleinen Notizblock und den Kugelschreiber hervor und überlegte, was er den Galeristen fragen sollte.

Er hatte sich am Telefon als freier Mitarbeiter der *Rundschau* ausgegeben, weil er sicher war, als Privatperson keine Auskünfte zu bekommen. Um in der Rolle glaubhaft zu sein, musste er ein paar Fragen über Bilder parat haben.

Sobald das Gespräch angelaufen wäre, würde er einen unauffälligen Schlenker zu der Person des Malers machen. In der Theorie war das ein ganz guter Plan. Aber würde er auch in der Praxis funktionieren?

Mike merkte, wie sich sein Magen verkrampfte. In den vergangenen Tagen hatte er kaum etwas gegessen. Er würde keine anständige Mahlzeit runterbringen, bevor Ilka nicht wieder bei ihm war.

*

Möglicherweise wollte der Kommissar uns ein paar ausgewählte Informationsbröckchen hinwerfen, sozusagen als Köder und Beschäftigungstherapie in einem. Keine wichtigen und gerade mal so viele, dass wir daran zu knabbern hätten und unsere eigenen Nachforschungen darüber vergäßen.

Ich fand eine Parklücke am Straßenrand und überlegte, ob ich mir nach dem Besuch beim Kommissar nicht einen Kakao im Café auf der anderen Seite genehmigen sollte. Während ich hinübersah, kam ein Typ heraus. Zuerst fiel er mir nur auf, weil er weder Mantel noch Jacke trug. Es war zwar relativ mild, aber noch nicht so warm, dass man sich im Pullover draußen aufhalten konnte.

Erst auf den zweiten Blick erkannte ich ihn. Er sah noch besser aus als auf den Fotos und er schien das zu wissen. Seine Bewegungen waren lässig und ein bisschen selbstverliebt. Man hätte ihn vom Fleck weg über den Laufsteg schicken können.

Ich beschloss, ihn anzusprechen. Eine bessere Gelegenheit würde sich kaum bieten. Außerdem bliebe mir auf diese Weise die Fahrt zu seinem Haus erspart.

Es war viel Verkehr auf der Straße, und Ruben Helmbach schloss bereits seinen Wagen auf, der ein paar Schritte neben dem Eingang zum Café parkte.

Mein Herzschlag setzte aus. Es war ein dunkelgrauer Mercedes mit getönten Scheiben. *S-Klasse*, hörte ich Leo sagen, *Wahnsinnsfelgen.*

Ich reagierte, ohne nachzudenken, wendete und fuhr ihm nach.

*

Sie glühte am ganzen Körper. Gleichzeitig fror sie erbärmlich. Sie hätte die nassen Sachen schneller ausziehen müssen. Jetzt trug sie die warme, weite Wollhose und einen dicken Pulli mit Rollkragen. Die Arme um den Körper geschlungen, kauerte sie auf dem Sofa und starrte vor sich hin. Sie sehnte sich nach einer Wärmflasche. Und nach ihrer Mutter. Sie hatte schon so viel allein durchgemacht. Das hier überstieg ihre Kräfte.

Sie überwand sich und stand auf, um sich noch einen Tee aufzubrühen. Der wärmte von innen. Er dämpfte das Hungergefühl und gab ihr sogar ein bisschen Trost. Sie würde den Tee trinken und wieder ins Bett gehen. Ihre Lider waren so schwer, dass es sie Anstrengung kostete, die Augen offen zu halten.

»Nicht weinen«, flüsterte sie. »Nicht weinen.« Und die Tränen rollten ihr über die Wangen.

*

Ich hatte mir immer schon mal gewünscht, in ein Taxi zu springen und dem Fahrer zuzurufen: »Folgen Sie dem Wagen da vorne!« Im Film begann an dieser Stelle jedes Mal eine wilde Verfolgungsjagd.

Die Wirklichkeit war anders. Im Schritttempo zuckelten wir durch die verstopfte Stadt Richtung Autobahn. Zeit genug, mir zu überlegen, wie es weitergehen sollte. Ich hatte blind meinem Gefühl vertraut, als ich beschloss, Ruben Helmbach nachzufahren. Ich hatte keinen Plan und ich war allein. Es war bestimmt ratsam, Mike zu informieren.

Mit der rechten Hand nestelte ich am Reißverschluss meiner Handtasche und tastete nach dem Handy. Es war nicht da. Verdammte Kacke! Ich hatte es am Morgen aufgeladen und vergessen, es wieder von der Steckdose zu nehmen.

Musste ich Mike eben von einer Telefonzelle aus anrufen. Gab es überhaupt noch öffentliche Münztelefone? Eine Karte besaß ich längst nicht mehr. Und Münzen? Ich griff noch mal in meine Tasche. Und stellte fest, dass auch meine Geldbörse fehlte.

Toll. Ich hatte wirklich das Zeug zu einer Detektivin. Sollte ich umkehren? Den Kommissar einweihen? Aber der glaubte uns ja sowieso nicht. Er hatte dem Artikel in *Handwerk und Kunst* nicht den Hauch einer Bedeutung beigemessen. Er hatte lediglich einen flüchtigen Blick darauf geworfen.

Nein. Den Kommissar einzuweihen hatte keinen Zweck. Nicht, bevor wir eine echte Spur gefunden hätten.

Ich musste mich ja nicht in Gefahr begeben. Ich konnte mir einfach angucken, wie Ruben Helmbach so wohnte, ein bisschen rumschnüffeln und dann immer noch entscheiden, wie weit ich mich auf die Geschichte einließ.

Der Mercedes bog zur Autobahn ab. Gut, dass ich den Wagen meiner Mutter fuhr. So leicht würde er mich nicht abhängen können.

*

Hartmut Schatzer war knapp über sechzig, ein mittelgroßer, schwerer Mann mit langen grauen Haaren, die er im Nacken gebunden trug. Er begrüßte Mike und setzte sich mit ihm ins Büro, einen kleinen, hellen Raum.

Mike hatte noch nie einen so überladenen Schreibtisch gesehen. Es war ihm ein Rätsel, wie sich jemand zwischen all den Bücherstapeln und Lagen von Papier zurechtfinden konnte, ohne in Depressionen zu versinken.

Eine offen stehende Tür ließ den Blick in das Nebenzimmer frei. Dort waren Bilder und Rahmen an die Wand gelehnt. Auf einem langen Holztisch wurden offenbar Passepartouts geschnitten. Papierstreifen bedeckten den Boden. An der Tür lehnte ein Besen.

»Kaffee?«

»Danke, sehr freundlich. Ich habe am Bahnhof schon einen getrunken«, log Mike.

»Dann schießen Sie mal los.«

Mike stellte die Fragen, die er sich im Zug zurechtgelegt hatte, und notierte sich die Antworten. In den ersten Minuten befürchtete er noch, Schatzer würde ihm seine Rolle als freier Journalist nicht abnehmen. Doch nach einer Weile glaubte er fast selbst daran.

Irgendwann hörte er auf, bei Begriffen wie *Unmittelbarkeit der Farben* oder *Zwanghaftigkeit der Form* zusammenzuzucken. Es gelang ihm sogar, mit *Wahrheit der Lüge* noch eins draufzusetzen.

Er hatte das Gefühl, so richtig in Fahrt zu sein, als Schatzer sich zurücklehnte und die Arme vor der Brust verschränkte.

»Und weshalb sind Sie wirklich hier, mein Junge?«

Nichts hatte er ihm abgenommen und Mike kam sich vor wie der letzte Depp.

»Woran haben Sie es gemerkt?«, fragte er.

Schatzer lachte. »An Ihrer Ernsthaftigkeit. Hab schon lange keinen mehr von der Presse hier gehabt, dem es um die Sache ging. Also. Was läuft ab?«

Mike hatte das spontane Bedürfnis, ihm reinen Wein einzuschenken. Dennoch entschied er sich anders. Er gab sich als Bewunderer von Ruben Helmbach aus, der Informationen wollte und vielleicht ein bezahlbares Bild.

Diese Rolle kaufte Schatzer ihm tatsächlich ab. Und er hatte Lust auf Geschichten. Er zündete sich einen Zigarillo an, rückte sich gemütlich auf seinem Stuhl zurecht und fing an zu erzählen.

*

Er würde die beiden Interviews hinter sich bringen und verschwinden. Das Gespräch mit Judith konnte warten. Er war unruhig. Die Stunden ohne Ilka wurden ihm lang.

»Büro Ruben Helmbach?«

Er lächelte. Typisch Judith. Sie schirmte ihn nach außen mit einem perfekt gestylten Image ab. Heutzutage sei das nötig, behauptete sie. Nicht die Kunst stehe im Mittelpunkt, sondern ihre Vermarktung.

Solange er bei seinen Bildern keine Kompromisse einzugehen brauchte, war ihm das egal. Judiths Geschäftssinn wirkte sich äußerst positiv aus. Er selbst hätte nie die Energie aufgebracht, eine so konsequente Ordnung in seinen Angelegenheiten zu schaffen.

»Hallo, Judith.«

Er fühlte beinah, wie sie errötete. Ihre Stimme wurde ein wenig atemlos.

»Hi, Ruben.«

»Ich bin unterwegs zu dir«, sagte er und dachte, wie zweideutig das doch klang.

Wahrscheinlich hatte sie denselben Gedanken gehabt, denn sie reagierte mit einem nervösen Lachen auf seine Worte.

»Hör zu, Judith. Ich musste meine Pläne kurzfristig ändern. Ich wickle die beiden Interviews ab, dann bin ich wieder weg. Unser Gespräch verschieben wir auf nächste Woche. Ist das okay?«

Sie antwortete nicht.

»Judith?«

»Wenn du meinst.«

Sie bemühte sich nicht, die Kälte in ihren Worten zu überspielen. Sie versuchte auch nicht, ihn umzustimmen. Es hatte sich mehr zwischen ihnen geändert, als er angenommen hatte.

»Bist du sauer?«, fragte er.

»Wieso sollte ich? Du bist der Boss.«

Sie hatte die Fronten klar verteilt. Ruben seufzte. So war es noch nie gewesen zwischen ihnen. Sie hatten ein starkes Team gebildet und in Freundschaft miteinander gearbeitet. Er wollte es sich nicht mit ihr verderben. Im Augenblick brauchte er sie dringender denn je. Es war notwendig, dass sie die Stellung hielt. Wenigstens noch die paar Tage, bis Ilka wieder zu ihm zurückgefunden hätte.

»Hab ich jemals den Chef hervorgekehrt?«

Er wusste, wie seine Stimme klingen musste, damit Judith dahinschmolz.

»Ruben…«

»Hab ich dich jemals wie eine Angestellte behandelt, Judith?«

»Nein…«

»Dann hab jetzt Vertrauen und glaub mir, dass ich meine Pläne nicht freiwillig geändert habe.«

…

»Judith?«

»Du hast ja Recht. Entschuldige bitte.«

Er schaltete das Handy aus. Dann gab er Gas. Er hatte schon viel zu lange getrödelt.

*

Auf einmal wurde er schneller. Ich versuchte mitzuhalten, wurde aber von einem Fiesta ausgebremst, der so lange die linke Spur blockierte, bis Ruben Helmbachs Wagen aus meinem Sichtfeld verschwunden war.

Ich hatte ihn verloren. Die S-Klasse war um einiges schneller als der Audi meiner Mutter und der Abstand zu groß.

Glücklicherweise hatte ich mir die Adresse eingeprägt. Togstadt. Rotdornweg 37. Ich würde Ruben Helmbachs Haus auch allein finden. Es gab in jeder Stadt eine Tankstelle oder einen Taxistand, wo man nachfragen konnte. Ich drosselte das Tempo ein wenig und entspannte mich.

*

Bert schaute auf die Uhr. Zwei Stunden waren seit seinem Telefonat mit Jette vergangen. Er rief noch einmal bei ihr an, doch es nahm niemand ab. Vielleicht war ihr etwas dazwischengekommen. Die jungen Leute lebten in einem anderen Tempo. Da hatten ganz andere Dinge Gewicht.

Er beschloss, das leise Aufflackern von Unruhe mit einem Kaffee zu betäuben. Vor dem Automaten traf er eine Kollegin, die erst seit einigen Wochen bei ihnen war. Auch sie war noch ziemlich jung, wenn auch ein gutes Stück älter als Jette. Sie teilte seine Sucht nach Koffein und sie unterhielten sich eine Weile darüber. Als er danach in sein Büro zurückkehrte, hatte er den unangenehmen Verdacht, allmählich zu den Dinosauriern seines Berufsstands zu gehören. Er hatte sich noch nie in seinem Leben so alt gefühlt.

Margot rief an, um ihn daran zu erinnern, dass sie für den Abend mit Freunden verabredet waren. Sie wollten nach langer Zeit endlich einmal wieder ins Kino. Und vorher gemütlich irgendwo essen.

Ihre Stimme klang wie früher, ein bisschen so wie das Zwitschern eines Vogels. Bert hatte ein schlechtes Gewissen. Wie wenig sie eigentlich brauchte, um glücklich zu sein. Wieso war er nicht in der Lage, ihr dieses Wenige zu geben?

Um seine Schuldgefühle loszuwerden und um sich auf keinen Fall zu verspäten, packte er sofort seine Sachen zusammen und machte sich auf den Heimweg. Eine kluge Entscheidung, denn die Autobahn war mal wieder dicht. Stoßstange an Stoßstange schoben sich die Wagen voran. Bert blickte in erschöpfte, gestresste, frustrierte Gesichter.

Er schaltete das Radio an. Manchmal gelang es der Musik, seine Stimmung selbst im Berufsverkehr aufzuhellen. Berufsverkehr. Dafür gab es einen englischen Begriff, der sich inzwischen selbst ad absurdum führte. Bert kramte in seinem Gehirn, das automatisch blockierte. Das passierte ihm neuerdings immer häufiger. Eine Alterserscheinung?

Wenn man alt werden will, dachte er, darf man sich nicht darüber beklagen, dass man altert. Und wie zum Lohn für diese Erkenntnis fiel ihm der Begriff ein, den er suchte. *Rushhour*. Er grinste vor sich hin. Na bitte!

Morgen würde er als Erstes Jette anrufen. Er hatte ihr nichts Wichtiges mitzuteilen. Er wollte nur den Kontakt zu den jungen Leuten halten. Damit sie ihm nicht wieder dazwischenfunkten. Er drehte den Ton lauter, lehnte sich zurück und sang lauthals mit.

*

Im Traum sah sie Mike. Er überquerte eine breite Straße mit starkem Verkehr. Die Autofahrer hupten, wichen ihm aus. Mike ging unbeirrt weiter. Er blickte nicht nach rechts und nicht nach links. Mit schlafwandlerischer Sicherheit fand er durch das Chaos.

Die Straße verwandelte sich in einen Fluss. Mike watete durch das Wasser und schien gar nicht zu bemerken, dass er von Krokodilen umgeben war. Wie Baumstämme lagen sie im Wasser und beobachteten ihn aus verschleierten Augen. Das Wasser reichte ihm schon bis an die Brust.

346

Mike kam nur noch langsam voran.

»Schwimm doch!«, rief Ilka ihm vom Ufer aus zu. »Schwimm!«

Er war auf dem Weg zu ihr. Und sie konnte ihm nicht helfen. Sie war schon so lange nicht mehr im Wasser gewesen. Vielleicht würde sie versinken wie ein Stein?

Jemand schrie.

Ilka fuhr auf. Und stellte fest, dass es ihr eigener Schrei gewesen war, der sie geweckt hatte. Schwer atmend lehnte sie sich an die Wand. Ihr Hals brannte, ihr Kopf schien zu zerspringen.

Sie schleppte sich in die Küche und trank aus dem Wasserhahn. Dann kroch sie ins Bett zurück. Sie hatte Angst davor, wieder einzuschlafen, aber es gelang ihr nicht, wach zu bleiben. Ihre Augen waren zu schwer.

*

Judith war nicht mehr da. Ihr schwarzer Smart parkte sonst immer im Carport. Jetzt war er nirgends zu entdecken. Ruben fuhr nicht in die Garage. Er stellte den Wagen am Straßenrand ab. Den Carport ließ er aus alter Gewohnheit für Judith frei, obwohl sie ihn heute nicht mehr nutzen würde. Ruben war nicht enttäuscht. Im Gegenteil. Er war erleichtert. Es wäre ihm schwer gefallen, unbefangen mit ihr zu reden. Sie kannte ihn zu gut. Sie hätte ihm seine Nervosität angemerkt.

Neben dem Telefon lag ein Zettel.

Hallo, Ruben, wenn du mich heute nicht mehr brauchst, würde ich den Abend gern für mich haben. Ruf mich an, wenn du Zeit hast. Liebe Grüße, Judith.

Er ging in sein altes Atelier. Es hatte sich nicht verändert, denn er hatte kein einziges Möbelstück mit ins neue Haus genommen. Sogar einen Teil seiner Bilder hatte er hier gelassen. Trotzdem war alles anders. Der Geruch nach Farbe war verblasst, die Unordnung statisch geworden.

Ruben verrückte ein paar Gläser, schob Stifte von der einen auf die andere Seite, blätterte in den Zeichnungen, die er für eine Buchausgabe zusammengestellt hatte. Plötzlich überfiel ihn das Gefühl, am falschen Ort zu sein. Er musste sich zusammenreißen, um nicht fluchtartig das Haus zu verlassen.

Er schlenderte durch den nassen, kalten Garten zurück und betrat eben das Wohnzimmer, als das Telefon klingelte. Es war der Redakteur von *LebensKunst*.

»Schön, dass es endlich mit einem Termin geklappt hat«, sagte er. »Ich weiß, dass Sie ein viel beschäftigter Mann sind, Herr Helmbach.«

Ruben ließ sich auf den Sessel fallen und konzentrierte sich. Man musste der Meute hin und wieder einen Brocken hinwerfen. Das hielt sie bei Laune und verschaffte einem den nötigen Spielraum.

Manchmal fühlte er sich wie ein Gott. Dann hatte er vor gar nichts Angst. Höchstens vor sich selbst.

24

Imke hatte den Tag am Schreibtisch verbracht. Eigentlich sehnte sie sich nach Erholung, doch dazu fehlte ihr die innere Ruhe. Tilo hatte ihr angeboten, sich ein paar Tage freizunehmen.

»Komm«, hatte er gesagt. »Wir lassen den Winter hinter uns und fliegen irgendwohin, wo es warm ist.«

Aber Imke brachte es nicht fertig, so sehr es sie auch reizte. Etwas hielt sie zurück.

»Du weißt, was es ist«, hatte Tilo gesagt und sie angeguckt, als wäre es das Einfachste von der Welt, jemanden wie sie zu durchschauen.

Natürlich wusste sie es.

»Du solltest dich unbedingt einmal mit der wirklichen Ursache für deine Angst auseinander setzen«, hatte er ihr geraten.

Plötzlich war er ihr fremd gewesen. Als hätte sie ihn eben erst getroffen.

»Wenn ich einen Psychologen brauche«, hatte sie ihn angeblafft, »dann suche ich mir einen.«

Seitdem mieden sie das Thema. Selbst Tilo, der ein solches Verhalten »autodestruktiv« fand, hatte kein weiteres Wort darüber verloren.

Imkes neuer Roman beschäftigte sich mit einer Schauspielerin und ihrem Sohn, der in gefährliche Gesellschaft gerät. Sie druckte das zuletzt geschriebene Kapitel aus und überflog es noch einmal. Und da fiel es ihr wie Schuppen von den Augen.

In Wahrheit hatte sie über Imke Thalheim geschrieben. Und über Jette. Andere würden ihre Verschlüsselungen schlucken, sich selbst konnte sie nichts vormachen. Angewidert schob sie das Manuskript beiseite. Stimmte es wirklich, was Jette behauptete? Dass sie ihre Umwelt ausschlachtete, um an Stoff für ihre Bücher zu gelangen?

Sie beendete die Arbeit für heute, schlüpfte in ihre dicke Jacke und spazierte durch den Garten. In weißen Büscheln leuchteten die Schneeglöckchen aus dem dunklen Gras. Imke konnte sich daran nicht erfreuen. Dieser gefährliche Winter war noch lange nicht vorbei.

*

Hartmut Schatzer hatte Ruben Helmbach offenbar entdeckt und darauf war er mächtig stolz.

»Hier in meiner Galerie hat alles angefangen«, sagte er. »Und dieser Mann wird es noch viel weiter bringen. Denken Sie an meine Worte.«

Er hörte sich gern reden und breitete eine Geschichte nach der anderen vor Mike aus. Nach etwa einer Stunde unterbrach Mike ihn.

»Dieses Mädchen, das er immer wieder malt, wissen Sie, wer das ist?«

»Sie ist alles«, sagte Schatzer mit theatralischer Geste. »Oder nichts.«

»Und das heißt?«

Diesmal war Mike nicht bereit, sich mit Floskeln abspeisen zu lassen.

»Dass er in diesem einen Mädchen alle Mädchen der Welt zusammenfasst. Und dass er sich in ihr die einzig wahre Liebe ständig neu entwirft.«

»Entwirft? Es könnte diese Liebe doch wirklich geben?«

Schatzer schüttelte heftig den Kopf. »Ruben Helmbach lebt ausschließlich für seine Kunst. Genau deswegen hat er das Zeug, einmal einer der ganz, ganz Großen zu werden. Er hat seine Affären, mehr nicht. Wenn es eine echte Liebe gäbe, dann wüsste ich davon.«

»Und wenn es sie in der Vergangenheit gegeben hat?«, fragte Mike. »Wenn er sie verloren hat und durch seine Bilder immer wieder heraufbeschwört?«

»Möglich ist alles. Theoretisch.« Schatzer kratzte sich nachdenklich am Kinn. »Aber wahrscheinlich ist es nicht. Ich bin sein Mentor. Ich kenne ihn in- und auswendig. Ich kann mir nicht vorstellen, dass er eine solche… Besessenheit vor mir hätte verbergen können.«

Mike fragte sich, ob die anderen Galeristen auf seiner Liste das nicht auch für sich in Anspruch nehmen würden. Wie viele Menschen waren wohl davon überzeugt, Ruben Helmbachs Mentor zu sein und darüber hinaus sein bester Freund?

Alle Mädchen in einem. Die wahre Liebe. Aber warum sah das Mädchen Ilka so ähnlich? Das ergab doch überhaupt keinen Sinn.

Hartmut Schatzer redete weiter. Mike hörte nur noch mit halbem Ohr hin. Eigentlich war die Ähnlichkeit gar nicht so frappierend. Bestimmt nicht. Jette hatte ihn zu sehr beeinflusst. Er wünschte, sie wäre bei diesem Gespräch dabei. Er hätte dieses Unternehmen nicht allein starten sollen.

*

351

Ich parkte etwa zwanzig Meter vom Haus entfernt. Es war eine ruhige Seitenstraße ohne Geschäfte. Niemand war hier unterwegs, kein Auto fuhr vorbei. Eine schwarz-weiß gefleckte Katze hatte es sich auf dem Kühler eines Jeeps bequem gemacht. Sie schien so satt und träge zu sein, dass sie eine Taube, die vor ihrer Nase über die Straße trippelte, einfach ignorierte.

Das Haus sagte mir nichts. Es war älteren Datums und doch irgendwie modern. Nicht mein Stil. Ich konnte mir vorstellen, dass in dieser Gegend lauter Kulturbeflissene wohnten. Schon die Vorgärten mit ihren Tontöpfen und den Steinskulpturen strahlten das aus.

Bevor ich irgendwas unternahm, durchwühlte ich das Handschuhfach des Audis. Meine Mutter hatte schon immer ein übertriebenes Sicherheitsbedürfnis an den Tag gelegt. Wahrscheinlich hatte sie irgendwo einen Geldschein versteckt, um im Notfall nicht mittellos dazustehen.

Ich fand Tankquittungen, eine kleine Taschenlampe, ein Notizbuch (damit bloß kein Einfall verloren ging), einen Kugelschreiber, einen Müsliriegel, ein Päckchen Taschentücher, einen Lippenstift und drei Euromünzen, sonst nichts.

Enttäuscht drückte ich den Deckel des Handschuhfachs wieder zu. Sollte ich mich so in meiner Mutter getäuscht haben? Hatte ich vielleicht gar nicht mit ihr Schwierigkeiten, sondern bloß mit meinen Vorurteilen?

Die Uhr zeigte halb sechs. Es dämmerte bereits. Trotzdem hatte ich das unbehagliche Gefühl, auf dem Präsentierteller zu hocken. Ich klappte die Sonnenblende herunter, um besser geschützt zu sein, falls Ruben Helmbach aus dem Fenster schauen sollte, da entdeckte ich den Zwanzigeuroschein. Meine Mutter hatte ihn hinter den Spiegel geklemmt.

Sofort hob sich meine Laune. Ich war jetzt nicht mehr so

abgeschnitten von allem. Ich konnte tanken, telefonieren, mir was zu essen kaufen. Auch mein Unternehmungsgeist kehrte zurück. Ich würde warten, bis es dunkel wäre, dann wollte ich aussteigen und das Haus aus der Nähe betrachten.

*

Sie hatten sich für ein griechisches Restaurant entschieden. Bert genoss das Essen, die Atmosphäre und die Anwesenheit seiner Freunde. Sie waren so alt wie Margot und er und hatten im selben Jahr geheiratet. Inzwischen waren sie um die Erfahrung zweier kurzer Seitensprünge seinerseits, einer langjährigen Affäre ihrerseits und einer noch andauernden Paartherapie reicher geworden. Was Bert vor allem an ihnen schätzte, war ihre Toleranz. Und ihre Fähigkeit, sich über Missstände zu empören. Sie kamen ihm wunderbar lebendig vor, wie sie da am Tisch saßen und aßen und redeten und lachten und zuhörten, lebendiger als die meisten Menschen, die er kannte.

Margot war entspannt und guter Laune. Sie hatte sich sorgfältig zurechtgemacht. Ihre Wangen glühten. Sie sah hübsch aus und sehr jung. Ab und zu lehnte sie sich leicht gegen ihn, drückte seine Hand, lächelte ihm zu. Warum konnte es nicht immer so sein?

Bert hoffte, dieser Abend würde nicht durch einen Anruf gestört. Er hatte das Handy in der Tasche seines Sakkos verstaut, damit es nicht im Sichtfeld der andern lag. Heute Abend wollte er nichts von Verbrechen wissen. Heute Abend wollte er ganz privat sein.

*

Ilka hatte Schüttelfrost. Ihre Zähne klapperten aufeinander. Sie hatte sich nicht ausgezogen, trug immer noch die Wollhose und den dicken Pulli und hatte sich fest in die Bettdecke eingemummelt. Wann würde sie endlich aufhören zu frieren?

Sie fühlte sich schwach, war unsicher auf den Beinen. Jeder Gang zur Toilette war ein Kraftakt, der sie in kalten Schweiß ausbrechen ließ. Sie hätte wer weiß was für eine Gemüsebrühe gegeben. Ihr Magen schmerzte vor Hunger.

Wo war Ruben? Warum brachte er ihr nichts zu essen?

Ihre Phantasie schickte ihr entsetzliche Bilder. Ruben besinnungslos im Straßengraben. Ruben im Koma. Oder tot. Sie krümmte sich. Fürchtete den Schlaf mit seinen Träumen.

Und gewann eine schreckliche Erkenntnis. Nicht der Gedanke daran, dass Ruben etwas zugestoßen sein könnte, erfüllte sie mit Grauen, sondern die Gewissheit, dass sie ohne ihn in diesem Keller verloren war.

*

Nach dem zweiten Interview packte Ruben seine Sachen zusammen und hinterließ Judith einen kurzen Brief, den sie am folgenden Morgen finden würde. Seine Unruhe war von Minute zu Minute stärker geworden. In seinem Kopf war nur ein Gedanke: Ilka.

Wie hatte er sie so zurücklassen können? Ohne Essen. Ohne ein Wort. Nicht mal einen Hund behandelte man so mies. Er verabscheute sich selbst.

Aber bevor er losfuhr, musste er noch die Zeichnungen für das Buchprojekt aus dem Atelier holen. Er hatte sie dem Verlag versprochen, der das Buch herausbringen wollte, und er hatte sich vorgenommen, noch ein wenig daran zu arbeiten.

Als er durch den Garten ging, meinte er, eine Bewegung bei der Hecke wahrgenommen zu haben. Er blieb stehen, kniff die Augen zusammen und spähte in die Dunkelheit. Nichts. Er schüttelte den Kopf. Was war mit ihm los? Er hörte ja schon die Flöhe husten.

*

Mir schlug das Herz bis zum Hals. Fast hätte er mich entdeckt. Ich hatte mich gerade noch ducken können. Und jetzt? Was sollte ich tun? Ins Haus schleichen? Und dann die Zimmer durchsuchen? In der Hoffnung – worauf? Ilka zu finden? War das nicht ein bisschen zu einfach? Und wenn ich die ganze Zeit in die falsche Richtung gedacht hatte?

Grauer Mercedes. S-Klasse. Getönte Fensterscheiben. Wahnsinnsfelgen.

Nein. Solche präzisen Zufälle gab es nicht.

Ich konnte Ruben Helmbach ansprechen und mich als Fan ausgeben. Aufdringlich sein. Mich nicht abschütteln lassen. Aber was würde das bringen? Im besten Fall würde er mir ein Glas Orangensaft anbieten und mich dann freundlich hinauskomplimentieren, im schlimmsten die Polizei rufen und mich entfernen lassen.

Ich drückte mich, vor Kälte bibbernd, auf dem Nachbargrundstück herum, verborgen hinter der Thujahecke, und hoffte inbrünstig, dass die Bewohner wirklich nicht zu Hause waren. Die Chancen standen gut, nirgendwo brannte Licht. Sollten sie gegen alle Erwartung doch zu Hause sein, besaßen sie hoffentlich keinen Hund.

Während ich mich zu irgendeiner Entscheidung durchzuringen versuchte, hörte ich ein Geräusch. Ich lugte durch die Hecke und erschrak. Ruben Helmbach war höchstens fünf

Meter von mir entfernt und er schaute direkt in meine Richtung. Aber vielleicht bildete ich mir das auch nur ein. Er trug eine Mappe unterm Arm, in der es bei jedem Schritt leise klapperte.

Um ins Haus zu gelangen, würde er ziemlich dicht an mir vorbeigehen müssen. Heiliger Strohsack! Warum hatte ich mich so weit vorgewagt? Vorsichtig wich ich zurück.

Unter meinem linken Fuß knackte es.

Ich blieb stehen. Hielt die Luft an. Und schloss die Augen. Wie früher als Kind, wenn mein Versteck nicht mehr sicher war.

»Was, zum…«

Er packte mich roh an der Schulter. Ich machte die Augen auf und starrte in sein Gesicht.

*

Mike saß im Zug und fuhr nach Hause zurück. Er war enttäuscht und verärgert. Hartmut Schatzer hatte über Gott und die Welt palavert, Anekdoten und Anekdötchen zum Besten gegeben und sich gespreizt, als wären zehn Kameras auf ihn gerichtet gewesen. Aber er hatte keine einzige brauchbare Information ausgespuckt.

Auf der Fensterscheibe sah Mike sein Spiegelbild und dahinter die Landschaft, die so schnell aus dem Dunkel auftauchte und wieder darin verschwand, dass er kaum Einzelheiten wahrnehmen konnte. Und plötzlich erfasste ihn eine Trauer um Ilka, die so wehtat, dass ihm für einen Moment die Luft wegblieb.

Er putzte sich die Nase. Dann hob er entschlossen den Kopf und bot der Trauer die Stirn. Solange es auch nur einen Funken Hoffnung gab, würde er sich nicht entmutigen lassen.

Ilka kauerte auf dem Bett. Sie hatte schreckliche Angst davor, für immer einzuschlafen. Tief in ihrem Kopf blitzte der Gedanke auf, dass diese Angst absurd war, doch die Angst deckte ihn zu. Sie baute die Bettdecke um sich wie ein Zelt. Zog die Beine an und umschlang sie mit den Armen. Legte den Kopf auf die Knie. Und jetzt an etwas Schönes denken, befahl sie sich.

Mike.

Ihre Augen füllten sich mit Tränen. Sie konnte sich nicht dagegen wehren. Musste erst so etwas Schreckliches passieren, damit sie erkannte, wie wichtig er ihr war?

»Wenn ich je hier rauskommen sollte«, flüsterte sie, »dann...«

Der Rest des Satzes ging in Schluchzen über. Sie zog sich die Decke über den Kopf. Und fing an zu beten.

*

»Warum hast du mich beobachtet?«

Er hatte mich ins Haus gestoßen, die Terrassentür zugeknallt und mich auf einen der Sessel gedrückt. Hoch aufgerichtet stand er vor mir. Wenn er mich einschüchtern wollte, dann war ihm das gelungen.

»Ich... mag deine Bilder«, stotterte ich und verstummte.

»Deine Tasche.« Er streckte die Hand aus.

Ich schnallte die Gürteltasche ab und reichte sie ihm. Während er sie durchsuchte, betrachtete ich ihn. Unter anderen Umständen wäre er mir vielleicht sympathisch gewesen. Vielleicht aber auch nicht. Die Wut in seinen Augen war unberechenbar.

Er förderte den Autoschlüssel zutage und meinen Perso-
nalausweis.

»Bröhl«, las er laut und schaute mich an. »Was willst du
von mir?«

Es war sinnlos, ihn um ein Autogramm zu bitten. Er wusste
jetzt, dass ich in Bröhl lebte. Die Verbindung zu Ilka war eindeutig.

»Ich bin auf der Suche nach meiner Freundin«, antwortete ich wahrheitsgemäß.

Er nickte. »Wo steht dein Wagen?«

Ich beschrieb ihm, wo ich geparkt hatte. Mir war auf einmal schrecklich kalt.

*

Jette war nicht zu Hause. Sie hatte keine Nachricht hinterlassen und ihn nicht von unterwegs angerufen. Mike konnte
sich das nicht erklären. Er warf einen Blick in ihr Zimmer.
Ihr Handy hing an der Steckdose. Sie musste es vergessen haben.

Merle würde erst in der Nacht von dem Tierschützertreffen zurückkommen. Wenn überhaupt. Manchmal übernachtete sie auch bei Claudio. Es lief zurzeit recht gut zwischen
ihnen.

Die Katzen strichen ihm fordernd um die Beine. Er ver-
sorgte sie. Danach schmierte er sich ein Brot. Es war so still
in der Wohnung, dass er die Katzen und sich selbst schlucken
hören konnte. Er ließ das Brot liegen und floh in sein Zimmer.

Vor dem Bild, das Ilka für ihn an die Wand gemalt hatte,
blieb er stehen. Ein Bauernhaus und ein Feld voller Sonnenblumen. Sie hatte seinem Traum von einer Zukunft mit ihr

ein Gesicht gegeben. War es auch Teil ihres Traums? Er hatte sie nicht danach gefragt.

Er schob eine CD ein und legte sich aufs Bett, sein Handy griffbereit neben sich. Er würde sich ein bisschen ausruhen, aber er durfte nicht einschlafen. Es gab viel zu besprechen. Er würde auf Jette warten.

*

Das Mädchen saß am Steuer. So hatte er sie besser unter Kontrolle. Sie hatte auf dem Weg zu seinem Wagen keine Zicken gemacht, war eingestiegen, ohne sich zu wehren, und fuhr auch ganz passabel. Allmählich hatte er sich wieder im Griff.

Es war wie ein Schlag in die Magengrube gewesen, als er sie hinter der Hecke entdeckt hatte. Blitzschnell hatte er überlegen, blitzschnell reagieren müssen. Er hatte nur diese eine Möglichkeit gesehen, sie mitzunehmen. Alles andere wäre Wahnsinn gewesen. Obwohl das, was er hier tat, dem Wahnsinn ziemlich nahe kam.

Zuvor hatte er sie ins Badezimmer gesperrt, seine Sachen im Kofferraum verstaut, ihren Audi in die Garage gefahren und das Tor abgeschlossen. Sie hatte ruhig auf seine Rückkehr gewartet und ihm bloß eine Frage gestellt.

»Bringst du mich jetzt zu Ilka?«

Er hatte die Frage nicht beantwortet. Er wollte vermeiden, mit ihr zu reden. Sobald er persönliche Dinge über sie erführe, hätte sie Macht über ihn. Er wollte sie nicht verstehen und kein Mitleid mit ihr haben. Eigentlich wollte er sie nur loswerden. Er wusste bloß nicht, wie.

*

Langsam stand Ilka auf. Langsam ging sie zum Schrank und suchte sich aus, was sie anziehen wollte. Langsam ging sie ins Bad hinüber und ließ Wasser in die Wanne laufen.

Jeder Schritt bereitete ihr Schmerzen. In ihrem Hals brannte es, als hätte sie eine Hand voll Peperoni auf einmal gegessen.

Sie schleppte sich zum Bett zurück und hob mit einem enormen Kraftaufwand die Matratze an. Dann stand sie mit der Schere in der Hand da und schaute sich um. Die Fenster waren vergittert. Selbst wenn sie die Rollläden knacken könnte, stünde sie danach nur vor einem neuen, unlösbaren Problem.

Ihr Blick wanderte zur Eingangstür. Da lag ihre einzige Chance. Vorsichtig machte sie sich am Türschloss zu schaffen. Aber die Schere war zu groß für das zierliche Schloss. Sie versuchte, die Klinge zwischen Tür und Rahmen zu schieben. Doch das einzige Ergebnis waren ein paar Kratzer. Wahrscheinlich konnte man eine Stahltür nur sprengen.

Zu was sonst war die Schere nütze? Ilka schob sie wieder unter die Matratze. Wahrscheinlich taugte sie nicht mal, um Schluss zu machen. Erschöpft wankte sie ins Bad, zog sich aus und ließ sich ins heiße Wasser gleiten.

Und Ertrinken?

War das ein schmerzhafter Tod?

*

Mike beschloss, eine Runde zu joggen. Er hatte das schon so lange nicht mehr getan, dass er bezweifelte, länger als eine Viertelstunde durchzuhalten. Doch dann merkte er, dass es ihm gut tat. Als hätte sein Körper es die ganze Zeit vermisst.

Er lief durch die menschenleeren Straßen. Hinter den meisten Fenstern flackerte ein bläulicher Schimmer. Da saßen tatsächlich Leute vor dem Fernseher und sahen sich einen Film oder irgendeinen Unterhaltungsquatsch an. Als hätte sich das Leben seit Ilkas Verschwinden nicht auf den Kopf gestellt.

Mike lief und lief. Fühlte den Schweiß auf der Haut. Spürte jeden einzelnen Muskel in seinem Körper. Am liebsten wäre er immer so weitergelaufen. Bis ans Ende der Welt. Was sollte er hier noch, wenn Ilka nicht bei ihm war?

*

Er redete kaum mit mir. Verriet mir auch nicht, wohin wir fuhren. Er gab mir nur zweimal die Anweisung, die Autobahn zu wechseln.

Mitternacht war vorüber. Es war kaum noch jemand unterwegs. Ich fragte mich, was Ruben mit mir vorhatte. Ich war eine Last für ihn. Würde er diese Last bei der nächsten Gelegenheit abwerfen?

Er erlaubte mir nicht, das Tempo zu drosseln. Wahrscheinlich wollte er vermeiden, dass ich eine Kurzschlusshandlung versuchte. Sobald der Zeiger unter hundertvierzig sank, forderte er mich auf, schneller zu fahren.

Ich war hellwach und konzentriert. In Gedanken spielte ich die unterschiedlichsten Möglichkeiten durch. Er hielt Ilka gefangen, so viel war klar. Brachte er mich wirklich zu ihr? Würde er mich ebenfalls dort gefangen halten?

Du bist eine Last für ihn, hallte es in meinem Kopf. Eine Last. Eine Last.

Aber weshalb sollte er stundenlang mit mir durch die Gegend reisen, nur um mich dann irgendwo zu ermorden? Um die Spur zu verwischen?

Vielleicht waren wir gar nicht auf dem Weg zu Ilka. Vielleicht lebte sie längst nicht mehr.

Ich gab Gas.

»Nicht so schnell«, sagte er.

Seine Stimme machte mir Angst.

25

Ruben zwang sie, auf der Beifahrerseite auszusteigen. Er hielt sie am Arm fest. Man konnte nie wissen. Während der ganzen Fahrt hatte er überlegt, was er mit ihr anstellen sollte, doch er war zu keinem Ergebnis gelangt. Sie zunächst einmal mitzunehmen, war das kleinere Übel gewesen. Dadurch gewann er Zeit. Einen Plan konnte er nur mit klarem Kopf entwickeln.

Er schloss die Haustür auf, schob das Mädchen hinein, ohne sie loszulassen, und drückte die Tür hinter sich zu. Es gab keine andere Möglichkeit. Er musste sie nach unten in die Wohnung bringen.

In jedem Raum brannte Licht. Alle Türen standen offen. Ilka war nicht zu sehen.

Die Badewanne war voller Wasser. Ruben fühlte, wie sein Herzschlag stolperte. Als er Ilka nicht in der Wanne fand, wurden ihm vor Erleichterung die Knie weich.

Ein Moment der Schwäche, und das Mädchen hatte sich losgerissen. Sie lief in den Flur, orientierte sich mit einem raschen Blick und blieb dann wie angewurzelt stehen. Mit weit aufgerissenen Augen starrte sie zum Schlafzimmer.

Drei lange Schritte, und Ruben war neben ihr. Aber statt sie festzuhalten, starrte er nun ebenfalls zum Schlafzimmer. In der Tür stand Ilka. Sie war ganz schwarz angezogen und ihr Haar … ihr Haar …

Ihr Gesicht war kreidebleich. Unter ihren Augen lagen dunkle Schatten. Ihr Haar...

Irgendwo in diesem Mädchen war die Frau verborgen, die er liebte. Aber er fand sie nicht wieder.

Er holte aus und schlug zu.

*

Ilka schützte sich nicht. Sie schrie nicht. Lautlos sank sie zu Boden.

»Nein!« Ich umklammerte ihn mit beiden Armen. »Sie ist krank!«

Er schüttelte mich ab, fuhr sich mit den Fingern durch das Haar und ging rückwärts zur Eingangstür. Das alles, ohne Ilka auch nur einen Moment aus den Augen zu lassen. Auf seinem Gesicht lag ein Ausdruck von Ekel.

Die Tür fiel ins Schloss. Wir waren allein.

Ich beugte mich über Ilka und strich ihr sacht über die Stirn. Sie war glühend heiß.

»Jette«, flüsterte sie. »Du hättest nicht herkommen sollen.«

»Ich konnte dich ja schlecht allein lassen«, sagte ich leise und versuchte ein Lächeln, das kläglich misslang. Behutsam half ich ihr auf und führte sie zum Bett.

Sie schüttelte ängstlich den Kopf. »Ich will nicht schlafen.«

»Musst du auch nicht. Leg dich nur ein bisschen hin.«

Ihre Unterlippe war aufgeplatzt und blutete. Ich wollte ins Bad, um einen Waschlappen oder ein Handtuch zu holen.

Sie hielt mich fest, Panik in den Augen. »Lass mich nicht allein, Jette!«

Ich deckte sie zu, kniete mich hin und streichelte ihre Wange. Ihr Gesicht kam mir nackt vor ohne ihr wundervolles langes Haar.

»Was hat er dir angetan, Ilka?«

»Er ist mein Bruder.« Sie bekam schlecht Luft. Ihr Atem rasselte.

»Ich weiß.«

»Wir hatten… früher… wir waren ineinander…«

Hatte ich es nicht geahnt? War es nicht das, was ich dunkel gespürt hatte beim Anblick von Ruben Helmbachs Bildern? Es war doch die einzig sinnvolle Erklärung dafür gewesen, dass er jedem Mädchen Ilkas Gesicht gegeben hatte. Es war ungeheuerlich.

»Und dafür hasst er dich jetzt?«

Vorsichtig schüttelte sie den Kopf. »Er hat nur gerade begriffen, dass er mich endgültig verloren hat.«

Das war genauso schlimm.

»Wir müssen hier raus«, sagte ich und schaute mich um.

»Keine Chance.« Ilka betastete ihre Unterlippe und verzog das Gesicht. »Die Fenster sind vergittert, die Eingangstür ist aus Stahl, und das einzige Werkzeug, das wir besitzen, ist eine Schere.«

»Eine Schere kann man auch als Waffe benutzen«, sagte ich. »Wo hast du sie versteckt?«

»Unter der Matratze.« Die Augen fielen ihr zu. Sie riss sie wieder auf, kämpfte tapfer gegen den Schlaf an. »Aber Ruben weiß, dass wir sie haben. Sie wird uns nicht helfen.« Langsam sackte ihr Kopf zur Seite.

»Ilka!« Ich rüttelte sie sanft an den Schultern. »Nicht einschlafen! Wir müssen überlegen, was wir tun können.«

Sie rappelte sich mühsam auf, setzte sich hin und lehnte sich mit dem Rücken gegen die Wand. »Das hier ist ein Gefängnis, Jette. Schalldicht isoliert, die Fenster aus bruchsicherem Glas. Er hat an alles gedacht.«

»Aber nicht daran, dass wir jetzt zu zweit sind«, sagte ich.

»Das war in seinem Plan nicht vorgesehen. Und das ist unsere Chance. Wir müssen ihn überrumpeln.«

Sie sah mich an. Ihre Augen glänzten von Fieber. Sie hatte nicht mehr viel Kraft.

»Hast du was zu essen?«, fragte sie.

»Nur noch ein paar Fisherman's.« Ich zog die zerdrückte Packung aus der Hosentasche und gab sie ihr. Sie steckte eine Pastille in den Mund und lutschte sie fast andächtig.

»Wie geht es Mike?« Angstvoll wartete sie auf die Antwort.

»Er macht sich riesige Sorgen um dich.«

»Hat er geglaubt, dass ich ...«

Ich schüttelte den Kopf. »Er hat keinen Moment daran gezweifelt, dass du entführt worden bist.«

Ein Lächeln legte sich auf ihr Gesicht. Sie fasste sich ins Haar.

»Daran wird er sich gewöhnen«, sagte ich.

Ihre Augen verdrehten sich vor Müdigkeit. Ich durfte sie nicht länger wach halten. Sie brauchte Kraft. Für was auch immer.

*

Ruben stand in seinem Atelier und betrachtete die Bilder ringsum. Sie stimmten alle nicht mehr. Das Mädchen, das er immer wieder gemalt hatte, war gestorben.

Das Bild, auf dem Ilka das rote Kleid trug. Vergangenheit. Hatte er es wirklich eben erst gemalt? Und da. Die Porträtzeichnungen. Ilkas weiße Schultern. Das schmale, blasse Gesicht. Und ihr Haar. Ihr wundervolles, langes Haar. Vorbei. Schmierereien ohne Wert.

Ruben griff nach einem Messer und stach zu. Ließ Farbe

bröckeln. Zerfetzte Ilkas Gesicht. Als Nächstes schlitzte er das rote Kleid auf. Zerschnitt es vom Hals bis zum Saum. Zerstörte Ilkas Körper. Der Anblick ihrer weißen Füße ließ ihn fast den Verstand verlieren.

Er vernichtete ein Bild nach dem andern. Stieg über Leinwandfetzen und zerbrochene Rahmen. Rutschte aus. Fiel hin. Stand wieder auf. Der Schweiß rann ihm in die Augen. Brannte wie Feuer.

Während er wütete, sah er sich zugleich dabei zu. Etwas in seinem Kopf blieb klar. Und kalt. Bewahrte den Zorn in sich auf. Ließ ihn sich nicht erschöpfen in dieser Raserei. Etwas wusste, dass er seinen Zorn noch brauchte.

*

Ich hatte kaum ein Auge zugetan. Hatte neben Ilka gelegen und ihren Schlaf bewacht. Sie hatte sich unruhig hin und her gewälzt, war immer wieder panisch aufgefahren. Jedes Mal hatte sie sich aufs Neue daran erinnert, dass sie nicht mehr allein war. Jedes Mal hatte sie vor Erleichterung geseufzt.

Ab und zu war ich eingenickt, doch immer nur für kurze Zeit. Ich traute mich nicht, meiner Müdigkeit nachzugeben. Vielleicht lauerte Ruben nur darauf. Dann hätte er leichtes Spiel mit uns. Die eine krank und schwach, die andere trunken von Schlaf, so leicht wollte ich es ihm nicht machen.

Ich grübelte. Hielt mich mit meinen Gedanken wach. Gegen Morgen war ich zu einem Entschluss gekommen und weckte Ilka.

Es ging ihr nicht besser, eher schlechter. Ruben hatte sie übel zugerichtet. Ihre Unterlippe war geschwollen, die linke Augenbraue blutverkrustet. Die Augen schienen tiefer in ihren Höhlen zu liegen. Ihr Haar war an den Schläfen nass von Schweiß.

»Hallo«, sagte sie und lächelte. Ihre Stimme war so heiser, dass ich Mühe hatte, sie zu verstehen.

Ich brachte ihr einen Tee, half ihr beim Aufsetzen und hielt die Tasse, weil ihre Hände zu stark zitterten. Sie trank und sah mich über den Rand der Tasse hinweg an.

»Wir müssen uns unterhalten«, sagte ich. »Es weiß nämlich blöderweise niemand, dass wir hier sind. Wir sind ganz allein auf uns gestellt.«

»Okay«, krächzte sie. Dabei konnte sie sich kaum aufrecht halten.

*

Mike hatte den Wecker auf sechs Uhr gestellt. Sie hatten keine Zeit zu verlieren. Ilka war jetzt seit vollen vier Tagen in der Gewalt ihres Entführers. Eine unvorstellbar lange Zeit.

Jettes Bett war unberührt. Das von Merle ebenfalls.

Er duschte und versuchte zu frühstücken, doch die Bissen blieben ihm im Hals stecken. Jette hatte ihr Handy zu Hause vergessen. Das passierte ihr oft, nachdem sie es aufgeladen hatte. Aber es gab überall Telefone. Warum meldete sie sich nicht?

Nach der zweiten Tasse Kaffee war er sicher, dass ihr etwas zugestoßen sein musste. Er wählte die Nummer von Merles Handy.

»Ja?«

Sie klang noch ganz verschlafen, wurde jedoch schlagartig wach, als er ihr den Grund seines Anrufs nannte.

»Ich bin in zehn Minuten bei dir«, sagte sie.

Tatsächlich brauchte sie nicht mal acht Minuten. Sie kam

die Treppe hochgestürmt und stürzte als Erstes den Espresso hinunter, den er inzwischen gemacht hatte.

»So. Jetzt funktionieren meine kleinen grauen Zellen wieder. Schieß los.«

Mike erzählte ihr von seinem Ausflug nach Glogau. »Und kein Anruf von ihr, keine Nachricht, nichts. Das sieht ihr doch gar nicht ähnlich«, schloss er seinen Bericht.

Merle schüttelte den Kopf. »Absolut nicht.« Sie bückte sich nach den Katzen, die maunzend um ihre Aufmerksamkeit buhlten.

»Ihr Auto ist nicht da«, sagte Mike. »Ich bin gestern Abend noch gelaufen und hab es nirgendwo entdeckt.«

Alarmiert sah Merle ihn an. »Glaubst du, sie ist auf eigene Faust...?«

»Scheiße!« Mike hämmerte mit den Fäusten gegen die Wand. Die Katzen suchten panisch das Weite. »Reicht es denn nicht, dass Ilka verschwunden ist?«

*

Bert hatte seinen Mantel in den Schrank gehängt und sich den ersten Kaffee geholt. Jetzt saß er am Schreibtisch und beschäftigte sich mit den Unterlagen zum Fall Ilka Helmbach.

Die Veröffentlichung ihres Fotos hatte, wie erwartet, eine Flut von Reaktionen ausgelöst. Ein Medium aus den Niederlanden wollte Ilka im Jenseits gesehen haben. Ein Rentner aus Niederstett behauptete, Ilka habe ihm sein Fahrrad gestohlen. Eine Bardame aus Reichenbad hatte in Ilka eine lange vermisste Nichte erkannt. Es hatte eine Weile gedauert, die absurden Hinweise von den glaubhaften zu trennen.

Bert rekapitulierte noch einmal seine Überlegungen. Er hatte sich jetzt schon eine ganze Weile mit dem Mädchen beschäftigt. Sie war nicht der Typ, der sich das Leben nimmt. Auch ein Unfall war auszuschließen. In beiden Fällen hätte man ihre Leiche inzwischen wohl gefunden.

Das Bild einer verwirrt umherirrenden jungen Frau passte ebenso wenig zu ihr. In einem solchen Zustand wäre sie zudem aufgefallen. Verwirrten Menschen gelang es nicht ohne weiteres, sich über einen längeren Zeitraum zu verbergen.

Dass Ilka plötzlich untergetaucht sein sollte, um ein neues Leben zu beginnen oder einfach mal eine Zeit lang auf den Putz zu hauen, hielt er gleichfalls für unwahrscheinlich. Sie machte auf ihn den Eindruck einer jungen Frau mit Selbstbewusstsein, die klar dachte und ihre Gedanken ebenso klar äußern konnte.

Blieben zwei Möglichkeiten: Sie konnte ermordet worden sein. Oder jemand hatte sie entführt. Dass man ihre Leiche noch nicht gefunden hatte, sprach nicht unbedingt dagegen, dass sie Opfer eines Mordes geworden war. Für die Entführung sprach in erster Linie die Unerschütterlichkeit, mit der ihr Freund und ihre Freundinnen daran glaubten.

Bert nahm die Ängste und Befürchtungen der Menschen, mit denen er in seinen Fällen zu tun hatte, sehr ernst. Sie wiesen ihm oft den richtigen Weg. Mike, Jette und Merle kannten Ilka. Sie hatten sie in unterschiedlichen Situationen erlebt und wussten, wie sie auf bestimmte Dinge reagierte.

Es gab den Hinweis, dass ein fremder Wagen in der Straße, in der Ilka wohnte, geparkt hatte. Mindestens zweimal war er dort gesehen worden, einmal von einer Nachbarin und einmal von Leo, Ilkas Vetter.

Und dann die Zeitschrift, die die jungen Leute ihm gebracht hatten. Jettes Beobachtungen waren nicht von der Hand zu weisen. Der Tenor des Artikels ging ja auch in diese Richtung. Ruben Helmbach malte immer wieder die Frau, von der er besessen war. Und diese Frau sah Ilka sehr ähnlich.

Bert lehnte sich zurück und blickte zum Fenster, ohne etwas wahrzunehmen. Aber warum, um alles in der Welt, gab Ruben Helmbach seiner großen Liebe das Gesicht seiner Schwester?

Dass er in seinen Bildern sozusagen das Urbild des Weiblichen darzustellen versuchte, mochte einer Kunstsinnigen wie Margot einleuchten. Bert blätterte in seinem Notizbuch. Wie hatte Ruben Helmbach es genannt? *Das Mädchen schlechthin. Die Summe aller Mädchen in einem.* Das klang zitierwürdig, doch stimmte es auch?

Und selbst wenn es zutraf, blieb immer noch die Frage, warum dieses Mädchen aussah wie seine Schwester. Mit der er seit Jahren keinen Kontakt mehr hatte.

Bert tigerte in seinem Büro auf und ab. Er hatte Ruben Helmbach zu schnell wieder gehen lassen. Aus welchem Grund? War er geblendet gewesen von seiner Kunst, seinem Erfolg?

Entschlossen kehrte er zum Schreibtisch zurück. Zuerst würde er Jette anrufen, wie er es sich vorgenommen hatte. Danach würde er sich noch mal um Ruben Helmbach kümmern.

*

Imke saß schon früh am Schreibtisch. Sie hatte schlecht geschlafen und irgendwann gegen fünf den Versuch aufgegeben, noch ein bisschen Ruhe zu finden. Wenn sie wach im Bett lag, fuhren die Gedanken in ihrem Kopf Karussell. Dann brauchte sie Tilos Wärme, oder sie musste aufstehen, um nicht verrückt zu werden.

Als das Telefon klingelte, steckte sie mitten in einer wichtigen Szene ihres Romans. Unwillig meldete sie sich.

»Ich bin's, Merle.«

Imkes Herz klopfte schneller. »Guten Morgen, Merle.«

»Wie geht es Ihnen?«

Wie es ihr ging? Sämtliche Alarmglocken in Imkes Kopf schrillten.

»Was ist los, Merle?«

»Ich... ich wollte bloß fragen, ob Jette bei Ihnen ist.«

Es traf Imke mit voller Wucht. Ihr Magen schien sich zu einer schmerzenden Kugel zusammenzuballen. Ihr war speiübel.

»Willst du damit sagen, ihr wisst nicht, wo sie ist?«

Imke hörte Merle leise atmen. Warum antwortete sie nicht?

»Sie war gestern hier, um sich meinen Wagen auszuleihen. Sie hat mir nicht verraten, wozu sie ihn braucht. Oh, mein Gott! Ist Jette in Schwierigkeiten?«

»Sie ist heute Nacht nicht nach Hause gekommen.«

Das musste nichts heißen. Jette war erwachsen. Sie hatte vielleicht ganz spontan... Imke unterbrach sich in ihren Gedanken. Nein. Es war ganz und gar nicht die Art ihrer Tochter, sich die Nächte um die Ohren zu schlagen, ohne jemandem Bescheid zu geben, wo sie war. Erst recht nicht seit Caros Tod.

»Wir rufen den Kommissar an«, sagte Merle. »Ich melde mich wieder.«

Imke schaltete den Computer aus und starrte auf den Bildschirm. Jette. Der Kommissar.

Alles fing von vorn an.

*

Vorsichtig öffnete Ruben die Tür. Sie hatten eine Schere. Er musste wachsam sein.

Sie saßen in der Küche. Ilka hielt sich mit Mühe aufrecht. Sie stützte sich mit beiden Armen auf den Tisch. Ihre Lippe war angeschwollen. An ihrer linken Augenbraue erkannte er eine Verletzung.

Es tat ihm nicht Leid. Er hatte das Recht gehabt, sie zu bestrafen.

Angewidert betrachtete er ihr Haar. Sie hatte sich verunstaltet, um ihm wehzutun. Und das war ihr gelungen. Ebenso gut hätte sie ihm ein Messer ins Herz stoßen können.

»Die Schere.« Er streckte die Hand aus.

Das Mädchen stand auf, ging ins Schlafzimmer und zog die Schere unter der Matratze hervor. Sie kam auf ihn zu und reichte sie ihm.

»Ilka braucht Medizin«, sagte sie. »Sie hat hohes Fieber. Und sie braucht was zu essen.«

Ruben trat auf Ilka zu und fühlte ihr die Stirn. Die Berührung löste Gefühle in ihm aus, gegen die er machtlos war. Nicht einmal der Anblick ihrer zerrupften Haare schützte ihn davor.

Er hörte ein feines Geräusch, nahm den Schatten einer Bewegung hinter sich wahr, im selben Augenblick spürte er den Schlag und sank zu Boden.

*

»Jette ist verschwunden.«

Mikes Stimme klang atemlos. Und erstaunt. Als fiele es ihm schwer, seinen eigenen Worten zu glauben.

»Was meinen Sie damit?«

Dabei kannte Bert die Antwort. Er hätte sich ohrfeigen

können. Es war nicht Jettes Art, eine Verabredung zu ignorieren. Er hätte schon gestern ahnen müssen, dass sie in
Schwierigkeiten steckte.

Mike teilte ihm mit, was er wusste. Bert hörte zu und
unterbrach ihn nicht.

»Und sie hat nicht die kleinste Andeutung gemacht, dass
sie etwas vorhatte?«

»Ich vermute, sie hat sich den Wagen ihrer Mutter ausge-
liehen, um nach Togstadt zu fahren«, sagte Mike kleinlaut.

»Nach Togstadt? Herrgottsakrament!«

»Wir hatten das Gefühl, dass Ilkas Verschwinden mit
einem Familiengeheimnis zu tun haben muss.«

»Ein Familiengeheimnis? Wovon sprechen Sie?«

»Es muss etwas vorgefallen sein zwischen den Geschwistern. Man bricht nicht leichtfertig den Kontakt zu seinem
Bruder ab. Jedenfalls würde Ilka das nicht tun«, fügte er hinzu. »Und wenn man gerade seinen Vater verloren hat und die
Mutter im Grunde auch – hängt man dann nicht umso mehr
an seinem Bruder?«

Der wunde Punkt. Genau da hätte Bert einhaken sollen im
Gespräch mit Ruben Helmbach.

»Und darüber wollte Jette mit Ilkas Bruder sprechen?«

»Wahrscheinlich. Wir wissen es ja selbst nicht.«

»Jetzt hören Sie mir mal gut zu, Mike. Sie und Merle mischen sich da nicht mehr ein. Haben Sie mich verstanden?«

»Ja, aber…«

»Kein Aber! Sie pfuschen mir nicht mehr ins Handwerk!
Ist das klar?«

»Ja.«

»Bleiben Sie am Telefon.« Berts Tonfall war versöhnlicher
geworden. »Vielleicht taucht noch die eine oder andere Frage auf.«

Mike versprach es. Bert hoffte, dass die beiden sich auch daran halten würden.

*

Ilka hatte mir den Arm um den Hals gelegt. Ich trug sie fast aus der Wohnung. Die Treppe bestand aus nur zehn Stufen, doch sie schien unüberwindlich zu sein.

»Ilka! Komm! Du schaffst das!«

Sie atmete schwer. Hoffentlich hatte sie keine Lungenentzündung. Dann konnte jede Überanstrengung lebensgefährlich sein.

Die Haustür. Wohin führte sie?

Ilka hatte mir erzählt, die Gegend hier sei sehr einsam. Wie weit mochte das nächste Haus entfernt sein? Würde Ilka die Strecke bewältigen?

Wir kamen gar nicht dazu, es auszuprobieren, denn die Haustür war verschlossen. Und wir hörten schon Rubens Schritte. Er hatte die Schlüssel nicht in der Hand gehabt, und ich hatte mich nicht getraut, ihn zu durchsuchen. Hastig sah ich mich um. Wo konnten wir uns verstecken?

Ilka zeigte auf die zweite Tür. »Die Küche«, keuchte sie.

Sie riss sich zusammen und lief, so schnell sie konnte. Ich stieß die Tür auf. Wir stürzten hinein. Dann knallte ich die Tür zu und drehte den Schlüssel um.

Keine Sekunde zu früh. Von außen rüttelte Ruben an der Klinke. Ilka wich zitternd zurück. Ich nahm einen Stuhl und klemmte ihn mit der Rückenlehne unter die Klinke. Dann schaute ich mir den Raum aufmerksam an. Kein zweiter Eingang, die Terrassentür geschlossen. Für eine Weile waren wir hier sicher.

*

Es hatte Imke nicht im Haus gehalten. Sie hatte sich ihre Tasche geschnappt, Tilo eine Nachricht auf den Küchentisch gelegt und war in Jettes Auto gestiegen, um nach Bröhl zu fahren. Der Renault klapperte an allen Ecken und Enden, die Heizung funktionierte nicht und die Windschutzscheibe war durch einen Steinschlag beschädigt. Jeden Augenblick konnte das Glas reißen.

Imke schwor sich, Jette ein neues Auto zu schenken. Notfalls gegen ihren Widerstand. Konnte man sein Herz denn wirklich an eine solche verbeulte Blechkiste hängen?

Überall lagen Sachen verstreut. Ein Schal, ein Buch, eine alte Sonnenbrille, ein Päckchen Fisherman's, ein Fettstift für die Lippen, Bonbonpapier, benutzte Papiertaschentücher. Dieses Auto war ein Abfalleimer auf Rädern. In einer grauen Schicht lag der Staub auf den Armaturen.

Und trotzdem. Imke schluckte. Wie stark sie ihre Tochter hier spürte. Sie konnte es kaum ertragen.

Als Mike ihr die Tür aufmachte, fiel sie ihm um den Hals. Obwohl sie sich vorgenommen hatte, nicht die Fassung zu verlieren.

»Ich möchte mit euch zusammen warten«, sagte sie. »Zu Hause drehe ich durch.«

26

Sie hatten sich in der Küche verschanzt. Aber er würde sie da rausholen. Sie hatten keine Chance. Wie dumm sie waren, ihn zu reizen.

Von dem Mädchen hatte Ruben nichts anderes erwartet. Aber es traf ihn tief, dass Ilka so locker die Fronten gewechselt hatte. Eigentlich hatte sie das schon vor Jahren getan. Er begriff es erst jetzt.

Er begriff jetzt auch, dass sein Traum zerplatzt war. Die langen Jahre des Planens, Hoffens und Wartens – vergebens.

Tante Marei trug die Schuld daran. Weil sie Ilka gegen ihn aufgehetzt hatte. Die Psychotherapeutin trug die Schuld daran. Weil sie Ilka sicherlich in der Furcht bestärkt hatte, ihre Liebe sei eine Sünde. Und dieser Mike trug die Schuld daran. Er vor allem. Weil er Ilka den Kopf verdreht hatte.

Ruben ging in den Schuppen, um Werkzeug zu holen. Erst würde er die Küchentür aufbrechen und Ilka und das Mädchen bestrafen. Danach würde er losfahren und sich an denen rächen, die ihm Ilka genommen hatten.

*

Ich stand am Fenster und sah ihn durch den Garten gehen. Wir mussten hier raus. Leise öffnete ich die Tür.

Die Haustür stand offen, aber es hatte keinen Sinn hinaus-zustürzen. Ilka war zu schwach. Sie konnte nicht schnell genug laufen. Und sie glühte vor Fieber. Ohne Jacke würde sie sich den Tod holen. Außerdem würde Ruben uns sofort verfolgen. Die Bäume und Sträucher waren noch kahl. Wir konnten uns nirgendwo verstecken. Blieb nur das Haus. Ruben würde uns zuerst draußen suchen. Auf die Idee, wir könnten im Haus geblieben sein, käme er wahrscheinlich erst viel später.

Und dann? So weit wollte ich noch gar nicht denken.

»Wohin?«, fragte ich Ilka.

»Nach oben.« Ihre Stimme war nur noch ein Flüstern. Sie musste dringend zu einem Arzt. Und schlafen.

Ich stützte Ilka auf der linken Seite. Mit der rechten Hand hielt sie sich am Geländer fest. Sie keuchte und rang nach Luft, aber sie schleppte sich Stufe um Stufe weiter.

Endlich waren wir ganz oben angelangt. Ich öffnete die Tür.

»Sein Atelier«, sagte Ilka.

*

Es war ein einziges Chaos. Sämtliche Bilder lagen zerstört auf dem Boden. Farbe war aus zertretenen Tuben gequollen. Die Wände waren verschmiert. Es stank nach Terpentin.

Ilka hielt sich die Hand vor den Mund. Sie bebte am ganzen Körper.

»Da!«

Ruben hatte nicht nur die Bilder vernichtet. Er hatte etwas viel Entsetzlicheres getan. Er hatte ihr das Gesicht zerschnit-ten, ihr die Augen ausgestochen, den Mund zerfetzt.

Was würde er ihr antun, wenn er sie fand?

Neben ihr stand Jette wie erstarrt. Ihr schienen ähnliche Gedanken durch den Kopf zu gehen. Sie geriet erst wieder in Bewegung, als sie unten die Haustür zufallen hörten.

Ilka zeigte auf eine der Türen des Einbauschranks und Jette machte sie vorsichtig auf. Da hingen nur zwei weiße, mit Farbspritzern übersäte Kittel. Sie schlüpften in den Schrank und zogen die Tür zu.

*

Bert hatte die Kollegen in Togstadt telefonisch informiert. Sie waren zu Ruben Helmbachs Haus gefahren und hatten sich mit Judith Kranz unterhalten, die mit Büroarbeiten beschäftigt gewesen war. Anfangs hatte sie sich standhaft geweigert, ihnen Rubens zweite Adresse zu geben. Doch dann hatten sie den Audi in der Garage gefunden und ihr Widerstand war in sich zusammengefallen.

Als Nächstes hatte Bert sich mit den Kollegen des Landkreises Wallstadt in Verbindung gesetzt, wo Ruben Helmbach anscheinend eine Villa besaß. Diese Information hatte Bert einen Schock versetzt.

Judith Kranz hatte in ihrem ersten Gespräch von einem ruhigen Platz zum Arbeiten gesprochen. Eine geniale Untertreibung. Er hätte nachfragen müssen. Und frühzeitig herausfinden können, dass Ruben Helmbach sich in Wirklichkeit in einem neuen Zuhause niedergelassen hatte.

Bert hatte seinen alten Freund Dieter Kortes angerufen, der eine Flugschule am Rand von Bröhl betrieb und der ihm noch einen Gefallen schuldig war. Wenn er schon Fehler gemacht hatte, wollte er wenigstens alles tun, um das Schlimmste zu verhindern.

Zuerst hatte Ruben draußen nach ihnen gesucht. Aber er hatte schnell begriffen, dass sie im Haus geblieben sein mussten. Der Blick reichte weit und nirgendwo hatte er ihre Kleider durch das kahle Gesträuch schimmern sehen.

Sie spielten Katz und Maus mit ihm.

Ruben verzog den Mund. Das konnten sie haben. Er würde ihnen zeigen, wer hier die Katze war.

Er durchsuchte jedes Zimmer. Schaute hinter jeden Vorhang. Sie waren gefangen. Es war nur eine Frage der Zeit, bis er sie finden würde.

Und während er suchte, wuchs die Wut in ihm. Eine Wut, so groß und rot und furchtbar, wie er sie noch nie gefühlt hatte.

*

Ilkas Stirn war schweißnass. Sie bekam kaum Luft und war fast ohnmächtig. Es war stockdunkel. Und totenstill. Wir lauschten angestrengt, doch wir konnten nichts hören.

Die ganze Zeit redeten wir kein Wort. Wir flüsterten nicht mal. Es war entsetzlich, nicht zu wissen, was draußen vor sich ging.

Vielleicht stand Ruben ja längst vorm Schrank, bloß durch die Tür von uns getrennt. Vielleicht weidete er sich an unserer Angst.

Ilka legte den Kopf an meinen. In ihrem Atem war ein leises Pfeifen. Ich hielt ihr die Hand vor den Mund.

In diesem Augenblick öffnete sich langsam die Tür.

*

Sie standen eng aneinander gedrängt und blinzelten ihn an, denn ihre Augen konnten sich nicht so schnell an die Helligkeit gewöhnen. Fast hatte Ruben Lust, ihre Angst zu malen.

Das Mädchen war die Erste, die sich fing. Sie trat aus dem Schrank und reichte Ilka die Hand. Ilka torkelte. Sie sah aus wie ihr eigenes Gespenst.

Ruben wusste jetzt, was er tun musste. Er würde das Mädchen beiseite schaffen. Und dann Ilka malen.

Er würde sie so malen, wie sie jetzt war.

Zitternd. Ängstlich. Fremd.

Und sich mit diesem letzten Bild befreien.

Von einer Liebe, die zu groß war für diese kleine, enge Welt.

Er bückte sich nach den Farbtuben, suchte nach seiner Palette, richtete die Staffelei wieder auf. Die Mädchen standen da und schauten ihm mit großen Augen zu. Natürlich entging ihm nicht, dass sie sich vorsichtig rückwärts zur Tür bewegten. Er ließ sie gewähren. Sie hatten keine Chance. Sie waren die Mäuse. Er würde sie immer und überall aufstöbern.

*

Er war irrsinnig. Stocherte in den Sachen herum, die auf dem Boden lagen. Und sah mich immer wieder an. Er hatte sich entschlossen, die Last abzuwerfen. Er schien nur noch zu überlegen, wie.

Ich erinnerte mich.

Die Angst, die mich umklammert hielt, war beinah wie die Angst, die ich damals empfunden hatte. Nur dass ich hier in einem Haus gefangen war. Ich hatte keine Chance. Erst recht nicht mit Ilka zusammen, die sich kaum noch auf den Füßen halten konnte.

Ruben hob ein Messer auf. Er sah mich an.

Ilka schob sich vor mich. Mit dem letzten Rest Kraft, den sie noch hatte, richtete sie sich auf.

Ruben kam auf uns zu. Ich versuchte, Ilka wegzuschieben, doch sie ließ es nicht zu. Ich hörte sie leise weinen.

»Rub«, sagte sie.

Er war nur noch drei, vier Schritte von uns entfernt. Ich stieß Ilka zur Seite und rannte auf ihn zu.

*

Ilka sah das Glas des großen Fensters splittern. Es war, als würde es Diamanten regnen.

Jette kauerte auf dem Boden. Auf ihrer Stirn war Blut. Tränen liefen ihr übers Gesicht. Ilka schleppte sich zu ihr und ließ sich neben sie fallen. Glasscherben bohrten sich ihr ins Fleisch. Der Schmerz durchzuckte ihren Körper und setzte sich tief innen fest.

Sie hörte Stimmen und wusste, dass sie kein Hirngespinst waren.

Neben ihr hob Jette den Kopf und lächelte.

In der Tür stand ein Mann in einem grauen Mantel und lächelte zurück.

*

Bert half den Mädchen hoch. Er übergab sie an die Sanitäter des Rettungsdienstes. Ruben Helmbach war bereits auf dem Weg ins Krankenhaus. Er hatte sich bei dem Sturz aus dem Fenster schwer verletzt. Seine Überlebenschancen waren gering.

Bert nahm sein Handy und wählte die Nummer von Imke

Thalheim. Jette würde einen Anwalt brauchen. Und einen guten Psychologen. Es würde nicht leicht für sie sein, mit all dem fertig zu werden.

*

Mike hielt Ilkas Hand so vorsichtig, als hätte er Angst, sie zu zerbrechen. Er hasste Krankenhäuser. Sie rochen nach Tod.

Eine Nacht, hatte der Arzt gesagt, zur Beobachtung. Er hatte Jette, Merle und Imke Thalheim nach Hause geschickt. Mike hatte bleiben dürfen.

»Liebe ist das beste Heilmittel«, hatte der Arzt gesagt.

Behutsam strich Mike über Ilkas Haare.

»Ich hab sie abgeschnitten«, sagte sie.

Er nickte.

»Schlimm?«

Er schüttelte den Kopf. Schlimm war ihre geschwollene Lippe. Schlimm war ihr Fieber. Und dass sie so entkräftet war, dass sie kaum den Kopf heben konnte.

»Die wachsen wieder«, sagte sie.

Er fing an zu weinen. Und schämte sich nicht.

Monika Feth

Psychothriller der Extraklasse

Thriller

Monika Feth
Der Erdbeerpflücker
352 Seiten, ISBN 978-3-570-30258-3

Monika Feth
Der Mädchenmaler
384 Seiten, ISBN 978-3-570-30193-7

Monika Feth
Der Scherbensammler
384 Seiten, ISBN 978-3-570-30339-9

Monika Feth
Der Schattengänger
352 Seiten, ISBN 978-3-570-30393-1

www.cbt-jugendbuch.de